Hᴀʀᴘᴇʀ Lᴇᴇ nació en Monroeville (Alabama, EE UU), en 1926. En 1931, un conflicto racista acontecido en la localidad vecina de Scottboro conmocionó a al sociedad estadounidense. Lee, testigo indirecto de los hechos, se inspiró en este suceso para escribir su única novela conocida, *Matar a un ruiseñor*, convertida hoy en un clásico de la literatura norteamericana del siglo xx. Amiga personal de Truman Capote, Lee decidió retirarse del mundanal ruido cuando alcanzó la fama. En 2007, recibió la Medalla Presidencial de la Libertad de Estados Unidos por su carrera literaria.

Título original: *To Kill a Mockingbird*
Traducción: Baldomero Porta
1.ª edición: junio 2009
9.ª reimpresión: febrero 2015

© 1960, renewed 1988 by Harper Lee
© Ediciones B, S. A., 2009
para el sello B de Bolsillo
Consell de Cent, 425-427 - 08009 Barcelona (España)
www.edicionesb.com

Printed in Spain
ISBN: 978-84-9872-273-4
Depósito legal: B. 1.751-2012

Impreso por NOVOPRINT
        Energía, 53
        08740 Sant Andreu de la Barca - Barcelona

Matar un ruiseñor

HARPER LEE

*Al señor Lee y a Alice
en testimonio de amor y cariño*

Yo supongo que los abogados también fueron niños.

CHARLES LAMB

PRIMERA PARTE

1

Cuando se acercaba a los trece años, mi hermano Jem sufrió una grave fractura del brazo a la altura del codo. Cuando sanó y sus temores de que jamás podría volver a jugar al fútbol se diluyeron, raras veces se acordaba de aquel percance. El brazo izquierdo le quedó algo más corto que el derecho; si estaba de pie o andaba, el dorso de la mano formaba casi un ángulo recto con el cuerpo y el pulgar rozaba el muslo. A Jem no podía preocuparle menos, con tal que pudiera pasar y chutar.

Una vez que transcurrieron años suficientes para examinarlos con mirada retrospectiva, a veces discutíamos los acontecimientos que condujeron a aquel accidente. Yo sostengo que Ewell fue la causa primera de todo ello, pero Jem, cuatro años mayor que yo, decía que aquello había empezado mucho antes, durante el verano que Dill vino a vernos, cuando él nos hizo concebir por primera vez la idea de hacer salir a Boo Radley.

Yo replicaba que, puestos a mirar las cosas con tanta perspectiva, todo había empezado en realidad con Andrew Jackson. Si el general Jackson no hubiera perseguido a los indios creek valle arriba, Simon Finch nunca hubiera llegado a Alabama. ¿Dónde estaríamos nosotros entonces?

Como ya no teníamos edad para terminar la discusión con una pelea, decidimos preguntar a Atticus. Nuestro padre dijo que ambos teníamos razón.

Siendo del Sur, constituía un motivo de vergüenza para algunos miembros de la familia el hecho de que no constara que algunos antepasados nuestros habían participado en la batalla de Hastings. Sólo teníamos a Simon Finch, un boticario y peletero de Cornualles, cuya piedad sólo cedía el puesto a su tacañería. En Inglaterra, a Simon le irritaba la persecución de los sedicentes metodistas a manos de sus hermanos más liberales, y como Simon se consideraba metodista, cruzó el Atlántico hasta Filadelfia, de ahí bajó a Jamaica, de ahí subió a Mobile, y de ahí subió aún más hasta Saint Stephens. Teniendo muy en cuenta las estrictas normas de John Wesley, Simon logró un buen pasar ejerciendo la medicina, pero luego fue desdichado por haber cedido a la tentación de hacer algo no exclusivamente para la mayor gloria de Dios: acumular oro y otras riquezas. Así, habiendo olvidado lo dicho por su maestro acerca de la posesión de bienes muebles humanos, compró tres esclavos y con su ayuda fundó una heredad a orillas del río Alabama, unas cuarenta millas más arriba de Saint Stephens. Volvió a Saint Stephens una sola vez, a buscar esposa, y con ésta estableció una dinastía que empezó con un buen número de hijas. Simon vivió hasta una edad impresionante y murió rico.

Era costumbre que los hombres de la familia se establecieran en la hacienda de Simon, llamada Finch's Landing, y se ganasen la vida con el algodón. La propiedad se bastaba a sí misma. Aunque modesto si se comparaba con los imperios que lo rodeaban, Finch's Landing producía todo lo necesario para vivir, excepto hielo, harina de trigo y prendas de ropa, pero se los proporcionaban las embarcaciones fluviales de Mobile.

Simon habría mirado con rabia impotente la guerra entre el Norte y el Sur, pues ésta despojó a sus descendientes de todo menos de sus tierras; a pesar de lo cual la tradición de vivir en ellas continuó inalterable hasta bien entrado el siglo XX, cuando mi padre, Atticus Finch, se fue a Montgomery a aprender derecho, y su hermano menor a Boston a estudiar medicina. Su hermana Alexandra fue la Finch que se quedó en el Landing. Se casó con un hombre taciturno que se pasaba la mayor parte del tiempo tendido en una hamaca, junto al río, preguntándose si sus redes de pesca tendrían ya su presa.

Cuando mi padre fue admitido en el Colegio de Abogados, regresó a Maycomb para ejercer su profesión. Maycomb, unas veinte millas al este de Finch's Landing, era la capital del condado de mismo nombre. La oficina de Atticus en el edificio del juzgado contenía poco más que una percha para sombreros, un tablero de damas, una escupidera y un impoluto Código de Alabama. Sus dos primeros clientes fueron las dos últimas personas del condado que murieron en la horca. Atticus les había pedido que aceptasen la benevolencia del estado, que les conmutaría la pena capital si se declaraban culpables de un homicidio en segundo grado, pero eran dos Haverford, un nombre que en Maycomb es sinónimo de borrico tozudo. Los Haverford habían liquidado al herrero más importante de Maycomb por un malentendido a raíz de la supuesta retención de una yegua. Fueron bastante prudentes para realizar la faena delante de tres testigos y se empeñaron en que «ese hijo de mala madre se lo buscó» y que ello era defensa sobrada para cualquiera. Se obstinaron en declararse inocentes de homicidio en segundo grado, de modo que Atticus pudo hacer poca cosa por sus clientes, excepto asistir a su ejecución, ocasión que señaló, probablemente, el comienzo de la profunda antipatía que profesaba mi padre a algunas disposiciones del derecho penal.

Durante los primeros cinco años en Maycomb, Atticus practicó más que nada el derecho financiero y logró pagar la educación de su hermano. John Hale Finch tenía diez años menos que mi padre, y decidió estudiar medicina en una época en que ya no valía la pena cultivar algodón. Pero una vez que tuvo a tío Jack bien encauzado,

Atticus cosechó unos ingresos razonables del ejercicio de la abogacía. Le gustaba Maycomb, había nacido y se había criado en aquel condado; conocía a sus conciudadanos, y gracias a la antigua laboriosidad de Simon Finch, Atticus estaba emparentado por sangre o por casamiento con casi todas las familias de la ciudad.

Maycomb era una población antigua, pero cuando yo la conocí también era una población fatigada. En los días lluviosos las calles se convertían en un barrizal rojizo; la hierba crecía en las aceras, y el edificio del juzgado parecía que iba a desplomarse sobre la plaza. En verano hacía mucho calor: los perros sufrían durante el día y las flacas mulas enganchadas a los carros espantaban moscas a la sofocante sombra de las encinas de la plaza. A las nueve de la mañana, los cuellos duros de los hombres perdían su tiesura. Las damas se bañaban antes del mediodía y después de la siesta de las tres, pero al atardecer estaban como blandos pastelillos recubiertos de sudor y talcos.

La gente se movía despacio. Cruzaba cachazudamente la plaza, entraba y salía de las tiendas con paso calmoso, se tomaba su tiempo para todo. El día tenía veinticuatro horas, pero parecía más largo. Nadie tenía prisa, porque no había a donde ir, nada que comprar ni dinero con que comprarlo, ni nada que ver fuera de los límites del condado. Sin embargo, era una época de vago optimismo para algunas personas: al condado de Maycomb se le había dicho que no tenía nada que temer, sólo a sí mismo.

Atticus, Jem y yo, además de nuestra cocinera Calpurnia, vivíamos en la principal calle residencial de la población. Jem y yo hallábamos a nuestro padre plenamente satisfactorio: jugaba con nosotros, nos leía y nos trataba cortésmente.

Calpurnia, en cambio, era otra cosa. Toda ángulos y huesos, era miope y bizca; tenía manos anchas como travesaños de cama, y dos veces más duras. Siempre me echaba de la cocina, y me preguntaba por qué no podía portarme tan bien como Jem, aun sabiendo que él era mayor, pero me llamaba cuando yo quería marcharme de casa. Nuestras batallas resultaban épicas y con un final invariable: Calpurnia vencía siempre, más que nada porque Atticus siempre se ponía de su parte. Estaba con nosotros desde el nacimiento de Jem, y yo sentía su tiránica presencia desde que tenía memoria.

Nuestra madre murió cuando yo tenía dos años, de modo que no notaba su ausencia. Era una Graham, de Montgomery. Atticus la conoció la primera vez que lo eligieron para la legislatura estatal. Entonces ya era un hombre hecho y derecho; ella tenía quince años menos. Jem fue el fruto de su primer año de matrimonio; cuatro años después nací yo, y dos años más tarde mamá murió de un repentino ataque cardíaco. Decían que era cosa corriente en su familia. Yo no la eché de menos, pero creo que Jem sí. La recordaba claramente; a veces, en medio de un juego soltaba un largo suspiro y se marchaba para estar solo detrás de la cochera. Cuando se ponía así, yo tenía el buen criterio de no molestarle.

Cuando yo estaba a punto de cumplir seis años y Jem se acercaba a los diez, nuestras fronteras infranqueables durante el verano (es decir, al alcance de la voz de Calpurnia) eran la casa de la señora Henry Lafayette Dubose, dos puertas al norte de la nuestra, y la Mansión Radley, tres puertas hacia el sur. Jamás sentimos la tentación de traspasarlas. La Mansión Radley la habitaba un ente desconocido, la mera descripción del cual nos hacía portar bien durante días. La señora Dubose era el mismísimo demonio.

Aquel verano vino Dill.

Una mañana temprano, cuando empezábamos nuestra jornada de juegos en el patio trasero, Jem y yo oímos algo allí al lado, en el parterre de coles de la señorita Rachel Haverford. Fuimos hasta la valla de alambre para ver si era un cachorrillo —la perra caza-ratones de la señorita Rachel estaba preñada— y en lugar de ello vimos a un sujeto que nos miraba. Sentado en el suelo no era mucho más alto que las coles. Lo miramos fijamente hasta que habló.

—Hola.

—Hola, tú —contestó Jem.

—Soy Charles Baker Harry —dijo el otro—. Sé leer.

—¿Y qué? —dije.

—Sólo he pensado que os gustaría saber que sé leer. Si tenéis algo que sea preciso leer, yo puedo encargarme...

—¿Cuántos años tienes? —le preguntó Jem—. ¿Cuatro y medio?

—Voy por los siete.

—Entonces no te ufanes —replicó Jem, señalándome con el pulgar—. Aquí, Scout lee desde que nació, y ni siquiera ha empezado la escuela. Estás muy canijo para tener siete años.

—Soy pequeño pero mayor.

Jem se apartó el pelo para mirarlo mejor.

—¿Por qué no pasas a este lado, Charles Baker Harry? —dijo—. ¡Señor, qué nombre!

—No es más curioso que el tuyo. Tía Rachel dice que te llamas Jeremy Atticus Finch.

Mi hermano arrugó la frente.

—Soy lo bastante alto para estar a tono con mi nombre —replicó—. El tuyo es más largo que tú. Apuesto a que tiene un palmo más que tú.

—La gente me llama Dill —dijo Dill, mientras intentaba pasar por debajo de la valla.

—Te irá mejor si pasas por encima —le aconsejé—. ¿De dónde sales?

Dill era de Meridian, Mississippi, pasaba el verano con su tía Rachel, y en adelante pasaría todos los veranos en Maycomb. Su familia era originaria de nuestro condado; su madre trabajaba para un fotógrafo en Meridian, y había presentado el retrato de Dill en un concurso de niños guapos, ganando cinco dólares. Este dinero se lo dio a a Dill, que lo gastó en ir veinte veces al cine.

—Aquí no hay exposiciones de retratos, excepto a veces los de Jesús en el juzgado —dijo Jem—. ¿Viste alguna película buena?

Dill había visto *Drácula*, declaración que impulsó a Jem a mirarle con cierto respeto.

—Cuéntanosla —le pidió.

Dill era un chico muy curioso. Llevaba unos pantalones cortos azules abrochados a la camisa, tenía el pelo blanco como la nieve y pegado a la cabeza lo mismo que si fuera plumón de pato. Me aventajaba en un año, pero yo era un gigante a su lado. Mientras nos relataba la vieja historia del vampiro, sus ojos azules se iluminaban y se oscurecían; tenía una risa repentina y feliz, y solía tirarse de un mechón que le caía sobre la frente.

Cuando Dill hubo dejado a *Drácula* hecho polvo y Jem dijo que la película parecía mejor que el libro, yo le pregunté por su padre.

—No nos has dicho nada de él —añadí.

—No tengo ninguno.

—¿Ha muerto?

—No...

—Entonces, si no ha muerto, lo tienes, ¿verdad?

Dill se sonrojó y Jem me dijo que me callase, signo seguro de que, después de estudiarle, le encontraba aceptable. Desde entonces el verano transcurrió en medio de una diversión constante. Tal diversión consistía en mejorar nuestra cabaña, sostenida por dos altos cinamomos en el patio trasero, en promover alborotos y en interpretar nuestra lista de piezas basadas en obras de Oliver Optic, Víctor Appleton y Edgar Rice Burroughs. Para esto fue una suerte contar con Dill, el cual asumía los papeles que antes me asignaban a mí: el mono de *Tarzán*, Crabtree en *The Rover Boys*, Damon en *Tom Swift*. De este modo llegamos a considerar a Dill una especie de Merlín de bolsillo, cuya cabeza estaba llena de proyectos excéntricos, extrañas ambiciones y fantasías raras.

Pero a finales de agosto nuestro repertorio se había vuelto soso de tanto repetir las mismas piezas, y entonces fue cuando Dill nos dio la idea de hacer salir a Boo Radley.

La Mansión Radley lo fascinaba. A despecho de todas nuestras advertencias y explicaciones, le atraía como la luna atrae al agua, aunque nunca más allá de la farola de la esquina, a una distancia prudencial de la puerta de los Radley. Allí se quedaba Dill, rodeando el grueso poste con el brazo, mirando y haciendo conjeturas.

La Mansión Radley describía una cerrada curva más allá de nuestra casa. Andando hacia el sur, pasabas por delante del porche donde la acera hacía un recodo y discurría paralela a la finca. La casa era baja, con un espacioso porche y persianas verdes; en otro tiempo había sido blanca, pero hacía mucho que tenía el tono gris pizarra del patio que la rodeaba. Unas tablas consumidas por la lluvia descendían sobre los aleros de la galería; unos robles cerraban el paso a los rayos del sol. Los restos de una cerca formaban como una guardia de borrachos en el patio frontal —un patio que no se barría jamás—, en el que crecían a sus anchas los hierbajos y el hinojo.

La casa estaba habitada por un fantasma maligno. La gente aseguraba que existía, pero Jem y yo nunca lo habíamos visto. Decían que salía de noche, después de ponerse la luna, y espiaba por las ventanas. Cuando las azaleas de los patios se helaban en una noche fría, era porque el fantasma les había echado el aliento. Todos los pequeños delitos furtivos cometidos en Maycomb eran obra suya. En una ocasión, la ciudad vivió aterrorizada por una serie de mórbidos acontecimientos: encontraban pollos y animales domésticos mutilados, y aunque el culpable era Addie el Loco, quien con el tiempo se suicidó ahogándose en el Remanso de Barker, la gente seguía fijando la mirada en la Mansión Radley, resistiéndose a desechar sus primeras sospechas. Un negro no habría pasado por delante de la mansión por la noche: antes cruzaría a la acera opuesta y no cesaría de silbar mientras caminaba. El patio de la escuela de Maycomb lindaba con la parte trasera de la finca Radley; desde el gallinero de los Radley, altos nogales dejaban caer sus frutos dentro del patio, pero los niños no tocaban ni una sola de aquellas nueces: las nueces de Radley te envenenaban. Una pelota que fuese a caer al patio de los Radley era una pelota perdida, y no se hablaba más del asunto.

La desgracia de aquella casa empezó muchos años antes de que naciésemos Jem y yo. Los Radley, bien recibidos en todas partes, se encerraban en su casa, costumbre imperdonable en Maycomb. No iban a la iglesia, la diversión principal de Maycomb, sino que celebraban el culto en casa. La señora Radley pocas veces o nunca cruzaba la calle para disfrutar del café de media mañana con las vecinas, y ciertamente jamás intervino en ningún círculo misional. El señor Radley iba a la ciudad todas las mañanas a las once y media y volvía prestamente a las doce, trayendo a veces una bolsa de papel pardo que los vecinos suponían que contenía las provisiones de la familia. Jamás supe cómo se ganaba la vida el viejo Radley —Jem decía que «compraba algodón», una manera fina de decir que no hacía nada—, aunque los Radley vivían allí con sus dos hijos desde mucho antes de lo que la gente podía recordar.

Los domingos, las persianas y puertas de la mansión permanecían cerradas, otro detalle ajeno a los usos de Maycomb, donde las puertas cerradas significaban enfermedad o tiempo frío. De todos los días, los domingos eran los preferidos para ir de visita, por la tarde. Las señoras llevaban corsé, los hombres chaqueta y los niños zapatos. Pero subir los peldaños de la Mansión Radley y gritar «¡Hola!» una tarde de domingo era cosa que los vecinos jamás hacían. La casa no tenía puertas vidrieras. Una vez pregunté a Atticus si las había tenido alguna vez, y Atticus dijo que sí, pero antes de nacer yo.

Según la leyenda de la vecindad, el joven Radley en su adolescencia entabló relación con algunos Cuninghams, de Old Sarum, un enorme y confuso clan que vivía en el norte del condado, y formaron la cosa más aproximada a una banda que se haya visto jamás en Maycomb. Sus actividades no eran muchas, pero sí suficientes para que la ciudad hablase de ellos y les advirtieran públicamente desde tres púlpitos. Se les veía por los alrededores de la barbería; los domingos marchaban con el autobús a Abbottsville e iban al cine; frecuentaban los bailes y el garito de juego del condado, a la orilla del río: la Posada y Campamento Pesquero Gota de Rocío; y probaban el whisky de contrabando. En Maycomb nadie tuvo coraje para informar al señor Radley de que su hijo iba en mala compañía.

Una noche, llevados por un consumo excesivo de licor, los muchachos corrieron por la plaza en un pequeño automóvil prestado, se resistieron al anciano alguacil de Maycomb, Conner, y le encerraron en el pabellón exterior del edificio del juzgado. La ciudad decidió que había que hacer algo. Conner dijo que los había reconocido a todos, y estaba decidido a que esa vez no se saliesen con la suya. De modo que los muchachos tuvieron que presentarse ante el juez, acusados de conducta desordenada, alteración del orden público, asalto con violencia y de usar un lenguaje soez e inmoral en presencia de la la señoras. El juez le preguntó a Conner por qué incluía esta última acusación, y éste contestó que blasfemaban con voz tan fuerte que estaba seguro de que todas las damas de Maycomb les habían oído. El juez decidió enviarlos a la escuela industrial de Maycomb, adonde enviaban a veces a otros muchachos con el solo objeto de procurarles un albergue decente: la escuela industrial no era una cárcel ni una deshonra. Pero el señor Radley creyó que sí lo era. Si el juez ponía en libertad a Arthur, el señor Radley se encargaría de que no volviese a dar motivos de queja. Sabiendo que la palabra de Radley era una escritura ante notario, el juez aceptó con satisfacción.

Los otros muchachos estuvieron en la escuela industrial y recibieron la mejor enseñanza secundaria que se podía recibir en el estado; con el tiempo, uno de ellos llegó a la escuela de ingeniería de Auburn. Las puertas de la casa Radley se cerraron los días de entre semana lo mismo que los domingos, y al hijo del señor Radley no se le vio durante quince años.

Pero un día que Jem apenas recordaba, varias personas vieron y oyeron a Boo Radley. Mi hermano decía que Atticus nunca hablaba mucho de los Radley. Si él le preguntaba algo, Atticus se limitaba a contestarle que se ocupase de sus asuntos y dejase que los Radley cuidasen de los suyos, que estaban en su derecho; pero cuando llegó aquel día, decía Jem, Atticus movió la cabeza y dijo:

—Humm, humm, humm.

Así pues, Jem recibió la mayor parte de la información que poseía de Stephanie Crawford, una arpía de la vecindad que decía conocer todo el caso. Según la señorita Stephanie, Boo estaba sentado en la sala recortando unos artículos del *Maycomb Tribune* para pegarlos en su álbum. Entonces su padre entró en el cuarto y cuando pasó por delante, Boo le clavó las tijeras en la pierna, las sacó, se las limpió en los pantalones y volvió a su ocupación.

La señora Radley salió corriendo a la calle y se puso a gritar que Arthur les estaba matando, pero cuando llegó el *sheriff* encontró a Boo sentado en la sala recortando el *Tribune*. Tenía entonces treinta y tres años.

La señorita Stephanie contaba que cuando le indicaron que una temporada en Tuscaloosa quizá curaría a Boo, el señor Radley dijo que ningún Radley iría jamás a un asilo. Boo no estaba loco, lo que ocurría era que en ocasiones tenía el genio vivo. Estaba bien que lo encerrasen, concedió el señor Radley, pero insistió en que no se le acusara de nada; no era un criminal. El *sheriff* no tuvo el valor de meterlo en un calabozo en compañía de negros, con lo cual Boo fue a parar a los sótanos del juzgado.

El regreso de Boo a su casa no había quedado claro en el recuerdo de Jem. La señorita Stephanie dijo que alguien del concejo municipal había advertido al señor Radley que si no se llevaba a Boo, éste moriría del reuma que le produciría la humedad de aquellos sótanos. Por otra parte, Boo no podía seguir viviendo siempre de la munificencia del condado.

Nadie sabía qué forma de intimidación empleó el señor Radley para mantener a Boo fuera de la vista, pero Jem se figuraba que lo tenía encadenado a la cama la mayor parte del tiempo. Atticus dijo que no, que no era eso, que había otras maneras de convertir a las personas en fantasmas.

Mi memoria recogía ávidamente la imagen de la señora Radley abriendo de tarde en tarde la puerta de la casa para salir al porche a regar sus plantas. En cambio, al señor Radley lo veíamos yendo y viniendo de la ciudad. Era un hombre delgado y correoso con unos ojos incoloros, tan incoloros que no reflejaban la luz. Tenía pómulos agudos y boca grande, con el labio superior delgado y el inferior carnoso. Stephanie Crawford decía que era tan recto que tomaba la palabra de Dios como única ley, y nosotros la creíamos, porque Radley andaba tieso como una baqueta.

Jamás nos hablaba. Cuando pasaba, bajábamos los ojos al suelo y decíamos:

—Buenos días, señor.

Y él, en respuesta, tosía.

El hijo mayor de los Radley vivía en Pensacola; venía a su casa por Navidad, y era una de las pocas personas que veíamos entrar y salir de la vivienda. Desde el día en que el señor Radley se llevó a Arthur a casa, la gente dijo que aquella mansión había muerto.

Pero llegó el día en que Atticus nos amenazó con castigarnos severamente si hacíamos el menor ruido en el patio, y comisionó a Calpurnia para que lo sustituyese en su ausencia si desobedecíamos la orden. El señor Radley estaba agonizando.

Se tomó su tiempo para morir. A cada extremo de la finca Radley colocaron caballetes de madera, cubrieron la acera de paja y desviaron el tráfico hacia la calle trasera. Cada vez que visitaba al enfermo, el doctor Reynolds aparcaba el coche delante de casa, y luego seguía a pie. Jem y yo nos arrastramos por el patio días y días. Al final quitaron los caballetes, y nosotros nos plantamos a mirar desde el porche cuando el señor Radley hizo su último viaje por delante de nuestra casa.

—Ahí va el hombre más ruin a quien Dios puso aliento en el cuerpo —murmuró Calpurnia, y escupió meditativamente al patio.

Nosotros la miramos sorprendidos, porque Calpurnia raras veces hacía comentarios sobre la manera de ser de las personas blancas.

Los vecinos pensaban que cuando el señor Radley bajara al sepulcro, Boo saldría, pero lo que vieron fue otra cosa. El hermano mayor de Boo regresó de Pensacola y ocupó el puesto del padre. La única diferencia que había entre ellos era la edad. Jem decía que Nathan también «compraba algodón». Sin embargo, Nathan nos dirigía la palabra, al darnos los buenos días, y a veces le veíamos regresar del centro con una revista en la mano.

Cuanto más hablábamos a Dill de los Radley, más

quería saber; cuantos más ratos pasaba de pie abrazado al poste de la farola, más intrigado se sentía.

—Me gustaría saber qué hace allí dentro —solía murmurar—. Al menos debería asomar la cabeza por la puerta, ¿no?

—Sin duda sale a altas horas de la noche —decía Jem—. La señorita Stephanie dijo que una vez se despertó a medianoche y le vio mirándola fijamente a través de la ventana... Dijo que fue como si la estuviese mirando una calavera. ¿Nunca te has despertado de noche y le has oído, Dill? Anda así... —Arrastró los pies por la gravilla—. ¿Por qué te figuras que la señorita Rachel cierra con tanta precaución por las noches? Muchas mañanas he visto sus huellas en nuestro patio, y una noche le oí arañar la puerta vidriera de la parte de atrás, pero cuando Atticus fue a mirar ya se había marchado.

—¿Qué aspecto tiene? —preguntó Dill.

Jem le hizo una descripción aceptable. A juzgar por sus pisadas, Boo medía unos dos metros de estatura; comía ardillas crudas y todos los gatos que atrapaba, por eso tenía las manos manchadas de sangre (si uno se come un animal crudo, jamás podrá limpiarse la sangre). En la cara tenía una cicatriz irregular; los pocos dientes que conservaba estaban amarillentos y podridos; tenía los ojos saltones y la mayor parte del tiempo babeaba.

—Probemos de hacerlo salir —propuso Dill—. Me gustaría verlo.

Jem contestó que si le apetecía morir, le bastaba con ir allí y llamar a la puerta.

Nuestra primera incursión se produjo únicamente porque Dill apostó *El Fantasma Gris* contra dos *Tom Swift* de Jem a que éste no pasaría de la puerta del patio. Jem no había rechazado un desafío en toda su vida.

Se lo pensó tres días enteros. Supongo que amaba el honor más que su propio pellejo, porque al final aceptó el reto.

—Tienes miedo —le dijo Dill el primer día.

—No tengo miedo, sino respeto —replicó él.

Al día siguiente Dill dijo:

—Tienes demasiado miedo para poner siquiera el dedo gordo del pie en el patio de la casa.

Jem dijo que se figuraba que no, que había pasado por delante de la Mansión Radley todos los días de su vida.

—Siempre corriendo —aclaré yo.

Pero Dill le cazó el tercer día, al decirle que la gente de Meridian no era tan miedica como la de Maycomb, y que jamás había visto personas tan medrosas como las de nuestra ciudad.

Esto bastó para que Jem fuese hasta la esquina, donde se paró junto a la farola y contempló la puerta del patio suspendida precariamente de su gozne de manufactura casera.

—Supongo que eres consciente de que nos matará a todos, ¿verdad, Dill Harry? —dijo Jem cuando nos reunimos con él—. Luego no me eches las culpas cuando Boo te saque los ojos. Recuerda que tú lo has provocado.

—Miedica —murmuró Dill con obstinación.

Jem quiso que Dill supiese de una vez para siempre que no tenía miedo a nada, así que respondió:

—Lo que sucede es que estoy pensando alguna manera de hacerle salir sin que nos coja.

Cuando pronunció estas palabras supe que sí tenía miedo. Por lo visto, Jem estaba pensando en su hermanita. También había pensado en su hermanita aquella vez que lo reté a que saltara desde el tejado de casa. «Si me matase, ¿qué sería de ti?», me preguntó. Luego saltó, aterrizó sin el menor daño y su sentido de la responsabilidad lo abandonó... hasta encontrarse con el reto de la Mansión Radley.

—¿Huirás corriendo de un desafío? —lo azuzó Dill—. Si es así, entonces...

—Uno ha de pensar bien estas cosas, Dill —contestó

Jem—. Déjame pensar un minuto... Es una cosa así como hacer salir una tortuga...

—¿Cómo se hace eso? —inquirió Dill.

—Poniéndole una cerilla encendida debajo.

Yo le advertí que si prendía fuego a la casa de los Radley se lo contaría a papá.

Dill dijo que encender una cerilla debajo de una tortuga era una cosa odiosa.

—No es odiosa, sirve simplemente para convencerla... No es lo mismo que si la asaras en el fuego —refunfuñó Jem.

—¿Y cómo sabes que la cerilla no la hace sufrir?

—Las tortugas no sienten nada, estúpido —replicó Jem.

—¿Has sido tortuga alguna vez, eh?

—¡Por Dios, Dill! Venga, déjame pensar... Me figuro que podríamos amansarle...

Jem se quedó pensando tanto rato que Dill hizo una pequeña concesión:

—Si subes allí y tocas la casa no diré que has huido ante un reto y te daré igualmente *El Fantasma Gris*.

A Jem se le iluminó el semblante.

—¿Tocar la casa? ¿Nada más?

Dill asintió con la cabeza.

—¿Seguro que eso es todo? No quiero que cambies de opinión cuando regrese.

—Sí, eso es todo —contestó Dill—. Cuando él te vea en el patio, saldrá probablemente a perseguirte; entonces Scout y yo saltaremos sobre él y lo sujetaremos hasta que entienda que no vamos a hacerle ningún daño.

Abandonamos la esquina, cruzamos la calle lateral que desembocaba delante de la Mansión Radley y nos paramos en la puerta del patio.

—Bien, adelante —dijo Dill—. Scout y yo te seguiremos.

—Ya voy, no me des prisa.

Fue hasta la esquina de la finca y luego regresó estudiando el terreno, como si decidiera la mejor manera de entrar. Arrugaba la frente y se rascaba la cabeza.

Yo me reí en son de mofa.

Jem abrió la puerta de un empujón, corrió hacia un lado de la casa, dio un golpe a la pared con la palma de la mano y regresó velozmente, dejándonos atrás, sin esperar para ver si su correría tenía éxito. Dill y yo lo seguimos de inmediato. Una vez a salvo en nuestro porche, jadeando sin aliento, miramos.

La vieja casa seguía igual, caída y enferma, pero mientras la contemplábamos nos pareció ver que una persiana interior se movía. Un movimiento leve, casi imperceptible, y la casa continuó silenciosa.

2

Dill nos dejó en septiembre, para regresar a Meridian. Lo acompañamos a coger el autobús de las cinco. Sin él me sentí desdichada, hasta que pensé que al cabo de una semana empezaría a ir a la escuela. Jamás he esperado nada con tanto anhelo. Las horas del invierno me habían sorprendido en la caseta de los árboles, mirando hacia el patio de la escuela, espiando a los chiquillos con un anteojo de dos aumentos que Jem me había dado, aprendiendo sus juegos, siguiendo la chaqueta roja de Jem entre los corros, compartiendo en secreto sus desdichas y sus pequeñas victorias. Ansiaba reunirme con ellos.

Jem condescendió a llevarme a la escuela el primer día, algo que normalmente hacen los padres de uno, pero Atticus había dicho que a mi hermano le encantaría enseñarme mi clase. Creo que para que accediera a ello algún dinero cambió de manos, porque mientras doblábamos al trote la esquina tras dejar atrás la casa de los Radley, oí un tintineo nada familiar en los bolsillos de Jem. Ya al entrar en el patio de la escuela, él se ocupó de advertirme que durante las horas de clase no debía molestarlo. No me acercaría para pedirle que representásemos un capítulo de *Tarzán y el hombre de las hormigas*, ni para avergonzarlo con referencias a su vida privada, ni tampoco andaría tras él durante el descanso del mediodía. Me quedaría con los de primer grado y él permanecería con los de quinto. En resumen, tenía que dejarlo en paz.

—¿Quieres decir que ya no podremos jugar más? —le pregunté.

—En casa todo será igual que siempre —contestó—, pero en la escuela las cosas son distintas.

Lo eran, en efecto. Antes de que terminase la primera mañana, la señorita Caroline Fisher, nuestra maestra, me arrastró hacia la parte delantera de la sala y me pegó en la palma de la mano con su regla; luego me hizo permanecer de pie en el rincón hasta el mediodía.

La señorita Caroline no pasaba de los veintiún años. Tenía el cabello rojizo y brillante, las mejillas rosadas y se pintaba las uñas con esmalte carmesí. Llevaba también zapatos de tacón alto y un vestido a rayas rojas y blancas. Olía como una gota de *peppermint* y tenía su mismo aspecto. Vivía al otro lado de la calle, una puerta más abajo que nosotros, en el cuarto delantero del piso superior de la señorita Maudie Atkinson. Cuando la señorita Maudie nos la presentó, Jem se pasó varios días como atontado.

La señorita Caroline escribió su nombre en la pizarra y dijo:

—Esto significa que soy la señorita Caroline Fisher. Soy del norte de Alabama, del condado de Winston.

La clase murmuró con aprensión, temiendo que poseyera algunas de las peculiaridades propias de aquella región. (Cuando Alabama se separó de la Unión, el 11 de enero de 1861, el condado de Winston se separó de Alabama, y todos los niños de Maycomb lo sabían.) El norte de Alabama estaba lleno de magnates del licor, fabricantes de whisky, republicanos, profesores y personas sin abolengo.

La señorita Caroline empezó el día leyéndonos una historia sobre los gatos. Los gatos sostenían largas conversaciones los unos con los otros, llevaban unos trajecitos muy monos y vivían en una casa calentita debajo de la estufa de la cocina. Para cuando la Señora Gata llamaba a la tienda pidiendo que le mandasen unos ratones de chocolate, en la clase reinaba un auténtico caos. La señorita Caroline parecía no darse cuenta de que los andrajosos alumnos del primer curso, con camisas de franela y faldas de tela de saco, muchos de los cuales llevaban cosechando algodón y cebando cerdos desde que sabían andar, eran inmunes a la literatura. Llegó al final del cuento y exclamó:

—¿No ha sido bonito?

Luego se acercó a la pizarra y escribió el alfabeto con enormes letras mayúsculas de imprenta, tras lo cual se volvió hacia la clase y preguntó:

—¿Alguno de vosotros sabe lo que son?

Casi todos lo sabían; la mayoría estaba allí desde el año anterior, ya que no había pasado de curso.

Supongo que me escogió a mí porque conocía mi nombre. Mientras yo leía el alfabeto una leve arruga apareció entre sus cejas, y después de pedirme que leyese en voz alta gran parte de *Mis primeras lecturas* y la página de información bursátil del *The Mobile Register*, descubrió que yo era letrada y me miró con algo más que un leve desagrado. Me pidió que le dijese a mi padre que no me enseñase nada más, pues ello podía ser incompatible con las clases.

—¿Enseñarme? —exclamé sorprendida—. Mi padre no me ha enseñado nada, señorita Caroline. Atticus no tiene tiempo para esas cosas. Por la noche está tan cansado que todo lo que hace es sentarse en la sala y leer.

—Si no te enseñó él, ¿quién ha sido? —preguntó la señorita Caroline—. Porque alguno habrá sido. Tú no naciste leyendo el *Mobile Register*.

—Pues Jem dice que lo hice.

Por lo visto, la señorita Caroline pensaba que mentía.

—No nos dejemos arrastrar por la imaginación, querida —dijo—. Y pídele a tu padre que no te enseñe nada más. Es mejor empezar a estudiar desde cero. Dile que en adelante seré yo quien se encargue...

—¿Señori...?

—Tu padre no sabe enseñar —concluyó—. Ahora puedes sentarte.

Murmuré que lo sentía y me retiré meditando acerca de mi falta. Aunque no había sido mi intención aprender a leer, lo cierto era que sabía hacerlo desde siempre, como atarme los cordones de los zapatos. No conseguía recordar el momento en que las líneas que Atticus reseguía con el dedo se convirtieron en palabras; sólo sabía que las veía siempre que, por las noches, trepaba al regazo de Atticus mientras éste escuchaba el informativo... Hasta que temí perderlo, jamás me cautivó el leer. A uno no le cautiva el respirar.

Comprendí que había disgustado a la señorita Caroline, de modo que dejé la cosa como estaba y me puse a mirar por la ventana hasta el recreo. Cuando salimos al patio, Jem vino a mi encuentro, me llevó aparte y me preguntó cómo iba todo. Se lo expliqué.

—Si no tuviera que quedarme, me marcharía, Jem; esa maldita mujer dice que Atticus está enseñándome a leer y que debe dejar de hacerlo...

—No te preocupes, Scout —me consoló él—. Nuestro maestro dice que la señorita Caroline está introduciendo una nueva manera de enseñar. La aprendió en la universidad. Pronto la adoptarán todos los cursos. Al parecer, uno no tiene mucho que aprender de los libros. Es como, por ejemplo, si quieres saber cosas de las vacas, vas y ordeñas una, ¿comprendes?

—Sí, Jem, pero yo no quiero estudiar a las vacas; yo...

—Claro que sí. Uno ha de saber de las vacas, forman una parte importante de la vida del condado de Maycomb.

Me limité a preguntarle si se había vuelto loco.

—Sólo trato de explicarte las nuevas normas de enseñanza que han implantado para los alumnos del primer curso, tozuda. Lo llaman sistema decimal de Dewey.

Como nunca había discutido las sentencias de Jem, no vi motivo para empezar a hacerlo. El sistema decimal de Dewey consistía, en parte, en que la señorita Caroline nos presentara cartulinas en las que había impresas palabras como «el», «gato», «ratón», «hombre» y «tú». No parecía que esperase ningún comentario por nuestra parte, y la clase recibía aquellas revelaciones impresionistas en silencio. Yo me aburría, por lo que empecé una carta a Dill. La señorita Caroline me sorprendió escribiendo y me ordenó, una vez más, que dijese a mi padre que dejara de enseñarme.

—Además —añadió—, en el primer curso sólo hacemos letra de imprenta. No aprenderás a escribir hasta que estés en tercero.

De aquello tenía la culpa Calpurnia, que así evitaba que la volviese loca los días lluviosos, supongo. Me ordenaba que escribiese el alfabeto en lo alto de una tablilla y debajo copiara versículos de la Biblia. Si reproducía la caligrafía satisfactoriamente, me recompensaba con un bocadillo de mantequilla y azúcar. La pedagogía de Calpurnia no tenía ni rastro de sentimentalismos; raras veces se mostraba complacida por algo que yo hiciera, y raras veces me premiaba.

—Los que van a almorzar a casa que levanten la mano —dijo la señorita Caroline, despertando mi nuevo resentimiento hacia Calpurnia.

Los chiquillos de la población levantamos la mano.

—Los que traigan el almuerzo que lo pongan encima de la mesa —agregó ella.

Todo el mundo sacó al instante sus fiambreras. La señorita Caroline iba de un extremo a otro de las hileras de bancos, mirando aquellos recipientes, asintiendo con la cabeza si su contenido le gustaba, arrugando un poco el ceño ante otros. Se paró junto a Walter Cunningham y le preguntó:

—¿Dónde está tu almuerzo?

La cara de Walter Cunningham pregonaba a todos los del primer grado que tenía lombrices. Su falta de zapatos nos explicaba, además, cómo las había cogido. Las lombrices se cogían andando descalzo por los corrales y revolcaderos de los cerdos. Si Walter hubiese tenido zapatos los habría llevado el primer día. Vestía, eso sí, una camisa limpia y un mono pulcramente remendado.

—¿Has olvidado tu almuerzo esta mañana? —insistió la señorita Caroline.

Walter fijó la mirada al frente. Observé que en su flaca mandíbula resaltaba de pronto el bulto de un músculo.

—¿Lo has olvidado? —repitió la señorita Caroline.

—Sí, señorita —murmuró Walter por fin.

La señorita Caroline fue a su mesa y abrió el monedero.

—Aquí tienes un cuarto de dólar —le dijo a Walter—. Hoy ve a comer algo. Ya me lo devolverás mañana.

Walter negó con la cabeza.

—No, gracias, señorita —balbuceó en voz baja.

—Venga, Walter, cógelo —dijo la señorita Caroline con creciente impaciencia.

Walter sacudió de nuevo la cabeza.

Cuando la sacudía por tercera vez, alguien susurró:

—Vamos, cuéntaselo, Scout.

Me volví y vi a la mayor parte de la clase observándome. La señorita Caroline y yo ya habíamos conferenciado dos veces, y los otros me miraban con la inocente certidumbre de que la familiaridad trae consigo la comprensión.

Me levanté dispuesta a echar una mano a Walter.

—Oh..., señorita Caroline...

—¿Qué ocurre, Jean Louise?

—Señorita Caroline, es un Cunningham. —Me senté de nuevo.

—¿Qué dices, Jean Louise?

Yo creía que había puesto las cosas suficientemente

en claro. Para todos los demás lo eran de sobras: Walter Cunningham no se había olvidado de llevar el almuerzo, sino que no podía llevarlo, ni ese día, ni el siguiente, ni el otro. En toda su vida probablemente no había visto tres cuartos de dólar juntos.

Lo intenté de nuevo.

—Walter es un Cunningham, señorita Caroline.

—Perdona, pero ¿qué quieres decir, Jean Louise?

—Da igual, señorita; dentro de poco conocerá usted a toda la gente del condado. Los Cunningham jamás aceptan nada que no puedan devolver, ni aunque se trate de sellos. Nunca toman nada de nadie, sino que se arreglan con lo que tienen. No tienen mucho, pero pasan con ello.

Mi conocimiento especial de la tribu de los Cunningham —o al menos de una de sus ramas— se debía a los acontecimientos del invierno anterior. El padre de Walter era cliente de Atticus. Una noche, después de una tensa conversación en nuestra sala de estar sobre los apuros económicos por los que estaba pasando, y antes de marcharse, el señor Cunningham dijo:

—Señor Finch, no sé cuándo estaré en condiciones de pagarle.

—No se preocupe por eso, Walter —respondió Atticus.

Cuando le pregunté a Jem cuál era el apuro en que se encontraba Walter y Jem respondió que estaba con el agua hasta el cuello, le pregunté a Atticus si el señor Cunningham llegaría a pagarnos alguna vez.

—En dinero no —respondió Atticus—, pero lo hará antes de que transcurra un año. Recuérdalo.

En efecto, así fue. Una mañana, Jem y yo encontramos en el patio trasero una carga de leña para la estufa. Más tarde apareció en las escaleras de la parte posterior un saco de nueces. Con la Navidad llegó una caja de zarzaparrilla y acebo. Aquella primavera, cuando encontramos un saco lleno de nabos, Atticus dijo que el señor Cunningham le había pagado con creces.

—¿Por qué te paga de este modo? —quise saber.

—Porque es del único modo en que puede pagarme. No tiene dinero.

—¿Nosotros somos pobres, Atticus?

Mi padre asintió con la cabeza.

—Ciertamente, lo somos.

Jem arrugó la nariz.

—¿Tan pobres como los Cunningham?

—No exactamente. Los Cunningham son gente del campo, labradores, y la crisis les afecta más.

Atticus decía que quienes tenían alguna profesión eran pobres porque los campesinos lo eran. Como el condado de Maycomb era agrícola, las monedas de cinco y de diez centavos llegaban con mucha dificultad a los bolsillos de médicos, dentistas y abogados. La amortización sólo representaba uno de los muchos males que sufría el señor Cunningham. Tenía sus campos hipotecados, y el poco dinero que reunía se lo llevaban los intereses. Por supuesto que hubiese podido conseguir un empleo del Gobierno, pero entonces habría tenido que abandonar sus campos, y él prefería pasar hambre para conservarlos y votar de acuerdo con su parecer. Atticus decía que el señor Cunningham venía de una casta de hombres testarudos.

Como los Cunningham no tenían dinero para costearse un abogado, nos pagaban con lo que podían.

—¿No sabíais que el doctor Reynolds trabaja en las mismas condiciones? —decía Atticus—. A ciertas personas les cobra una medida de patatas por ayudar a un niño a venir al mundo. Scout, si me prestas atención te explicaré lo que es una hipoteca...

Si hubiese podido explicarle estas cosas a la señorita Caroline, me habría ahorrado algunas molestias, y ella la mortificación subsiguiente, pero yo no estaba en condiciones de dar explicaciones tan convincentes como las de Atticus, de modo que dije:

—Lo está humillando, señorita Caroline. Walter no puede devolverle un cuarto de dólar porque no lo tiene, y usted no necesita leña para la estufa.

La señorita Caroline se quedó de piedra; a continuación me cogió por el cuello del vestido y me arrastró hasta su mesa.

—Jean Louise, esta mañana ya empiezo a estar cansada de ti —dijo—. Extiende la mano y ábrela.

Yo pensé que iba a escupirme en ella, que era el único motivo por el cual cualquier persona en Maycomb extendería la mano: era una manera de sellar los tratos de palabra consagrada por el tiempo. Preguntándome qué trato habríamos hecho, volví la mirada hacia la clase en busca de una respuesta, pero todos me miraron confusos. La señorita Caroline cogió la regla, me atizó media docena de golpecitos rápidos y me ordenó que permaneciera de pie en el rincón. Cuando por fin se dieron cuenta de que la señorita Caroline me había pegado, todos en la clase se echaron a reír.

Cuando la señorita Caroline les advirtió que correrían igual suerte, las risas arreciaron, y sólo se acallaron, al menos en parte, cuando se cernió sobre ellas la sombra de la señorita Blount. La señorita Blount, que había nacido en Maycomb y todavía no estaba iniciada en los misterios del sistema decimal de Dewey, apareció en la puerta con las manos en jarras y amenazó:

—Si oigo otro sonido en esta sala, le pegaré fuego con todos los que están dentro. ¡Señorita Caroline, con tanto alboroto los de sexto no pueden concentrarse en las pirámides!

Mi estancia en el rincón fue corta. Salvada por la campana, la señorita Caroline contempló a la clase salir en fila para el almuerzo. Como fui la última en marchar, la vi desplomarse en la silla y hundir la cabeza entre los brazos. Si se hubiese mostrado más amistosa conmigo, la habría compadecido. Era una mujercita preciosa.

3

Dar caza a Walter Cunningham en el patio me produjo cierto placer, pero cuando le frotaba la nariz contra el polvo se acercó Jem y me dijo que lo dejase.

—Eres más fuerte que él —argumentó.

—Pero él tiene casi tantos años como tú —repliqué—. Por su culpa me han castigado.

—Suéltalo, Scout. ¿Por qué...?

—No traía almuerzo —lo interrumpí, y a continuación expliqué cómo me había visto involucrada en los problemas alimentarios de Walter.

Walter se había levantado y estaba de pie, escuchándonos. Tenía los puños algo levantados, como si se dispusiera a defenderse. Yo di una patada en el suelo, mirándolo, para indicarle que se marchara, pero Jem levantó la mano y me detuvo. Luego se volvió hacia Walter y le preguntó:

—¿Tu padre es el señor Cunningham, de Old Sarum?

Walter asintió con la cabeza. Daba la sensación de que lo hubieran criado a base de pescado; sus ojos, tan azules como los de Dill Harry, eran acuosos y estaban rodeados de un círculo rojo. No tenía nada de color en el rostro, excepto en la punta de la nariz, que era de un rosado húmedo. Y manoseaba nerviosamente los tirantes de su mono.

De pronto, Jem sonrió y dijo:

—Ven a casa a comer con nosotros, Walter. Nos encantará tu compañía.

A Walter se le iluminó el rostro, pero se le ensombreció al instante.

—Tu padre es amigo del nuestro —añadió Jem—. Scout está mal de la cabeza, pero ya no se peleará contigo.

—No estés tan seguro —apunté. Me irritaba que Jem decidiera por mí, pero los preciosos minutos del mediodía pasaban rápidamente—. De acuerdo, Walter, no volveré a saltar sobre ti. ¿Te gustan los frijoles blancos? Nuestra Cal es una cocinera estupenda.

Walter se quedó donde estaba, mordiéndose el labio inferior. Jem y yo desistimos. Estábamos cerca de la casa de los Radley cuando nos gritó:

—¡Eh! ¡Voy con vosotros!

Cuando nos alcanzó, Jem se puso a conversar con él.

—Aquí vive un bicho raro —dijo señalando la casa de los Radley—. ¿Has oído hablar de él, Walter?

—Ya lo creo —contestó el otro—. El primer año que vine a la escuela casi me muero por comer unas nueces... La gente dice que las envenenó y las dejó en la parte de la valla que da al patio de la escuela.

Mientras Walter y yo andábamos a su lado, Jem parecía temer muy poco a Boo Radley. Hasta se puso jactancioso.

—Una vez entré y toqué la casa —dijo.

—Pues nadie que haya hecho eso debería después echar a correr cuando pasa por delante de ella —intervine en tono despreocupado.

—¿Y quién echa a correr, si puede saberse, señorita Remilgada?

—Tú, cuando nadie va contigo.

Cuando llegamos al porche de nuestra casa, Walter ya había olvidado que era un Cunningham. Jem corrió a la cocina a pedirle a Calpurnia que pusiera un plato más; teníamos invitados. Atticus saludó a Walter y se puso a conversar con él sobre cosechas, algo de lo que ni Jem ni yo entendíamos nada.

—Si no he podido pasar del primer grado, señor Finch, es porque todas las primaveras he tenido que quedarme con mi padre para ayudarlo a arrancar la maleza; pero ahora hay otro en casa que ya es lo bastante mayor para ocuparse de eso.

—¿Cuántos sacos de patatas habéis pagado por él? —pregunté, pero Atticus me dirigió una mirada de reprensión.

Mientras amontonaba comida en su plato, Walter hablaba con Atticus como todo un hombre, dejándonos maravillados a Jem y a mí. Atticus peroraba sobre los problemas del campo cuando Walter lo interrumpió para preguntar si teníamos melaza en la casa. Atticus llamó a Calpurnia, que regresó con el jarro de jarabe y se quedó hasta que Walter se hubo servido. El chico derramó abundante jarabe sobre las hortalizas y la carne, y probablemente se lo habría echado también en la leche si yo no le hubiese preguntado qué diablos hacía.

La salsera de plata tintineó cuando él puso otra vez el jarro en ella, y Walter se llevó rápidamente las manos al regazo. Luego bajó la cabeza.

Atticus me reprendió de nuevo con la mirada.

—¡Pero si lo ha inundado todo de jarabe de melaza! —protesté—. Lo ha derramado por todas partes...

Entonces Calpurnia requirió mi presencia en la cocina.

Parecía furiosa, y cuando ocurría su gramática se volvía errática. Cuando estaba tranquila la tenía tan buena como cualquier persona de Maycomb. Atticus decía que Calpurnia era más instruida que la mayoría de la gente de color.

Cuando me miraba entornando los ojos bizcos, las pequeñas arrugas que los rodeaban se hacían más profundas.

—Hay personas que no comen como nosotros —susurró airada—, y no está bien que las critiques cuando

comparten tu mesa. Ese chico es tu invitado, y si quiere co-
merse el mantel tú debes dejar que se lo coma, ¿me oyes?

—No es un invitado, Cal, es solamente un Cunningham...

—¡Cierra la boca! No importa quién sea; todo el que
pone un pie en esta casa es tu invitado, ¡y no quiero oírte
hacer comentarios sobre sus maneras como si tú fueras
una especie de aristócrata! Tu familia quizá sea mejor
que los Cunningham, pero no por eso tienes que menos-
preciarlos... ¡Y si no sabes comportarte debidamente
en la mesa, comerás aquí, en la cocina! —concluyó Calpurnia.

Luego, con un cachete que me escoció bastante me
mandó de regreso al comedor. Cogí mi plato y terminé
de comer en la cocina, agradeciendo con todo que me
ahorrasen la humillación de continuar ante Atticus, mi
hermano y Walter. A Calpurnia le dije que se arrepentiría de lo que me había hecho: un día, cuando ella no mirase, saldría y me ahogaría en el Remanso de Barker, y
entonces se arrepentiría. Además, añadí, tenía otra cosa
que echarle en cara: me había enseñado a escribir y todo
era culpa suya.

—Basta de alborotar —me interrumpió Calpurnia.

Jem y Walter regresaron a la escuela antes que yo,
pero retrasarme para advertir a Atticus de las iniquidades
de Calpurnia bien valía pasar sola por delante de la casa de
los Radley.

—Además, a Jem lo quiere más que a mí —dije, y
añadí que debía despedirla sin pérdida de tiempo.

—¿Has considerado alguna vez que Jem no le da ni
la mitad de disgustos que tú? —La voz de Atticus era
dura como el pedernal—. No tengo intención de desha-
cerme de ella, ni ahora ni nunca. No podríamos arreglar-
nos ni un solo día sin Cal, ¿lo has pensado alguna vez?
Piensa en lo mucho que Cal hace por ti, y obedécela, ¿me
oyes?

Regresé a la escuela odiando profundamente a Calpurnia, hasta que un alarido repentino disipó mis resentimientos. Al levantar la vista vi a la señorita Caroline de pie en medio de la sala, con una expresión de horror en el rostro. Al parecer se había reanimado bastante para perseverar en su profesión.

—¡Está vivo! —chillaba.

La población masculina de la clase corrió como un solo hombre en su auxilio. «¡Señor —pensé—, se asusta por nada!» Little Chuck Little, que poseía una paciencia fenomenal para todos los seres vivientes, dijo:

—¿Hacia dónde ha ido, señorita Caroline? Díganos adónde ha ido, ¡deprisa! D. C.... —le ordenó a un chico que estaba detrás—, D. C., cierra la puerta y le cogeremos. Rápido, señorita, ¿adónde ha ido?

La señorita Caroline señaló a un individuo grueso a quien yo no conocía. Little Chuck contrajo la cara y preguntó dulcemente:

—¿Quiere decir éste, señorita? Sí, está vivo. ¿La ha asustado?

—En el preciso momento en que pasaba por ahí, un piojo ha saltado de sus cabellos... —dijo la señorita Caroline desesperada.

Little Chuck sonrió.

—No tiene por qué temerlo, señorita. ¿Nunca ha visto un piojo? Vamos, no tenga miedo; vuélvase a su mesa y enséñenos algo más.

Little Chuck Little era otro miembro de los muchos chicos que comían a salto de mata, pero se trataba de un caballero nato. Cogió a la señorita Caroline por el codo y la acompañó hasta el extremo de la sala.

—Vamos, no se preocupe, señorita —dijo—. No hay motivo para tener miedo. Voy a buscarle un poco de agua fría.

El huésped del piojo no manifestó el menor interés por la escena que había provocado. Hundió los dedos en el cabello, localizó a su inquilino y lo aplastó entre el pulgar y el índice.

La señorita Caroline seguía la maniobra entre fascinada y horrorizada. Little Chuck le llevó agua en un vaso de papel, y ella la bebió agradecida. Al fin recobró la voz.

—¿Cómo te llamas, hijo? —preguntó cariñosamente.

El del piojo parpadeó.

—¿Quién, yo?

La señorita Caroline asintió con la cabeza.

—Burris Ewell.

La señorita Caroline examinó el libro de asistencia.

—Aquí hay un Ewell, pero no figura el nombre... ¿Querrás deletreármelo?

—No sé hacerlo. En casa me llaman Burris.

—Bien, Burris —dijo la señorita Caroline—. Creo que será mejor darte el resto de la tarde libre. Quiero que te vayas a casa y te laves la cabeza. —Sacó un grueso libro de un cajón, lo hojeó y leyó un momento—. Un buen remedio casero para... Burris, quiero que te vayas a casa y te laves el cabello con jabón de lejía. Cuando lo hayas hecho, frótate la cabeza con petróleo.

—¿Para qué, señorita?

—Para librarte de..., pues... de los piojos. De lo contrario, Burris, los otros chicos podrían cogerlos también, y tú no lo quieres, ¿verdad que no?

El niño se puso en pie y la miró. Era el ser humano más sucio que he visto en mi vida. Tenía el cuello de un gris oscuro, el dorso de las manos como manchado de óxido y las uñas negras. Nadie se había fijado en él, probablemente, porque la señorita Caroline y yo habíamos divertido a la clase la mayor parte de la mañana.

—Y, Burris —añadió la maestra—, mañana, antes de venir a la escuela, haz el favor de bañarte.

El chico soltó una carcajada grosera.

—No es usted quien me echa, señorita —replicó con

acento tosco—. Estaba a punto de marcharme; por este año ya he cumplido.

La señorita Caroline pareció confusa.

—¿Qué quieres decir con eso?

Por toda respuesta, el chico soltó un breve bufido de desprecio.

Uno de los miembros de más edad de la clase, dijo:

—Es un Ewell, señorita.

Me pregunté si esa explicación tendría tan poco éxito como mi tentativa. Pero la señorita Caroline parecía dispuesta a escuchar.

— La escuela está llena de ellos —prosiguió—. Se presentan el primer día de cada año, y luego se marchan. La encargada de la asistencia los hace venir amenazándolos con el *sheriff*, pero ha abandonado el empeño de hacerlos continuar. Supone que ha cumplido con la ley anotando sus nombres en la lista y obligándolos a venir el primer día. Se da por descontado que el resto del año se les pondrá falta...

—Pero ¿y sus padres? —preguntó la señorita Caroline, auténticamente preocupada.

—No tienen madre —respondió el chico—, y su padre es muy pendenciero.

Burris Ewell parecía mostrarse halagado.

—Hace ya tres años que vengo el primer día al primer grado —dijo—. Calculo que si soy listo este año me pasarán al segundo...

—Haz el favor de sentarte, Burris —dijo la señorita Caroline, y en el momento mismo en que lo dijo comprendí que había cometido un serio error.

—Pruebe usted a obligarme, señorita —masculló Burris, colérico.

Little Chuck Little se puso en pie.

—Deje que se vaya, señorita —dijo—. Es un ruin, un ruin endurecido, capaz de cualquier barbaridad, y aquí hay niños pequeños.

Little era canijo, pero cuando Burris Ewell se volvió hacia él, se llevó la mano derecha al bolsillo.

—Cuidado con lo que haces, Burris —le advirtió—. Estarías muerto antes de que te enterases. Ahora lárgate.

Burris pareció sentir miedo de aquel niño al que doblaba en estatura, y la señorita Caroline aprovechó su indecisión.

—Burris, vete a casa. Si no lo haces llamaré a la directora —dijo—. De todos modos, tendré que dar parte de esto.

El muchacho soltó un bufido y se dirigió cabizbajo hacia la puerta.

Cuando estuvo fuera del alcance de la señorita Caroline, se volvió y gritó:

—¡Dé parte y reviente! ¡Todavía no ha nacido ninguna puerca maestra que pueda obligarme a hacer lo que no quiero! ¡Usted no me obliga a ir a ninguna parte, señorita! ¡Recuérdelo bien, no me obliga a ir a ninguna parte!

Aguardó hasta que estuvo seguro de que la señorita Caroline se echaba a llorar, y luego abandonó el aula con paso torpe.

Pronto estuvimos todos apiñados alrededor de la maestra, tratando de consolarla de diversos modos... Era un malvado..., aquél había sido un golpe bajo... «Usted no ha venido a enseñar a gente como ésa.» «En Maycomb la gente no se porta así, señorita Caroline, de veras que no.» «Vamos, no se atormente, señorita.» «Señorita Caroline, ¿por qué no nos lee un cuento? Ese del gato que ha leído esta mañana estaba muy bien.»

La señorita Caroline sonrió, se limpió la nariz y dijo:

—Gracias, preciosidades.

Nos indicó que volviéramos a nuestros asientos, abrió un libro y desconcertó a todos con una larga narración sobre un sapo que vivía en un salón.

Cuando pasé por delante de la casa de los Radley por

cuarta vez aquel día —dos de ellas a todo galope—, mi humor sombrío había empeorado hasta estar a tono con aquella vivienda. Si el resto del año escolar resultaba tan cargado de dramas como el primer día, quizá fuese un poco divertido, pero la perspectiva de pasar nueve meses absteniéndome de leer y escribir me hizo pensar en escapar.

Mediada la tarde, había completado ya mis planes de fuga. Cuando Jem y yo echamos a correr por la acera al encuentro de Atticus, que regresaba a casa procedente del trabajo, no me di mucha prisa. Teníamos la costumbre de hacerlo a diario, en cuanto veíamos a Atticus doblar la esquina de la oficina de Correos, allá en la distancia. Atticus parecía haber olvidado el disgusto que le había dado al mediodía; me hizo un montón de preguntas sobre la escuela. Yo respondí con monosílabos, y él no insistió.

Quizá Calpurnia se diera cuenta de que yo no había tenido un buen día, porque permitió que mirase cómo preparaba la cena.

—Cierra los ojos y abre la boca y te daré una sorpresa —me dijo.

No preparaba buñuelos a menudo, pues aseguraba que no le alcanzaba el tiempo, pero ese día, mientras Jem y yo estábamos en la escuela, había sido poco ajetreado. Y sabía que los buñuelos me encantaban.

—Te he echado de menos —dijo—. Alrededor de las dos la casa estaba tan solitaria que he tenido que poner la radio...

—¿Por qué? Jem y yo nunca estamos en casa, a menos que llueva.

—Ya lo sé —contestó—, pero uno de los dos siempre se encuentra lo bastante cerca para oírme. Me pregunto cuántas horas del día me paso llamándoos. Bien —añadió levantándose de la silla de la cocina—, ya es hora de preparar una cacerola de buñuelos, me figuro. Ahora vete y déjame poner la cena en la mesa.

Calpurnia se inclinó y me besó. Salí corriendo, sorprendida por el cambio que se había operado en ella, que se mostraba conciliadora conmigo. Siempre fue demasiado dura conmigo, y al fin había visto el error de su proceder, aunque era demasiado obstinada para confesarlo. Yo estaba cansada de los delitos cometidos aquel día.

Después de cenar, Atticus se sentó, con el periódico en la mano, y me llamó:

—Scout, ¿estás lista para leer?

El Señor me enviaba más de lo que podía resistir, y me fui al porche delantero. Atticus me siguió.

—¿Ocurre algo, Scout?

Le dije que no me encontraba muy bien y que, si él estaba de acuerdo, había decidido que no volvería a la escuela.

Atticus se sentó en la mecedora y cruzó las piernas. Como siempre que quería reflexionar en algo, comenzó a manosear el reloj de bolsillo. Permaneció en silencio, con actitud amistosa, y traté de reforzar mi posición.

—Tú no fuiste a la escuela y te desenvuelves perfectamente —dije—; por tanto, yo también quiero quedarme en casa. Te encargarás de enseñarme, lo mismo que el abuelito os enseñó a ti y a tío Jack.

—No, no puedo —respondió Atticus—. Además, si te retuviera en casa me encerrarían en un calabozo... Una dosis de magnesia esta noche, y mañana a la escuela.

—La verdad es que me encuentro bien.

—Me lo figuraba. ¿Qué te pasa, entonces?

Uno a uno, le referí los infortunios del día.

—... Y ha dicho que me enseñaste todo mal, de modo que ya no podremos volver a leer; nunca. Por favor, no me obligues a volver a la escuela, por favor.

Atticus se puso en pie y anduvo hasta el extremo del porche. Cuando hubo completado el examen de la enredadera, regresó hacia mí.

—En primer lugar —dijo—, si aprendes una treta

sencilla, Scout, convivirás mucho mejor con toda clase de gente. Uno no comprende de veras a una persona hasta que considera las cosas desde su punto de vista...

—¿Cómo es eso?

—... Hasta que se mete en el pellejo del otro y va por ahí como si fuera ese otro.

Atticus añadió que yo había aprendido muchas cosas ese día, y la señorita Caroline, por su parte, otras cuantas. Concretamente, había aprendido a aborrecer dar algo a un Cunningham; pero si Walter y yo hubiésemos mirado el caso con sus ojos, habríamos visto que fue una equivocación honrada. Era imposible que se enterase de todas las peculiaridades de Maycomb en un día, y no podíamos culparla por ello.

—Que me cuelguen —repliqué—, pero a mí sí puede culparme de leer aquello... Escucha, Atticus, ¡no es preciso que vaya a la escuela! —De pronto, una idea me llenó de entusiasmo—. ¿Recuerdas a Burris Ewell? Pues Burris sólo va a la escuela el primer día. La encargada de la asistencia inscribe su nombre en la lista y da por cumplida la ley.

—Tú no puedes hacer eso, Scout —contestó Atticus—. A veces, en casos especiales, es mejor doblar un poco la vara de la ley. En tu caso, sin embargo, la vara permanece rígida. Tú tienes que ir a la escuela.

—No sé por qué yo he de ir y él no.

—Escucha...

Atticus dijo que los Ewell habían sido la vergüenza de Maycomb durante tres generaciones. No recordaba que ninguno de ellos hubiese trabajado honradamente jamás. Añadió que una Navidad, cuando fuera a llevar el árbol al vertedero, me diría que lo acompañase y me enseñaría dónde vivían. Eran personas, pero vivían como animales.

—Pueden ir a la escuela siempre que quieran, siempre que muestren el mínimo síntoma de estar dispuestos a recibir una educación —continuó Atticus—. Existen medios para retenerlos en la escuela por la fuerza, pero es una necedad obligar a gente como los Ewell a un ambiente nuevo...

—Si mañana yo no fuese a la escuela, tú me obligarías.

—Lo que ocurre, Scout Finch —replicó Atticus secamente—, es que tú perteneces al tipo corriente de personas, y por ello debes obedecer la ley.

Añadió que los Ewell pertenecían a una sociedad cerrada de la que sólo ellos formaban parte. En ciertas circunstancias las personas corrientes, con muy buen criterio, les concedían ciertos privilegios por el simple recurso de hacerse las ciegas ante algunas de sus actividades. Por ejemplo, no estaban obligados a ir a la escuela. Otra cosa, al señor Bob Ewell, el padre de Burris, se le permitía que cazase y pusiese trampas en tiempo de veda.

—Eso está muy mal, Atticus —objeté—. En el condado de Maycomb va contra la ley cazar en tiempo de veda.

—Va contra la ley, es cierto —admitió Atticus—, y está muy mal, en verdad; pero cuando un hombre se gasta el cheque del subsidio en whisky, sus hijos suelen pasar hambre. No conozco a ningún terrateniente de los alrededores que quiera hacer pagar a los hijos los animales que mata el padre.

—El señor Ewell no debería obrar así...

—Naturalmente que no, pero jamás cambiará de manera de ser. ¿Vas a emprenderla contra sus hijos?

—No, señor —murmuré, con el último conato de resistencia—. Pero si sigo yendo a la escuela, ya no podremos leer...

—Y eso te molesta, ¿verdad?

—Sí, señor.

Atticus me miró con esa expresión que siempre me hacía esperar algo.

—¿Sabes lo que es un compromiso? —preguntó.

—¿Doblar la vara de la ley?

—No, es un acuerdo al que se llega por mutuas concesiones. Es como sigue —dijo—. Si reconoces la necesidad de ir a la escuela, seguiremos leyendo todas las noches como lo hemos hecho siempre. ¿Te conviene?

—¡Sí, señor!

—Lo consideraremos sellado sin la formalidad habitual —dijo Atticus al ver que me preparaba para escupir.

Cuando abría la puerta vidriera de la fachada, Atticus dijo:

—Ah, de paso, Scout, es mejor que no digas nada en la escuela de nuestro convenio.

—¿Por qué no?

—Me temo que las autoridades no verían con buenos ojos nuestras actividades.

Jem y yo estábamos habituados al lenguaje jurídico de mi padre, y teníamos permiso para interrumpirlo pidiéndole una aclaración si no entendíamos lo que nos decía.

—¿Señor?

—Yo nunca fui a la escuela —continuó—, pero tengo la impresión de que si le dijeses a la señorita Caroline que leemos todas las noches, la tomaría conmigo, y no me gustaría que lo hiciese.

Aquella noche Atticus nos tuvo en vilo, leyéndonos con aire grave acerca de un hombre que sin motivo aparente se había sentado en la punta de un asta de bandera, lo cual fue razón suficiente para que Jem se pasase todo el domingo siguiente en la caseta de los árboles. Allí estuvo desde el desayuno hasta la puesta del sol, y habría continuado por la noche si Atticus no le hubiese suspendido el aprovisionamiento. Yo me había pasado la mayor parte del día subiendo y bajando, haciendo los encargos que me ordenaba, proveyéndolo de literatura, alimento y agua, y me disponía a llevarle mantas para que pasase la noche cuando Atticus me dijo que, si no le hacía caso, Jem bajaría. Atticus tuvo razón.

4

El resto de mis días de escuela no fueron más propicios que los primeros. Consistieron en un proyecto interminable que se transformó lentamente en una Unidad, por la cual el estado de Alabama gastó millas de cartulina y de lápices de colores en un bien intencionado pero infructuoso esfuerzo por inculcarme Dinámica de Grupo. Hacia el final de mi primer año, lo que Jem llamaba el Sistema Decimal de Dewey dominaba toda la escuela, de modo que no tuve ocasión de compararlo con otras técnicas de enseñanza.

Lo único que podía hacer era mirar alrededor: Atticus y mi tío, que tuvieron la escuela en casa, lo sabían todo; o al menos lo que uno no sabía lo sabía el otro. Más aún, yo no podía dejar de pensar en que mi padre había pertenecido durante años a la asamblea legislativa del estado, y cada vez había resultado elegido sin oposición aun cuando no hacía caso de las regulaciones que mis maestras consideraban esenciales para la formación de un buen Espíritu Ciudadano. Jem, educado sobre una base mitad Decimal mitad Duncecap, parecía funcionar con eficacia solo o en grupo, pero claro que Jem no servía como ejemplo; ningún sistema de vigilancia ideado por el hombre habría podido impedirle que cogiera libros. En cuanto a mí, no sabía nada más que lo que leía en la revista *Time* y todo lo que en casa caía en mis manos, pero a medida que iba avanzando penosamente por la noria del sistema escolar del condado de Maycomb, no podía evitar la impresión de que estaban estafándome. No sabía en qué fundaba mi creencia, pero me resistía a pensar que el estado quisiera regalarme únicamente doce años de aburrimiento absoluto.

Mientras transcurría el año, como salía de la escuela treinta minutos antes que Jem, que se quedaba hasta las tres, pasaba por delante de la casa de los Radley tan deprisa como me era posible, y no me detenía hasta haber llegado al refugio seguro de nuestro porche. Una tarde, cuando pasaba corriendo, algo atrajo mi atención. Me detuve, miré alrededor con atención y retrocedí.

En el límite de la finca de los Radley crecían dos encinas cuyas raíces se extendían hasta la orilla del camino, sobresaliendo del terreno. En uno de aquellos árboles había una cosa que me llamó la atención.

De una cavidad nudosa del tronco, a la altura de mis ojos precisamente, salía una hoja de papel de estaño, que me hacía guiños a la luz del sol. Me puse de puntillas, miré otra vez, rápidamente, alrededor, metí la mano en el agujero y saqué dos pastillas de goma de mascar sin su envoltura exterior.

Mi primer impulso fue llevármelas a la boca lo antes posible, pero entonces recordé dónde me encontraba. Corrí a casa y en el porche examiné el botín. La goma de mascar parecía buena. Husmeé las pastillas y les encontré buen olor. Lamí una y esperé un rato. Al ver que no me moría, me la metí en la boca. Era Wrigley's Double-Mint auténtica.

Cuando Jem llegó a casa me preguntó cómo había conseguido aquella goma de mascar. Respondí que la había encontrado.

—No debes comer lo que encuentres por ahí, Scout.

—Ésta no estaba en el suelo, sino en un árbol.

Jem refunfuñó.

—En serio —le aseguré—. Salía de aquel árbol de allá, el que se encuentra viniendo de la escuela.

—¡Escúpelas enseguida!

Las escupí. De todos modos ya estaban perdiendo el sabor.

—Llevo toda la tarde mascándolas y todavía no me he muerto; ni siquiera me siento mal.

Jem pateó el suelo con el pie.

—¿No sabes que ni siquiera tienes que tocar aquellos árboles? ¡Podrías morir!

—¡Pues una vez tú tocaste la casa!

—¡Aquello era diferente! Ve a hacer gárgaras... Enseguida, ¿me oyes?

—De ningún modo; se me quitaría el sabor de la goma de mascar.

—¡Si no lo haces se lo diré a Calpurnia!

Para no arriesgarme a tener un altercado con Calpurnia, hice lo que Jem me mandaba. Por alguna razón que se me escapaba, mi primer año de escuela había producido un gran cambio en nuestras relaciones; la tiranía, la falta de equidad y la costumbre de Calpurnia de meterse en mis asuntos se habían reducido a unos ligeros murmullos de desaprobación general. Por mi parte, en ocasiones, me tomaba muchas molestias para no provocarla.

El verano se aproximaba; Jem y yo lo esperábamos con impaciencia. El verano era nuestra mejor estación: representaba dormir en catres en el acristalado porche trasero, o probar de dormir en la caseta de los árboles; representaba infinidad de cosas buenas para comer; representaba un millar de colores en un paisaje reseco; pero, lo más importante, el verano representaba el regreso de Dill.

El último día de clase las autoridades nos dejaron ir más temprano, y Jem y yo fuimos a casa juntos.

—Calculo que Dill llegará mañana —arriesgué.

—Probablemente pasado —dijo Jem—. En Mississippi los sueltan un día más tarde.

Cuando llegamos a las encinas de la casa de los Radley, levanté el dedo para señalar por centésima vez la cavidad donde había encontrado la goma de mascar, tratando de convencer a Jem de que la había hallado allí, y me vi señalando otra hoja de papel de estaño.

—¡Ya lo veo, Scout!, ya lo veo...

Jem miró alrededor, levantó la mano y con gesto rápido se metió en el bolsillo un paquete diminuto y brillante. Corrimos a casa y en el porche fijamos la mirada en una cajita recubierta de trozos de papel de estaño procedente de las envolturas de la goma de mascar. Era una cajita semejante a las que contienen anillos de boda, de terciopelo morado con un cierre pequeñísimo. Jem abrió el cierre. Dentro había dos monedas muy pulidas, una encima de la otra. Jem las examinó.

—Cabezas de indio —dijo—. Una es de mil novecientos seis y la otra de... mil novecientos. Son antiguas de verdad.

—Mil novecientos —repetí—. Oye...

—Cállate un minuto, estoy pensando.

—Jem, ¿tú crees que alguien tiene su escondite allí?

—No, excepto nosotros, nadie pasa mucho por ese lugar, a menos que sea una persona mayor...

—Las personas mayores no tienen escondites. ¿Te parece que debemos guardarlas, Jem?

—No sé qué deberíamos hacer, Scout. ¿A quién se las devolveríamos? Estoy seguro de que nadie pasa por allí... Cecil coge la calle de detrás y da un rodeo para ir a su casa.

Cecil Jacobs, que vivía en el extremo más alejado de nuestra calle, en la casa vecina a la oficina de Correos, andaba un total de una milla todos los días para evitar la casa de los Radley y a la anciana señora Dubose, que vivía dos puertas más allá, calle arriba, de la nuestra. Todos los vecinos coincidían en que la señora Dubose era la anciana más ruin que había existido. Jem no quería pasar por delante de su casa si no era en compañía de Atticus.

—¿Qué se supone que debemos hacer, Jem?

Los autores de un hallazgo eran dueños de lo hallado hasta que otro demostrase sus derechos. No había problema en cortar de vez en cuando una camelia, en beber un trago de leche caliente de la vaca de la señorita Maudie Atkinson en un día de verano, o en arrancar unas pocas uvas del vecino, pero con el dinero era diferente.

—¿Sabes qué? —dijo Jem—. Las guardaremos hasta que empiece la escuela, entonces iremos por las clases y preguntaremos a todos si son suyas. Hay chicos que vienen con el autobús..., quizás uno tenía que cogerlas al salir hoy de la escuela y se le ha olvidado. Estas monedas son de alguien; ¿no ves lo desgastadas que están?

—Sí, pero ¿cómo es posible que guardasen del mismo modo la goma de mascar? La goma de mascar no dura.

—No lo sé, Scout. Pero estas monedas deben de ser importantes para alguien...

—¿Por qué motivo...?

—Pues, mira, las cabezas de indio... poseen una magia poderosa, traen buena suerte, y no me refiero a comer pollo frito cuando no lo esperas, sino a vivir muchos años, gozar de buena salud y aprobar los exámenes de cada seis semanas... Sí, estas monedas deben de tener mucho valor para alguien. Las guardaré en mi baúl.

Antes de irse a su cuarto, Jem miró largo rato la casa de los Radley. Parecía estar pensando otra vez.

Dos días después llegó Dill cubierto de gloria: había viajado en tren, sin que lo acompañara nadie, desde Meridian hasta el empalme de Maycomb (era un nombre honorífico, ya que el empalme de Maycomb estaba en el condado de Abbott), donde la señorita Rachel había ido a buscarlo con el único taxi de la ciudad; había comido en el restaurante, y en Bay Saint Louis había visto apearse a dos gemelos pegados el uno al otro, y se mantuvo en sus trece sobre estas historias, a pesar de nuestras amenazas. Había desechado los abominables pantalones azules cortos que se abrochaban en la camisa, y llevaba unos de verdad, con cinturón. Se lo veía algo más corpulento, aunque no más alto, y aseguraba que había visto a su padre. El padre de Dill era más alto que el nuestro, llevaba una barba negra (en punta) y era presidente de los Ferrocarriles L. & N.

—Ayudé por un rato al maquinista —dijo Dill, bostezando.

—Venga ya, Dill. Cállate —replicó Jem—. ¿A qué jugaremos hoy?

—A Tom, Sam y Dick —respondió Dill—. Vámonos al jardín delantero.

Dill quería jugar a *Los Rover*, porque eran tres papeles respetables. Evidentemente, estaba cansado de ser nuestro primer actor.

—Estoy harta de ellos —dije. En efecto, estaba cansada de representar el papel de Tom Rover, que de pronto perdía la memoria en mitad de una película y quedaba eliminado de la escena hasta que lo encontraban en Alaska—. Invéntanos una, Jem —pedí.

—Me aburre inventar.

Era nuestro primer día de libertad y los tres estábamos cansados. Me pregunté qué nos depararía el verano.

Habíamos bajado al jardín delantero, donde Dill se quedó contemplando la funesta figura de la casa de los Radley.

—Huelo la muerte —musitó—. Lo digo de veras —insistió cuando le pedí que se callase.

—¿Significa eso que cuando muere alguien tú lo notas por el olor?

—No, quiero decir que puedo oler a una persona y adivinar si va a morir. Me lo enseñó una vieja. —Dill se inclinó y me olfateó—. Jean... Louise... Finch, tú morirías dentro de tres días.

—Dill, si no te callas te daré un golpe que te doblaré por la mitad. Y ahora hablo en serio...

—Callaos —refunfuñó Jem—. Os comportáis como si creyeseis en fuegos fatuos.

—Y tú te comportas como si no creyeses —repliqué.

—¿Qué es un fuego fatuo? —preguntó Dill.

—¿Nunca has ido de noche por un camino solitario o has pasado junto a un lugar maldito? —le preguntó Jem—. Un fuego fatuo es un espíritu que no puede subir al cielo, que está condenado a vagar por caminos solitarios, y si uno pasa por encima de él, cuando se muere se convierte en otro fuego fatuo y anda por ahí de noche sorbiéndole el aliento a la gente...

—¿Cómo se hace para no pasar por encima de un fuego fatuo?

—No hay modo de evitarlo —contestó Jem—. A veces se echan en el camino cubriéndolo de parte a parte, pero si al ir a cruzar por encima de uno dices: «Ángel del destino, vida para el muerto; sal de mi camino, no me sorbas el aliento», haces que el espíritu se aleje...

—No creas ni una palabra de lo que dice, Dill —aconsejé—. Calpurnia asegura que eso son cuentos de negros.

Jem me miró con ceño, pero dijo:

—Bien, ¿vamos a jugar a algo o no?

—¿Qué os parece si rodamos con el neumático? —propuse.

—Soy demasiado alto —objetó Jem con un suspiro.

—Pues entonces empuja.

Corrí al patio trasero, saqué de debajo de la caseta un neumático viejo de coche y lo hice rodar hasta el jardín.

—Yo primero —dije.

Dill objetó que el primero tenía que ser él, pues hacía poco que había llegado.

Jem decidió que fuese yo la primera, pero concedió a Dill una carrera más. Me contorsioné para introducirme en la cubierta.

Hasta que lo demostró, no comprendí que Jem estaba ofendido porque lo contradije en lo de los fuegos fatuos, y que esperaba pacientemente la oportunidad de desquitarse. Lo hizo empujando la cubierta acera abajo con todas sus fuerzas. Tierra, cielo y casas se confundían; me zumbaban los oídos, me asfixiaba. No podía sacar las manos para parar; las tenía encajadas entre el pecho y las rodillas. Sólo me quedaba confiar en que una elevación de la acera me detuviese. Oía a mi hermano detrás, persiguiendo la cubierta y gritando.

La cubierta saltaba sobre la gravilla, se desvió atravesando la calle y me despidió contra el suelo. Cegada y mareada, me quedé tendida sobre el cemento, sacudiendo la cabeza y golpeándome los oídos para que dejaran de zumbarme, cuando oí a Jem exclamar:

—¡Scout, sal de ahí; rápido!

Levanté la cabeza y vi allí delante los peldaños del porche de la casa de los Radley. Me quedé paralizada del miedo.

—¡Venga, Scout, no te quedes ahí tendida! —gritaba Jem—. ¡Levántate! ¿Es que no puedes?

Me puse en pie, temblando como una hoja.

—¡Coge la cubierta! —aulló Jem—. ¡Tráetela!

Cuando logré calmarme un poco, corrí hacia ellos a toda la velocidad que pudieron llevarme las piernas.

—¿Por qué no has traído la cubierta? —preguntó Jem.

—¿Por qué no vas a buscarla tú? —chillé.

Se quedó callado.

—No está mucho más allá de la puerta de entrada —lo pinché—. ¡Si una vez hasta tocaste la casa!, ¿no te acuerdas?

Jem me dirigió una mirada cargada de furia; echó a correr acera abajo, cruzó la entrada del jardín con cautela y luego entró como una flecha y recobró la cubierta.

—¿Lo ves? —clamaba con cara de reproche y de triunfo—. No tiene importancia. A veces, Scout, te comportas como una niña malcriada.

Tenía más importancia de la que él suponía, pero decidí no decírselo.

Calpurnia apareció en la puerta y gritó:

—¡Es la hora de la limonada! ¡Entrad todos antes de que ese sol abrasador os ase vivos!

La limonada a media mañana era un rito veraniego. Calpurnia puso una jarra y tres vasos en el porche, y luego fue a ocuparse de sus asuntos. El haber perdido el magnánimo favor de Jem no me inquietaba de un modo especial. La limonada le devolvería el buen humor.

Jem apuró su segundo vaso y se dio una palmada en el pecho.

—Ya sé a qué jugaremos —anunció—. Será algo nuevo, distinto.

—¿A qué? —preguntó Dill.

—A Boo Radley.

Estaba claro que Jem había ideado aquel juego para darme a entender que no temía a los Radley, y para que su temerario heroísmo contrastase con mi cobardía.

—¿A Boo Radley? ¿Cómo? —preguntó Dill.

—Tú, Scout, serás la señora Radley... —indicó Jem.

—Lo seré si quiero. No creo que...

—No pongas excusas —me interrumpió Dill—. ¿Todavía tienes miedo?

—Tal vez él salga de noche, cuando todos dormimos... —dije.

—Scout, ¿cómo sabrá lo que hacemos? —intervino Jem—. Además, no creo que continúe ahí. Murió hace años y lo embutieron en la chimenea.

Dill dijo:

—Jem, si Scout tiene miedo, jugaremos tú y yo —dijo Dill—, y ella que mire.

Yo estaba absolutamente segura de que Boo Radley se encontraba dentro de aquella casa, pero no tenía manera de probarlo, y consideré mejor permanecer callada, pues de lo contrario me habrían acusado de creer en fuegos fatuos, fenómeno al que era completamente inmune, durante las horas del día.

Jem distribuyó los papeles: yo sería la señora Radley, y todo lo que tenía que hacer era salir a barrer el porche. Dill sería el viejo señor Radley, y caminaría arriba y abajo por la acera; cuando Jem le dijera algo, él tosería. Naturalmente, Jem sería Boo: bajaría las escaleras de la puerta de casa y de vez en cuando chillaría y aullaría.

A medida que avanzaba el verano nuestro juego progresaba. Añadimos diálogos y perfeccionamos la trama hasta que compusimos una pequeña obra teatral en la que introducíamos cambios todos los días.

Dill era el villano de los villanos: sabía identificarse con cualquier papel que le asignaran, y hasta parecer alto si la estatura formaba parte de la maldad requerida. Yo representaba de mala gana el papel de diversas damas que entraban en el argumento. Nunca me pareció que aquello fuese tan divertido como Tarzán, y no podía evitar sentir cierta ansiedad, a pesar de las seguridades que me daba Jem en el sentido de que Boo Radley había muerto y no me pasaría nada, ya que durante el día él y Calpurnia estaban en casa y por la noche también Atticus.

Jem era un héroe nato.

Habíamos compuesto una obra breve y triste, tejida con trozos y retales de habladurías y leyendas de la vecindad: la señora Radley había sido hermosa hasta que se casó con el señor Radley y perdió todo su dinero. Perdió además la mayor parte de los dientes, el cabello y el índice de la mano derecha (esto era una aportación de Dill: Boo se lo había arrancado de un mordisco una noche, en que no encontró gatos y ardillas que comer); casi todo el tiempo se lo pasaba sentada en la sala llorando, mientras Boo poco a poco acababa con todo el mobiliario de la casa.

Nosotros éramos también los muchachos que se encontraban en apuros; para variar, yo hacía de juez de paz;

Dill se llevaba a Jem y lo obligaba a meterse debajo de las escaleras, pinchándolo con la escoba. Jem reaparecía cuando tenía que hacer entre otros personajes, de *sheriff* o de señorita Stephanie Crawford, que sabía más cosas de los Radley que ninguna otra persona en Maycomb.

Cuando llegaba el momento de representar la escena de Boo, Jem entraba a hurtadillas en la cocina, cogía las tijeras de la máquina de coser aprovechando el momento en que Calpurnia estaba de espaldas, y luego se sentaba en la mecedora y se ponía a recortar periódicos. Dill pasaba por delante, lo saludaba tosiendo, y Jem simulaba que le clavaba las tijeras. Desde donde yo estaba parecía real.

Cuando el señor Nathan Radley pasaba por nuestro lado en su viaje diario a la ciudad, nos quedábamos quietos y callados hasta que se había perdido de vista, y luego nos preguntábamos qué nos haría si sospechase algo. Nuestras representaciones se interrumpían siempre que aparecía algún vecino, y una vez vi a la señorita Maudie Atkinson mirándonos desde el otro lado de la calle, con las tijeras de podar en la mano, inmóvil.

Un día estábamos tan ocupados representando el capítulo XXV, libro II, de *La familia de un solo hombre* que no vimos a Atticus plantado en la acera contemplándonos al mismo tiempo que se golpeaba la rodilla con una revista arrollada. El sol indicaba que eran las doce del mediodía.

—¿Qué estáis representando? —preguntó.

—Nada —contestó Jem.

La evasiva de mi hermano me indicó que aquel juego era un secreto, de modo que guardé silencio.

—Entonces, ¿para qué tienes esas tijeras? ¿Por qué estás haciendo pedazos ese periódico? Si es el de hoy te daré una paliza.

—Nada —repitió Jem.

—Nada, ¿qué? —dijo Atticus.

—Nada, señor.

—Dame las tijeras —ordenó Atticus—. Es peligroso jugar con ellas. ¿Tiene eso algo que ver con los Radley, quizá?

—No, señor —respondió Jem, poniéndose colorado.

—Espero que no —dijo Atticus con aspereza, y entró en la casa.

—Jem... —susurré.

—¡Cállate! Se ha ido a la sala de estar, y desde allí puede oírnos.

A salvo en el patio, Dill le preguntó a Jem si podíamos seguir jugando.

—No lo sé —respondió Jem—. Atticus no ha dicho que no...

—Jem —lo interrumpí—, de todos modos, Atticus está enterado.

—No, no lo está. Si lo estuviera lo habría dicho.

Yo no las tenía todas conmigo al respecto, pero Jem me dijo que yo era una niña, y que las niñas siempre se imaginan cosas, por eso resultan tan odiosas, y que si empezaba a portarme como una niña ya podía marcharme y buscar a otros con quienes jugar.

—Está bien, vosotros continuad —dije—. Ya veréis lo que pasa.

La llegada de Atticus fue la segunda causa de que quisiera abandonar el juego. La primera tenía que ver con el día en que entré en el jardín de los Radley. A través de los movimientos de la cabeza, de los esfuerzos por dominar las náuseas y de los gritos de Jem, había oído otro sonido, tan bajo que no habría podido percibirlo desde la acera. Dentro de la casa, alguien reía.

5

Como sabía que ocurriría, a fuerza de importunar conseguí doblegar a Jem, y con gran alivio para mí dejamos las representaciones durante un tiempo. Sin embargo, Jem seguía sosteniendo que Atticus no había dicho que no pudiésemos jugar a aquello y, por tanto, podíamos; y si alguna vez Atticus nos lo prohibía, Jem ya había ideado la manera de salvar el obstáculo: sencillamente, cambiaría los nombres de los personajes, y entonces no podrían acusarnos de representar nada.

Dill manifestó una conformidad entusiasta con este plan de acción. De todos modos, Dill se estaba poniendo muy pesado; siempre seguía a Jem a todas partes. A principios de verano me pidió que me casase con él, pero pronto se olvidó. Estableció sus derechos sobre mí, declaró que yo era la única chica a la que amaría en su vida, y luego me abandonó. Le di un par de palizas, pero fue inútil, sólo sirvió para que se arrimara más a Jem. Ambos se pasaban días enteros en la caseta, ideando planes y conjuras, y sólo me llamaban cuando necesitaban un tercer personaje. Pero durante un tiempo me mantuve apartada de sus proyectos más insensatos, y a riesgo de que me dijesen que era una niñata pasé la mayor parte de los atardeceres restantes de aquel verano sentada con la señorita Maudie Atkinson en el porche de su casa.

A Jem y a mí siempre nos había gustado la libertad que nos daba la señorita Maudie de correr por su jardín, con tal de que no nos acercásemos a sus azaleas, pero nuestra relación con ella no estaba claramente definida. Hasta que Jem y Dill me excluyeron de sus planes, ella no era más que otra mujer de la vecindad, si bien relativamente benigna.

El pacto tácito que teníamos con la señorita Maudie era que podíamos jugar en su jardín, comernos sus uvas, saltar en su glorieta y explorar el vasto terreno trasero, lo que constituían cláusulas tan generosas que raras veces le dirigíamos la palabra (¡tan gran cuidado poníamos en mantener el delicado equilibrio de nuestras relaciones!), pero Jem y Dill, con su conducta, me acercaron más a la señorita Maudie.

La señorita Maudie odiaba su casa; consideraba el tiempo que pasaba dentro de ella tiempo perdido. Era viuda, y trabajaba en sus parterres tocada con su viejo sombrero de paja y vestida con su mono de hombre, pero después del baño de las cinco aparecía en el porche y reinaba sobre toda la calle con el magisterio de su belleza.

Amaba todo cuanto crece en esta tierra de Dios, hasta las malas hierbas. Con una excepción. Si encontraba una juncia en el jardín, la rociaba de una sustancia venenosa que, según ella, podía matarnos a todos si no nos apartábamos de allí.

—¿Por qué sencillamente no la arranca? —le pregunté después de presenciar una prolongada batalla contra un tallo que no tenía más de diez centímetros de altura.

—¿Arrancarla? —Levantó las dobladas espiguillas y apretó el diminuto tallo—. Diablos, un vástago de juncia puede arruinar todo un patio. Mira. Cuando llega el otoño, el viento desparrama las semillas por todo el condado de Maycomb. —Por el tono de su voz, la señorita Maudie asimilaba aquel hecho a una peste del Antiguo Testamento.

Para ser una habitante de Maycomb tenía un modo de hablar particularmente vivaz. Nos llamaba a todos por nuestros nombres, y al sonreír dejaba al descubierto dos diminutas abrazaderas de oro sujetas a sus caninos. Cuando expresé la admiración que me causaban y la esperanza de que con el tiempo yo también llevara unas iguales, me dijo:

—Mira. —Y con un chasquido de la lengua hizo salir el puente, un gesto cordial que afirmó nuestra amistad.

La benevolencia de la señorita Maudie se extendía a Jem y a Dill, cuando éstos hacían una pausa: todos cosechábamos los beneficios de un talento que hasta entonces aquella mujer nos había escondido. Preparaba los mejores pasteles de la vecindad. Una vez que le hubimos concedido nuestra confianza, cada vez que utilizaba el horno hacía un pastel grande y otros tres pequeños, y nos llamaba desde el otro lado de la calle:

—¡Jem Finch, Scout Finch, Charles Baker Harry, venid aquí!

Nuestra rapidez siempre se veía recompensada.

En verano los crepúsculos son largos y plácidos. Muy a menudo la señorita Maudie y yo nos sentábamos en silencio en su porche, mirando cómo a medida que se ponía el sol el cielo pasaba del amarillo al rosa, contemplando las bandadas de golondrinas que cruzaban en vuelo bajo sobre los terrenos vecinos y desaparecían detrás de los tejados de la escuela.

—Señorita Maudie —le dije una tarde—, ¿usted cree que Boo Radley todavía vive?

—Se llama Arthur, y vive —respondió. Se mecía pausadamente en su enorme sillón de roble—. ¿Notas el aroma de mis mimosas? Esta tarde parece el aliento de los ángeles.

—Sí. ¿Cómo lo sabe?

—¿El qué?

—Que Bo..., que el señor Arthur todavía vive.

—Vaya pregunta morbosa. Sencillamente lo sé, Jean Louise, porque todavía no he visto que lo sacaran difunto.

—Quizá murió y lo metieron en la chimenea.

—¿De dónde has sacado semejante idea?

—Jem dijo que creía que eso es lo que hicieron.

—Jem se parece cada día más a Jack Finch.

La señorita Maudie conocía a nuestro tío Jack, el hermano de Atticus, desde que ambos eran niños. Tenían la misma edad, poco más o menos, y se habían criado juntos en Finch's Landing. La señorita Maudie era hija de un terrateniente vecino, el doctor Frank Buford. El doctor Buford estaba obsesionado con todo lo que crecía sobre el suelo, de modo que se quedó pobre. El tío Jack limitó su pasión por los cultivos a las macetas de sus ventanas de Nashville y se hizo rico. Al tío Jack lo veíamos todas las Navidades, y todas las Navidades le gritaba a la señorita Maudie desde el otro lado de la calle que se casara con él. «¡Grita un poco más fuerte, Jack Finch —respondía la señorita Maudie—, y te oirán desde la oficina de Correos; yo no te he oído todavía!»

A Jem y a mí, esa manera de pedir la mano de una dama nos parecía un poco rara, pero es que el tío Jack era más bien raro. Decía que estaba tratando sin éxito de sacar de quicio a la señorita Maudie, que lo intentaba desde hacía cuarenta años, que él era la última persona con quien ella pensaría en casarse, pero la primera que se le habría ocurrido para guasearse, y que con ella la mejor defensa era un ataque decidido, todo lo cual nosotros lo entendíamos perfectamente.

—Arthur Radley no sale de su casa, eso es todo —dijo la señorita Maudie—. ¿No te quedarías en tu casa si no tuvieras ganas de salir?

—Sí, pero yo querría salir. ¿Por qué razón él no quiere?

La señorita Maudie entornó los ojos.

—Conoces esta historia tan bien como yo.

—Sí, pero nadie me ha explicado el motivo jamás.

—Ya sabes que el viejo señor Radley era, en religión,

un bautista estricto. Uno de esos a los que llaman «lavadores de pies».

—También lo es usted, ¿verdad?

—Yo soy bautista a secas.

—¿No creen todos ustedes en eso de lavar los pies?

—Sí, creemos. Pero en casa, en la bañera.

—Sin embargo, nosotros no podemos comulgar con todos ustedes...

Decidiendo, por lo visto, que era más fácil definir el carácter de la secta bautista primitiva que la doctrina de la comunión limitada, la señorita Maudie dijo:

—Los «lavadores de pies» creen que todo placer es pecado. ¿No sabías que un sábado vinieron unos cuantos de los campos, pasaron por aquí delante y me dijeron que yo y mis flores iríamos al infierno?

—¿Sus flores también?

—Sí; arderían en mi compañía. Opinaban que paso más tiempo al aire libre que en casa, leyendo la Biblia.

Mi confianza en el Evangelio predicado en el púlpito disminuyó ante la visión de la señorita Maudie cociéndose en varios infiernos protestantes. Por cierto, la señorita Maudie era muy cáustica y no andaba por la vecindad haciendo buenas obras como la señorita Crawford. Pero mientras que nadie que tuviera una pizca de buen sentido se fiaba de la señorita Crawford, Jem y yo teníamos mucha fe en la señorita Maudie. Nunca nos delató, jamás jugó al gato y al ratón con nosotros, no le interesaba, en absoluto, nuestra vida privada. Era una verdadera amiga y yo encontraba incomprensible que una criatura tan razonable corriera el peligro de tormento eterno.

—Eso no es verdad, señorita Maudie. Usted es la señora más buena que conozco.

—Gracias —repuso la señorita Maudie con una sonrisa—. El caso es que los «lavadores de pies» creen que las mujeres son, por definición, la encarnación del pecado. Interpretan la Biblia de modo literal, ya sabes.

—¿Acaso el señor Arthur se queda en casa justamente para estar alejado de las mujeres?

—No tengo ni idea.

—No lo entiendo. Parece que si el señor Arthur deseara ir al cielo debería salir al porche, por lo menos. Atticus dice que Dios ama a las personas como cada uno se ama a sí mismo...

La señorita Maudie dejó de mecerse y su voz se endureció.

—Eres demasiado joven para entenderlo —dijo—, pero a veces la Biblia en manos de un hombre determinado es peor que una botella de whisky en las de..., oh, de tu padre.

Me quedé pasmada.

—Atticus no bebe whisky —repliqué—. No ha bebido una gota en su vida..., aunque sí, sí la bebió. Dice que una vez bebió y no le gustó.

La señorita Maudie se echó a reír.

—No hablaba de tu padre —puntualizó—. Lo que quería expresar es que si Atticus Finch bebiese hasta emborracharse no sería tan cruel como ciertos hombres aun estando plenamente lúcidos. Sencillamente, hay hombres tan... ocupados en acongojarse por el otro mundo que no han aprendido a vivir en éste, y no tienes más que mirar calle abajo para comprobar los resultados.

—¿Usted cree que son ciertas todas estas cosas que dicen de Bo..., del señor Arthur?

—¿Qué cosas?

Se las expliqué.

—Las tres cuartas partes de eso se las ha inventado la gente de color y la otra cuarta parte Stephanie Crawford —aseguró la señorita Maudie, ceñuda—. Stephanie Crawford llegó a decirme que una vez se despertó en mitad de la noche y lo sorprendió mirándola por la ventana. Yo le dije: «¿Y tú qué hiciste, Stephanie? ¿Apartarte un poco en la cama y dejarle sitio?» Esto le cerró la boca por un rato.

No lo dudaba. La voz de la señorita Maudie bastaba para hacer callar a cualquiera.

—No, niña —prosiguió—. Aquella es una casa triste. Recuerdo a Arthur cuando era muchacho. Siempre me hablaba amablemente. Tan amablemente como sabía, poco importa lo que dijera la gente de él.

—¿Se figura usted que está loco?

La señorita Maudie sacudió la cabeza.

—Si no lo está, a estas horas debería estarlo. Nunca sabemos lo que de verdad les pasa a las personas. No sabemos qué sucede en las casas, detrás de las puertas cerradas, qué secretos...

—Dentro de la casa, Atticus no nos hace a Jem y a mí nada que no nos haga igualmente en el patio —dije, creyéndome en el deber de defender a mi padre.

—Tranquila, que al hablar no pensaba en tu padre; pero ahora que pienso quiero decir esto: Atticus Finch es el mismo en casa que en la calle. ¿Te gustaría llevarte a casa un pastel acabado de hacer?

A mí me gustó mucho.

A la mañana siguiente, cuando desperté, encontré a Jem y a Dill en el patio trasero conversando animadamente. Cuando me acerqué, me dijeron, como de costumbre, que me marchase.

—No quiero. Este patio es tan mío como tuyo, Jem Finch. Tengo tanto derecho como tú a jugar en él.

Dill y Jem se apartaron de mí para conferenciar.

—Si te quedas tendrás que hacer lo que te digamos —advirtió Dill.

—Venga... —repliqué—, ¿quién te crees que eres?

—Si no prometes hacer lo que te digamos, no te diremos nada —continuó Dill.

—Vale, vale —cedí por fin—. ¿De qué se trata?

—Vamos a entregarle una nota a Boo Radley —respondió Jem plácidamente.

—Pero ¿cómo? —Yo trataba de vencer el terror que

crecía por momentos en mí. Estaba muy bien que la señorita Maudie dijese lo que se le antojara; era mayor y estaba muy tranquila en su porche. Pero en nuestro caso, era diferente.

Jem colocaría la nota en el extremo de una caña de pescar y metería ésta por la ventana. Si se acercaba alguien, Dill haría sonar la campanilla.

Dill levantó la mano derecha. En ella sostenía la campanilla de plata que usaba mi madre para anunciar que la comida estaba lista.

—Yo daré un rodeo hasta el costado de la casa —dijo Jem—. Ayer nos fijamos y desde la otra parte de la calle vimos que hay una persiana suelta. Creo que quizá pueda dejarla en el alféizar, al menos.

—Jem...

—¡Ya estás metida en este asunto y no puedes salirte! ¡Continuarás con nosotros!

—Bien, bien, pero no quiero vigilar, Jem, alguien estaba...

—Sí, vigilarás; te encargarás de vigilar la parte de atrás de la casa y Dill vigilará la de delante y la calle, y si viene alguien hará sonar la campanilla. ¿Está claro?

—De acuerdo, pues. ¿Qué le escribiréis?

—Le pediremos muy cortésmente que salga alguna vez y nos cuente qué hace ahí dentro; le diremos que no le haremos ningún daño y que le compraremos un helado —explicó Dill.

—¡Os habéis vuelto locos! ¡Nos matará!

—Ha sido idea mía —dijo Dill—. Me figuro que si saliese y se sentara un ratito con nosotros quizá se sentiría mejor.

—¿Cómo sabes que no se siente a gusto?

—Mira, ¿cómo te sentirías tú si hubieses estado un siglo encerrada sin comer otra cosa que gatos? Apuesto a que le ha crecido una barba hasta aquí...

—¿Como la de tu papá?

—Papá no lleva barba; papá... —Dill se interrumpió, como tratando de recordar.

—¡Eh, eh! ¡Te cogí! —exclamé—. Tú dijiste que antes de que te vinieses con el tren tu padre llevaba una barba negra...

—¡Se la afeitó el verano pasado! ¡Sí, y tengo la carta que lo prueba; además, me envió dos dólares!

—¡Sí, seguro que hasta te envió un uniforme de la policía montada! Pero no llegó, ¿verdad que no? Tú sigue con tus trolas...

Dill Harry contaba las trolas más gordas que yo había oído en mi vida. Entre otras cosas, había subido a un avión correo diecisiete veces, había estado en Nueva Escocia, había visto un elefante, y su abuelito era el brigadier general Joe Wheeler y, además, le había dejado la espada.

—Callaos —ordenó Jem, y se escabulló hacia la parte posterior de la casa para regresar con una caña amarilla de bambú—. ¿Creéis que ésta será lo bastante larga para llegar desde la acera?

—El que ha sido bastante valiente para subir a tocar la casa no debería emplear una caña de pescar —dije—. ¿Por qué no derribas a golpes la puerta de la fachada?

—Esto... es... diferente —replicó Jem—. ¿Cuántas veces tengo que explicártelo?

Dill sacó un trozo de papel del bolsillo y se lo dio a Jem. Los tres nos encaminamos con cautela hacia la vieja casa. Dill se quedó junto a la farola de la esquina; Jem y yo fuimos por el bordillo hasta el costado de la vivienda. Yo caminaba detrás de Jem, y me quedé en un sitio que me permitiese ver al otro lado de la curva.

—Todo despejado —dije—. Ni un alma a la vista.

Jem miró en dirección a Dill, que asintió con la cabeza.

Entonces colocó la nota en la punta de la caña, inclinó ésta a través del patio y la empujó hacia la ventana que había escogido. La caña no era lo bastante larga, y Jem se inclinaba todo lo que podía. Al ver sus esfuerzos, abandoné mi puesto y me acerqué a él.

—No puedo desprenderla de la caña —murmuró—, y si lo hago no lograré dejar la nota. Vuelve a tu puesto, Scout.

Regresé y miré hacia la calle desierta. De vez en cuando volvía la vista en dirección a Jem, que seguía intentando dejar la nota en el alféizar de la ventana. El papel caía revoloteando al suelo y Jem volvía a levantarlo hacia la ventana, hasta que se me ocurrió que si Boo Radley llegaba a recibirlo no podría leerlo. Estaba mirando calle abajo cuando sonó la campanilla.

Corrí hacia el otro lado dispuesta a enfrentarme con Boo Radley y sus ensangrentados colmillos, pero en vez de ello vi a Dill haciendo sonar la campanilla con todas sus fuerzas delante de la cara de Atticus.

Jem parecía tan abatido que no tuve valor para decirle que ya se lo había advertido. Bajaba con paso lento, arrastrando la caña tras de sí por la acera.

—Basta de hacer sonar esa campanilla —dijo Atticus.

Dill hizo lo que le ordenaban. En el silencio que siguió, me dieron ganas de que empezara a tocarla de nuevo. Atticus se echó el sombrero hacia atrás y puso las manos en jarras.

—Jem, ¿qué hacías? —preguntó.

—Nada, señor.

—No me vengas con ésas. Dímelo.

—Yo..., nosotros estábamos intentando dar una cosa al señor Radley.

—¿De qué se trataba?

—De una carta, nada más.

—Déjame verla.

Jem le entregó un pedazo de papel sucio. Atticus lo cogió y trató de leerlo.

—¿Para qué queréis que salga el señor Radley?

—Hemos pensado que quizá disfrutaría con nuestra compañía —dijo Dill, pero se quedó sin voz ante la mirada que le dirigió Atticus.

—Hijo —mi padre se dirigía a Jem—. Voy a decirte una cosa, y te la diré una sola vez: deja de atormentar a ese hombre. Y lo mismo os digo a vosotros dos.

Añadió que lo que hiciera el señor Radley era asunto suyo. Si quería salir, saldría. Si quería quedarse dentro de su casa, libre de las atenciones de los niños curiosos, que era una manera benigna de calificar a los diablillos como nosotros, tenía todo el derecho de hacerlo. ¿Nos gustaría acaso que Atticus irrumpiese sin llamar en nuestros cuartos por la noche? Pues eso era precisamente lo que estábamos haciendo con el señor Radley. La conducta de éste quizá nos pareciese extraña, pero a él no se lo parecía. Por lo demás, ¿no se nos había ocurrido que la manera educada de comunicarse con otra persona era llamar a su puerta y no intentar meterle mensajes por la ventana? Por último, haríamos el favor de mantenernos apartados de aquella casa hasta que nos invitasen a entrar; haríamos el favor de no jugar a un juego de borricos como él había visto en cierto momento, y no nos burlaríamos de ningún habitante de aquella calle, ni de la ciudad...

—No nos burlábamos de él, no nos reíamos de él —dijo Jem—. Sólo...

—Sí, eso era lo que hacíais.

—¿Burlarnos?

—No —dijo Atticus—, exponer su historia para que toda la vecindad se ría de él.

Jem pareció crecerse un poco.

—¡Yo no he dicho que hiciéramos tal cosa; yo no lo he dicho!

—Acabas de decírmelo —replicó Atticus—. Desde este mismo momento ponéis fin a estas tonterías.

Jem lo miró boquiabierto.

—Tú quieres ser abogado, ¿verdad? —dijo Atticus, y apretó los labios.

Jem decidió que sería inútil buscar escapatorias y se quedó callado. Cuando Atticus entró en casa a buscar un legajo que había olvidado llevarse a la oficina por la mañana, Jem se dio cuenta por fin de que lo habían aplastado recurriendo a la treta jurídica más vieja que existía. Aguardó a respetuosa distancia de los escalones del porche, vio que Atticus salía de casa y se encaminaba hacia la ciudad, y cuando se aseguró de que ya no podía oírlo, le gritó:

—¡Pensaba que quería ser abogado, pero ahora no estoy tan seguro!

6

—Sí —contestó nuestro padre, cuando Jem le preguntó si podíamos ir con Dill a sentarnos a la orilla del estanque de peces de la señorita Rachel, puesto que aquélla era la última noche que Dill pasaba en Maycomb—. Dile adiós en mi nombre, y que espero verlo el verano próximo.

Saltamos el murete que separaba el jardín de la señorita Rachel de nuestro sendero de entrada. Jem se anunció con un silbido y Dill respondió en la oscuridad.

—Ni un soplo de aire —dijo Jem—. Mira allá —añadió señalando hacia el este. Una luna gigantesca se levantaba detrás de los nogales de la señorita Maudie—. Con aquello parece que haga más calor.

—¿Tiene una cruz esta noche? —preguntó Dill, sin levantar la vista. Estaba armando un cigarrillo con papel de periódico y cuerda.

—No, sólo la dama. No enciendas eso, Dill; harás que media ciudad apeste.

En Maycomb la luna tenía una dama. Una dama sentada ante el tocador, peinándose.

—Te echaremos de menos —dije—. ¿Te parece que debemos cuidarnos del señor Avery?

El señor Avery vivía al otro lado de la calle, enfrente de la casa de la señora Lafayette Dubose. Aparte de recoger las colectas los domingos, se sentaba en el porche todas las noches hasta las nueve y estornudaba. Una noche tuvimos el privilegio de presenciar una actuación suya que por lo visto fue la última, pues no volvió a repetirla en todo el tiempo que lo observamos. Jem y yo habíamos bajado las escaleras del porche de la señorita Rachel una noche cuando Dill nos detuvo.

—¡Mirad allá! —dijo señalando al otro lado de la calle.

Al principio no vimos nada más que un porche delantero cubierto de enredaderas, pero una inspección más detenida nos reveló un arco de agua que surgía de entre las hojas y se derramaba en el círculo amarillo de la luz de la calle. Había, nos pareció, una distancia de algo más de tres metros desde el manantial hasta el punto de caída. Jem dijo que el señor Avery apuntaba mal; Dill que debía de beberse un montón de litros de agua al día, y la competición que siguió para determinar distancias relativas y respectivas hazañas sólo sirvió para que volviera a sentirme arrinconada, dado que en aquel terreno carecía de aptitudes.

Dill se desperezó, bostezó y dijo en un tono demasiado indiferente:

—Ya sé lo que haremos, salgamos a dar un paseo.

A mí me sonó un tanto extraño. En Maycomb nadie salía a dar un paseo y nada más.

—¿Adónde, Dill?

Dill señaló con la cabeza hacia el sur.

—Muy bien —dijo Jem, y cuando yo protesté, añadió dulcemente—: No es preciso que vengas.

—Y tú no deberías ir. Recuerda...

Jem no se dejaba amilanar fácilmente, y al parecer ya no recordaba lo que le había dicho Atticus.

—Mira, Scout, no haremos nada, sólo iremos hasta la farola y regresaremos.

Anduvimos en silencio acera abajo, escuchando con oído atento las mecedoras de los porches que gemían bajo el peso de los vecinos, y los suaves murmullos nocturnos de las personas mayores de nuestra calle. De vez en cuando oíamos las carcajadas de la señorita Stephanie Crawford.

—¿Qué? —dijo Dill.

—De acuerdo —contestó Jem—. ¿Por qué no regresas a casa, Scout?

—¿Qué vais a hacer?

Dill y Jem se proponían espiar por la ventana de la casa de los Radley para ver si podían echar un vistazo a Boo, y si yo no quería acompañarlos lo mejor que podía hacer era volver directamente a casa y mantener la boca cerrada, eso era todo.

—Pero ¿por qué habéis esperado hasta esta noche?

Porque de noche nadie podía verlos, porque Atticus estaría tan enfrascado en la lectura de algún libro que no oiría nada, porque si Boo Radley los mataba se quedarían sin ir a la escuela y no sin las vacaciones, y porque era más fácil ver el interior de una casa a oscuras en las horas de oscuridad que durante el día, ¿lo comprendía?

—Jem, por favor...

—Scout, te lo digo por última vez, cierra la boca o vete a casa; ¡cada día te pareces más a una chica!

Al oír aquello no tuve otra opción que unirme a ellos. Pensamos que sería mejor pasar por debajo de la alta valla de alambre del fondo de la finca de los Radley: corríamos menos riesgo de ser vistos. La valla encerraba un extenso jardín y una estrecha casita de madera.

Jem levantó el alambre e indicó a Dill que pasara por debajo. Luego seguí yo, y una vez del otro lado sostuve el alambre a fin de que pasase Jem. La prueba era dura y arriesgada para mi hermano.

—No hagáis ningún ruido —susurró—. No os metáis entre las coles; sería lo peor de todo, pues despertarían hasta a los muertos.

Con este pensamiento en la cabeza, yo avanzaba lentamente, a razón de lo que me parecía un paso por minuto. Caminé más deprisa cuando vi a Jem muy adelante, haciendo señas bajo la luz de la luna. Llegamos a la puerta que dividía el jardín del patio trasero. Jem la tocó. La puerta soltó un graznido.

—Escupe en los goznes —susurró Dill.

—Nos has metido en una trampa, Jem —murmuré—. No conseguiremos salir de aquí.

—Chist. Escupe, Scout.

Escupimos hasta quedarnos secos, y Jem abrió la puerta con cautela. Estábamos en el patio trasero.

La parte posterior de la casa de los Radley era menos acogedora que la fachada: un destartalado porche ocupaba toda la anchura del edificio; había dos puertas y entre ellas dos ventanas oscuras. En lugar de columna, un tosco soporte sostenía un extremo del tejado. En un rincón del porche descansaba una vieja estufa Franklin; encima, un espejo con percha para sombreros reflejaba la luz de la luna, con un brillo aterrador.

—Qué asco —dijo Jem, levantando el pie.

—¿Qué ocurre?

—Gallinas —respondió.

Que eso no sería lo único que tendríamos que esquivar quedó claro cuando Dill, que iba delante, susurró un «Diii...ooos». Avanzamos lentamente hacia el costado de la casa, dando un rodeo hasta la ventana cuya persiana estaba rota. El alféizar quedaba varios centímetros por encima de la cabeza de Jem.

—Te echaré una mano para subir —le dijo a Dill en voz baja—. Aguarda.

Jem se cogió la muñeca izquierda con una mano, y mi muñeca derecha con la otra; yo me así la muñeca izquierda, y con la otra mano agarré la muñeca derecha de Jem; nos agachamos, y Dill se sentó en aquella especie de silla. Lo levantamos, y él se cogió al alféizar de la ventana.

—Date prisa —lo urgió Jem—. No podemos resistir mucho más.

Dill me dio un golpecito en el hombro, y lo bajamos al suelo.

—¿Qué has visto?

—Nada. Cortinas. Sin embargo, hay una lucecita pequeña en alguna parte, muy adentro.

—Marchémonos de aquí —indicó Jem—. Volvamos a rodear la casa hasta la parte de atrás. Chist —me advirtió, pues yo me disponía a protestar.

—Probemos con la ventana trasera.

—Dill, no —susurré.

Dill se paró y dejó que Jem pasara delante. Cuando puso el pie en el último escalón, éste rechinó. Jem se quedó inmóvil, luego continuó subiendo lentamente. El escalón no protestó. Jem se saltó dos peldaños, puso el pie en el porche, subió con esfuerzo y se tambaleó por un instante. Tras recobrar el equilibrio, se puso de rodillas, se arrastró hasta la ventana, levantó la cabeza y miró al interior.

Entonces vi la sombra. Era la sombra de un hombre que llevaba el sombrero puesto. Primero lo confundí con un árbol, pero apenas si soplaba viento, y los troncos de los árboles no andan. El porche trasero estaba bañado por la luz de la luna, y la sombra, seca como una tostada, avanzó cruzando el porche en dirección a Jem.

El segundo en verla fue Dill, que se cubrió la cara con las manos.

Cuando la sombra cruzó el cuerpo de Jem, éste la vio. Se llevó las manos a la cabeza y permaneció rígido.

La sombra se detuvo detrás de Jem, a menos de medio metro. Su brazo se apartó del costado, descendió y quedó inmóvil. Luego, la sombra se volvió, cruzó de nuevo el cuerpo de Jem, se deslizó a lo largo del porche y desapareció por el costado de la casa, marchándose como había llegado.

Jem saltó del porche y corrió hacia nosotros. Abrió la puerta de un tirón, nos empujó a Dill y a mí y nos dirigió por medio de siseos entre dos hileras de coles forrajeras. A mitad de las hileras, tropecé y me caí. En este momento, el estampido de una escopeta conmovió la vecindad.

Dill y Jem se arrojaron al suelo, a mi lado.

—¡Refugiaos en el patio de la escuela! —dijo Jem—. ¡Deprisa, Scout!

Jem levantó el alambre del fondo; Dill y yo rodamos por debajo, y estábamos a mitad de camino del abrigo del solitario roble del patio cuando advertimos que Jem no iba con nosotros. Retrocedimos a la carrera y lo encontramos debatiéndose en el alambre; estaba quitándose a patadas los pantalones, que habían quedado enganchados en aquél. Cuando lo hubo conseguido, corrió hacia el roble en calzoncillos.

Ya a salvo detrás del tronco, Dill y yo estábamos como atontados, pero la mente de Jem parecía galopar de lo rápido que iba.

—Hemos de volver a casa; advertirán que no estamos.

Cruzamos el patio corriendo, reptamos por debajo de la valla hasta el prado que hay detrás de nuestra casa, trepamos por nuestro cercado y estuvimos en los escalones del porche trasero sin que Jem nos hubiera concedido la mínima pausa para descansar.

Ya con la respiración normal, los tres nos dirigimos con toda la naturalidad de que fuimos capaces al jardín de adelante. Al mirar calle abajo, vimos un corro de vecinos delante de la puerta de la valla de los Radley.

—Será mejor que vayamos —dijo Jem—. Si no hacemos acto de presencia les llamará la atención.

El señor Nathan Radley estaba de pie al otro lado de la puerta, con una escopeta cruzada sobre el brazo. Atticus se hallaba de pie al lado de la señorita Maudie y de la señorita Stephanie Crawford. La señorita Rachel y el señor Avery se encontraban a poca distancia. Ninguno nos vio llegar.

Nos metimos en el corro, al lado de la señorita Maudie, que miró alrededor.

—¿Dónde estabais? ¿No habéis oído el estampido?

—¿Qué ha pasado? —preguntó Jem.

—El señor Radley ha disparado contra un negro que pretendía robar sus coles.

—¡Oh! ¿Le ha dado?

—No —contestó la señorita Stephanie—. Ha disparado al aire. Del susto lo ha vuelto blanco, de todas maneras. Dice que si alguien ve por ahí a un negro blanco, ése será el que pretendía robarle. Dice que tiene el otro cañón cargado esperando volver a oír un ruido en el bancal, y que la próxima vez no apuntará al aire, sea perro, negro, o... ¡Jem Finch!

—¿Qué, señora? —preguntó Jem.

—¿Dónde están tus pantalones, hijo? —quiso saber Atticus.

—¿Los pantalones, señor?

—Los pantalones, sí.

Era inútil. Allí, en calzoncillos, delante de todo el mundo... Suspiré.

—Eh... ¡Señor Finch!

A la luz de la farola, advertí que Dill estaba planeando algo: sus ojos se dilataron, su gordinflona faz de querubín se puso más redonda.

—¿Ocurre algo, Dill? —inquirió Atticus.

—Pues..., que se los he ganado —respondió Dill en tono vago.

—¿Se los has ganado? ¿Cómo?

Dill se llevó la mano a la nuca, la deslizó por su cráneo y se frotó la frente.

—Estábamos jugando al *strip poker* junto al estanque de los peces —mintió.

Jem y yo nos tranquilizamos. Los vecinos se pusieron serios. ¿Qué demonios era el *strip poker*?

No tuvimos ocasión de averiguarlo: la señorita Rachel se puso a aullar como la sirena de nuestros bomberos.

—¡Conque jugando junto a mi estanque, Dill Harry? ¡Ya te enseñaré yo...!

Atticus salvó a Dill de una azotaina segura.

—Aguarde un minuto, señorita Rachel —dijo—. Nunca había oído que hicieran una cosa así, hasta hoy. ¿Jugabais a los naipes, los tres?

Jem devolvió a ciegas la pelota lanzada por Dill.

—No, señor, sólo con cerillas.

Yo admiré a mi hermano. Las cerillas eran peligrosas, pero los naipes eran fatales.

—Jem, Scout —dijo Atticus—, no quiero volver a oír nombrar la palabra póquer. Vete a casa de Dill, y tú, Jem, coge los pantalones. Resolved la cuestión vosotros mismos.

—No te preocupes, Dill —dijo Jem mientras andábamos por la acera—, no te zurrará. Atticus acabará convenciéndola. Has sabido pensar deprisa. Escucha..., ¿no oyes?

Nos paramos y oímos la voz de Atticus.

—... No es nada serio..., sólo son cosas de niños, señorita Rachel...

Dill se tranquilizó, pero Jem y yo, no. Quedaba un problema pendiente, y era que por la mañana Jem debía presentarse con unos pantalones.

—Te daría unos míos —dijo Dill cuando llegamos al porche de la señorita Rachel.

Jem contestó que le irían pequeños, pero que muchas gracias de todos modos. Nos despedimos, y Dill entró en la casa. Evidentemente, se acordó de que estábamos prometidos, porque retrocedió corriendo y me besó a toda prisa delante de Jem.

—¡Escribidme! ¿Me oís? —nos gritó mientras nos alejábamos.

Aunque Jem no hubiese perdido los pantalones tampoco habríamos logrado dormir mucho. Todos los sonidos nocturnos procedentes del porche trasero llegaban como amplificados; todas las pisadas sobre la gravilla eran

Boo Radley que buscaba venganza; todos los negros que pasaban riendo eran Boo Radley persiguiéndonos; los insectos que chocaban contra los cristales eran los dedos dementes de Boo Radley cortando el alambre; los cinamomos se habían convertido en seres malignos que nos rondaban.

Floté entre el sueño y la vigilia hasta que oí murmurar a Jem.

—¿Duermes? —pregunté.

—Chist. Atticus ha apagado la luz.

A la desfalleciente luz de la luna vi que Jem bajaba los pies al suelo.

—¿Estás loco?

—Voy por ellos —anunció.

Me senté muy erguida.

—No puedes —dije—. No te lo permitiré.

—Tengo que ir —replicó él, peleando para ponerse la camisa.

—Si lo haces, despertaré a Atticus.

—Despiértalo y te mato.

Lo cogí y lo hice tender a mi lado en la cama. Quise razonar con él.

—El señor Nathan los encontrará por la mañana, Jem. Sabe que los perdiste. Cuando se los enseñe a Atticus pasaremos un mal rato, pero todo se olvidará. Vuélvete a la cama.

—Lo sé, y precisamente por eso voy a buscarlos —respondió Jem.

Yo empezaba a sentirme mareada. ¡Irse solo allá!... Recordaba lo que había dicho la señorita Stephanie: el señor Nathan tenía el otro cañón cargado esperando la mínima señal de que alguien merodeaba por su propiedad, fuese perro, negro, o... Jem lo sabía mejor que yo.

—Mira, Jem, no vale la pena —insistí, desesperada—. Una paliza duele, pero no dura. Te pegarán un tiro en la cabeza, Jem. Por favor...

Mi hermano respiró hondo y dijo en tono paciente:

—Yo... Mira, Scout, Atticus nunca me ha pegado, y quiero que continúe del mismo modo.

Aquello era una tontería. Parecía como si Atticus nos amenazara día sí, día no.

—Quieres decir que nunca te ha cogido en nada.

—Quizá sea eso, pero... quiero que las cosas sigan así, Scout. Debemos resolverlo esta noche.

Supongo que fue entonces cuando Jem y yo empezamos a distanciarnos. A veces no lo entendía, pero mis períodos de desorientación duraban poco. Aquello estaba fuera de mi alcance.

—Por favor —supliqué—, ¿no puedes pensarlo un minuto al menos...? ¿Tú solo en aquel lugar...?

—¡Cállate!

—Atticus no se enfadará hasta el punto de no volver a dirigirte la palabra ni cosa semejante... Lo despertaré, Jem, te juro que lo despertaré...

Jem me cogió por el cuello del pijama y tiró con fuerza.

—Entonces, iré contigo... —dije medio asfixiada.

—No, no vendrás, harías ruido.

Fue inútil. Abrí el cerrojo de la puerta trasera y sujeté ésta mientras Jem bajaba sigilosamente los escalones. Debían de ser las dos. La luna se ponía y las sombras de los listones de madera de las ventanas se disolvían en una nada borrosa. El blanco faldón de la camisa de Jem bajaba y subía como un pequeño fantasma bailarín que quisiera escapar de la mañana que se acercaba. Una débil brisa movía y refrescaba las gotas de sudor que corrían por mis costados.

Jem salió por la parte trasera, cruzó el prado y el patio de la escuela, y calculé que estaría rodeando la valla; al menos se había encaminado en aquella dirección. Todavía le llevaría más tiempo, de modo que aún no había llegado el momento de inquietarse. Esperé hasta que el momento hubo llegado y agucé el oído esperando el disparo de la escopeta del señor Radley. Luego, creí percibir unos chasquidos en la valla posterior. Aquello hizo que aumentase mi ansiedad.

Después oí toser a Atticus. Contuve el aliento. A veces, cuando hacíamos una peregrinación a medianoche al cuarto de baño, lo encontrábamos leyendo. Decía que con frecuencia se despertaba por la noche, comprobaba cómo nos encontrábamos y se ponía a leer hasta dormirse. Yo aguardé convencida de que la luz de su habitación se encendería, esforzando la vista para verla inundar el vestíbulo. La luz continuó apagada, y volví a respirar.

Los merodeadores nocturnos se habían retirado, pero cuando se agitaba el viento los cinamomos maduros tamborileaban sobre el tejado, y la oscuridad parecía aún más desolada con los ladridos de los perros en la lejanía.

De pronto vi a Jem regresando. Su camisa blanca asomó sobre la valla trasera; poco a poco se hizo mayor. Jem subió los escalones, pasó el cerrojo tras él y se sentó en su cama. Sin pronunciar palabra, levantó los pantalones. Luego se tendió y durante un rato oí que su lecho temblaba. Pronto se quedó quieto. No volví a oír que se moviese.

7

Jem se mostró huraño y silencioso toda una semana. Como Atticus me había aconsejado en cierta ocasión, probé a meterme en su pellejo y hacer como si fuera él: si hubiese ido sola a la casa de los Radley a las dos de la mañana, la tarde siguiente se habría efectuado mi entierro. En consecuencia, dejé en paz a Jem y procuré no fastidiarlo.

Empezaron las clases. El segundo curso fue tan malo como el primero, y aún peor; seguían pasándote cartulinas por delante de las narices y no te dejaban leer ni escribir. Los progresos de la señorita Caroline en el aula contigua podían calcularse por la frecuencia de las carcajadas; no obstante, la pandilla de costumbre había fallado las pruebas otra vez, repetía el curso y le servía para mantener el orden. Lo único que tenía de bueno ir a segundo era que yo salía a la misma hora que Jem, las tres, y regresábamos juntos a casa.

Una tarde, mientras cruzábamos el patio de la escuela en dirección a nuestra casa, Jem dijo de pronto:

—Hay una cosa que no te había contado.

Como era la primera frase que pronunciaba en varios días, lo alenté:

—¿Sobre qué?

—Sobre aquella noche.

—No me has contado nada de aquella noche —comenté.

Jem rechazó mis palabras con un ademán, como si

espantara mosquitos. Guardó silencio un rato, y luego dijo:

—Cuando volví a buscar los pantalones... Bueno, al quitármelos quedaron hechos un lío, de modo que no conseguía desenredarlos... Cuando volví allá... —inspiró profundamente y añadió—: Cuando volví allá estaban doblados sobre la valla..., como si me esperasen.

—¿Sobre la valla...?

—Y otra cosa... —agregó Jem bajando la voz—. Te lo enseñaré cuando lleguemos a casa. Los habían cosido. No como si lo hubiera hecho una mujer, sino como si hubiera probado de coserlos yo. Es casi como si...

—... Alguien supiera que tú volverías en busca de ellos.

Jem se estremeció.

—Como si alguien hubiese leído mi pensamiento..., como si alguien hubiese adivinado lo que haría. Nadie puede intuir lo que voy a hacer, a menos que me conozca, ¿verdad, Scout?

La pregunta de Jem era una súplica.

—Nadie puede adivinar lo que vas a hacer a menos que viva en la casa contigo, y aun así, yo a veces soy incapaz de adivinarlo.

Estábamos pasando junto a nuestro árbol. En su cavidad había un ovillo de bramante gris.

—No lo cojas, Jem —dije en tono de súplica—. Alguien utiliza esto de escondrijo.

—No lo creo, Scout.

—¡Sí! Alguien, por ejemplo, Walter Cunningham, baja aquí todos los recreos y esconde cosas, y llegamos nosotros y se las quitamos. Dejemos eso ahí y esperemos un par de días. Si para entonces todavía está, nos lo llevaremos. ¿De acuerdo?

—De acuerdo; quizá tengas razón —admitió Jem—. Tal vez sea el escondrijo de algún chiquillo... Esconde las cosas de los que son mayores que él. Ya sabes, sólo encontramos cosas en tiempo de clases.

—Sí —reconocí—, pero es que en verano nunca pasamos por aquí.

Nos fuimos a casa. A la mañana siguiente el bramante continuaba donde lo habíamos dejado. El tercer día, como seguía allí, Jem se lo metió en el bolsillo. En adelante consideramos que todo lo que encontráramos en el agujero nos pertenecería.

El segundo curso era fatídico, pero Jem me aseguró que cuanto mayor me hiciese mejor sería la escuela, que él había empezado del mismo modo, y que hasta que uno no llegaba al sexto curso no aprendía nada de valor. Al parecer, el sexto curso le gustó desde el principio; pasó por un breve «período egipcio» que me desconcertó: continuamente trataba de andar a paso lento, levantando un brazo hacia adelante y el otro hacia atrás, y asentando un pie detrás del otro. Declaraba que los egipcios caminaban de ese modo; yo le dije que si era así no veía cómo podían hacer nada, pero Jem replicó que habían hecho más que los americanos en toda su historia, que inventaron el papel higiénico y el embalsamamiento perpetuo, y me preguntó dónde estaríamos hoy en día si no los hubiesen inventado. Atticus me dijo que borrase los adjetivos y me atuviese a los hechos.

En el sur de Alabama no hay estaciones bien definidas; el verano flota a la deriva dentro del otoño, y al otoño a veces no lo sigue el invierno, sino que se convierte en una vaga primavera que se funde otra vez en el verano. Aquel otoño fue largo, y apenas lo bastante fresco para ponerse una chaqueta ligera. Jem y yo seguíamos nuestro itinerario una templada tarde de octubre cuando nos detuvimos de nuevo ante nuestro agujero. Esta vez descubrimos unos objetos blancos dentro.

Jem permitió que yo hiciera los honores: saqué dos pequeñas imágenes esculpidas en jabón. Una era la figura de un muchacho, la otra llevaba un vestido tosco.

Sin tiempo para acordarme de que no existe eso del mal de ojo, solté un chillido y las arrojé al suelo.

Jem las recogió al instante.

—¿Qué te pasa? —gritó, y limpió las figuras, que estaban manchadas de polvo rojo—. Son buenas —añadió, al tiempo que tendía la mano hacia mí para que las viese. Eran unas miniaturas casi perfectas de dos chiquillos. El muchacho llevaba pantalón corto; unos mechones de cabello le llegaban hasta las cejas. Yo miré a Jem. Una punta de pelo castaño le caía hacia adelante. Hasta entonces no había reparado en ello.

Jem miró la figurita que representaba una niña, y luego a mí. La muñequita llevaba cerquillos. Yo también.

—Somos nosotros —dijo.

—¿Quién las hizo?

—¿A quién conocemos por aquí que talle? —preguntó él.

—Al señor Avery.

—Al señor Avery le gusta desbastar ramas y nada más. Quiero decir tallar.

El señor Avery salía a un promedio de un palo de leña para estufa por semana; lo adelgazaba hasta convertirlo en un palillo y luego lo mascaba.

—Está ese viejo enamorado de la señorita Stephanie Crawford —indiqué.

—Es cierto, pero vive en el campo. No ha tenido ocasión de fijarse en nosotros.

—Quizá cuando viene a ver a la señorita Stephanie y se sienta en el porche, y nos mira a nosotros en lugar de mirarla a ella. Si yo estuviera en su lugar, lo haría.

Jem me miró tan largamente que le pregunté qué le pasaba, pero todo cuanto conseguí como respuesta fue un «Nada, Scout». Cuando nos fuimos a casa, Jem guardó las figuras en su baúl.

Menos de dos semanas después encontramos un paquete entero de goma de mascar, que saboreamos a placer, pues Jem ya no recordaba que todo lo procedente de la casa de los Radley debía considerarse veneno.

La semana siguiente el agujero contenía una medalla deslucida. Jem se la enseñó a Atticus, quien la estudió y nos explicó su origen. Antes de que nosotros naciésemos, el condado de Maycomb celebraba competiciones de ortografía y concedía medallas a los vencedores. Aquélla era una de esas medallas. Atticus afirmó que alguien la habría perdido y preguntó si habíamos preguntado por ahí. Jem me dio una patada cuando quise decir dónde la encontramos. Jem preguntó entonces si Atticus recordaba a alguno que hubiese ganado una, pero éste respondió que no.

Nuestro premio mayor apareció cuatro días más tarde. Se trataba de un reloj de bolsillo, que no funcionaba, sujeto a una cadena, y un cuchillo de aluminio.

—¿Tú crees que será oro blanco, Jem?

—No lo sé. Se lo enseñaré a Atticus.

Atticus dijo que si el reloj, el cuchillo y la cadena hubieran sido nuevos, habrían valido, probablemente, unos diez dólares.

—¿Has hecho un trueque con alguno en la escuela? —preguntó.

—¡Oh, no, señor! —Jem sacó el reloj de su abuelo, que Atticus le dejaba llevar una vez por semana a condición de que tuviera cuidado. Los días que llevaba el reloj, Jem andaba como pisando huevos—. Atticus, si no tienes inconveniente, prefiero llevar éste. Quizá pueda repararlo.

Cuando el reloj nuevo desplazó al del abuelo, y el llevarlo se convirtió en algo cotidiano, Jem ya no sintió la necesidad de consultar la hora cada cinco minutos.

Con la reparación hizo un buen trabajo: sólo le sobraron un muelle y un par de piezas pequeñas, pero el reloj no quiso marchar.

—No funcionará nunca —dijo con un suspiro de resignación—. ¡Scout!

—¿Qué?

—¿Y si escribimos una carta a quien sea que nos deja estas cosas?

—Eso estaría muy bien, Jem —respondí—; así podremos darle las gracias... ¿Qué mal hay en ello?

Jem sacudió la cabeza.

—No lo entiendo, de veras que no lo entiendo; no sé por qué, Scout... —Volvió la vista hacia la sala y añadió—: Quizá debiéramos decírselo a Atticus..., pero no, creo que no.

—Yo se lo diré por ti.

—No, Scout, no lo hagas. ¡Scout!

—¿Qué?

Toda la tarde había estado a punto de decirme una cosa; se animaba, se volvía hacia mí, luego cambiaba de idea. Esta vez pasó lo mismo.

—Oh, nada.

—Vamos, escribamos la carta. —Y le puse un papel y un lápiz debajo de la nariz.

—De acuerdo. «Querido señor...»

—¿Cómo sabes que es un hombre? Apuesto a que es la señorita Maudie; hace mucho tiempo que lo pienso.

—Bah, la señorita Maudie no masca goma... —Jem sonrió inesperadamente—. Ya sabes, a veces habla con mucha finura. Un día le ofrecí un trozo y dijo que no, gracias, que... la goma de mascar se le pegaba al paladar y le impedía hablar —dijo Jem midiendo las palabras.

—Sí, a veces sabe decir cosas agradables. De todos modos, ¿para qué querría un reloj y una cadena?

—«Querido señor —continuó Jem—. Agradecemos el...» No, «agradecemos todo lo que ha puesto en el árbol para nosotros. Sinceramente suyos, Jeremy Atticus Finch».

—Si firmas de este modo no sabrá quién eres.

Jem borró el nombre y escribió: «Jem Finch.» Yo firmé debajo: «Jean Louise Finch (Scout).» A continuación, Jem metió la nota en un sobre.

A la mañana siguiente, cuando íbamos a la escuela, Jem echó a correr delante de mí y se detuvo junto al árbol. Cuando volvió la vista hacia mí, observé que palidecía.

—¡Scout!

Corrí hasta él.

Alguien había rellenado el agujero con cemento.

—No llores, Scout..., no llores, no te apures... —iba murmurando Jem, camino de la escuela.

Cuando volvimos a casa para la comida, Jem engulló su ración, corrió luego al porche y se quedó plantado en los escalones. Lo seguí.

—No ha pasado —dijo.

Al día siguiente, Jem montó guardia nuevamente, y esta vez fue recompensado.

—¿Qué tal señor Nathan? —saludó.

—Buenos días, Jem, Scout —respondió el señor Radley sin pararse.

—Señor Radley —dijo Jem. El señor Radley giró sobre sus talones—. Señor Radley, ¿tapó usted con cemento el agujero de aquel árbol de allá abajo?

—Sí —respondió el señor Radley—. Lo hice.

—¿Por qué, señor?

—El árbol se está muriendo. Cuando los árboles están enfermos se los rellena de cemento. Deberías saberlo, Jem.

Jem no dijo nada más sobre el asunto hasta muy avanzada la tarde. Cuando pasamos junto al árbol dio una palmada en el cemento con expresión meditabunda, y se quedó sumido en profundas reflexiones. Parecía ponerse de mal humor por momentos, y en consecuencia decidí guardar las distancias.

Como de costumbre, aquella tarde encontramos a Atticus, que regresaba del trabajo. Cuando estuvimos en nuestro porche, Jem dijo:

—Atticus, mira aquel árbol, te lo ruego.

—¿Qué árbol, Jem?

—El que está en la esquina de la casa de los Radley, viniendo de la escuela.

—Sí.

—¿Se está muriendo?

—No, no lo creo. Fíjate en las hojas, están verdes y lozanas, no hay manchas pardas por ninguna parte...

—¿Ni siquiera está enfermo?

—Ese árbol está tan sano como tú, Jem. ¿Por qué?

—El señor Nathan Radley ha dicho que se estaba muriendo.

—Bien, quizá sí. Estoy seguro de que el señor Radley sabe más de sus árboles que nosotros.

Atticus nos dejó en el porche. Jem se apoyó contra una columna y comenzó a restregar los hombros contra ella.

—¿Tienes picores, Jem? —le pregunté tan finamente como supe—. Entremos —propuse.

—Dentro de un rato.

Permaneció allí hasta caer la noche, y yo lo esperé. Cuando entramos en la casa advertí que había llorado.

8

Por motivos inescrutables para los profetas más experimentados del condado de Maycomb, aquel año el otoño se convirtió en invierno. Según dijo Atticus, tuvimos dos semanas del tiempo más frío desde 1885. El señor Avery dijo que estaba escrito en la Piedra de Rosetta que cuando los niños desobedeciesen a sus padres, fumasen cigarrillos y se hicieran la guerra unos a otros, las estaciones cambiarían: a Jem y a mí nos cargaban, pues, con el peso de contribuir a las aberraciones de la Naturaleza, causando con ello la desdicha de nuestros vecinos y nuestra propia incomodidad.

La anciana señora Radley murió aquel invierno, pero su muerte no causó la más leve alteración: los vecinos sólo la veían cuando regaba sus plantas. Jem y yo dedujimos que Boo se había cebado con ella por fin, pero cuando Atticus regresó de casa de los Radley dijo, para nuestra decepción, que había muerto por causas naturales.

—Pregúntaselo —susurró Jem.

—Pregúntaselo tú; eres el mayor.

—Por eso tienes que preguntárselo tú.

—Atticus —dije—, ¿has visto al señor Arthur?

Atticus asomó un rostro de expresión severa por el costado del diario.

—No —dijo.

Jem me indicó que no hiciera más preguntas. Añadió que Atticus todavía estaba un poco mosqueado con nosotros y los Radley y que sería mejor no insistir. Jem sospechaba que para Atticus nuestras actividades de aquella noche no se habían limitado a jugar a las cartas. No tenía ninguna base firme para esta conjetura, sólo se trataba de una corazonada, decía.

A la mañana siguiente, al despertar, miré por la ventana y estuve a punto de morir de espanto. Mis alaridos sacaron a Atticus del cuarto de baño a medio afeitar.

—¡Es el fin del mundo, Atticus! ¡Haz algo, por favor...!

Lo arrastré hasta la ventana y señalé.

—No, no lo es —me tranquilizó—. Sólo está nevando.

Jem le preguntó a Atticus hasta cuándo seguiría aquello. Nunca había visto nieve, pero sabía qué era. Atticus contestó que no estaba familiarizado con la nieve más que el propio Jem.

—No obstante, creo que si la atmósfera sigue así de húmeda, se convertirá en lluvia.

Sonó el teléfono y Atticus fue a ver quién llamaba.

—Era Eula May —dijo al regresar—. Cito sus palabras: «Como no nevaba en Maycomb desde 1885, hoy no habrá clases.»

Eula May era la telefonista en jefe de Maycomb. Le habían confiado la misión de comunicar anuncios públicos, invitaciones de boda, poner en marcha la sirena de incendios y dar instrucciones para primeras curas en ausencia del doctor Reynolds.

Cuando por fin Atticus nos llamó al orden y nos mandó que siguiésemos comiendo en lugar de mirar por las ventanas, Jem preguntó:

—¿Cómo se hace un muñeco de nieve?

—No tengo la menor idea —respondió Atticus—. No quiero que os desilusionéis, pero dudo que haya suficiente nieve para hacer ni siquiera una bola.

Calpurnia entró y dijo que le parecía que estaba cuajando. Cuando corrimos al patio trasero, lo encontramos cubierto de una delgada capa de nieve fangosa.

—No debemos pisarla —dijo Jem—. Mira, a cada paso que das, la estropeas.

Observé las pisadas que había dejado atrás. Jem dijo que si esperábamos a que hubiera nevado un poco más, podríamos amontonarla para hacer un muñeco. Yo saqué la lengua y cogí un copo. Quemaba.

—¡Jem, está caliente!

—No, no está caliente, está tan fría que quema. Y no la comas, que la malgastas. Deja que caiga al suelo.

—Pero yo quiero andar por ella.

—Ya sé lo que haremos: iremos a pisarla al jardín de la señorita Maudie.

Jem cruzó a grandes saltos nuestro jardín delantero. Yo seguí sus huellas. Cuando estábamos en la acera, delante de la casa de la señorita Maudie, el señor Avery se acercó a nosotros. Tenía la cara encarnada y el vientre le abultaba por debajo del cinturón.

—¿Veis lo que habéis hecho? —nos dijo—. Ya nadie recuerda desde cuándo no nevaba en Maycomb. Son los niños malos como vosotros los culpables de que cambien las estaciones.

Me pregunté si el señor Avery sabría lo mucho que habíamos esperado el verano anterior que repitiera su representación, y reflexioné que si aquélla era la paga que recibíamos, había que reconocerle ciertas ventajas al pecado. No me pregunté de dónde sacaba el señor Avery sus estadísticas meteorológicas; debían de proceder directamente de la Piedra de Rosetta.

—¡Jem Finch, eh, Jem Finch!

—La señorita Maudie te llama, Jem.

—Quedaos los dos en el centro del jardín. Cerca del porche hay cosas plantadas debajo de la nieve. ¡No las piséis!

—¡Bien! —gritó Jem—. ¡Qué bonita es! ¿Verdad, señorita Maudie?

—¡Sí, pero si esta noche hiela se morirán todas mis azaleas!

El viejo sombrero de sol de la señorita Maudie centelleaba cubierto de cristales de nieve, mientras la anciana se inclinaba sobre unos pequeños arbustos, envolviéndolos en sacos de arpillera. Jem le preguntó por qué lo hacía.

—Para que conserven el calor —respondió la señorita Maudie.

—¿Cómo pueden conservar el calor las flores? No tienen sistema circulatorio.

—No sabría contestar a esa pregunta, Jem Finch. Todo lo que sé es que si esta noche hiela, estas plantas morirán, de modo que hay que cubrirlas. ¿Ha quedado claro?

—¡Sí, señorita Maudie! —respondió Jem, y añadió—: ¿Podríamos pedirle prestada Scout y yo un poco de su nieve?

—¡Cielo bendito, lleváosla toda! Debajo de la casa hay un cesto viejo para los melocotones, podéis meterla en él. —La señorita Maudie entornó los ojos—. Jem Finch, ¿qué vais a hacer con mi nieve?

—Ya lo verá usted —contestó Jem, y nos pusimos a transportar toda la nieve que pudimos del jardín de la señorita Maudie al nuestro.

—¿Qué haremos, Jem? —pregunté.

—Ya lo verás —respondió—. Ahora coge el cesto y lleva toda la nieve que puedas de la parte trasera al jardín delantero. Al regresar procura seguir tus propias pisadas —me advirtió.

—¿Haremos un niño de nieve, Jem?

—No, un hombre de verdad. Venga, pongamos manos a la obra.

Jem corrió al patio trasero, sacó la azada y se puso a cavar afanosamente detrás de la pila de leña, depositando a un lado todos los gusanos que encontraba. Luego entró en la casa, regresó con el canasto de la ropa, lo llenó de tierra y lo llevó al jardín delantero.

Cuando tuvimos cinco canastos de tierra y dos de nieve, Jem dijo que estábamos listos para empezar.

—¿No crees que todo es un revoltijo? —le pregunté.

—Ahora lo parece, pero después no lo parecerá —afirmó.

Jem reunió una brazada de tierra que a fuerza de palmadas transformó en un montículo; añadió otra cantidad, y otra más, hasta que dio forma a una especie de torso.

—Nunca había oído hablar de un muñeco de nieve negro —le dije.

—No será negro por mucho rato —refunfuñó.

Fue al patio trasero a buscar unas ramas de melocotonero, las cortó y las dobló para que, a modo de huesos, cubrieran el montículo de tierra.

—Parece la señorita Stephanie Crawford con las manos en las caderas —dije—. Gorda en el medio y con unos bracitos diminutos.

—Se los haré más grandes. —Jem derramó agua sobre la figura de barro y añadió tierra. La contempló pensativamente un momento, y luego le moldeó una gran barriga por debajo de la cintura. A continuación me miró con ojos centelleantes—. El señor Avery tiene una silueta parecida a la de un muñeco de nieve, ¿verdad?

Acto seguido cogió nieve y se puso a distribuirla sobre el monigote de barro. A mí sólo me permitió que cubriese la espalda, reservándose las partes que quedarían más expuestas. Poco a poco, el señor Avery se volvió blanco.

Con pedacitos de leña hizo los ojos, la nariz, la boca y los botones, y consiguió que el señor Avery tuviese un aire malhumorado. Un palo completó el cuadro. Después, Jem retrocedió unos pasos para contemplar su obra.

—Es magnífico, Jem —dije—. Parece como si fuera a hablarle a uno.

—¿Verdad que sí? —dijo él, ingenuamente.

No supimos aguardar a que Atticus viniese a comer; lo llamamos y le dijimos que le teníamos preparada una gran sorpresa.

Pareció asombrado cuando vio una gran parte del patio trasero en el de la fachada, pero dijo que habíamos hecho un trabajo excelente.

—No sabía cómo te las arreglarías para fabricarlo —le dijo a Jem—, pero desde hoy en adelante ya no me inquietaré por lo que pueda ser de ti, hijo; siempre encontrarás un recurso.

Jem se ruborizó de satisfacción ante semejante cumplido y bajó la vista, pero la levantó al advertir que Atticus retrocedía unos pasos. Atticus contempló un rato la figura ladeando la cabeza. Sonrió, y finalmente soltó una carcajada.

—Hijo, ya sé lo que serás: ingeniero, abogado o pintor de retratos. Prácticamente has perpetrado un libelo aquí en el jardín. Vamos, disfracemos a este sujeto.

Enseguida le sugirió a Jem que le rebajase un poco la barriga, cambiase el bastón por una escoba y le pusiera un delantal.

Jem explicó que si lo hacía, el muñeco de nieve se ensuciaría con barro y dejaría de ser un muñeco de nieve.

—No me importa lo que hagas, con tal que hagas algo —respondió Atticus—. No puedes andar por ahí fabricando caricaturas de los vecinos.

—No es una *caractetura* —replicó Jem—. Simplemente, se le parece.

—Es posible que el señor Avery no piense lo mismo.

—¡Ya lo tengo! —exclamó Jem. Cruzó la calle corriendo, desapareció en el patio trasero de la señorita Maudie y regresó con expresión triunfante. Colocó el sombrero de sol de la anciana en la cabeza del muñeco y le embutió las tijeras de podar en la curva del brazo. Atticus dijo que así estaba mejor.

La señorita Maudie abrió la puerta de su casa y salió al porche. Nos miró por un instante y de pronto sonrió.

—¡Eres el mismo demonio, Jem Finch! —gritó—. ¡Devuélveme el sombrero!

Jem miró a Atticus, que movió la cabeza.

—Sólo lo dice para armar jaleo —explicó—. En realidad está impresionada por tu... talento.

Atticus fue hasta la acera de la señorita Maudie, donde se enfrascaron en una conversación abundante en ademanes, de la cual la única frase que cogí fue:

—¡... Levantado ese mamarracho en el jardín! ¡Atticus, nunca sabrás educarlos!

Por la tarde dejó de nevar, la temperatura descendió, y al anochecer las predicciones más horrendas del señor Avery se confirmaron. Calpurnia había encendido todos los hogares de la casa, pero teníamos frío. Cuando Atticus regresó por la noche dijo que el mal tiempo seguiría y preguntó a Calpurnia si quería quedarse a pasar la noche con nosotros. Calpurnia echó una mirada a los altos techos y a las largas ventanas y respondió que creía que encontraría una temperatura más confortable en su casa. Atticus la llevó en el coche.

Antes de irme a dormir, Atticus añadió carbón al fuego de mi cuarto. Dijo que el termómetro señalaba casi nueve grados bajo cero, que era la noche más fría que recordaba y que el muñeco de nieve se había helado y vuelto completamente sólido.

Unos minutos después, o al menos eso me pareció, alguien me despertó sacudiéndome. Estaba cubierta con el abrigo de Atticus.

—¿Ya es de día? —pregunté.

—Levántate, Scout. —Atticus tendía hacia mí el albornoz y el abrigo—. Y vístete rápido —añadió.

Jem estaba al lado de Atticus, atontado y despeinado.

Con una mano se cerraba el cuello del abrigo; la otra la tenía metida en el bolsillo. Encontré que estaba más gordo.

—Date prisa, cariño —dijo Atticus—. Aquí tienes los zapatos y los calcetines.

Me los puse y, todavía medio dormida, inquirí:

—¿Es de día?

—No, es poco más de la una. Vamos, date prisa.

Por fin, empezó a formarse en mi mente la idea de que ocurría algo malo.

—¿Qué pasa?

Pero entonces ya no fue preciso que me lo explicaran. Del mismo modo que los pájaros saben adónde ir cuando llueve, yo sabía cuándo ocurría algo anormal en nuestra calle. Unos sonidos blandos, como de tafetán, y los de unas pisadas apagadas y rápidas me llenaron de un espanto irremediable.

—¿En qué casa es?

—En la de la señorita Maudie, cariño —respondió Atticus dulcemente.

En la puerta de la fachada vimos las ventanas de la señorita Maudie arrojando llamas. Para confirmar lo que veíamos, la sirena de incendios gimió en tono cada vez más agudo, subiendo toda la escala hasta una nota elevada y temblorosa, que se prolongó como un largo alarido.

—No tiene remedio, ¿verdad? —gimió Jem.

—Creo que no —contestó Atticus—. Ahora escuchad los dos. Bajad y situaos delante de la casa de los Radley. Manteneos apartados, ¿me oís? ¿Veis de qué parte sopla el viento?

—¿Te parece que deberíamos empezar a sacar los muebles, Atticus? —preguntó Jem.

—Todavía no, hijo. Haced lo que os digo. Venga, rápido. Cuida de Scout, ¿me oyes? No la pierdas de vista.

Atticus nos empujó y partimos hacia la puerta de entrada del jardín de los Radley. Desde allí vimos que la calle se llenaba de hombres y de coches mientras el fuego devoraba calladamente la casa de la señorita Maudie.

—¿Por qué no se dan prisa...? ¿Por qué no se dan prisa? —murmuraba Jem.

Pronto descubrimos el motivo. El viejo camión de bomberos, averiado por el frío, llegaba de la ciudad empujado por un tropel de hombres. Cuando hubieron empalmado la manguera a una boca de incendios, el agua salió con furia, salpicando la calle.

—Oooh, Señor. Jem... —musité.

Jem me rodeó con el brazo.

—Cállate, Scout. Todavía no es momento de inquietarse. Cuando lo sea te avisaré.

Los hombres de Maycomb se afanaban por sacar los muebles de la casa de la señorita Maudie y llevarlos a un jardín al otro lado de la calle. Vi a Atticus transportando la pesada mecedora de roble, y pensé que obraba muy cuerdamente al salvar lo que la señorita Maudie apreciaba más.

A veces oíamos gritos. De pronto la cara del señor Avery apareció en una ventana del piso superior. El señor Avery empujó un colchón fuera de la ventana y arrojó muebles hasta que los hombres le gritaron:

—¡Baja de ahí, Dick! ¡Las escaleras se están derrumbando!

El señor Avery se dispuso a saltar por la ventana.

—Está rodeado, Scout... —dijo Jem con voz entrecortada—. Oh, Dios mío...

El señor Avery se encontraba en un grave aprieto. Escondí la cabeza debajo del brazo de Jem, y no volví a mirar hasta que mi hermano gritó:

—¡Está a salvo, Scout! ¡Está a salvo!

Levanté la vista para ver al señor Avery cruzar el porche del piso. Pasó las piernas por encima de la barandilla y se deslizó por una columna. Pero resbaló. Cayó, soltó un grito y fue a chocar contra los arbustos de la señorita Maudie.

De pronto advertí que los hombres se apartaban de la casa de la señorita Maudie y corrían hacia nosotros. Ya no transportaban muebles. El fuego había ganado el piso superior y se había abierto paso hasta el tejado; los marcos de las ventanas aparecían negros sobre un centro de color naranja vivo.

—Jem, parece una calabaza...

—¡Mira, Scout!

De nuestra casa y de la de la señorita Rachel salía una masa de humo que semejaba la niebla que se forma en la orilla de un río, y los hombres dirigieron las mangueras hacia los edificios. Detrás de nosotros el camión de bomberos de Abbottsville dobló la esquina con un chirrido de neumáticos y se detuvo delante de nuestra casa.

—Aquel libro... —dije.

—¿Cuál? —preguntó Jem.

—*Tom Swift*..., no era mío, era de Dill...

—No te preocupes, Scout, no es momento de inquietarse todavía —dijo Jem—. Mira allí —agregó, señalando.

Atticus se encontraba en medio de un grupo de vecinos, con las manos en los bolsillos. Lo mismo podría haber estado observando un partido de fútbol. La señorita Maudie se hallaba a su lado.

—Mira, Atticus todavía no está preocupado —hizo notar Jem.

—¿Cómo no está en lo alto de una de las casas?

—Es demasiado viejo, se rompería el cuello.

—¿Crees que deberíamos decirle que sacase nuestras cosas?

—No lo molestaremos; él sabrá cuándo deba hacerse —repuso mi hermano.

El coche de bomberos de Abbottsville empezó a arrojar agua sobre nuestra casa; un hombre subido al tejado iba indicando los sitios que más lo necesitaban. Vi que nuestro muñeco de nieve se volvía negro y se desmoronaba; el sombrero de la señorita Maudie quedó encima del montón. No alcancé a distinguir las tijeras de podar. Con el calor que despedían la casa de la señorita Maudie, la de la señorita Rachel y la nuestra, los hombres hacía rato que se habían quitado los abrigos y albornoces. Trabajaban con la chaqueta del pijama o la camisa de dormir metida en los pantalones, pero empecé a notar que, inmóvil como estaba, me helaba poco a poco. Jem trataba de abrigarme, pero su brazo no era suficiente. Me aparté de él y dando saltitos y frotándome los brazos logré entrar en calor.

Otro camión de bomberos apareció y se detuvo delante de la casa de la señorita Stephanie Crawford. No había boca de incendios para conectar otra manguera, y los hombres trataban de mojar la casa con extintores de mano.

El tejado de zinc de la señorita Maudie cerraba el paso a las llamas. Con una especie de rugido, la vivienda se desplomó; de todas partes salían chorros de fuego, seguidos de un revoloteo de mantas agitadas por los hombres de los tejados de las casas adyacentes, que lanzaban centellas al golpear la madera encendida.

Había llegado la aurora cuando los hombres empezaron a desfilar, primero de uno en uno, luego en grupos. Empujando, llevaron otra vez el camión de bomberos de Maycomb al centro de la ciudad; el de Abbottsville se marchó, y el tercero se quedó. Al día siguiente descubrimos que había llegado de Clark, a más de cien kilómetros de distancia.

Jem y yo cruzamos sigilosamente la calle. La señorita Maudie tenía la mirada fija en el agujero negro, humeante, de su jardín, y Atticus sacudió la cabeza para indicarnos que la anciana no quería hablar. Atticus nos acompañó a casa, tomándonos de los hombros. Nos dijo que, por el momento, la señorita Maudie se iría a vivir con la señorita Stephanie.

—¿Alguno quiere chocolate caliente? —preguntó.

Cuando Atticus encendió la estufa de la cocina, sentí un escalofrío.

Mientras tomábamos el chocolate, advertí que Atticus me miraba, primero con curiosidad, luego con expresión severa.

—Pensaba que os había ordenado a Jem y a ti que no anduvierais de un lado para otro —dijo.

—¡Si no nos movimos! Estuvimos quietos allí...

—Entonces, ¿de quién es esa manta?

—¿Manta?

—Sí, señorita, manta. No es nuestra.

De pronto reparé en que estaba sujetando una manta marrón de lana que me envolvía los hombros, a la manera de las mujeres indias.

—No lo sé, Atticus... Yo... —Me volví hacia Jem en busca de una respuesta, pero Jem todavía estaba más asombrado que yo. Dijo que no sabía cómo había llegado allí; habíamos hecho exactamente lo que Atticus nos había ordenado, plantándonos delante de la puerta de los Radley, apartados de todo el mundo. No nos habíamos movido ni un centímetro... Jem se interrumpió.

—El señor Nathan estaba en el lugar del incendio —balbuceó—. Lo vi, arrastrando aquel colchón... Atticus, juro que...

—Está bien, Jem. —Atticus esbozó una sonrisa—. Parece ser que anoche todo el mundo estuvo fuera de casa, bastante rato. Jem, en la despensa hay papel de embalaje. Ve a buscarlo y envolveremos...

—¡Atticus, no! —exclamó Jem, que parecía haber perdido la razón. Se puso a ventilar nuestros secretos sin ninguna consideración por mi seguridad, ya que no por la suya, sin omitir nada, ni el agujero del árbol, ni los pantalones, ni nada en absoluto.

—... El señor Nathan puso cemento en aquel árbol, Atticus, y lo hizo para que no pudiéramos encontrar más cosas... El otro está loco, calculo, tal como afirma la gente, pero, Atticus, juro por Dios que jamás nos ha hecho ningún daño, jamás nos ha tocado ni un pelo, y eso que aquella noche habría podido cortarme la garganta de parte a parte. Lo que hizo, en cambio, fue remendarme los pantalones... Nunca nos ha hecho ningún daño, Atticus...

—De acuerdo, Jem —lo interrumpió Atticus en un tono que me tranquilizó. Era obvio que no había entendido ni una palabra de lo que había dicho Jem, pues se limitó a añadir—: Tienes razón. Será mejor que nos guardemos esto y la manta para nosotros. Algún día, quizá Scout pueda darle las gracias por haberla abrigado.

—¿Dar las gracias? ¿A quién? —pregunté.

—A Boo Radley. Estabas tan absorta contemplando el fuego que no te diste cuenta cuando él te abrigó con la manta.

Sentí un nudo en el estómago al oír aquello. Jem se levantó y se acercó a mí.

—¡Se escabulló fuera de la casa, dio un rodeo... se presentó allí sin hacer ruido y se volvió del mismo modo!

—No dejes que esto te inspire nuevas hazañas, Jeremy —le advirtió Atticus.

Jem arrugó la frente.

—No pienso hacerle nada —repuso Jem, pero detecté un destello de anticipación en sus ojos—. Sólo piensa, Scout —añadió mirándome—, que si te hubieses vuelto lo habrías visto.

Calpurnia nos despertó al mediodía. Atticus había dicho que aquel día no era necesario que fuésemos a la escuela; después de una noche sin dormir, no habríamos aprendido nada. Calpurnia nos propuso que intentáramos limpiar el jardín.

El sombrero de la señorita Maudie estaba en medio de una delgada capa de hielo, lo mismo que un insecto en ámbar, y tuvimos que cavar la tierra en busca de las tijeras de podar. Encontramos a la señorita Maudie en su patio trasero, contemplando las heladas y chamuscadas azaleas.

—Le devolvemos sus cosas, señorita Maudie —dijo Jem—. Lamentamos muchísimo lo que ha ocurrido.

La señorita Maudie volvió la vista hacia nosotros y la sombra de su antigua sonrisa cruzó por su cara.

—Siempre deseé una casa más pequeña, Jem Finch. Ahora dispondré de un patio más grande, ¡y de más espacio para mis azaleas!

—¿No está apenada, señorita Maudie? —pregunté sorprendida. Atticus decía que la casa era casi todo lo que tenía.

—¿Apenada, niña? ¡Si odiaba esa vieja cuadra! Si no fuera porque me hubiesen encerrado, le habría pegado fuego yo misma.

—Pero...

—No te inquietes por mí, Jean Louise Finch. Hay recursos que tú ignoras. Construiré una casa pequeña, tomaré un par de huéspedes y... tendré el patio más hermoso de Alabama. ¡Esos Bellingrath parecerán pobres a mi lado, ya lo verás!

Jem y yo nos miramos.

—¿Cómo empezó el fuego, señorita Maudie? —preguntó él.

—No lo sé, Jem. Probablemente se taponó el tiro de la cocina. Anoche tuve el fuego encendido para mis tiestos de plantas. Me han contado que disfrutaste de una compañía inesperada anoche, Jean Louise.

—¿Cómo lo sabe?

—Atticus me lo ha contado al marcharse al trabajo esta mañana. Si he de decirte la verdad, me hubiera gustado estar contigo. Y además, habría tenido el tino suficiente para volverme.

La señorita Maudie me dejaba pasmada. Lo había perdido casi todo, su amado jardín estaba hecho un desastre, y aun así se tomaba un interés animado y cordial por los asuntos de Jem y míos.

Sin duda advirtió mi perplejidad, pues agregó:

—Lo único que me preocupaba anoche era el peligro y la conmoción que provocó el incendio. Todo el barrio corrió el riesgo de desaparecer. El señor Avery estará en cama una semana; tiene fiebre de verdad. Es demasiado viejo para hacer cosas así, y se lo advertí. En cuanto tenga las manos limpias y Stephanie Crawford no esté mirando, le prepararé un pastel. Esa Stephanie anda detrás de mi receta desde hace treinta años, y si se figura que sólo porque vivo con ella se la daré, se equivoca por completo.

Yo me dije que por mucho que se la diese, la señorita Stephanie sería incapaz de prepararla. La señorita Maudie me la había dejado ver una vez; entre otras cosas, la receta exigía una taza grande de azúcar.

Aún era de día. Hacía tanto frío y el silencio era tal que oíamos el chasquido y los chirridos del reloj del edificio del juzgado antes de dar la hora. La señorita Maudie tenía la nariz de un color que yo no había visto nunca, y quise que me explicase por qué.

—Llevo aquí fuera desde las seis —dijo—. A estas alturas debería estar congelada.

Levantó las manos. Una maraña de líneas surcaba sus palmas, sucias de tierra y de sangre seca.

—Se las ha arruinado —dijo Jem—. ¿Por qué no busca un negro? —Y sin sonar abnegado, añadió—: O a Scout y a mí; nosotros podemos ayudarla.

—Muchas gracias, pero ya tenéis trabajo de sobra —repuso la señorita Maudie señalando nuestro jardín.

—¿Se refiere al muñeco? —pregunté—. ¡Podemos hacer otro en un periquete!

La señorita Maudie me miró fijamente, movió los labios sin emitir sonido, y de repente, llevándose las manos a la cabeza, exclamó: «¡Yuuupiii!»

Cuando la dejamos seguía riendo.

Jem declaró que no sabía lo que le pasaba a la señorita Maudie, que era su manera de ser, y nada más.

9

—¡Será mejor que retires esas palabras! —exigí a Cecil Jacobs, y eso señaló el comienzo de una época más bien ingrata para Jem y para mí. Yo tenía los puños cerrados y estaba a punto de atizarle. Atticus me había dicho que si se enteraba de que me peleaba de nuevo, me daría una zurra; ya estaba muy crecida para esa clase de chiquilladas, y cuanto antes aprendiera a contenerme, tanto mejor sería para todo el mundo. Pero pronto lo olvidé.

Cecil Jacobs tuvo la culpa de que lo olvidara. Había pregonado en el patio de la escuela que el padre de Scout Finch defendía a los cafres. Yo lo negué, y se lo conté a Jem.

—¿Qué quería decir? —le pregunté.

—Nada —contestó Jem—. Pregúntaselo a Atticus; él te lo explicará.

—Atticus, ¿tú defiendes... cafres? —pregunté a mi padre aquella noche.

—Claro que sí. Y no digas cafres, Scout. Es una grosería.

—Es lo que dice todo el mundo en la escuela.

—Pues desde hoy lo dirán todos menos una...

—Bien, si no quieres que me haga mayor hablando de este modo, ¿por qué me mandas a la escuela?

Mi padre me miró con dulzura y con un brillo divertido en los ojos. A pesar de nuestro pacto, mi campaña para eludir la escuela había continuado bajo una u otra forma desde el comienzo. El septiembre anterior había traído consigo accesos de abatimiento, vértigos y ligeras dolencias gástricas. Llegué al extremo de pagar cinco centavos por el privilegio de restregar la cabeza con la del hijo de la cocinera de la señorita Rachel, que padecía una tiña fenomenal. Pero no se me contagió.

Sin embargo, ahora roía otro hueso.

—¿Todos los abogados defienden a los ca..., a los negros, Atticus?

—Naturalmente que sí, Scout.

—Entonces, ¿por qué decía Cecil que tú defiendes a los cafres? Lo decía con el mismo tono que si tuvieras una destilería.

Atticus suspiró.

—Lo que ocurre, sencillamente, es que estoy defendiendo a un negro; se llama Tom Robinson. Vive en el pequeño campamento que hay más allá del vertedero de la ciudad. Es miembro de la misma iglesia a la que asiste Calpurnia, y ésta conoce bien a su familia. Asegura que son personas de conducta intachable. Scout, tú aún no eres lo bastante mayor para entender ciertas cosas, pero en la ciudad se ha hablado mucho, y en tono airado, de que yo no debería poner tanto interés en defender a ese hombre. Es un caso peculiar... El juicio no tendrá lugar hasta el verano. John Taylor nos ha concedido un aplazamiento...

—Si no debes defenderlo, ¿por qué lo defiendes?

—Por varios motivos —contestó Atticus—; pero el principal es que si no lo defendiese no podría caminar por la ciudad con la cabeza alta, no podría representar al condado en la asamblea legislativa, ni siquiera podría ordenaros a Jem y a ti que hicieseis esto o aquello.

—¿Quieres decir que si no defendieses a ese hombre, Jem y yo ya no deberíamos obedecerte?

—Eso es, poco más o menos.

—¿Por qué?

—Porque ya no podría pediros que me obedecieseis.

Mira, Scout, por la misma índole de su trabajo, todo abogado topa durante su vida con un caso que lo afecta personalmente. Éste es el mío, me figuro. Es posible que oigas cosas feas en la escuela, pero haz una cosa por mí, si quieres: levanta la cabeza y mantén bajos los puños. Te digan lo que te digan, no permitas que te hagan perder los nervios. Procura luchar con el cerebro, para variar... Es un cambio muy positivo, aunque al parecer tu cerebro se resista a aprender.

—¿Ganaremos el juicio, Atticus?

—No, cariño.

—Entonces, ¿cómo...?

—Simplemente, el que hayamos perdido cien años antes de empezar no es motivo para que no intentemos vencer —respondió Atticus.

—Hablas como el primo Ike Finch —dije. El primo Ike Finch era el único veterano confederado superviviente del condado de Maycomb. Llevaba una barba a lo general Hood, de la cual estaba desmesuradamente orgulloso. Atticus, Jem y yo lo visitábamos al menos una vez al año, y yo tenía que besarlo. Era horrible. Jem y yo escuchábamos respetuosamente cómo Atticus y el primo Ike reinterpretaban la guerra. «Te lo digo, Atticus —solía exclamar el primo Ike—, el Compromiso de Missouri fue la causa de nuestra derrota, pero si tuviese que vivir de nuevo todo aquello, haría exactamente lo que hice entonces, y esta vez los barreríamos... Ahora bien, en 1864, cuando Stonewall Jackson fue allí..., perdonadme, chiquillos. El viejo Blue Leigh estaba en el cielo entonces, Dios lo tenga en la gloria...»

—Ven acá, Scout —dijo Atticus.

Me acurruqué en su regazo. Él me rodeó con el brazo y me meció dulcemente.

—Esta vez es distinto —añadió—. Esta vez no luchamos contra los yanquis, sino contra nuestros amigos. Pero tenlo presente, por muy mal que se pongan las cosas, siguen siendo nuestros amigos, y éste es nuestro hogar.

Con todo ello en la mente, al día siguiente me enfrenté con Cecil Jacobs en el patio de la escuela.

—¿Retirarás lo que dijiste? —exigí.

—¡Oblígame si te atreves! —chilló—. ¡Mis padres dicen que tu padre es una calamidad y que ese negrata debería colgar del depósito de agua!

Alcé los puños, pero, recordando lo que Atticus me había dicho, los dejé caer a los lados del cuerpo y me marché. El grito de «¡Scout es una cobarde!» retumbaba en mis oídos. Era la primera vez que abandonaba una pelea.

Por algún motivo sentía que si me hubiese peleado con Cecil habría traicionado a Atticus. Y eran tan pocas veces las que Atticus nos pedía a Jem y a mí que hiciésemos algo por él, que en su honor podía tolerar muy bien que me llamaran cobarde. Me sentía singularmente noble por haberme acordado a tiempo de las palabras de Atticus, y continué siendo noble durante tres semanas. Entonces llegó la Navidad, y estalló el desastre.

Jem y yo esperábamos la Navidad con sentimientos contradictorios. El aspecto bueno lo constituían el árbol y el tío Jack Finch. Todos los años, la víspera de Navidad íbamos al Empalme de Maycomb a esperar al tío Jack, que pasaba una semana con nosotros.

El reverso de la medalla ponía al descubierto el talante intransigente de la tía Alexandra y de Francis.

Supongo que debería incluir al tío Jimmy, el marido de la tía Alexandra, pero como jamás me dirigió la palabra, excepto una vez que me dijo: «Apártate de la valla», nunca vi motivo para considerar su presencia. Tampoco la consideraba la tía Alexandra. Mucho tiempo atrás, en un arranque de compatibilidad, mi tía y el tío Jimmy tuvieron un hijo llamado Henry, que abandonó su hogar tan pronto como fue humanamente posible, se casó y tuvo un hijo llamado Francis. Todas las Navidades, Henry y su esposa depositaban a Francis en casa de los abuelos y luego continuaban entregándose a sus propios placeres.

Por mucho que suspiráramos no conseguíamos convencer a Atticus de que nos permitiera pasar la Navidad en casa. Por lo que recuerdo, todas las Navidades nos íbamos a Finch's Landing. El hecho de que mi tía fuese una buena cocinera compensaba en algo el tener que pasar las fiestas con Francis Hancock. Tenía un año más que yo, y lo evitaba por principio; a él le divertía todo lo que yo desaprobaba, y le disgustaban mis ingenuas diversiones.

La tía Alexandra era hermana de Atticus, pero cuando Jem me habló de robos y sustituciones de niños, decidí que al nacer la habían cambiado y que acaso mis abuelos recibieron una Crawford en lugar de una Finch. Si mi mente hubiese albergado los simbolismos místicos relativos a las montañas que parecían obsesionar a jueces y abogados, a tía Alexandra la habría asimilado al monte Everest: así de fría y distante fue durante los primeros años de mi vida.

Cuando el tío Jack saltó del tren la víspera de Navidad, tuvimos de esperar a que el mozo le entregase dos largos paquetes. A Jem y a mí siempre nos parecía chocante cuando el tío Jack besaba a Atticus en la mejilla; eran los dos únicos hombres a los que habíamos visto besarse. El tío Jack estrechó la mano a Jem, y a mí me levantó, aunque no lo bastante alto: el tío Jack era más bajo que Atticus; era el benjamín de la familia, más joven que tía Alexandra. El tío Jack y la tía se parecían, pero él hacía mejor uso de su cara: nunca mirábamos con recelo su afilada nariz y su barbilla.

Era uno de los pocos hombres de ciencia que jamás me atemorizaron, probablemente porque nunca se daba aires de médico. Siempre que nos prestaba algún pequeño servicio profesional a Jem o a mí, tal como arrancarnos una astilla de un pie, nos explicaba con lujo de detalle lo que iba a hacer, nos daba una idea aproximada de lo que nos dolería y nos describía el uso de las pinzas que tendría que emplear. Una Navidad, precisamente, se me había clavado una gran astilla en el pie y no permitía que nadie se me acercase. Cuando me cogió tío Jack, me hizo reír hablándome de un predicador al que le fastidiaba tanto ir a la iglesia que todos los días se plantaba ante la puerta del templo, en bata y fumando su pipa, y pronunciaba unos sermones de cinco minutos a los transeúntes que deseaban auxilio espiritual. Lo interrumpí para pedirle que cuando fuese a sacar la astilla me avisase, pero él me presentó un pedacito de madera ensangrentada cogido con unas pinzas y dijo que me lo había arrancado mientras yo estaba riendo, y que aquello se conocía por el nombre de «relatividad».

—¿Qué hay en aquellos paquetes? —le pregunté, señalando los dos largos envoltorios que le había entregado el mozo.

—Nada que te importe —respondió.

—¿Cómo está *Rose Aylmer*? —intervino Jem.

Rose Aylmer era la gata del tío Jack. Hermosa y amarilla, éste decía que era una de las pocas mujeres a las que podía soportar de un modo permanente. El tío Jack se llevó la mano al bolsillo, sacó unas fotografías y las tendió hacia nosotros.

—Está engordando —dije admirada.

—Creo que sí. Se come todos los dedos y orejas que tenemos que amputar en el hospital.

—¡Oh, eso es una condenada mentira! —exclamé.

—¿Cómo has dicho?

—No le hagas caso, Jack —le recomendó Atticus—. Pretende impresionarte. Cal asegura que desde hace una semana suelta palabrotas con toda desenvoltura.

El tío Jack enarcó las cejas y no dijo nada. Yo obraba impulsada por la vaga teoría —aparte del atractivo que poseen tales palabras— de que si Atticus descubría que las había aprendido en la escuela, no me obligaría a ir a ésta.

Pero durante la cena, cuando le pedí que me pasase el maldito jamón, el tío Jack me señaló con el dedo y dijo:

—Después ven a verme, señorita.

Terminada la cena, el tío Jack se fue a la sala y se sentó. Con una palmada en el muslo me indicó que me sentara en su regazo. A mí me gustaba cómo olía; tenía algo agradablemente dulce. Me apartó el flequillo, me miró y dijo:

—Te pareces más a Atticus que a tu madre. Además, estás creciendo tanto que pronto no entrarás en esos pantalones.

—Pues yo creo que me van muy bien.

—Te gustan las palabras como «maldito» y «condenado», ¿verdad?

Contesté que imaginaba que sí.

—Pues a mí no —dijo—, a menos que exista un motivo muy serio para pronunciarlas. Pasaré aquí una semana, y mientras dure mi estancia no quiero oír palabras por el estilo. De lo contrario te verás en problemas. Además, tú quieres llegar a ser una dama, ¿verdad?

Respondí que no tenía un deseo especial.

—Claro que lo tienes. Ahora vamos a ver el árbol.

Estuvimos adornándolo hasta la hora de acostarnos, y esa noche soñé con los dos largos paquetes para Jem y para mí. A la mañana siguiente corrimos a buscarlos; resultó que Atticus le había escrito al tío Jack solicitándole que nos los comprase, y contenían lo que habíamos pedido.

—No apuntéis dentro de casa —ordenó Atticus al ver que Jem lo hacía a un cuadro de la pared.

—Tendrás que enseñarles a tirar —le aconsejó el tío Jack.

—Esta tarea te corresponde a ti —señaló Atticus—. Yo no hice otra cosa que inclinarme ante lo inevitable.

Atticus debió recurrir a la voz que empleaba en el juzgado para que nos apartásemos del árbol. No permitió que nos llevásemos los rifles a Finch's Landing (yo había empezado a madurar la idea de dispararle a Francis), y dijo que como causásemos problemas nos los quitaría por una buena temporada.

Finch's Landing consistía en trescientos sesenta y seis escalones que descendían por una escarpadura y terminaban en un muelle. Mucho más abajo del río, al otro lado de la escarpadura, había vestigios de un desembarcadero, donde los negros de los Finch habían embarcado balas de algodón y otros productos, y descargado bloques de hielo, harina y azúcar, material para la granja y prendas de mujer. De la orilla del río arrancaba un camino de dos roderas que se perdía entre los oscuros árboles. Al final del camino había una casa blanca, de dos plantas, rodeadas de sendas galerías. En su vejez, nuestro antepasado Simon Finch la había construido para complacer a su caprichosa esposa, pero aquellas galerías le quitaban cualquier parecido con las casas corrientes de la época. La distribución interna de aquélla daba testimonio del candor de Simon y de la confianza absoluta con que miraba a sus retoños.

En la planta superior había seis dormitorios, cuatro para las ocho hijas, uno para Welcome Finch, el único hijo varón, y uno para los parientes que los visitaran. Todo muy sencillo, pero a los cuartos de las muchachas sólo se podía acceder por una escalera, y al de Welcome y al de los huéspedes por otra. La escalera que conducía a los primeros se encontraba en el dormitorio de sus padres, en la planta baja, de modo que Simon estaba al corriente de las idas y venidas nocturnas de sus hijas.

Había también una cocina separada del resto de la casa, aunque unida a ella por una escalerilla de madera. En el patio trasero existía una campana olvidada en la punta de una pértiga; se utilizaba para llamar a los que trabajaban en los campos, o como señal de alarma. En el tejado había un mirador desde el cual Simon vigilaba a su vigilante, espiaba las embarcaciones fluviales y observaba las vidas de los propietarios vecinos.

Existía una leyenda en relación con la casa: en cierta ocasión una de las chicas Finch, recién prometida, se vistió de novia para salvar a su novio de los yanquis que asolaban la región y se plantó ante la puerta de la habitación que conducía a los cuartos de las muchachas, pero la rociaron de agua y, finalmente, la sacaron de allí.

Cuando llegamos a Finch's Landing, la tía Alexandra y Francis besaron al tío Jack, el tío Jimmy le estrechó la mano en silencio, y Jem y yo dimos nuestros regalos a Francis, y él nos dio el suyo. Jem se sintió mayor y no se separó de los adultos, dejándome la tarea de entretener a nuestro primo. Francis tenía ocho años y se peinaba hacia atrás.

—¿Qué te han regalado por Navidad? —le pregunté muy cortés.

—Lo que había pedido —respondió. Francis había pedido un par de pantalones hasta la rodilla, una cartera de cuero, cinco camisas y un lazo para el cuello.

—Está muy bien —mentí—. A Jem y a mí nos han regalado rifles de aire comprimido, y a Jem un equipo de química.

—Uno de juguete, supongo.

—No, uno de verdad. Me fabricará tinta invisible, y yo escribiré a Dill con ella.

Francis me preguntó qué utilidad le encontraba a eso.

—¿Te imaginas la cara que pondrá cuando reciba una carta mía que no dice nada? Se volverá lelo.

Hablar con Francis me producía la sensación de hundirme lentamente hacia el fondo del océano. Era el chico más aburrido que había conocido en mi vida. Como vivía en Mobile no podía delatarme a las autoridades de la escuela, pero se las arreglaba para contar todo lo que sabía a tía Alexandra, quien a su vez se lo transmitía a Atticus, quien o lo olvidaba o me echaba un rapapolvo, según el caso. Pero la única vez que oí a Atticus hablar en tono de enfado a alguien fue en una ocasión en que lo sorprendí diciendo: «¡Hermana, hago con ellos lo mejor que puedo!» Discutían algo relacionado con el hecho de que yo anduviera vestida con un mono.

En lo tocante a mi modo de vestir, la tía Alexandra era una fanática. Para ella, jamás me convertiría en una dama si llevaba pantalones; y cuando dije que con faldas no podía hacer nada, replicó que no era necesario que hiciese cosas que exigiesen pantalones. Para ella, yo tenía que jugar a las cocinitas y otros juegos de niñas y ser un rayo de sol en la solitaria vida de mi padre. Repliqué que para ser un rayo de sol no hacía falta llevar faldas, y dijo que si bien yo había nacido buena cada año que pasaba me volvía peor. Me sentí ofendida, y cuando se lo conté a Atticus, contestó que en la familia ya existían suficientes rayos de sol y que a él no le importaba que fuese como era.

En la comida de Navidad, me senté sola a una mesa pequeña del comedor, mientras que Jem y Francis se sentaron con los adultos. Mi tía seguía aislándome mucho después de que mi hermano y mi primo hicieran méritos para pasar a la mesa grande. Yo me preguntaba a menudo qué se figuraba que haría, ¿levantarme y tirar algo? A veces se me ocurría pedirle que me dejase sentar a la mesa grande una sola vez y le demostraría lo civilizada que sabía ser; al fin y al cabo, en casa comía todos los días sin percances de consideración. Cuando le supliqué a Atticus que pusiera en juego su influencia, me dijo que éramos invitados y debíamos sentarnos donde ella nos indicase. Añadió que la tía Alexandra no comprendía mucho a las niñas porque no había tenido ninguna.

Sin embargo, su habilidad como cocinera lo compensaba todo: tres clases de carne, hortalizas de verano en conserva, melocotones en almíbar, dos clases de pasteles y ambrosía constituían una comida de Navidad más que decente. Después los adultos pasaron a la sala y se sentaron, un tanto somnolientos. Jem se tendió en el suelo, y yo salí al jardín trasero.

—Ponte el abrigo —me dijo Atticus, pero no le hice caso.

Francis se sentó a mi lado en los escalones.

—Ha estado estupendo —comenté.

—La abuela es una gran cocinera —afirmó Francis—. Me enseñará a guisar.

—Los muchachos no guisan —dije, y me reí al imaginar a Francis con un delantal.

—La abuela dice que todos los hombres deberían aprender, y ser muy atentos con sus esposas y servirlas cuando no se encuentran bien —dijo mi primo.

—Yo no quiero que Dill me sirva —contesté—. Prefiero servirle yo a él.

—¿Dill?

—Sí. No digas nada de ello todavía, pero nos casaremos en cuanto tengamos edad suficiente. El verano pasado me pidió que fuese su novia.

Francis hizo una mueca despectiva.

—¿Qué tiene de malo ese chico? —pregunté—. No es algo que te incumba.

—¿Me estás hablando de aquel pequeñajo que según la abuela pasa todos los veranos con la señorita Rachel?

—Exactamente, de ése.

—Lo sé todo sobre él —dijo Francis.

—¿Ah, sí?

—La abuela dice que no tiene casa...

—Vive en Meridian, así que debe de tenerla.

—Se lo pasan de un pariente a otro, así de simple, y la señorita Rachel lo acoge todos los veranos.

—¡Eso no es verdad! —exclamé.

Francis sonrió.

—A veces eres extremadamente estúpida, Jean Louise —dijo—. De todos modos, supongo que no puedes remediarlo.

—¿Qué quieres decir?

—Si el tío Atticus deja que busques la compañía de perros sin dueño, él es quien manda, como dice mi abuela; por lo tanto, tú no tienes la culpa. Me figuro que no es culpa tuya que el tío Atticus sea, además, un amante de los negros, pero aquí estoy yo para decirte que ello mortifica de veras al resto de la familia...

—¿Qué diablos quieres decir?

—Sencillamente lo que he dicho. La abuela dice que ya era bastante lamentable que dejase que os criéis como salvajes, pero ahora que se ha convertido en un aficionado a los negros nunca más podrá pasar por las calles de Maycomb. Está arruinando a la familia, esto es lo que hace.

Francis se levantó y echó a correr en dirección a la vieja cocina. Fue fácil cogerlo por el cuello. Le exigí que retirase lo dicho de inmediato.

Se soltó de un tirón y se metió velozmente en la cocina, gritando:

—¡Aficionado a los negros!

Cuando uno acecha una presa, es mejor que se tome su tiempo. Más temprano que tarde, la presa sentirá curiosidad y saldrá. Francis apareció en la puerta de la cocina y, tanteando el terreno, preguntó:

—¿Todavía estás enojada, Jean Louise?

—No vale la pena mencionarlo —contesté.

Francis salió a la escalerilla.

—¿Vas a retirar lo dicho, Francis? —inquirí.

Pero había mostrado mis cartas demasiado pronto. Francis retrocedió rápidamente hacia la cocina, con lo cual me retiré. Sabía esperar con calma. Llevaba sentada quizás unos quince minutos cuando oí la voz de tía Alexandra.

—¿Dónde está Francis?

—Abajo en la cocina —respondí.

—Sabe que no tiene permiso para jugar allí.

Francis se asomó a la puerta y gritó:

—¡Abuela, ella me ha obligado a meterme aquí dentro y no quiere dejarme salir!

—¿Qué significa todo esto, Jean Louise?

Miré fijamente a la tía Alexandra y contesté:

—No lo he obligado, ni tampoco le impido salir.

—Sí, sí —gritó Francis—, ¡no me deja salir!

—¿Os habéis peleado?

—¡Jean Louise se ha enfadado conmigo, abuela! —gritó Francis.

—¡Francis, sal de ahí! Jean Louise, si te oigo una palabra más se lo diré a tu padre. ¿No te he oído decir «demonios» hace un rato?

—Yo no he sido.

—Pues a mí me ha parecido que sí. Será mejor que no te oiga repetirlo.

La tía Alexandra era una cotilla. Apenas hubo desaparecido de la vista, Francis salió con la cabeza erguida y sonriendo.

—No hagas la tonta conmigo —dijo.

Avanzó por el jardín, conservando la distancia, y se puso a dar patadas a las matas de hierba, volviéndose de vez en cuando para sonreírme. Jem apareció en el porche, nos miró y se fue. Francis trepó a la mimosa, bajó, se metió las manos en los bolsillos y siguió deambulando.

—¡Ah! —exclamó de pronto.

Le pregunté quién se creía que era, ¿el tío Jack? Contestó que recordara que me habían advertido que lo dejase en paz.

—Yo no te estoy molestando —le dije.

Francis me miró con atención, dedujo que me habían metido el miedo en el cuerpo y se puso a canturrear:

—Aficionado a los negros...

Esta vez me partí el nudillo contra sus dientes. Inutilizada la mano izquierda, arremetí con la derecha, pero no por mucho rato. El tío Jack me sujetó los brazos a los costados y exclamó:

—¡Quieta!

La tía Alexandra acudió en auxilio de Francis, secándole las lágrimas con el pañuelo, arreglándole el cabello, dándole palmaditas en las mejillas. Al oír los gritos de Francis, Atticus, Jem y el tío Jimmy habían salido a la galería trasera.

—¿Quién ha empezado? —preguntó el tío Jack.

Francis y yo nos señalamos mutuamente.

—¡Abuela —gimió él—, me ha llamado puta y ha saltado sobre mí!

—¿Es cierto, Scout? —preguntó el tío Jack.

—Supongo que sí.

Cuando el tío Jack inclinó la cabeza para mirarme, su expresión era como la de la tía Alexandra.

—¿No te he dicho que si pronunciabas esas palabras te meterías en problemas? Te lo advertí, ¿verdad?

—Sí, señor, pero...

—Pues ya estás metida en uno. Quédate ahí.

Yo estaba intentando resolver si me quedaba ahí o echaba a correr, pero no me decidí a tiempo: me volví para huir, pero el tío Jack fue más rápido, y me encontré mirando una hormiga diminuta que luchaba entre la hierba con una migaja de pan.

—¡No hablaré contigo en toda mi vida! ¡Te odio, te desprecio y deseo que te mueras!

Aquello pareció animar aún más al tío Jack. Corrí a buscar consuelo en Atticus, y me encontré con que me reprochaba mi conducta y decía que ya era hora de que nos marchásemos a casa. Subí al asiento trasero del coche sin despedirme de nadie. Una vez en casa, corrí a mi habitación y cerré la puerta de golpe. Jem quiso dirigirme unas palabras de consuelo, pero no se lo permití.

Cuando inspeccioné las lesiones sólo descubrí siete u ocho cardenales, y estaba meditando sobre la relatividad cuando alguien llamó a la puerta. Pregunté quién era y contestó el tío Jack.

—¡Vete!

El tío Jack contestó que si hablaba de aquel modo me pegaría otra vez, con lo cual me callé. Cuando entró en el cuarto, retrocedí hasta un rincón y me volví de espaldas a él.

—Scout —dijo—, ¿todavía me odias?

—Vete, te lo ruego.

—Me desilusiona que me guardes resentimiento por lo que ha ocurrido —dijo—. Tú te lo buscaste, y lo sabes.

—¡Que no!

—Cariño, no puedes ir por ahí llamando a la gente...

—Eres injusto conmigo —lo interrumpí—, injusto.

El tío Jack enarcó las cejas.

—¿Por qué he sido injusto?

—Eres una persona agradable, tío Jack, y creo que te quiero a pesar de lo que has hecho, pero no comprendes mucho a los niños.

El tío Jack puso las manos en jarras y me miró.

—¿Y por qué no comprendo a los niños, señorita Jean Louise? Una conducta como la tuya requería poca comprensión. Fue desordenada y abusiva...

—¿Me darás la oportunidad de explicártelo? No me propongo ser respondona, sólo trato de explicártelo.

El tío Jack se sentó en la cama y dijo:

—Sigue.

Respiré hondo.

—Bien —comencé—, en primer lugar, no me diste la oportunidad de explicar mi versión de los hechos. Cuando Jem y yo nos peleamos, Atticus no se conforma con escuchar lo que Jem tiene que decir al respecto, sino que me escucha a mí también; y en segundo lugar, me dijiste que no empleara aquellas palabras más que en caso de que me provocaran, y Francis me provocó lo suficiente para partirle la cabeza...

—¿Y cuál es tu versión del caso, Scout? —preguntó el tío Jack.

—Francis llamó una cosa fea a Atticus, y yo no estaba dispuesta a consentirlo.

—¿Qué cosa lo llamó?

—Aficionado a los negros. No estoy muy segura de lo que significa, pero por el modo que Francis lo dijo... Ahora te diré una cosa, tío Jack..., juro ante Dios que no soy capaz de permitir que diga algo de Atticus...

—¿Eso lo llamó?

—Sí, señor, eso mismo, y mucho más. Dijo que Atticus sería la ruina de la familia y que dejaba que Jem y yo fuésemos unos salvajes...

Por la expresión de tío Jack, pensé que me la cargaría otra vez. Pero cuando dijo «Nos ocuparemos de esto» comprendí que quien se la iba a cargar sería Francis.

—Iré allí esta misma noche —añadió.

—Déjalo, te lo ruego.

—No tengo intención de dejarlo —replicó—. Alexandra debe saberlo. La idea de... Espera a que le ponga la mano encima a ese muchacho...

—Tío Jack, prométeme una cosa, por favor. Prométeme que no le dirás nada a Atticus. Una vez me pidió que no permitiese que nada que oyera acerca de él me hiciese perder la cabeza, y prefiero que imagine que peleábamos por alguna otra cosa. Prométemelo, por favor...

—No me gusta que Francis se quede sin castigo por una cosa así...

—Ya ha recibido lo suyo. ¿Crees que podrías vendarme la mano? Todavía me sangra un poco.

—Claro que te la vendaré, Scout. No conozco ninguna mano que vendaría más a gusto. ¿Quieres acompañarme?

El tío Jack se inclinó en una galante reverencia indicándome el cuarto de baño. Mientras limpiaba y vendaba mis nudillos, me entretenía con un relato sobre un anciano caballero, miope y ridículo, que tenía un gato llamado *Hodge* y que cuando iba a la ciudad contaba todas las grietas de la acera.

—Ya está —dijo—. Tendrás una cicatriz nada femenina en el dedo del anillo de boda.

—¡Gracias, tío Jack!

—¡Scout...!

—¿Qué es una puta?

El tío Jack se embarcó en otra larga historia sobre un primer ministro viejo que se sentaba en la Cámara de los Comunes y, soplando, levantaba una pluma en el aire y luego trataba de mantenerla suspendida, mientras alrededor de él todos perdían la cabeza. Me figuro que trataba de contestar a mi pregunta, pero yo no le veía ningún sentido.

Más tarde, cuando yo debía estar en la cama, fui hasta el vestíbulo para beber un poco de agua, y oí a Atticus y el tío Jack en la sala:

—No me casaré nunca, Atticus.

—¿Por qué?

—Podría tener hijos.

—Has de aprender mucho, Jack —repuso Atticus.

—Lo sé. Tu hija me ha dado la primera lección esta tarde. Me dijo que no yo comprendía mucho a los niños y me explicó por qué. Tenía mucha razón. Me explicó cómo debí haberla tratado; oh, querido, cuánto lamento haberle dado una tunda.

Atticus rió.

—Se lo ganó, de modo que no sientas demasiado remordimiento.

Yo aguardé con el alma en vilo, creyendo que el tío Jack le explicaría mi versión del caso. Pero no lo hizo. Se limitó a murmurar:

—El uso que hace de invectivas soeces no deja sitio

para la imaginación. Pero desconoce el significado de la mitad de lo que dice; me ha preguntado qué era una puta...

—¿Se lo dijiste?

—No, le hablé de lord Melbourne.

—¡Por favor, Jack! Cuando un niño te pregunte algo, contéstale. Los niños son niños, pero descubren una evasiva con mayor presteza que los adultos, y las evasivas sólo sirven para atontarles. No —murmuró mi padre—, esta tarde has tenido la reacción acertada, pero los motivos eran equivocados. El lenguaje soez es una etapa por la que pasan todos los niños, pero desaparece cuando advierten que con palabrotas no llaman la atención. En cambio, la testarudez no desaparece. Scout ha de aprender a conservar la calma, y ha de aprenderlo pronto, con lo que le espera en los próximos meses. De todos modos, va progresando. Jem se hace mayor, y ella sigue ahora un poco su ejemplo. Todo lo que necesita es que la ayuden de vez en cuando.

—Atticus, tú nunca le has puesto la mano encima.

—Así es. Hasta ahora me han servido las amenazas. Jack, Scout me obedece lo mejor que sabe. La mitad de las veces no lo consigue, pero lo intenta.

—Ésa no es la solución.

—No, la solución es que ella sabe que yo sé que lo intenta. He ahí lo que importa. Lo que me preocupa es que ella y Jem tendrán que afrontar pronto algunas cosas desagradables. No temo que Jem no sepa conservar la calma, pero Scout, cuando está en juego su orgullo, instantáneamente tiene una reacción furibunda...

Yo esperé para ver si el tío Jack rompía su promesa. No lo hizo.

—Atticus, ¿será muy grave el caso? No me has hablado mucho de él.

—Podría haber sido peor, Jack. Lo único que tenemos es la palabra de un negro contra la de los Ewell. Las pruebas se reducen a «lo hiciste; no lo hice». No se puede esperar que el jurado acepte la palabra de Tom Robinson contra la de los Ewell... ¿Conoces a éstos?

El tío Jack dijo que sí, que los recordaba, y los describió; pero Atticus dijo:

—Te quedas atrasado en una generación. Sin embargo, los Ewell actuales son iguales.

—¿Qué harás, pues?

—Antes de terminar, me propongo destrozar un poco el tímpano al jurado... De todos modos, creo que una apelación nos dará una probabilidad razonable, aunque en esta etapa del proceso no puedo saberlo con certeza. Ya sabes, yo confiaba en jubilarme sin tener un caso de esta índole, pero John Taylor me señaló con el dedo y dijo: «Usted es el hombre.»

—Apartad de mí ese cáliz, ¿eh?

—Exacto. Pero ¿crees que si lo hubiera rechazado podría volver a mirar a mis hijos? Tú sabes tanto como yo lo que ocurrirá, y espero y ruego que Jem y Scout atraviesen la prueba sin amargura, y sobre todo, sin contraer la enfermedad corriente de Maycomb. El motivo de que personas razonables se pongan a delirar como dementes apenas surge algo relacionado con un negro, es cosa que no pretendo comprender... Sólo confío en que Jem y Scout acudan a mí para resolver sus dudas en lugar de prestar oídos a la gente. Espero que tengan bastante confianza en mí... ¡Jean Louise!

Di un respingo.

—Yo...

—Vete a la cama.

Regresé presurosa a mi cuarto y me acosté. El tío Jack había sido todo un caballero al no traicionarme. Pero no supe cómo se enteró Atticus de que yo estaba escuchando, y sólo al cabo de muchos años comprendí que él quería que oyese todo lo que dijo.

10

Atticus estaba débil: se acercaba a los cincuenta. Cuando Jem y yo le preguntábamos por qué era tan viejo, nos respondía que había empezado a vivir tarde, lo cual nosotros veíamos reflejado en sus habilidades y su virilidad. Atticus era mucho mayor que los padres de nuestros condiscípulos, y Jem y yo no podíamos replicar nada cuando nuestros compañeros de clase comenzaban: «Mi padre...»

Jem estaba loco por el fútbol. Atticus no se cansaba nunca de jugar de guardameta, pero cuando Jem quería disputarle la pelota, Atticus solía decir:

—Soy demasiado viejo para esto, hijo.

Atticus no hacía nada; trabajaba en una oficina, no en una droguería. Atticus no conducía un camión volquete del condado, no era *sheriff*, no cultivaba tierras, no trabajaba en un garaje, ni hacía nada que pudiera despertar la admiración de nadie.

Aparte de lo dicho, llevaba gafas. Estaba casi ciego del ojo izquierdo, y decía que los ojos izquierdos eran la maldición hereditaria de los Finch. Cuando quería ver bien alguna cosa, volvía la cabeza y miraba con el ojo derecho.

No hacía las mismas cosas que los padres de nuestros compañeros: jamás iba de caza, no jugaba al póquer, ni pescaba, ni bebía ni fumaba. Se sentaba en la sala y leía.

Con estos atributos, no obstante, no pasaba tan inadvertido como habríamos deseado: aquel año en la escuela se comentaba mucho que defendía a Tom Robinson, y nunca con tono laudatorio. Después de mi altercado con Cecil Jacobs, con motivo del cual me comprometí a una política de cobardía, corrió la voz de que Scout Finch no se pelearía más, ya que su padre no se lo permitía. Esto no era completamente exacto: yo no pelearía en público por Atticus, pero la familia era un terreno particular. Lucharía con uñas y dientes contra cualquiera desde primo de tercer grado para arriba. Francis Hancock, por ejemplo, estaba enterado de ello.

Cuando nos regaló los rifles de aire comprimido, Atticus no quiso enseñarnos a disparar. El tío Jack nos instruyó en los rudimentos de tal deporte, y nos dijo que a nuestro padre no le interesaban las armas. Y Atticus le dijo un día a Jem:

—Preferiría que disparaseis contra botes vacíos en el patio trasero, pero sé que perseguiréis a los pájaros. Matad todos los arrendajos azules que queráis, si podéis darles, pero recordad que matar un ruiseñor es pecado.

Aquélla fue la única vez que le oí decir que esta o aquella acción fuese pecado, y pregunté a la señorita Maudie al respecto.

—Tu padre tiene razón —me respondió—. Los ruiseñores sólo se dedican a cantar para alegrarnos. No estropean los frutos de los huertos, no anidan en los arcones del maíz, no hacen nada más que derramar su corazón, cantando para nuestro deleite. Por eso es pecado matar un ruiseñor.

—Señorita Maudie, éste es un barrio viejo, ¿verdad?

—Tiene más años que la propia ciudad.

—No, me refiero a que la gente de nuestra calle es vieja. Jem y yo somos los únicos niños que hay por aquí. La señora Dubose se acerca a los cien años, la señorita Rachel es vieja, y también lo son usted y Atticus.

—Yo no diría que a los cincuenta sea uno muy viejo —replicó ella con aspereza—. Todavía no me llevan en silla de ruedas, ¿verdad que no? Y a tu padre tampoco. Pero debo decir que la Providencia tuvo la bondad de quemar aquel mausoleo antiguo que era mi casa, y soy demasiado vieja para volver a levantarla... Quizá tengas razón, Jean Louise, éste es un barrio de gente tranquila. Tú no has tratado demasiado con gente joven, ¿verdad que no?

—Sí, en la escuela.

—Quiero decir personas que sean mayores y jóvenes. Has de saber que eres afortunada. Tú y Jem habéis disfrutado del beneficio de la edad de tu padre. Si él hubiese tenido treinta años, vuestra vida habría sido muy distinta.

—Habría sido distinta, sin duda. Atticus no sabe hacer nada...

—Te sorprendería lo que sabe —dijo la señorita Maudie—. Aún queda mucha vida en su cuerpo.

—¿Qué sabe hacer?

—Pues sabe redactar el testamento de cualquiera con tal minuciosidad que nadie puede buscarle los flecos.

—Bah...

—¿Y no sabías que es el mejor jugador de ajedrez de la región? Mira, en Finch's Landing, cuando éramos pequeños, Atticus Finch derrotaba a todos los contrincantes de ambas orillas del río.

—Venga ya, señorita Maudie. Jem y yo le ganamos todas las partidas.

—Ya es hora, pues, de que sepas que ganáis porque os deja. ¿Y estabas enterada de que sabe tocar el arpa judía?

Esta modesta habilidad me hizo sentir todavía más avergonzada de mi padre.

—Pues... —dijo mi interlocutora.

—¿Pues qué, señorita Maudie?

—Pues... nada. Sólo que con todo eso deberías estar orgullosa de él. No todo el mundo sabe tocar un arpa judía. Y ahora no estorbes a los carpinteros. Yo estaré con mis azaleas y no podré vigilarte. Podría herirte algún madero.

Me fui al patio posterior y encontré a Jem disparando contra un bote de hojalata, cosa que parecía estúpida, con tantos arrendajos azules como había por allí. Volví al frente de la casa y durante dos horas me atareé en levantar, a un lado del porche, un complicado parapeto consistente en un neumático de coche, una caja de naranjas, el cesto de la ropa, las sillas del porche y una bandera de Estados Unidos que Jem había encontrado en una caja de rosetas de maíz.

Cuando Atticus llegó para la comida, me encontró acurrucada detrás del parapeto, apuntando al otro lado de la calle.

—¿Contra qué vas a disparar?

—Contra el trasero de la señorita Maudie.

Atticus se volvió y vio mi abundante blanco inclinado sobre los arbustos. Echándose el sombrero atrás, cruzó la calle.

—Maudie —dijo—, creo conveniente advertirte de que corres considerable peligro.

Ella se irguió y, mirándome, exclamó:

—Atticus, eres un pequeño demonio.

Al regresar, Atticus me ordenó que levantase el campamento.

—No quiero volver a encontrarte apuntando a nadie con esa arma —dijo.

Deseé que él fuese un demonio del infierno. Más tarde, sondeé a Calpurnia sobre la cuestión que me preocupaba.

—¿El señor Finch? Vaya, sabe hacer infinidad de cosas.

—¿Por ejemplo? —pregunté.

Calpurnia se rascó la cabeza.

—Pues no lo sé exactamente —contestó.

Jem preguntó a Atticus si jugaría con los metodistas, y éste contestó que si jugara se rompería la espalda, que era demasiado viejo para esas cosas. Los metodistas trataban de pagar la hipoteca que pesaba sobre su templo, y habían retado a los bautistas a un partido de fútbol. Todos los padres de la ciudad jugarían, excepto Atticus. Jem dijo que no iría siquiera, pero era incapaz de resistirse al fútbol en cualquiera de sus formas, y permaneció malhumorado en un costado del campo con Atticus y conmigo viendo al padre de Cecil Jacobs marcar tantos para los bautistas.

Un sábado, Jem y yo decidimos hacer una incursión con nuestros rifles de aire comprimido en busca de conejos o ardillas. Habíamos ido unos trescientos metros más allá de la Mansión Radley cuando advertí que Jem miraba a un lado con los ojos entornados.

—¿Qué miras?

—Aquel perro de ahí —dijo.

—Es el viejo *Tim Johnson*, ¿no?

—Sí.

Tim Johnson pertenecía al señor Harry Johnson, que conducía el autobús de Mobile y vivía en el extremo meridional de la ciudad. *Tim* era un perro perdiguero, de color hígado, el mimado de Maycomb.

—¿Qué hace?

—No lo sé, Scout. Será mejor que volvamos a casa.

—Bah, Jem, si aún estamos en febrero.

—No me importa. Debemos contárselo a Calpurnia.

Así pues, volvimos y fuimos a la cocina.

—Cal —dijo Jem—, asómate a la acera un momento.

—¿Para qué, Jem? No puedo asomarme cada vez que me lo pides.

—Allí abajo hay un perro al que le pasa algo.

Calpurnia suspiró.

—Ahora no puedo vendarle la pata a ningún perro.

En el cuarto de baño hay gasa; ve a buscarla y hazlo tú mismo.

Jem sacudió la cabeza.

—Está enfermo, Cal. Le pasa algo raro.

—¿Qué hace? ¿Pretende morderse la cola?

—No, hace así... —Hizo unos movimientos de deglución parecidos a los de una carpa, encogió los hombros y dobló el torso—. Anda de este modo, como si no pudiera evitarlo.

—¿Te lo estás inventando, Jem? —La voz de Calpurnia se endureció.

—No, Cal, de verdad que no.

—¿Corría?

—No, lo intenta pero no puede. Viene hacia aquí.

Calpurnia se lavó las manos y salió al patio detrás de Jem.

—No veo ningún perro —dijo.

Nos siguió hasta más allá de la Mansión Radley y miró hacia donde señalaba Jem. *Tim Johnson* no era mucho más que una mancha distante, pero se acercaba. Andaba de un modo raro, como si tuviera las piernas delanteras más cortas que las traseras. Parecía un coche encallado en un arenal.

—Se ha vuelto patituerto —dijo Jem.

Calpurnia miró con los ojos muy abiertos, luego nos empujó por los hombros y nos hizo regresar corriendo a casa. Cerró la puerta detrás de nosotros, cogió el teléfono y pidió:

—¡Póngame con la oficina del señor Finch! —Al cabo de un momento exclamó nerviosa—: ¡Señor Finch! Soy Cal. Juro por Dios que en nuestra calle hay un perro rabioso... Viene hacia aquí... Es... señor Finch, es... el viejo *Tim Johnson*... sí, señor... sí, señor... sí...

Colgó, y cuando le preguntamos qué había dicho Atticus, sólo movió la cabeza. Volvió a levantar el auricular y dijo:

—Señorita Eula May, he terminado de hablar con el señor Finch; le ruego que no vuelva a ponerme con él... Escuche, ¿podría llamar a la señorita Rachel y a la señorita Stephanie y a todos los de esta calle que tengan teléfono y decirles que viene hacia aquí un perro rabioso? ¡Se lo ruego! —Calpurnia escuchó unos momentos—. Ya sé que estamos en febrero, señorita May, pero reconozco un perro rabioso con sólo verlo. ¡Por favor, dese prisa!

Colgó y preguntó a Jem:

—¿Tienen teléfono los Radley?

Jem consultó la guía y dijo que no.

—De todos modos, no saldrán, Cal.

—No me importa, voy a avisarles.

Y salió rumbo a la casa de los Radley, nosotros pisándole los talones.

—¡Vosotros quedaos en casa! —gritó.

Los vecinos habían recibido el mensaje de Calpurnia: todas las puertas estaban cerradas. No vimos ni rastro de *Tim Johnson*. Con la mirada seguimos a Calpurnia, que corrió hacia la Mansión Radley recogiéndose la falda y el delantal por encima de las rodillas. Subió los escalones del porche y llamó con insistencia a la puerta. No obtuvo respuesta, y entonces gritó:

—¡Señor Nathan, señor Arthur, viene un perro rabioso! ¡Viene un perro rabioso!

—Tendría que dar la vuelta y entrar por detrás —observé.

Jem negó con la cabeza.

—Ahora da igual.

Calpurnia siguió llamando en vano. Nadie agradeció su obstinación, y al parecer nadie la escuchaba.

Mientras Calpurnia regresaba como una flecha hacia la puerta de la cocina, por el sendero de entrada asomó un Ford negro. Atticus y el señor Tate bajaron presurosos.

Heck Tate, *sheriff* del condado de Maycomb, era tan alto como Atticus pero más delgado. Tenía una nariz larga, llevaba botas con ojalitos brillantes de metal, pantalones de montar y chaqueta de leñador. Tenía puesto el cinturón de balas y empuñaba un pesado rifle. Cuando él y Atticus llegaron al porche, Jem abrió la puerta.

—Quédate dentro, hijo. ¿Dónde está, Cal?

—Ya debería estar por allí —contestó Calpurnia, señalando calle abajo.

—No corre, ¿verdad que no? —preguntó el señor Tate.

—No, señor, está en la fase de los estremecimientos.

—¿Salimos a su encuentro, Heck? —preguntó Atticus.

—Será mejor que aguardemos, señor Finch. Generalmente avanzan en línea recta, pero no es seguro. Quizá siga la curva... confío en que no lo haga, pues en ese caso se metería directamente en el patio trasero de los Radley. Esperemos un minuto.

—No creo que se meta en el patio de los Radley —replicó Atticus—. Hay una valla. Probablemente seguirá la calle...

Yo creía que los perros rabiosos echaban espuma por la boca, daban saltos y se arrojaban sobre la garganta de la gente, y que todo eso lo hacían en agosto. Si *Tim Johnson* hubiese seguido esta pauta, yo habría estado menos asustada.

No hay cosa más muerta que una calle desierta, aguardando. Los árboles estaban inmóviles, los ruiseñores callados, los carpinteros de la casa de la señorita Maudie habían desaparecido. Oí que el *sheriff* estornudaba y luego se sonaba la nariz. Le vi levantar el arma hasta el ángulo del codo. Vi la cara de Stephanie Crawford enmarcada en el cristal de la ventana de su casa. La señorita Maudie apareció y se quedó a su lado. Atticus apoyó un pie en un travesaño de una silla y se frotó lentamente un lado del muslo con la mano.

—Allí está —dijo con voz pausada.

Tim Johnson apareció andando a ciegas por la curva paralela a la casa de los Radley.

—Míralo —susurró Jem—. El *sheriff* decía que caminaban en línea recta. Ése ni siquiera sabe seguir la de la calle.

—Parece más enfermo que otra cosa —dije.

—Deja que se le ponga algo delante y se abalanzará sin vacilar.

El señor Tate se llevó la mano a la frente y se inclinó hacia delante.

— Lo ha cogido, no cabe duda, señor Finch.

El perro avanzaba a paso de tortuga, pero no jugaba ni olfateaba el follaje; parecía haberse señalado una trayectoria determinada, impulsado por una fuerza invisible que le hacía acercarse lentamente a nosotros. Le vimos estremecerse como sacudiéndose agua; su quijada se abría y se cerraba; parecía confundido.

—Está buscando un lugar donde morir —dijo Jem.

El señor Tate se volvió.

—Todavía le falta mucho para morir, Jem; aún no ha entrado en la fase aguda.

Tim llegó a la calle lateral que pasaba por delante de la mansión. El escaso entendimiento que conservaba lo hizo pararse y considerar, al parecer, qué camino tomar. Dio unos pasos indecisos y se detuvo delante de la puerta de los Radley; luego trató de volverse, pero le resultaba difícil.

Atticus dijo:

—Está a tiro, Heck. Es mejor que le dé ahora, antes que baje por la calle; Dios sabe quién puede haber al otro lado de la esquina. Vete dentro, Cal.

Calpurnia entró, echó el cerrojo y se quedó mirando por el cristal. Trataba de taparnos la visión con su cuerpo, pero Jem y yo mirábamos por debajo de sus brazos.

—Cójalo, señor Finch. —El señor Tate tendió el rifle a Atticus; Jem y yo estuvimos a punto de desmayarnos.

—No pierda tiempo, Heck —replicó Atticus—. Hágalo usted. Adelante.

—Señor Finch, esto tiene que hacerse con un solo tiro.

Atticus sacudió la cabeza con vehemencia.

—¡Encárguese usted, Heck! Venga, el perro no lo esperará todo el día...

—¡Por amor de Dios, señor Finch, vea dónde está! ¡Si yerro el disparo meteré la bala dentro de la casa de los Radley! ¡Yo no soy tan buen tirador! ¡A usted le consta!

—Y yo no he disparado un arma en los últimos treinta años...

El *sheriff* casi arrojó el rifle a Atticus.

—Me sentiría muy agradecido si le disparase ahora —dijo.

Como en una bruma, Jem y yo vimos a nuestro padre coger el rifle y dirigirse hacia el centro de la calle. Andaba deprisa, pero a mí se me antojó que se movía como un nadador bajo el agua: el tiempo transcurría con una lentitud desesperante.

Cuando Atticus se subió las gafas a la frente, Calpurnia murmuró:

—Dulce Jesús, ayúdale. —Y se llevó las manos a las mejillas.

Las gafas se le deslizaron abajo. Entonces las dejó caer al suelo. En el silencio, oí el sonido del golpe. Atticus se restregó los ojos y la barbilla; le vimos parpadear vivamente.

Delante de la puerta de los Radley, el perro utilizó su escaso entendimiento y dio media vuelta para retomar su ruta inicial, subiendo por nuestra calle. Dio unos pasos, pero de pronto se paró y levantó la cabeza. Vimos que su cuerpo se tensaba.

Con movimientos tan rápidos que parecieron simultáneos, la mano de Atticus amartilló el rifle al mismo tiempo que lo apoyaba contra el hombro.

El rifle detonó. *Tim Johnson* dio un brinco, corcoveó en el aire un instante y cayó fulminado. Quedó en la acera como un inerte bulto marrón y blanco. No supo qué lo había abatido.

El *sheriff* saltó del porche y corrió hacia la mansión. Se agachó junto al perro, se volvió y se tocó la frente con el índice, encima del ojo izquierdo.

—¡Ha desviado un poco hacia la derecha, señor Finch! —gritó.

Atticus respondió:

—Siempre me ocurría. Si hubiese podido elegir habría escogido una escopeta.

Se inclinó, recogió la montura de las gafas y aplastó las lentes rotas con el tacón hasta convertirlas en polvo. Luego se acercó al *sheriff* y se quedó mirando a *Tim Johnson*.

Las puertas se abrieron una tras otra y los vecinos fueron dando señales de vida. La señorita Maudie bajó los escalones en compañía de Stephanie Crawford.

Jem estaba paralizado. Yo lo pellizqué para ponerlo en marcha, pero cuando Atticus vio que nos acercábamos, gritó:

—¡Quedaos donde estáis!

Cuando el señor Tate y Atticus regresaron al patio, el *sheriff* sonreía.

—Mandaré a Zeebo a que lo recoja —dijo—. No se ha olvidado mucho, señor Finch. Dicen que uno nunca pierde la habilidad.

Atticus guardaba silencio.

—¡Atticus! —dijo Jem.

—¿Qué?

—Nada.

—¡Lo he visto, Finch, un solo disparo!

Atticus giró sobre los talones y se encontró con la señorita Maudie. Se miraron sin decir nada, y luego él subió al coche del *sheriff*.

—Ven aquí —le dijo a Jem—. No os acerquéis al perro, ¿entendido? No os acerquéis a él; es tan peligroso muerto como vivo.

—Sí, señor —respondió Jem—. Pero...

—¿Qué, hijo?

—Nada.

—¿Qué te pasa, muchacho, no sabes hablar? —dijo el señor Tate sonriendo a Jem—. ¿No sabías que tu padre...?

—Cállese, Heck —ordenó Atticus—. Volvamos a la ciudad.

Cuando se hubieron marchado, Jem y yo fuimos a los escalones del porche de la señorita Stephanie y nos sentamos para aguardar a que Zeebo llegase con el camión de la basura.

Jem continuaba mudo y confuso. Stephanie Crawford dijo:

—Vaya, vaya. Me cuesta admitir que un perro pueda contraer la rabia en febrero. Quizá no estaba rabioso, quizá sólo estaba loco y nada más. No me gustaría ver la cara de Harry Johnson cuando regrese de Mobile y se encuentre con que Atticus Finch ha matado a su perro. Seguramente el pobre animal estaba de mal humor por algo...

La señorita Maudie dijo que la señorita Stephanie diría una cosa muy distinta si *Tim Johnson* todavía estuviera subiendo calle arriba, y que pronto sabrían si estaba rabioso o no, porque enviarían la cabeza a Montgomery.

Jem recobró el uso de la palabra.

—¿Le has visto, Scout?, ¿le has visto plantado en medio de la calle...? De repente se quedó tan tranquilo, y parecía que el arma formaba parte de su persona... y con aquella rapidez, como si... Yo tengo que apuntar diez minutos para hacer blanco en algo...

La señorita Maudie sonrió con malicia.

—Veamos, señorita Jean Louise —dijo—, ¿todavía

piensas que tu padre no sabe hacer nada? ¿Todavía te avergüenzas de él?

—No —admití.

—El otro día olvidé que además de tocar el arpa judía, Atticus Finch era en sus tiempos el mejor tirador del condado de Maycomb.

—¿El mejor tirador...? —repitió Jem.

—Eso he dicho, Jem Finch. Supongo que ahora cambiaréis de opinión. ¿No sabíais que cuando era muchacho le apodaban Finch *un disparo*? Caramba, allá en Finch's Landing, si disparaba quince tiros y mataba catorce tórtolas se quejaba de malgastar munición.

—Nunca nos lo contó —murmuró Jem.

—No os contó nada, ¿verdad que no?

—No, señora.

—Me sorprende que ahora nunca salga de caza —dije.

—Quizá yo pueda explicároslo —contestó la señorita Maudie—. Por encima de todo, vuestro padre es un hombre educado. Una habilidad es un don de Dios... pero claro, uno ha de ejercitarla para perfeccionarla, pero el tiro no es como tocar el piano u otra cosa por el estilo. Yo creo que dejó el arma cuando comprendió que Dios le había concedido demasiada ventaja sobre la mayoría de los seres vivos. Me figuro que decidió no disparar a menos que se viera en la obligación de hacerlo, y hoy ha quedado claro.

—Debería estar orgulloso de ello —dije.

—Las personas sensatas no se enorgullecen de sus talentos —respondió ella.

Entonces apareció el camión de Zeebo. De la parte trasera, Zeebo sacó una pala, recogió el perro con presteza y lo arrojó sobre la caja del camión. Luego vertió un líquido desinfectante por esa parte de la acera.

—¡Durante un rato no os acerquéis aquí! —nos advirtió.

Mientras regresábamos a casa le dije a Jem que el lunes sí tendríamos algo interesante que contar en la escuela.

—No diremos una palabra sobre esto, Scout —replicó él.

—¿Qué? Ya lo creo que la diré. No todos tienen un padre que sea el mejor tirador del condado.

—Si él quisiera que lo supiéramos nos lo habría dicho —me explicó—. Si estuviera orgulloso de ello, nos lo hubiera contado.

—Quizá se le olvidó —objeté.

—No, Scout, es algo que tú no comprendes. Atticus es un viejo, pero a mí no me importaría que no supiera hacer nada... no me importaría en absoluto. —Recogió una piedra y la lanzó contra la cochera. Y echando a correr gritó—: ¡Atticus es un caballero, igual que yo!

11

De pequeños, Jem y yo limitábamos nuestras actividades al sur del vecindario, pero cuando estuve bien adelantada en el segundo curso de la escuela y el atormentar a Boo Radley fue cosa pretérita, el sector comercial de Maycomb nos atrajo con frecuencia calle arriba, más allá de la casa de la señora Henry Lafayette Dubose. Era imposible ir al centro sin pasar por delante de su casa, a menos que quisiéramos dar un rodeo de dos kilómetros. Mis encuentros previos con aquella señora no me habían dejado ganas para otros, pero Jem decía que alguna vez tenía que hacerme mayor.

Dejando aparte una criada negra de servicio permanente, la señora Dubose vivía sola, dos puertas más arriba de la nuestra, en una casa con unos empinados escalones y un pequeño porche. Era muy anciana; se pasaba la mayor parte del día en la cama, y el resto en una silla de ruedas. Se rumoreaba que llevaba una pistola escondida entre sus numerosas bufandas y envolturas.

Jem y yo la odiábamos. Si estaba en el porche al pasar nosotros, nos escudriñaba con una mirada airada y nos sometía a despiadados interrogatorios acerca de nuestra conducta. También nos hacía tristes presagios sobre lo que valdríamos cuando fuésemos mayores, los cuales podían resumirse en que no valdríamos para nada. Cuando decidimos pasar por delante de su casa yendo por la acera de enfrente, aquello sólo sirvió para que ella levantase la voz haciendo partícipes a todos los vecinos de sus imprecaciones.

No éramos capaces de hacer nada que le agradase. Si la saludaba lo más risueña que sabía con un «Hola, señora Dubose», recibía por respuesta: «¡No me digas hola, niña fea! ¡Debes decirme buenas tardes, señora Dubose!»

Era malvada. Una vez oyó a Jem referirse a nuestro padre como «Atticus» y su reacción fue apoplética. Además de ser los mocosos más respondones y antipáticos que pasaban por allí, tuvimos que escuchar que era una pena que nuestro padre, después de la muerte de mamá, no hubiera vuelto a casarse. Dama más encantadora que nuestra madre no había existido, decía ella, y destrozaba el corazón ver que Atticus Finch permitía que sus hijos crecieran como unos salvajes. Yo no recordaba a nuestra madre, pero Jem sí —a veces me hablaba de ella—, y cuando la señora Dubose nos disparó su mensaje, se puso lívido.

Después de haber sobrevivido a los peligros de Boo Radley, de un perro rabioso y otros horrores, Jem decidió que era una cobardía pararse delante de las escaleras de la fachada de la señorita Rachel y esperar, y decretó que debíamos correr hasta la esquina de la oficina de Correos yendo al encuentro de Atticus cuando regresaba del trabajo. Innumerables tardes, nuestro padre encontraba a Jem furioso por algo que había dicho la señora Dubose mientras pasábamos.

—El remedio está en la calma, hijo —solía contestar Atticus—. Es una señora anciana y está enferma. Limítate a conservar la cabeza alta y comportarte como un caballero. Diga lo que diga, tu deber consiste en no permitir que te haga perder los estribos.

Jem replicaba que no debía de estar muy enferma si gritaba de aquel modo. Cuando llegábamos los tres a la altura de su casa, Atticus se quitaba el sombrero con una reverencia, le hacía un ademán afectuoso y la saludaba:

—¡Buenos días, señora Dubose! Esta mañana parece usted un cuadro.

Jamás le oí decir a Atticus qué clase de cuadro. Luego le comunicaba las noticias del juzgado, y decía que le deseaba de todo corazón un buen día para mañana. Enseguida se ponía el sombrero de nuevo, me subía a los hombros en presencia de la vieja y nos íbamos a casa a la luz del crepúsculo. Hubo ocasiones como éstas en que pensé que mi padre, que odiaba las armas y nunca había estado en ninguna guerra, era el hombre más valiente que había existido.

Al día siguiente de su decimosegundo cumpleaños, a Jem le quemaba el dinero en el bolsillo, y a primera hora de la tarde nos dirigimos a la ciudad. Jem pensaba que tendría suficiente para comprarse una máquina de vapor de miniatura, y un bastón para mí, de esos que se voltean en los desfiles.

Hacía mucho tiempo que yo le había echado el ojo a aquel bastón. Estaba en la tienda de V. J. Elmore, tenía incrustaciones de lentejuelas y borlas, y costaba diecisiete centavos. En aquella época me moría de ganas de hacerme mayor y desfilar con el bastón al frente de la banda del instituto de Maycomb. Había desarrollado mi habilidad hasta el punto de lanzar un palo al aire y faltarme poco para cogerlo en la caída, por lo que Calpurnia no me dejaba entrar en casa cada vez que me veía pavonearme con uno. Yo pensaba que con un bastón de verdad lograría perfeccionar mi estilo, y consideraba que Jem era muy generoso al comprarme uno.

Cuando pasamos por delante, la señora Dubose estaba estacionada en su porche.

—¿Adónde vais vosotros dos a estas horas del día? —nos gritó—. A hacer novillos, supongo. ¡Llamaré al director y se lo diré! —Llevó las manos a las ruedas y ejecutó un giro perfecto.

—Oh, es sábado, señora Dubose —contestó Jem.

—Importa poco que sea sábado —dijo sombríamente—. Me gustaría saber si vuestro padre está enterado de vuestras andanzas.

—Señora Dubose, nosotros vamos a la ciudad solos desde que éramos así. —Jem señaló con la palma de la mano una altura de tres palmos sobre la acera.

—¡No mientas, Jeremy Finch! —chilló ella—. Maudie Atkinson me ha dicho que esta mañana le destrozaste la parra. ¡Se lo dirá a tu padre y entonces desearás no haber visto la luz de este día! ¡Si no te mandan al reformatorio antes de la semana que viene, es que no me llamo Dubose!

Jem, que no se acercaba a la parra de la señorita Maudie desde el verano pasado y que sabía que, aun si lo hubiera hecho, la señorita Maudie no se lo diría a Atticus, dijo que él no había hecho nada.

—¡No me contradigas! —bramó la señora Dubose—. Y tú —dijo, señalándome con un dedo artrítico—, ¿qué haces con ese mono? ¡Deberías ir con vestido y camisola, señorita! Te harás mayor sirviendo mesas si alguien no te hace cambiar de rumbo... Una Finch sirviendo mesas en el Café O.K.... ¡Ja, ¡ja!

Yo estaba aterrorizada. El Café O.K. era un fatídico establecimiento situado en la plaza. Me cogí del brazo de Jem, pero él me hizo soltarle con una sacudida.

—Ven, Scout —susurró—. No le hagas caso; levanta bien la cabeza y sé una caballera.

Pero la señora Dubose no se arredró.

—¡Una Finch sirviendo mesas y uno en el juzgado defendiendo negros!

Jem se puso rígido. El disparo de la vieja había dado en el blanco, y ella lo supo.

—¡Las cosas que hay que ver! ¿En qué ha terminado este mundo cuando un Finch se revuelve contra los suyos? ¡Yo os lo diré! —Se llevó la mano a la boca. Al retirarla, colgaba de ella un largo hilo de saliva—. ¡Vuestro padre no vale más que los negros y esa canalla para la que trabaja!

Jem se había puesto escarlata. Le tiré de la manga, y

mientras caminábamos por la acera nos siguió una filípica acerca de la degeneración moral de nuestra familia, cuya prueba más palmaria era que la mitad de los Finch estaban en el asilo, cosa que no habría ocurrido si nuestra madre viviera.

No estuve segura de qué ofendía más a Jem, pero las alusiones al estado mental de la familia provocaron en mí un vivo resentimiento contra la señora Dubose. Me había acostumbrado a escuchar insultos contra nuestro padre, pero aquél era el primero que venía de un adulto. Excepto por sus comentarios sobre Atticus, el ataque de la señora Dubose era cosa trillada. El día traía una insinuación del verano; a la sombra hacía fresco pero el sol calentaba, lo cual significaba que se acercaban los buenos tiempos: sin escuela y con Dill.

Jem se compró su máquina de vapor y luego fuimos a la tienda de Elmore por mi bastón. De regreso a casa caminaba silenciosamente a mi lado, porque le daba apuro verme practicar con el bastón. Faltó poco para que le diese al señor Link Deas cuando no logré cogerlo al vuelo.

—¡Ten cuidado, Scout! —me dijo él.

Al llegar cerca de la casa de la señora Dubose, el bastón estaba sucio por habérseme caído al suelo varias veces.

La vieja no estaba en el porche.

En años posteriores, repetidamente me pregunté qué impulsó a Jem, por qué motivo quebrantó el mandato de «sé un caballero, hijo» y la fase de presuntuosa rectitud en que había entrado recientemente. Él escuchaba tantas tonterías como yo respecto a que Atticus defendiera en el juzgado a los negros, pero yo daba por descontado que se dominaría; mi hermano tenía un temperamento tranquilo y se inflamaba despacio. A la sazón, sin embargo, creí que la única explicación por su conducta consistía en que, por unos minutos, sencillamente se volvió loco de rabia. Jem hizo lo que hubiese hecho yo con toda tranquilidad de no haberme encontrado bajo el mandato de Atticus, el cual incluía, a mi entender, no pelearme con viejas horribles.

Así pues, delante del porche de la señora Dubose, me arrebató el bastón y, con furia salvaje, se metió en el patio delantero de la anciana, olvidando todas las recomendaciones de Atticus, olvidando que la señora Dubose tenía una pistola escondida entre sus envolturas, olvidando que si ella erraba el tiro, su criada Jessie probablemente acertaría.

No empezó a calmarse hasta que hubo destrozado los tallos de todas las camelias de la señora Dubose, hasta que el suelo quedó alfombrado de capullos verdes y hojas. Entonces apoyó el bastón sobre la rodilla, lo partió en dos y lo arrojó al suelo.

En aquel momento yo estaba chillando como una descosida. Jem me tiró del pelo, dijo que no le importaba, que volvería a hacerlo si se le presentaba la ocasión y que si no me callaba me arrancaría el pelo. Yo no me callé y él me dio una patada. Perdí el equilibrio y caí de bruces. Jem me levantó con brusquedad, pero con una expresión como si lo lamentase. No había nada que decir.

Aquella tarde no salimos al encuentro de Atticus de regreso al hogar. Rondamos huraños por la cocina hasta que Calpurnia nos echó. Por algún ensalmo, Calpurnia parecía enterada de todo. Ella fue una flaca fuente de alivio, pero le dio a Jem un panecillo caliente con mantequilla, que él partió en dos para entregarme la mitad. Aquello sabía a algodón.

Nos fuimos a la sala. Yo cogí una revista de fútbol, encontré una fotografía de Dixie Howell, se la enseñé a Jem y dije:

—Se parece a ti.

Fue la cosa más agradable que se me ocurrió decirle, pero no sirvió de nada. Jem se sentó junto a las ventanas, en una mecedora, esperando con ceño adusto. La luz del día se apagaba.

Dos edades geológicas más tarde, oímos los pasos de Atticus en los escalones del porche. La puerta vidriera se cerró de golpe, hubo una pausa (Atticus en la percha del vestíbulo) y luego lo oímos llamar:

—¡Jem! —Su voz sonó gélida como viento invernal.

Atticus encendió la luz de la sala y nos encontró allí, inmóviles, petrificados. En una mano llevaba mi bastón, cuya sucia borla se arrastraba por la alfombra. Entonces extendió la otra mano: contenía hinchados capullos de camelia.

—Jem —dijo—, ¿eres el responsable de esto?

—Sí, señor.

—¿Por qué lo has hecho?

Jem respondió en voz baja:

—Ella ha dicho que defendías a negros y canallas.

—¿Lo has hecho porque ella dijo eso?

Los labios de Jem se movieron, pero su «sí, señor» resultó inaudible.

—Hijo, no dudo que tus contemporáneos te molestan mucho a causa de que yo defienda a los *nigros*, como vosotros decís, pero hacerle una cosa así a una dama anciana no tiene excusa. Te aconsejo que vayas a presentarle tus excusas. Después regresa directamente a casa.

Jem no se movió.

—He dicho que vayas.

Yo quise acompañar a mi hermano.

—Tú te quedas aquí —ordenó Atticus.

Luego cogió el *Mobile Press* y se sentó en la mecedora que Jem había dejado vacía. No comprendía cómo podía sentarse allí con aquella sangre fría cuando su único hijo varón corría el considerable riesgo de ser abatido por una antigualla del ejército confederado. Por supuesto, Jem a veces me hacía enfadar tanto que habría podido matarle con mis propias manos, pero aun así él era todo lo que Atticus tenía. Sin embargo, no parecía darse cuenta de ello, o no le importaba.

Por tal motivo le odié, pero cuando uno está en apuros se cansa fácilmente; pronto me hallé acurrucada en su regazo, y los brazos de mi padre me rodearon.

—Eres demasiado mayor para mecerte —me dijo.

—A ti no te importa lo que le pase —repliqué—. Lo has enviado tan tranquilo a que le peguen un tiro, cuando todo lo que ha hecho ha sido salir en tu defensa.

—Todavía no es momento de inquietarse. Ni creía que Jem perdiese la cabeza por este asunto; pensaba que me crearías más problemas tú.

Contesté que no entendía por qué estábamos obligados a conservar la calma; en la escuela no conocía a nadie que tuviese que conservar la calma por nada.

—Scout —dijo mi padre—, cuando llegue el verano tendrás que conservar la calma ante cosas mucho peores... No es justo para ti y para Jem, lo sé, pero a veces hay que tomar las cosas del mejor modo posible, y saber comportarse cuando están en juego las apuestas... Bien, todo lo que puedo decirte es que cuando tú y Jem seáis mayores, quizá recordaréis esta época con cierta compasión y con la certeza de que no os traicioné. Este caso, el de Tom Robinson, es algo que atañe a la esencia misma de la conciencia de un hombre... Scout, yo no podría ir a la iglesia y adorar a Dios si me negase ayudar a ese hombre.

—Pero es posible que te equivoques...

—¿Por qué lo dices?

—Muchos creen que tienen razón ellos y que tú te equivocas...

—Tienen derecho a creerlo, ciertamente, y tienen derecho a que se respeten sus opiniones —contestó Atticus—, pero para poder vivir con otras personas tengo que poder vivir conmigo mismo. La única cosa que no se rige por la regla de la mayoría es la conciencia de uno.

Cuando Jem regresó me encontró todavía en el regazo de mi padre.

—¿Qué, hijo? —preguntó Atticus, y me puso de pie. Jem parecía continuar de una pieza, pero tenía una expresión rara. Quizá la vieja le había dado una buena dosis de purgante.

—Le he limpiado el patio y he dicho que lo lamentaba (aunque no es así), y que trabajaría en su jardín todos los sábados hasta recuperar las plantas.

—No había por qué decir que lo lamentabas si no es así —dijo Atticus—. Es vieja y está enferma, Jem. No es enteramente responsable de lo que dice y hace. Por supuesto, hubiera preferido que me lo hubiese dicho a mí antes que a vosotros, pero nuestros deseos no siempre se cumplen.

Jem parecía absorto en una rosa de la alfombra.

—Atticus... —dijo—, quiere que vaya a leerle.

—¿A leerle?

—Sí, señor. Quiere que vaya todas las tardes al salir de la escuela, y también los sábados, y le lea en voz alta durante dos horas. ¿Debo hacerlo?

—Por supuesto.

—Pero quiere que lo haga todo un mes.

—Entonces lo harás todo un mes.

Jem puso la punta del pie en el centro de la rosa y apretó. Luego dijo:

—Atticus, en el porche vale, pero dentro... dentro está oscuro y da escalofríos. En el techo hay sombras y cosas raras.

Atticus sonrió.

—Eso debería estimular tu imaginación. Figúrate, simplemente, que estás en la casa de los Radley.

El lunes siguiente por la tarde, Jem y yo subimos los empinados escalones de la señora Dubose y recorrimos el porche abierto. Jcm, armado con *Ivanhoe* y repleto de conocimientos, llamó a la puerta.

—¡Señora Dubose! —gritó.

Jessie abrió la puerta de madera y luego quitó el cerrojo de la de cristales.

—¿Eres tú, Jem Finch? —dijo—. Y tu hermana. No sé si...

—Hazles entrar a los dos —ordenó desde dentro la señora Dubose.

La criada nos hizo pasar y se fue a la cocina.

Un olor opresivo nos asaltó al cruzar el umbral, un olor que había percibido muchas veces en casas grises consumidas por la humedad, donde hay lámparas de petróleo, sábanas sucias y cazos bajo las goteras del techo. Un olor que siempre me daba miedo y me ponía en guardia.

En una esquina había una cama de latón; y en la cama, la señora Dubose. Yo me pregunté si la había llevado allí el acto vandálico de Jem, y por un momento me inspiró pena. Yacía bajo un montón de mantas y tenía una expresión casi amistosa.

Junto a la cama había un lavatorio con un mármol; y sobre éste, una cucharilla, un jeringa de goma para los oídos, algodón hidrófilo y un despertador que se sostenía sobre tres patas.

—¿De modo que has traído a tu guarra hermanita? —fue el saludo que nos dedicó.

Jem contestó sosegadamente:

—Mi hermana no es guarra, y yo no le temo a usted. —Pero advertí que le temblaban las rodillas.

Esperaba un rosario de improperios, mas la vieja se limitó a decir:

—Puedes empezar a leer, Jeremy.

Él se acomodó en una silla con asiento de mimbre y abrió *Ivanhoe*. Yo me acerqué otra y me senté a su lado.

—Acercaos —ordenó la señora Dubose—. Poneos al lado de la cama.

Lo hicimos. Era la vez que había estado más cerca de la vieja, y deseé apartar la silla de nuevo.

Aquella mujer era horrible. Tenía la cara del color de una funda sucia de almohada, y en las comisuras de su boca brillaba la saliva, que descendía pausadamente, como un glaciar, por las profundas arrugas de su barbilla. Las manchas violáceas de la ancianidad moteaban sus mejillas, y sus pálidos ojos tenían pupilas negras y pequeñas. Tenía las manos nudosas, y las crecidas cutículas cubrían buena parte de las uñas. Su encía inferior no quedaba escondida, y el labio superior lo tenía saliente; cada poco retraía el labio inferior hacia la encía superior estirando la barbilla. Esto hacía que la saliva descendiese más deprisa.

No miré más de lo necesario. Jem ya estaba leyendo. Intenté seguirle, pero leía demasiado aprisa. Cuando llegaba a una palabra difícil, se la saltaba, pero la señora Dubose lo adivinaba y se la hacía deletrear. Jem leyó unos veinte minutos, mientras yo contemplaba la campana de la chimenea, manchada de hollín, y miraba por la ventana y hacia todas partes, a fin de tener la vista apartada de la vieja. A medida que mi hermano seguía leyendo, advertí que las correcciones de la señora Dubose iban siendo menos y más espaciadas, hasta que Jem dejaba inconclusa una frase. La señora Dubose no escuchaba.

Entonces volví la vista hacia la cama.

Algo le había pasado. Yacía de espaldas, con las colchas subidas hasta la barbilla. Sólo se le veían la cabeza y los hombros. Una cabeza que se movía lentamente de un lado a otro. De vez en cuando abría la boca, y yo veía su lengua ondulando levemente. Sobre los labios se le acumulaba la saliva. La boca parecía tener una vida propia. Se abría y se cerraba, absorbiendo la saliva, con independencia del resto del cuerpo, lo mismo que el orificio de una almeja en la marea baja. De vez en cuando producía un sonido como de sustancia viscosa que hierve.

Tiré a Jem de la manga. Él me miró; luego miró la cama. La cabeza de la vieja continuaba con su movimiento oscilatorio. Jem preguntó:

—Señora Dubose, ¿se encuentra bien?

Ella no le oyó.

De repente el despertador se disparó y dimos un respingo, espantados. Un minuto después, con los nervios todavía estremecidos, Jem y yo estábamos en la acera, camino de casa. No habíamos huido, nos envió Jessie: antes de que el despertador parase la criada había entrado en el cuarto y nos había despedido.

—Fuera —nos dijo—, largaos a casa.

Jem la miró indeciso.

—Es la hora de la medicina —explicó ella.

Cuando salíamos de la habitación, la vi acercarse presurosa a la cama de la vieja.

Eran las cuatro menos cuarto cuando llegamos a casa, por lo que salimos al patio trasero hasta que llegó la hora de ir a esperar a Atticus. Nuestro padre traía dos lápices amarillos para mí y una revista de fútbol para Jem, lo cual era, supongo, una recompensa tácita por nuestra primera sesión con la señora Dubose. Jem le explicó cómo había ido.

—¿Habéis pasado mucho miedo? —preguntó Atticus.

—No, señor, pero es muy desagradable. Sufre ataques, o algo por el estilo. Se babea mucho.

—Ya. Cuando las personas están enfermas, a veces no tienen un aspecto agradable.

—A mí me dio miedo —dije.

Atticus me miró por encima de las gafas.

—No es necesario que acompañes a tu hermano, ya lo sabes.

La tarde siguiente en casa de la señora Dubose fue lo mismo que la anterior, y lo mismo la siguiente, hasta que gradualmente quedó establecido un programa: todo empezaba normal, es decir, la señora Dubose fastidiaba un rato a Jem con sus temas favoritos, sus camelias y la afición de nuestro padre a los negros, luego iba quedándose callada y al final se olvidaba de nosotros. Después sonaba el despertador, Jessie nos empujaba fuera, y el resto del día nos pertenecía por entero.

—Atticus —pregunté una tarde—, ¿qué es exactamente un aficionado a los negros?

Atticus se puso serio.

—¿Te ha llamado alguien con esa expresión?

—No, señor, la señora Dubose te lo llama a ti. Todas las tardes se entusiasma con ese apodo. Francis me lo dijo a mí la Navidad pasada, entonces fue la primera vez que lo oí.

—¿Por eso te lanzaste contra él? —preguntó Atticus.

—Sí, señor...

—Entonces ¿cómo preguntas qué significa?

Yo traté de explicarle que no había sido tanto lo que decía Francis como su forma de decirlo lo que me puso furiosa.

—Era lo mismo que si hubiese dicho «nariz mocosa» u otra cosa parecida.

—Scout —dijo Atticus—, aficionado a los negros es simplemente una de esas expresiones que no significan nada; igual que nariz mocosa. Es difícil de explicar; las personas ignorantes y pendencieras la emplean cuando creen que uno favorece a los negros más que a ellas. Se ha deslizado en el uso de algunas personas, como nosotros mismos, cuando necesitan palabras vulgares y desagradables para poner una etiqueta.

—De modo que tú no eres realmente un aficionado a los negros, ¿verdad?

—Claro que lo soy. Soy aficionado a procurarle el bien a todo el mundo, aunque a veces me meto en situaciones difíciles... Pero no es un insulto que te pongan un mote que otro considera denigrante. Eso sólo demuestra lo mísero que es ese otro, y no te hiere. Por lo tanto, no ha de molestarte que la señora Dubose se ensañe contigo. La pobre ya tiene bastantes problemas consigo misma.

Un mes después, una tarde, Jem se iba abriendo camino a través de sir Walter «Scout», como él lo llamaba, y la señora Dubose lo corregía a cada frase, cuando llamaron a la puerta.

—¡Entre! —chilló la anciana.

Era Atticus. Se acercó a la cama y cogió la mano de la señora Dubose.

—Venía de la oficina y no he visto a los niños —dijo—. Pensé que quizá todavía estarían aquí.

La anciana le sonrió. No comprendí cómo podía dirigir la palabra a mi padre cuando parecía aborrecerlo tanto.

—¿Sabe qué hora es, Atticus? —le preguntó.

—Las cinco y cinco minutos exactamente. El despertador está puesto para las cinco y media. Mire.

Entonces me di cuenta de que cada día pasábamos más tiempo en casa de la señora Dubose, que el despertador sonaba un poco más tarde cada día, y que la anciana siempre estaba sumida en uno de sus ataques cuando sonaba el despertador. Aquel día le había buscado las cosquillas a Jem durante dos horas sin asomo de ir a sufrir un ataque. El despertador era la señal de nuestra liberación; si un día no sonaba, ¿qué haríamos?

—Creo que a Jem le quedan pocos días de lectura —dijo Atticus.

—Sólo una semana más —replicó la anciana.

Jem se puso en pie.

—Pero...

Atticus levantó la mano y Jem se calló. De regreso a casa, Jem protestó que sólo tenía que leer durante un mes, que el mes había pasado y que aquello no era justo.

—Sólo una semana más, hijo —le dijo Atticus.

—No.

—Sí —insistió Atticus.

La semana siguiente fuimos a casa de la señora Dubose todos los días. El despertador ya no sonaba y la vieja nos liberaba con un «ya está bien por hoy», tan avanzada la tarde que cuando regresábamos Atticus solía estar en casa leyendo el periódico. Aunque los ataques habían desaparecido, en todo lo demás la señora Dubose seguía irreductible: cuando sir Walter Scott se enzarzaba en largas descripciones de fosos y castillos, ella se aburría y la tomaba con nosotros.

—Jeremy Finch, te dije que habrías de vivir para lamentar el haberme destrozado las camelias. Ahora ya lo lamentas de verdad, ¿verdad?

Él respondía que lo sentía mucho.

—Pensabas que podrías matar mis camelias, ¿verdad? Bien, Jessie dice que los tallos vuelven a crecer. La próxima vez sabrás hacer un trabajo mejor, ¿verdad? Las arrancarás de raíz, supongo.

Jem farfullaba por lo bajo que ciertamente lo haría así.

—¡No me hables en murmullos, muchacho! Levanta la cabeza y di: «Sí, señora.» Sin embargo, no creo que tengas mucho ánimo para levantarla, siendo tu padre lo que es.

Mi hermano levantaba la barbilla y la miraba impertérrito. A lo largo de las semanas había perfeccionado una expresión educada de persona que siente interés pero vive en otra dimensión, expresión que ofrecía a la anciana en respuesta a sus invectivas más estremecedoras.

Al final llegó el día. Una tarde, la señora Dubose dijo:

—Con esto bastará. —Y añadió—: Hemos terminado. Buenas tardes a los dos.

Habíamos terminado. Acera abajo, corríamos, saltábamos y gritábamos en un arrebato de profundo alivio.

Aquella primavera fue buena: los días se alargaron y nos concedieron más tiempo para jugar. La mente de Jem estaba ocupada principalmente por las estadísticas de todos los colegiales del país que jugaban al fútbol. Atticus nos leía todas las noches las páginas de deporte de los periódicos. A juzgar por los jugadores en perspectiva, ninguno de cuyos nombres sabíamos pronunciar, Alabama podría disputar de nuevo aquel año la Rose Bow. Una noche, Atticus estaba a mitad del artículo de Windy Seaton cuando sonó el teléfono.

Después de colgar, fue hasta la percha del vestíbulo.

—Voy un momento a casa de la señora Dubose —nos dijo—. No tardaré.

Pero estuvo fuera hasta después de la hora de irme a la cama. De regreso, traía una caja de bombones. Se sentó en la sala y dejó la caja en el suelo, al lado de la silla.

—¿Qué quería? —preguntó Jem.

Hacía más de un mes que no veíamos a la señora Dubose. Cuando pasábamos por su casa nunca estaba en el porche.

—Ha muerto, hijo —respondió Atticus—. Ahora ya no sufre. Ha estado enferma muchísimo tiempo. ¿Sabías la causa de sus ataques?

Jem negó con la cabeza.

—La señora Dubose necesitaba consumir morfina —explicó Atticus—. La había tomado durante años para calmar el dolor. El médico la había habituado a ello. Habría pasado el resto de su vida sirviéndose de la droga, y habría muerto sin sufrir tanto, pero le repugnaba demasiado...

Jem abrió mucho los ojos.

Atticus prosiguió:

—Poco antes de tu arranque vandálico me llamó para redactar su testamento. El doctor Reynolds le había dicho que le quedaban pocos meses. Sus asuntos financieros estaban en orden, pero ella dijo: «Todavía queda una cosa por ordenar.»

—¿Qué era? —preguntó Jem.

—Dijo que quería dejar este mundo como Dios manda. Mira, hijo, cuando uno está enfermo como lo estaba ella, tiene derecho a tomar lo que sea para hacer más llevaderos sus males; pero la señora Dubose no lo creía así. Dijo que antes de morir quería quitarse el hábito de la morfina, y lo hizo.

—¿Quieres decir que ésa era la causa de sus ataques?

—Así es. La mayor parte del tiempo que tú leías dudo que escuchase una sola palabra. Todo su cuerpo y toda su mente se concentraban en el despertador. Si no le hubieses dado motivo para que te atrapara yo te habría mandado que le leyeras de todos modos. Estoy seguro de que la has ayudado en su empeño. No había otro motivo...

—¿Y lo consiguió? —preguntó Jem.

—Sí. Ha muerto despejada como el aire de las montañas. Conservó la conciencia casi hasta el final. —Atticus sonrió—. La conciencia y las ganas de pelea, desaprobando maliciosamente mi conducta. Además, pronosticó que me pasaría el resto de la vida depositando fianzas para sacarte de la cárcel. Pidió a Jessie que te preparase esta caja...

Atticus recogió la caja del suelo y la entregó a Jem.

Mi hermano la abrió. Dentro, rodeada de almohadillas de algodón húmedo, había una camelia, blanca, perfecta, como de cera, de la variedad «nieve de las montañas».

Jem abrió los ojos como platos.

—¡Demonio de vieja! —chilló, arrojando la camelia al suelo—. ¿Por qué no puede dejarme en paz?

Atticus se acercó y mi hermano ocultó el rostro contra su pecho.

—Sssh —lo tranquilizó—. Creo que ha sido su manera de decirte: «Ahora todo está como debe estar, Jem, todo está en orden», ya sabes, era una dama chapada a la antigua.

—¿Una dama? —Jem levantó la cabeza bruscamente—. Después de todas las cosas que decía de ti, ¿una dama?

—Lo era, aunque sus peculiares puntos de vista sobre las cosas eran muy diferentes de los míos... Hijo, ya te he dicho que de todos modos te habría mandado a que le leyeses. Quería que descubrieses lo que es la verdadera bravura, en vez de creer que la bravura la encarna un hombre con un arma en la mano. Uno es valiente cuando, sabiendo que la batalla está perdida de antemano, lo intenta a pesar de todo y lucha hasta el final pase lo que pase. Uno vence raras veces, pero alguna vez vence. La señora Dubose venció; sus cuarenta kilos de peso triunfaron. Desde su punto de vista, ha muerto como Dios manda. Era la persona más valiente que he conocido en mi vida.

Jem cogió la caja de bombones y la echó al fuego de la chimenea. Luego recogió la camelia, y cuando me fui a la cama le vi acariciando los blancos pétalos. Atticus estaba leyendo el periódico.

SEGUNDA PARTE

12

Jem tenía doce años. Era caprichoso y voluble y se hacía difícil vivir con él. Tenía un apetito de caballo, y me espetaba tantas veces que dejase de darle la lata que al final hablé con Atticus.

—¿Crees que tiene la solitaria? —le pregunté.

Él dijo que no, que Jem estaba creciendo. Debía tener paciencia con él y molestarle lo menos posible.

Este cambio en Jem se produjo en cuestión de unas semanas. La señora Dubose todavía no se había enfriado en su sepultura y él ya no se acordaba de agradecerme mi compañía durante los días en que tuvo que leerle. De la noche a la mañana, al parecer Jem había adquirido unos extraños valores y trataba de imponérmelos: varias veces llegó al extremo de decirme lo que debía hacer. Después de un altercado, rugió:

—¡Ya es hora que empieces a comportarte como una chica!

Yo estallé en lágrimas y corrí a buscar consuelo en Calpurnia.

—No te acongojes por el señorito Jem... —empezó ella.

—¿Señorito Jem?

—Sí, ahora ya viene a ser, poco más o menos, el señorito Jem.

—No es tan mayor —repuse—. Todo lo que necesita es que le den una paliza, pero yo no soy bastante fuerte.

—Niña, si el señorito Jem está creciendo, yo no puedo remediarlo. Ahora querrá estar muchos ratos solo, haciendo todo lo que hacen los muchachos, de modo que cuando tengas necesidad de compañía puedes venir aquí. En la cocina encontraremos infinidad de cosas que hacer.

El principio de aquel verano se presentaba prometedor: Jem podía hacer lo que quisiera y yo me pasaría el día con Calpurnia, hasta que llegase Dill. Ella parecía contenta de verme por la cocina, y al observarla empecé a pensar que el ser mujer requería cierta habilidad.

Pero llegó el verano sin que Dill apareciese. Recibí de él una carta y una fotografía. La carta decía que tenía un padre nuevo, cuya foto acompañaba, y que tendría que quedarse en Meridian porque pensaban construir un bote de pesca. Su nuevo padre tenía una cara agradable y era abogado como Atticus, pero bastante más joven. Eso me alegró por Dill, pero igual me sentí abatida. Dill terminaba diciendo que me amaría eternamente y que no me preocupase, que él vendría a buscarme para casarnos tan pronto tuviese dinero suficiente; y que le escribiera.

El hecho de tener novio permanente me compensaba muy poco de su ausencia. Jamás me había detenido a pensarlo, pero el verano era Dill junto al estanque de peces, sus ojos animados por complicados planes para hacer salir a Boo Radley; el verano era la rapidez con que Dill me besaba cuando Jem no estaba mirando, las añoranzas que cada uno de nosotros notaba a veces que el otro sentía. Con él la vida era una dulce rutina; sin él, insoportable. Me sentí desdichada durante dos días.

Como si esto no bastase, convocaron la legislatura estatal para una sesión de urgencia y Atticus estuvo ausente un par de semanas. El gobernador ansiaba arrancar unos cuantos percebes al barco del estado; había huelgas en Birmingham, las colas del pan crecían cada día en las ciudades y la gente del campo se empobrecía. Pero estos acontecimientos se encontraban a una distancia tremenda del mundo de Jem y mío.

Una mañana nos sorprendió ver en el *Montgomery Advertiser* una caricatura con el pie: «Finch de Maycomb.» Presentaba a Atticus descalzo y con pantalón corto, encadenado a un escritorio: escribía diligentemente mientras unas chicas de aspecto frívolo le gritaban: «¡Oye tú!»

—Esto es un elogio —explicó Jem—. Atticus pasa el tiempo haciendo cosas que si nadie las hiciera quedarían por hacer.

—¿Qué cosas? —Además de otros rasgos recientemente adquiridos, Jem se las daba de enteradillo.

—Ah, Scout, cosas como reorganizar el sistema de impuestos de los condados, y por el estilo. Para la mayoría de la gente son cuestiones extremadamente áridas.

—¿Cómo lo sabes?

—Oh, vete y déjame en paz. Estoy leyendo el periódico.

Me fui a la cocina.

Mientras pelaba los guisantes, Calpurnia dijo:

—¿Qué haréis este domingo en la iglesia?

—Nada, me figuro. —Calpurnia arrugó el entrecejo y adiviné lo que estaba pensando—. Ya sabes que nos portaremos bien —la tranquilicé—. Hace años que no hacemos nada malo en la iglesia.

Calpurnia se acordaba muy bien de un domingo de lluvia en que papá no había podido ir a la iglesia y tampoco la maestra del colegio. Los chicos nos sentimos liberados y atamos a Eunice Ann Simpson en el cuarto de la caldera de la calefacción. Luego subimos en tropel al templo y nos pusimos a escuchar muy modositos el sermón. Al poco, por los tubos de los radiadores salió un ruido espantoso de porrazos. Alguien fue a investigar y trajo a Eunice Ann diciendo que no quería representar más el papel de Shadrach... Jem le había dicho que si tenía bastante fe no se quemaría, pero allí abajo hacía un calor de mil demonios.

—Además, Cal, no es la primera vez que Atticus no estará —protesté.

—Sí, pero siempre se asegura de que vuestra maestra esté allí. Esta vez no le oí decirlo; supongo que lo habrá olvidado. —Se rascó la cabeza y sonrió—. De acuerdo, pero iremos a mi iglesia.

—¿A tu iglesia?

—Sí, y debéis presentaros bien aseados y correctamente vestidos.

Arrugué la frente.

Si Calpurnia me había bañado sin miramientos en otras ocasiones, no habían sido nada comparadas con aquel sábado por la noche. Me hizo enjabonar todo el cuerpo dos veces, cambió el agua de la bañera para cada aclarado y me frotó con ganas. A Jem le había concedido su confianza durante años, pero aquella noche invadió sus dominios particulares, provocando sus quejas:

—¿Acaso en esta casa nadie puede tomar un baño sin que toda la familia esté mirando?

A la mañana siguiente se levantó más temprano que de costumbre, para repasar nuestras ropas. Cuando Calpurnia se quedaba a pasar la noche con nosotros dormía en un catre plegable, en la cocina; aquella mañana el catre estaba cubierto con nuestros atuendos domingueros. Había almidonado tanto el mío que, cuando me sentaba, el vestido quedaba rígido como una tienda. Me hizo poner las enaguas y me rodeó la cintura con una faja rosa. Y frotó mis zapatos de charol con un panecillo frío hasta que se vio la cara en ellos.

—Parece como si fuéramos al Mardi Gras —dijo Jem—. ¿A qué viene todo esto, Calpurnia?

—No quiero que nadie diga que no cuido de mis niños —murmuró ella—. Señorito Jem, de ningún modo puedes llevar esa corbata con ese traje. Es verde.

—¿Cuál va mejor?

—La azul. ¿No las distingues?

—Jem no sabe diferenciar los colores —lo pinché.

Mi hermano se dispuso a darme la réplica, pero Calpurnia dijo:

—Vamos, dejadlo los dos. Vais a ir a la First Purchase con la sonrisa en la cara.

La iglesia First Purchase African estaba en las afueras de la ciudad, en el barrio de los negros, al otro lado de los caminos de las aserradoras. Era un antiguo edificio de madera con la pintura desconchada, el único templo de Maycomb con campanario y campana. Se llamaba First Purchase [primera compra] porque los esclavos liberados lo habían pagado con sus primeras ganancias. Los negros celebraban culto en ella todos los domingos, y los blancos iban a jugar allí entre semana.

El patio era de arcilla dura como ladrillo, lo mismo que el cementerio. Si moría alguien durante un período seco, cubrían el cadáver con hielo hasta que la lluvia ablandaba la tierra. Unas cuantas sepulturas tenían losas que se cuarteaban; las más nuevas delimitaban su perímetro con cristales de colores y botellas de Coca-Cola medio enterradas. Los pararrayos que guardaban algunas tumbas denotaban muertos que tenían un descanso inquieto; en las cabeceras de las tumbas de los niños se veían cirios consumidos. En conjunto era un cementerio feliz.

En el patio de la iglesia nos dio la bienvenida un olor denso y agridulce a negro limpio: loción de peluquería Hearts of Love mezclada con asafétida, rapé, colonia Hoyt, tabaco de mascar, menta y talco perfumado.

Cuando nos vieron a Jem y a mí en compañía de Calpurnia, los hombres retrocedieron unos pasos y se quitaron los sombreros, y las mujeres se cogieron las manos por delante, gestos cotidianos de respetuosa atención. Y separándose nos dejaron un estrecho sendero hasta la puerta de la iglesia. Calpurnia caminaba entre Jem y yo, respondiendo a los saludos de sus vecinos, vestidos con ropas de colores llamativos.

—¿Qué se propone, señorita Cal? —preguntó una voz detrás de nosotros.

Calpurnia nos cogió por los hombros y nosotros nos volvimos para mirar. De pie en el sendero había una negra alta. Cargaba su peso sobre una pierna y nos señalaba con la mano. Tenía unos ojos raros en forma de almendra, nariz recta y la boca como un arco. Parecía medir dos metros de estatura.

Calpurnia me apretó el hombro.

—¿Qué quieres, Lula? —replicó con un tono sereno y despectivo que nunca le había oído.

—Quiero saber por qué traes niños blancos a una iglesia negra.

—Son mis acompañantes —contestó Calpurnia. Su voz volvió a sonarme extraña: hablaba como los demás negros.

—Sí, y creo que tú eres la acompañante que hay en casa de Finch durante la semana.

Un murmullo se extendió por la multitud.

—No te asustes —me susurró Calpurnia, aunque las rosas de su sombrero temblaban de indignación.

Cuando Lula vino hacia nosotros, Calpurnia dijo:

—No te acerques más, negra.

Lula se detuvo, pero replicó:

—No tienes por qué traer niños blancos aquí: ellos tienen su iglesia, nosotros tenemos la nuestra. Es nuestra iglesia, ¿recuerdas, señorita Cal?

—Es el mismo Dios, ¿recuerdas? —replicó Calpurnia.

—Jem intervino:

—Vámonos a casa, Cal; aquí no nos quieren.

Yo estuve de acuerdo: estaba claro que allí no nos querían. Más que verlo, percibí que todos se nos acercaban, pero cuando levanté la mirada hacia Calpurnia vi una expresión divertida en sus ojos. Cuando me fijé de nuevo en el sendero, Lula había desaparecido. En su lugar había un abigarrada multitud de gente de color.

Un negro dio un paso al frente. Era Zeebo, el que conducía el camión de la basura.

—Señorito Jem —dijo—, nos alegra mucho tenerles a ustedes aquí. No haga caso a Lula, hoy está muy susceptible porque el reverendo Sykes la amenazó con purificarla. Es una pendenciera de toda la vida, tiene ideas extravagantes y maneras altaneras... Todos estamos contentísimos de que hayan venido.

Tras esto, Calpurnia nos dirigió hacia la puerta del templo, donde el reverendo Sykes nos saludó y nos acompañó hasta el primer banco.

La iglesia no tenía cielo raso y estaba sin pintar. A lo largo de sus paredes colgaban, de unos soportes de bronce, unas lámparas de petróleo apagadas; los bancos eran de pino. Detrás del tosco púlpito de roble una pancarta de seda rosa descolorida proclamaba: «Dios es Amor», único adorno del templo, si se exceptuaba un grabado del cuadro de Hunt *La Luz del mundo*. No había piano, órgano o programas de iglesia... la familiar parafernalia eclesiástica que veíamos todos los domingos. Dentro se reflejaba una luz vaga, con un frescor húmedo disipado por la aglomeración de fieles. En cada asiento había un abanico de cartón cortesía de Ferretería Tyndal Co. («Pida usted lo que quiera, nosotros se lo vendemos»).

Calpurnia nos empujó hacia el final de la fila y se sentó entre ambos. Buscó en el bolso y sacó unas monedas. Nos dio una de diez centavos a cada uno.

—Nosotros tenemos monedas nuestras —susurró mi hermano.

—Sois mis invitados —respondió ella.

La cara de Jem reflejó una breve indecisión acerca del valor ético de conservar su propia moneda, pero su cortesía innata venció, y se puso la moneda de diez centavos en el bolsillo. Yo seguí su ejemplo sin ningún escrúpulo de conciencia.

—Cal —murmuré—, ¿dónde están los libros de los himnos?

—No tenemos.

—Entonces ¿cómo...?

—Ssssh —me ordenó.

El reverendo Sykes estaba de pie detrás del púlpito, mirando a la congregación para imponer silencio. Era un hombre bajo y recio, y vestía traje negro, camisa blanca, corbata negra y una cadena de reloj de oro.

—Hermanos y hermanas —dijo—, nos alegra particularmente tener compañía nueva esta mañana: el señorito y la señorita Finch. Todos conocéis a su padre. Pero antes de empezar leeré unas noticias. —Revolvió unos papeles, escogió uno y lo sostuvo con el brazo bien estirado—. La Sociedad Misionera se reúne en casa de la hermana Annette Reeves el martes próximo. Traed la labor de costura. —En otro papel leyó—: Todos estáis enterados del problema que afecta al hermano Tom Robinson. Ha sido un miembro fiel de nuestra iglesia desde que era un muchacho. La recaudación que se recoja hoy y los tres domingos venideros la destinaremos a su esposa Helen, para ayudarla a pasar este difícil trance.

Le di un codazo a Jem.

—Ése es el Tom que Atticus...

—¡Sssh!

Me volví hacia Calpurnia, pero me hizo callar antes de que abriese la boca. Mortificada, fijé mi atención en el reverendo, que parecía esperar a que yo me quedase quieta.

—Maestro de música, tenga la bondad de dirigirnos en el primer himno —dijo por fin.

Zeebo salió al pasillo central y se paró delante de nosotros, de frente a la congregación. Llevaba un deslavazado libro de himnos. Lo abrió y dijo:

—Cantaremos el número doscientos sesenta y tres.

Aquello era demasiado para mí.

—¿Cómo vamos a cantar si no hay libro de himnos?

Calpurnia murmuró sonriendo:

—Cállate, niña, dentro de un minuto lo verás.

Zeebo se aclaró la garganta y entonó con una voz que era como el retumbar de una artillería distante:

—«Hay un país al otro lado del río.»

Milagrosamente conjuntadas, un centenar de voces corearon las palabras de Zeebo. La última sílaba, prolongada en una nota ronca y baja, fue seguida por la voz de Zeebo:

—«Que nosotros llamamos eternamente dichoso.»

La música se elevó de nuevo y la última nota vibró largamente, y Zeebo la unió con el verso siguiente:

—«Y sólo llegaremos a aquella orilla por la ley de la fe.»

La congregación titubeó, Zeebo repitió el verso y entonces lo cantaron. Zeebo cerró el libro, lo cual era una señal para que la congregación siguiera adelante sin su ayuda.

A continuación de un sonoro «Jubileo» hubo una leve vacilación y Zeebo los ayudó un poco más:

—«En aquel lejano país de dicha eterna, al otro lado del luminoso río.»

Verso por verso, el coro siguió con sencilla armonía hasta que el himno terminó en un melancólico murmullo.

Yo miré a Jem, que a su vez miraba a Zeebo con el rabillo del ojo. Tampoco yo lo consideraba posible; pero ambos lo habíamos oído.

Entonces el reverendo Sykes suplicó al Señor que bendijese a los enfermos y a los que sufrían, acto que no se diferenciaba de los hábitos de nuestra iglesia, excepto que el reverendo Sykes solicitó la atención de la Divinidad hacia varios casos concretos.

En su sermón, denunció sin tapujos el pecado, explicó austeramente el lema de aquella pancarta, y advirtió a su rebaño contra los males del alcohol, el juego y las mujeres ajenas. Los contrabandistas de licores causaban sobrados contratiempos en el barrio de los negros, pero las mujeres eran peores. Como había oído con frecuencia en mi propia iglesia, otra vez salía a relucir la noción de la impureza de las mujeres que parecía preocupar a todos los clérigos.

Jem y yo habíamos escuchado el mismo sermón un domingo tras otro, con una sola variante. El reverendo Sykes utilizaba su púlpito con más libertad para expresar sus opiniones sobre los alejamientos individuales de la gracia: Jim Hardy no había asistido a la iglesia durante cinco domingos, sin encontrarse enfermo; y Constance Jackson tenía que enmendar su comportamiento, ya que por pelearse con sus vecinas había fomentado el odio en el barrio.

El reverendo Sykes concluyó su sermón. De pie al lado de una mesa enfrente del púlpito, reclamó el tributo de la mañana, un procedimiento que a Jem y a mí nos resultaba extraño. Uno tras otro, los fieles desfilaron dejando caer monedas de cinco y diez centavos en un cazo esmaltado de café. Jem y yo seguimos el ejemplo, y cuando nuestras monedas tintinearon recibimos un tierno:

—Gracias, gracias.

Para nuestra sorpresa, el reverendo vació el cazo sobre la mesa y contó las monedas. Luego se irguió y dijo:

—Esto no es suficiente, hemos de reunir diez dólares. —La congregación se agitó—. Todos sabéis para qué: Helen no puede dejar a sus hijos para irse a trabajar mientras Tom está en la cárcel. Si todos dan diez centavos más, los tendremos... —Hizo una señal con la mano y ordenó con voz fuerte a alguien que estaba al fondo de la iglesia—: Alec, cierra las puertas. De aquí no sale nadie hasta que tengamos diez dólares.

Calpurnia hurgó en su bolso y sacó un ajado monedero.

—No, Cal —susurró Jem, cuando ella se disponía a entregar un brillante cuarto de dólar—. Nosotros pondremos nuestras monedas. Dame la tuya, Scout.

La atmósfera empezaba a caldearse, y pensé que Sykes pretendía arrancar a su rebaño la cantidad requerida a base de hacerlo sudar. Se oía el rumor de los abanicos, los pies restregaban el suelo y los mascadores de tabaco se impacientaban.

El reverendo me dejó pasmada diciendo:

—Carlow Richardson, no te he visto pasar por aquí todavía.

Un hombre delgado, con pantalones caqui, subió al estrado y depositó una moneda. Entre los fieles se elevó un murmullo de aprobación. Entonces el reverendo dijo:

—Quiero que todos los que no tenéis hijos hagáis un sacrificio y deis diez centavos por cabeza. Sólo así reuniremos lo necesario.

Lenta y trabajosamente, al final se recogieron los diez dólares. La puerta se abrió y el aire fresco nos reanimó a todos. Zeebo leyó *En las tempestuosas orillas del Jordán* y el servicio se dio por concluido.

Quería quedarme para explorar un poco, pero Calpurnia me empujó hacia el pasillo, delante de ella. En la puerta del templo, mientras Cal se entretuvo con Zeebo y su familia, Jem y yo hablamos con el reverendo Sykes. Yo me moría de ganas de hacer preguntas, pero decidí que esperaría y dejaría que me las contestase Calpurnia.

—Nos ha sido muy grato recibirles aquí —dijo Sykes—. Esta iglesia no tiene mejor amigo que vuestro padre.

Mi curiosidad estalló.

—¿Por qué recaudaban dinero para la esposa de Tom Robinson?

—¿No ha oído el motivo? —repuso el reverendo—. Helen tiene tres hijos pequeños y no puede ir a trabajar...

—Pero ¿por qué no se los lleva consigo? —pregunté.

Era costumbre que los negros que trabajaban en el campo y tenían hijos pequeños los dejasen en cualquier sombra mientras ellos trabajaban; generalmente los niños permanecían sentados a la sombra entre dos hileras de algodón. A los que por edad no podían estar sentados, las madres los llevaban atados a la espalda al estilo de las mujeres indias, o los tenían en sacos.

El reverendo vaciló.

—La verdad, señorita Jean Louise, a Helen no le resulta fácil encontrar trabajo estos días... Cuando llegue la recolección, creo que el señor Link Deas la aceptará.

—¿Por qué no le resulta fácil?

Antes de que él contestase, sentí la mano de Calpurnia presionando mi hombro. Así que dije:

—Le damos las gracias por habernos dejado asistir al oficio.

Jem repitió la frase de cortesía, y emprendimos el camino de regreso a casa.

—Cal, ya sé que Tom Robinson está preso por haber cometido algún terrible delito, pero ¿por qué no quieren contratar a Helen los blancos? —pregunté.

Ella caminaba entre Jem y yo con su grueso vestido y su sombrero de tubo.

—Es por lo que la gente dice que hizo Tom —contestó—. La gente no desea tener nada que ver con ninguno de su familia.

—Pero ¿qué hizo, Cal?

Calpurnia suspiró.

—El viejo señor Bob Ewell lo acusó de haber violado a su hija y lo hizo detener y encerrar en la cárcel...

—¿El señor Ewell? —Mi memoria se puso en marcha—. ¿Tiene relación con aquellos Ewell que vienen el primer día de clase y luego se marchan a casa? Caramba, Atticus dijo que eran gentuza de lo peor; jamás había oído hablar a Atticus de nadie como de los Ewell. Dijo...

—Sí, ésos.

—Pues bien, si en Maycomb todo el mundo sabe qué clase de gente son los Ewell deberían contratar a Helen de muy buena gana... ¿Y qué es violar, Cal?

—Eso se lo tendrás que preguntar al señor Finch. Él sabrá explicártelo mejor que yo. ¿Tenéis hambre? El reverendo ha prolongado mucho el servicio esta mañana; por lo general no es tan aburrido.

—Es lo mismo que nuestro predicador —dijo Jem—. Pero ¿por qué cantáis los himnos de esa manera?

—¿Verso por verso? —preguntó Calpurnia.

—¿Así lo llaman?

—Sí, lo llaman verso por verso. Se hace de ese modo desde que tengo memoria.

Jem dijo que podrían ahorrar el dinero de las cuestaciones durante un año e invertirlo en comprar libros de himnos.

Calpurnia se echó a reír y explicó:

—No serviría de nada. No saben leer.

—¿No saben leer? —repetí—. ¿Toda esa gente no sabe leer?

—Exacto, no saben —afirmó Calpurnia asintiendo con la cabeza—. En la First Purchase no hay más de cuatro personas que sepan leer... Yo soy una de ellas.

—¿A qué escuela fuiste, Cal? —inquirió Jem.

—A ninguna. ¿Quién me enseñó lo que sé? Pues la tía de Maudie Atkinson, la anciana señorita Buford...

—¿Tan vieja eres?

—Soy más vieja que vuestro padre, incluso. —Sonrió—. Sin embargo, no sé con certeza cuán vieja soy. Una vez nos pusimos a rememorar, tratando de averiguar mi edad... Sólo logré recordar unos años más atrás que él, de modo que no soy mucho más vieja, sobre todo teniendo en cuenta que los hombres no recuerdan tan bien como las mujeres.

—¿Cuándo es tu cumpleaños, Cal?

—Lo celebro por Navidad, una fecha fácil de recordar... No tengo un verdadero cumpleaños.

—Pero, Cal —protestó Jem—, no pareces tan vieja como Atticus, ni mucho menos.

—La gente de color no acusa la edad tan pronto —explicó.

—Tal vez es porque no saben leer. Cal, ¿a Zeebo le enseñaste tú?

—Sí, señorito Jem. Cuando él era niño ni siquiera había escuela. De todos modos le hice aprender.

Zeebo era el hijo mayor de Calpurnia. Si alguna vez me hubiese detenido a pensarlo, habría sabido que Calpurnia estaba en sus años maduros: Zeebo ya tenía hijos adolescentes; pero es que nunca lo había pensado.

—¿Le enseñaste con un abecedario, como nosotros? —pregunté.

—No, le hacía aprender una página de la Biblia cada día, y usé el libro con que la señorita Buford me enseñó a mí... Apuesto a que no sabéis de dónde lo saqué.

No, no lo sabíamos.

—Vuestro abuelo Finch me lo regaló —dijo Calpurnia.

—¿Eras del Landing? —preguntó Jem—. Nunca nos lo habías contado.

—Lo soy, en efecto, señorito Jem. Me crié entre la Mansión Buford y Finch's Landing. Crecí trabajando para los Finch o para los Buford, y me trasladé a Maycomb cuando se casaron vuestros padres.

—¿Qué libro era, Cal?

—*Comentarios*, de Blackstone.

Jem se quedó de una pieza.

—¿Quieres decir que enseñaste a Zeebo con semejante libro?

—Pues sí señor, señorito Jem. Eran los únicos libros que tenía. Tu abuelo decía que el señor Blackstone escribía un inglés excelente...

—Ahora entiendo por qué no hablas como el resto de ellos —dijo Jem.

—¿El resto de quiénes?

—De la gente de color. Pero en la iglesia, Cal, hablabas como los demás...

Jamás se me había ocurrido que Calpurnia llevase una modesta doble vida. La idea de que tuviese una existencia aparte, fuera de nuestra casa, era nueva para mí, por no hablar de que dominara dos idiomas.

—Cal —le pregunté—, ¿por qué hablas el lenguaje de los negros con... con tu gente, sabiendo que no está bien?

—Pues, para empezar, yo soy negra...

—Esto no significa que debas hablar como ellos, sabiéndolo hacer mejor —objetó Jem.

Calpurnia se ladeó el sombrero y se rascó la cabeza; luego se lo caló cuidadosamente sobre las orejas.

—Es difícil de explicar —dijo—. Supón que tú y Scout hablaseis en casa el lenguaje de los negros; estaría fuera de lugar, ¿verdad? Pues, ¿qué sería si yo hablase el lenguaje de los blancos con mi gente, en la iglesia, y con mis vecinos? Me tacharían de pretenciosa.

—Pero, Cal, tú sabes que no es así —protesté.

—No es necesario que uno explique todo lo que sabe. No es femenino... Y, en segundo lugar, a la gente no le gusta estar en compañía de una persona que sabe más que ellos. Les deprime. Hablando bien no ayudaría a ninguno; han de ser ellos mismos los que quieran aprender. Si no quieren, has de mantener la boca cerrada, o hablar su mismo idioma.

—Cal, ¿puedo ir a verte alguna vez?

Ella me miró.

—¿Ir a verme, cariño? Si me ves todos los días.

—Ir a verte a tu casa. ¿Alguna vez después del trabajo? Luego Atticus podría pasar a buscarme.

—Siempre que quieras —contestó—. Te recibiremos con mucho gusto.

Estábamos en la acera, delante de la Mansión Radley.

—Mira el porche —dijo Jem.

Yo miré hacia la Mansión Radley, esperando ver a su ocupante fantasma tomando el sol en la mecedora.

—Me refiero a nuestro porche —precisó Jem.

Miré. Tan enamorada de sí misma como siempre, la tía Alexandra estaba sentada muy erguida en la mecedora, exactamente igual que si lo hubiese estado todos los días de su vida.

13

—Pon mi maleta en el dormitorio del frente, Calpurnia —fue lo primero que dijo la tía Alexandra. Y lo segundo fue—: Jean Louise, deja de rascarte la cabeza.

Calpurnia cogió la pesada maleta y abrió la puerta.

—Yo la llevaré —dijo Jem. Y la llevó. Después oí que la maleta caía en el suelo del dormitorio con un golpe apagado. Un ruido revestido de la cualidad de una sorda permanencia.

—¿Ha venido de visita, tía? —pregunté.

La tía Alexandra salía pocas veces del Landing para visitarnos, y viajaba con toda pompa. Tenía un Buick cuadrado, verde brillante, y un chófer negro, ambos conservados en precario estado, pero aquel día no se los veía por ninguna parte.

—¿No os lo dijo vuestro padre? —repuso.

Jem y yo negamos con la cabeza.

—Probablemente se le olvidó. No ha llegado todavía, ¿verdad?

—No suele regresar antes del atardecer —respondió Jem.

—Bien, vuestro padre y yo decidimos que ya era hora de que pasara un rato con vosotros.

En Maycomb, «un rato» significaba un período que podía oscilar entre tres días y treinta años. Jem y yo nos miramos.

—Ahora Jem crece deprisa y tú también —dijo—. Decidimos que a los dos os convenía recibir alguna influencia femenina. No pasarán muchos años, Jean Louise, sin que te interesen los vestidos y los muchachos...

Yo habría podido replicar «Cal es una mujer», «Pasarán muchos años antes de que me interesen los muchachos» o «Los vestidos no me interesarán nunca». Pero guardé silencio.

—¿Y el tío Jimmy? —preguntó Jem—. ¿Vendrá también?

—Oh, no, él se queda en el Landing. Ha de ocuparse de que la finca funcione.

—¿No lo echará usted de menos? —dije, y comprendí que no era una pregunta con tacto. Que el tío Jimmy estuviera presente o ausente no implicaba una gran diferencia; él nunca abría la boca. La tía Alexandra pasó por alto mi pregunta.

No se me ocurrió otra cosa que decirle. Lo cierto era que nunca se me ocurría nada que decirle, y me senté pensando en las aburridas conversaciones que solía mantener con ella: «¿Cómo estás, Jean Louise? Perfectamente, gracias tía, ¿cómo está usted? Muy bien, gracias. ¿Qué has hecho todo este tiempo? Nada. ¿No haces nada? No. Tendrás amigos, ciertamente. Sí Bien, pues qué hacéis todos juntos? Nada.»

Era evidente que ella me consideraba en extremo obtusa; una vez le había dicho a Atticus que yo era lerda de comprensión.

Detrás de todo aquello había una historia, pero yo no quería que ella la sacase a relucir ahora: aquel día era domingo, y en el día del Señor la tía Alexandra se mostraba positivamente irritable. Me figuro que se debía a su corsé de los domingos. No era gorda, aunque sí robusta, y escogía prendas interiores que elevasen su seno a una altura de vértigo, le redujesen la cintura, resaltasen el trasero y lograran dar la idea de que en otro tiempo la tía Alexandra había sido una estilizada figurilla de porcelana. Desde todos los puntos de vista, era una mujer impresionante.

El resto de la tarde transcurrió en medio del leve abatimiento que desciende cuando se presentan los parientes, pero la tristeza se disipó cuando oímos un coche en el camino de entrada. Era Atticus que regresaba de Montgomery. Jem, olvidando su reciente altivez de señorito, corrió conmigo a su encuentro. Él le cogió la cartera y la maleta, yo salté a sus brazos, recibí su beso y le dije:

—¿Me traes un libro? ¿Sabes que la tía está aquí?

Atticus asintió a ambas preguntas.

—¿Te gustaría que se quedase a vivir con nosotros? —preguntó.

Dije que me gustaría mucho, lo cual era mentira, pero uno debe mentir en ciertas circunstancias, en particular cuando no puede modificar las circunstancias.

—Hemos creído que necesitáis... Bien, las cosas están así, Scout —dijo Atticus—: tu tía nos hace un favor a todos. Yo no puedo quedarme con vosotros todo el día, y el verano va a ser muy caluroso, ¿entiendes?

—Sí, señor —respondí, sin haber entendido ni jota. No obstante, se me antojaba que la aparición de la tía Alexandra no era tanto obra de Atticus como de ella misma. Tenía la manía de dictaminar qué era «lo mejor para la familia», y supongo que venir a vivir con nosotros entraba en esa categoría.

Maycomb le dio la bienvenida. Maudie Atkinson preparó un pastel tan empapado de licor que me mareó; Stephanie Crawford le hacía largas visitas, que consistían principalmente en que la señorita Stephanie movía la cabeza para decir: «¡Oh, oh, oh!» La señorita Rachel, la de la puerta de al lado, la recibía para tomar el café de las tardes, y Nathan Radley llegó al extremo de subir al porche y decirle que se alegraba de verla.

Cuando estuvo definitivamente acomodada con nosotros y la vida recobró su ritmo cotidiano, pareció como si la tía Alexandra hubiese vivido siempre en nuestra casa.

Los refrigerios con que obsequiaba a la Sociedad Misionera se sumaron a su reputación como anfitriona. (No permitía que Calpurnia preparase los tentempiés requeridos para que los miembros de la sociedad aguantasen los plúmbeos informes sobre los «cristianos de arroz», como llamaban a los chinos y japoneses que se convertían para recibir las raciones de arroz que se repartían en las misiones.) Se inscribió en el Club de Amanuenses de Maycomb y pasó a ser la secretaria del mismo. En todas las reuniones que constituían la vida social del condado, la tía Alexandra era uno de los pocos ejemplares que quedaban de su especie: tenía modales de yate de lujo e internado de señoritas; en cuanto salía a relucir la moral en cualquiera de sus formas, ella la defendía; tenía modales de fiscal implacable. En sus tiempos de colegiala, la expresión «dudar de sí mismo» no se encontraba en ningún libro de texto; por lo tanto, ignoraba su significado. Nunca se aburría, y en cuanto se le ofrecía la menor oportunidad ejercitaba sus prerrogativas reales: aconsejaba, prevenía y advertía.

Jamás dejaba escapar la ocasión de señalar los defectos de otros estratos sociales, para mayor gloria del nuestro, una costumbre que a Jem le divertía. «Tiíta es incorregible; saca al sol los trapos sucios de la mayoría de los habitantes de Maycomb, y resulta que son parientes nuestros», se reía.

Al subrayar el aspecto moral del suicidio de Sam Merriweather, la tía Alexandra dijo que era debido a una tendencia mórbida de la familia. Si a una chica de dieciséis años se le escapaba una risita en el coro de la iglesia, ella comentaba: «Esto viene a demostraros que todas las mujeres de la familia Penfield son traviesas.» Al parecer, según nos decía, en Maycomb todo el mundo tenía tendencia a la bebida, tendencia al juego, tendencia a la ruindad y tendencia a la ridiculez.

En una ocasión en que tiíta nos aseguraba que la tendencia de Stephanie Crawford a ocuparse de los asuntos de las otras personas era hereditaria, Atticus dijo:

—Hermana, si te paras a pensarlo, nuestra generación es la primera de la familia Finch en que no se casan primos con primos. ¿Dirías tú que los Finch tienen una tendencia incestuosa?

Ella contestó que no, y que de ahí venía que tuviésemos los pies y las manos pequeños.

Nunca comprendí por qué le preocupaba tanto la herencia. Yo creía que eran personas excelentes aquellas que obraban lo mejor que sabían según su criterio, pero la tía Alexandra estaba convencida, y así lo decía, de que cuanto más tiempo hubiese estado asentada determinada familia en el mismo terreno tanto más distinguida y excelente era.

—Con su criterio, los Ewell son una gente excelente —decía Jem.

El clan que formaban Burris Ewell y los suyos vivía en el mismo terreno y medraba del dinero de la beneficencia del condado desde hacía tres generaciones.

La teoría de la tía Alexandra tenía algo, no obstante, que la respaldaba. Maycomb era una ciudad antigua. Estaba treinta kilómetros al este de Finch's Landing, absurdamente tierra adentro para una población tan antigua. Pero Maycomb habría estado enclavada más cerca del río si no hubiese sido por un Sinkfield vivaracho que en los albores de la historia regentaba una posada y taberna en el cruce de dos caminos, la única del territorio. Sinkfield, que no era patriota, proporcionaba y suministraba municiones a los indios y a los colonos por igual, sin saber ni importarle si formaban parte del territorio de Alabama o de la nación creek, con tal que el negocio acabase bien. Y el negocio iba sobre ruedas hasta que el gobernador, William Wyatt Bibb, con el propósito de promover la paz en el condado recién formado, envió un equipo de expertos a localizar su centro exacto para establecer allí la sede del gobierno. Los expertos se alojaron en la posada y explicaron a Sinkfield que su negocio se encontraba casi en el límite del condado de Maycomb, y le enseñaron el lugar donde probablemente se erigiría la capital del mismo. Así pues, si Sinkfield no hubiese dado un audaz golpe de mano para salvar sus intereses, Maycomb habría nacido en medio de Winston Swamp, un paraje desolado. En cambio, Maycomb creció y se extendió a partir de una de sus esquinas territoriales porque Sinkfield, una noche, emborrachó a los expertos y les indujo a sacar sus mapas y planos y trazar una curva aquí y añadir un trocito allí, hasta situar el centro del condado en su posada. Al día siguiente les hizo recoger el equipaje y los despidió obsequiándolos con cinco galones de licor: dos por cabeza, y uno para el gobernador.

Como la primera razón de su existencia fue la de servir de sede al gobierno, Maycomb se ahorró desde un principio el aspecto sucio y mísero que distinguía a la mayoría de las poblaciones de Alabama de su categoría. Ya desde el principio tuvo edificios sólidos, uno de ellos para el juzgado, y calles generosamente anchas. La proporción de profesiones liberales era muy elevada en Maycomb: uno podía ir allí a que le sacasen una muela, le reparasen el carromato, le auscultasen el corazón, le guardasen el dinero, le salvasen el alma o el veterinario le curase las mulas. Pero la maniobra de Sinkfield tuvo sus desventajas. Sinkfield situó la ciudad demasiado lejos del principal medio de transporte de aquellos días —las embarcaciones fluviales—, y un hombre del norte del condado necesitaba dos días de viaje para proveerse de mercancía en las tiendas de Maycomb. Como consecuencia, la población se conservó estable durante un siglo, constituyendo una isla en un mar cuadriculado de campos de algodón y bosques.

Aunque Maycomb fue ignorada durante la guerra de Secesión, la ley de Reconstrucción y la ruina económica la obligaron a crecer. Y creció hacia dentro. Raramente se establecían allí forasteros: las mismas familias se unían en casamiento con otras mismas familias, hasta que todos los miembros de la comunidad tuvieron un ligero parentesco. De vez en cuando alguno regresaba de Montgomery o de Mobile con una pareja foránea, pero el resultado sólo causaba una leve ondulación en la tranquila corriente del entramado de familias. Todo ello seguía igual, poco más o menos, durante mis primeros años.

En Maycomb existía ciertamente un sistema de castas; pero para mi modo de pensar funcionaba de este modo: se podía predecir que los ciudadanos más antiguos, la presente generación de las familias que habían vivido codo a codo durante años y años, se relacionarían y se unirían entre sí; tenderían a las actitudes admitidas, a los rasgos generales del carácter y hasta a los gestos que se habían repetido en cada generación y que el tiempo había refinado. Así pues, las sentencias: «Ningún Crawford se ocupa de sus asuntos», «De cada tres Merriweather uno es enfermizo», «La verdad no se halla en casa de los Delafield», «Todos los Buford caminan de este modo», eran simples guías de la vida cotidiana. Nunca se aceptaba un cheque de un Delafield sin una discreta consulta previa al banco; la señorita Maudie Atkinson tenía los hombros caídos porque era una Buford; si la señora Grace Merriweather bebía ginebra, no era cosa inusitada: su abuela y madre hacían lo mismo.

La tía Alexandra encajaba en el mundo de Maycomb lo mismo que la mano en el guante, pero jamás en el mundo de Jem y mío. Me pregunté tan a menudo cómo era posible que fuese hermana de Atticus y de tío Jack que reavivé en mi mente las historias, recordadas a medias, de trueques y raíces de mandrágora, inventadas por Jem mucho tiempo atrás.

Durante su primer mes de estancia, todo esto fueron

especulaciones abstractas, pues tenía poca cosa que decirnos a Jem y a mí, y sólo la veíamos a las horas de comer y por la noche, antes de irnos a la cama. Era verano y pasábamos el tiempo al aire libre. Naturalmente, algunas tardes, al entrar corriendo a tomar un trago de agua, encontraba la sala invadida de damas de Maycomb que bebían, susurraban y se abanicaban, y a mí se me ordenaba: «Jean Louise, ven a hablar con estas señoras.» Cuando yo aparecía en el umbral, tiíta ponía una cara como si lamentase haberme llamado; por lo general yo iba llena de salpicaduras de barro, o cubierta de arena.

—Habla con tu prima Lily —me dijo una tarde, cuando do me tuvo en el vestíbulo, cogida en la trampa.

—¿Con quién? —pregunté.

—Con tu prima Lily Brooke .

—¿Lily es prima nuestra? No lo sabía.

La tía Alexandra se las compuso para sonreír de un modo que transmitía una suave disculpa a la prima Lily y una firme reprimenda a mí. Más tarde, cuando Lily Brooke se hubo marchado, nos dijo cuán lamentable era que nuestro padre hubiera olvidado hablarnos de la familia e inculcarnos el orgullo de ser unos Finch. A continuación salió de la sala y regresó con un libro de cubiertas moradas y unas letras doradas que ponían: *Meditaciones de Joshua S. St. Clair*.

—Tu primo escribió este libro —dijo—. Era un hombre notable.

Jem examinó el pequeño volumen.

—¿Es el primo Joshua que estuvo encerrado tanto tiempo?

—¿Cómo sabes tú eso? —repuso la tía Alexandra.

—Caramba, Atticus dijo que en la universidad le suspendieron y trató de pegarle un tiro al presidente del tribunal. Dijo que el primo Joshua afirmaba que el presidente no era otra cosa que un mentecato y que intentó disparar contra él con una vieja pistola de pedernal, sólo que el arma le estalló en la mano. Atticus dice que a la familia le costó quinientos dólares sacarle de aquel lío...

La tía Alexandra se quedó inmóvil, de pie y tiesa como una cigüeña.

—Basta ya —dijo—. Luego hablaremos de esto.

Antes de la hora de acostarme, estaba yo en el cuarto de Jem tratando de que me prestase un libro cuando Atticus llamó a la puerta y entró. Se sentó en el borde de la cama de Jem, nos miró muy serio, y luego sonrió.

—Eh... hummm —comenzó. Había adquirido la costumbre de preludiar ciertas cosas con sonidos guturales, por lo cual yo pensaba que quizás al fin se hacía viejo, aunque tenía el mismo aspecto de siempre—. No sé cómo decirlo exactamente —anunció.

—Pues dilo y nada más —replicó Jem—. ¿Hemos hecho algo?

Nuestro padre se estrujó las manos.

—No, sólo quería explicarte que... tu tía Alexandra me ha pedido... Hijo, tú sabes que eres un Finch, ¿verdad?

—Esto me han dicho. —Jem entornó los ojos. Su voz subió de tono sin que pudiera dominarla—: Atticus, ¿qué pasa?

Nuestro padre cruzó las piernas y los brazos.

—Estoy tratando de explicarte las realidades de la vida.

El disgusto de Jem fue en aumento.

—Conozco todas esas sandeces —dijo.

Atticus se puso súbitamente serio. Con su voz de abogado, sin la sombra de una inflexión, dijo:

—Tu tía me ha pedido que intente inculcaros la idea de que no descendéis de gente vulgar, de que sois el producto de varias generaciones de personas de buena crianza... —Se interrumpió para ver cómo yo localizaba una nigua huidiza en mi pierna—. De buena crianza —continuó cuando la hube encontrado—, y que debéis tratar de hacer honor a vuestro nombre... Me ha pedido que os diga que debéis comportaros como la damita y el pequeño caballero que sois. Quiere que os hable de nuestra familia y de lo que ha significado para el condado de Maycomb en el transcurso de los años, a fin de que tengáis idea de quiénes sois y os sintáis impulsados a obrar en consecuencia —concluyó de un tirón.

Jem y yo nos miramos atónitos; luego miramos a Atticus, a quien parecía molestarle el cuello de la camisa. Pero no le contestamos nada.

Un momento después yo cogí un peine de la mesilla de Jem y me puse a frotar sus púas contra el borde de la mesa.

—Acaba con ese ruido —ordenó Atticus.

Su brusquedad me hirió y dejé el peine con un golpe. Noté que los ojos me lagrimeaban, pero no pude reprimirme. Aquél no era mi padre. Él jamás concebía tales pensamientos y nunca hablaba de aquella manera. Fuera como fuere, la tía Alexandra le había asignado aquel papel. A través de las lágrimas vi a Jem sumido en un aislamiento similar, con la cabeza inclinada hacia un lado.

Aunque no sabía adónde ir, me volví para marcharme y topé con Atticus. Hundí la cabeza en su chaqueta y escuché los pequeños ruidos que se producían detrás de la tela azul: el tictac del reloj de bolsillo, el leve crepitar de la camisa almidonada, la suave respiración de mi padre.

—Te ronca el estómago —le dije.

—Lo sé.

—Te conviene tomar un poco de agua carbonatada.

—La tomaré —prometió.

—Atticus, esta manera de proceder y todas estas cosas, ¿van a cambiar la situación? Quiero decir: ¿vas a...?

Sentí su mano detrás de mi cabeza.

—No te inquietes por nada —me dijo—. No es tiempo de inquietarse.

Al oír estas palabras comprendí que había vuelto con nosotros. La sangre empezó a circularme de nuevo y levanté la cabeza.

—¿Quieres de veras que hagamos todas esas cosas? Yo no puedo recordar todo lo que supuestamente los Finch deben hacer...

—No quiero que recuerdes nada. Olvídalo.

Y se encaminó hacia la puerta y salió del cuarto, cerrando la puerta tras de sí. Estuvo a punto de cerrarla con un golpe, pero se dominó en el último momento y lo hizo suavemente. Mientras Jem y yo mirábamos fijamente la puerta, ésta se abrió de nuevo y Atticus asomó la cabeza. Tenía las cejas enarcadas y se le habían deslizado las gafas.

—Cada día me vuelvo más como el primo Joshua, ¿verdad? ¿Creéis que acabaré costándole quinientos dólares a la familia?

Ahora, años más tarde, comprendo cuál era su intención, pero es que Atticus sólo era un hombre. Para esta clase de trabajo se precisa una mujer.

14

Aunque a la tía Alexandra no volvimos a oírla hablar de la familia Finch, escuchamos sobradamente a toda la población. Los sábados, armados con nuestras monedas de diez centavos, cuando Jem me permitía acompañarle (por entonces, estando en público manifestaba una especie de alergia a mi presencia), avanzábamos serpenteando entre los sudorosos grupos reunidos en las aceras, y a veces escuchábamos: «Ahí van sus hijos», o «Allá hay unos Finch». Pero al volvernos, furibundos, sólo veíamos un par de granjeros estudiando las bolsas para enemas del escaparate de la droguería Mayco. O a dos regordetas campesinas con sombrero de paja sentadas en un carro Hoover.

—A juzgar por lo que se preocupan quienes rigen este condado, pueden andar sueltos y violar el campo entero —fue la oscura observación con que topamos cuando un flaco y arrugado caballero se cruzó con nosotros.

Lo cual me recordó que tenía que hacer una pregunta a Atticus.

—¿Qué es violar? —le pregunté aquella noche.

Atticus me miró desde detrás del periódico. Estaba en su sillón, junto a la ventana. Al hacernos mayores, Jem y yo considerábamos un acto de generosidad concederle treinta minutos después de cenar.

Él suspiró y dijo que violar era conocer carnalmente a una hembra por la fuerza y sin su consentimiento.

—Bien, si es sólo eso, ¿por qué Calpurnia me cortó cuando se lo pregunté?

Atticus arrugó el entrecejo.

—¿Y eso a qué viene?

—A que aquel día, al volver de la iglesia, pregunté a Calpurnia qué era violar y ella me dijo que te lo preguntase a ti, pero me había olvidado, y ahora te lo pregunto.

Mi padre bajó el periódico al regazo.

—Repítelo, por favor.

Yo le expliqué con todo detalle nuestra ida a la iglesia con Calpurnia. A Atticus pareció gustarle, pero la tía Alexandra, que estaba sentada en un rincón cosiendo en silencio, dejó su labor y nos miró fijamente.

—¿Aquel domingo regresabais los tres de la iglesia de Calpurnia?

—Sí, ella nos llevó —contestó Jem.

Yo recordé algo.

—Sí, y me prometió que podría ir a su casa alguna tarde. Atticus, iré el próximo domingo, ¿me dejas? Cal dijo que vendría a buscarme, si tú estabas fuera con el coche.

—No puedes ir —decretó la tía Alexandra.

Pasmada, me volví en redondo, luego giré de nuevo hacia Atticus a tiempo para sorprender la rápida mirada que le dirigió, pero era demasiado tarde.

—¡No se lo he preguntado a usted! —exclamé.

Pese a ser un hombre alto y un tanto desgarbado, Atticus sabía sentarse y levantarse de la silla con más rapidez que ninguna otra persona que yo conociese. Ahora estaba de pie.

—Excúsate con tu tía —me dijo.

—Pero no se lo pregunté a ella, te lo preguntaba a ti...

Atticus ladeó la cabeza y me fulminó con su ojo bueno.

—Lo siento, tiíta —murmuré.

—Bien —dijo él—. Y que quede bien claro que harás lo que Calpurnia te mande, lo que yo te mande y, mientras tu tía esté en esta casa, lo que ella te mande. ¿Comprendes?

Si, lo comprendí, así que deduje que la única manera de retirarme con un resto de dignidad era irme al cuarto de baño, donde estuve el rato suficiente para hacerles creer que mi marcha había respondido a una necesidad. De regreso me entretuve en el vestíbulo para escuchar una acalorada discusión que tenía lugar en la sala. Por la rendija de la puerta pude ver a Jem en el sofá con una revista de fútbol delante de la cara, moviendo la cabeza como si sus páginas contuvieran un interesante partido de tenis.

—... Debes hacer algo con respecto a ella —estaba diciendo mi tía—. Has dejado que las cosas continuaran así demasiado tiempo, Atticus, demasiado tiempo.

—No veo ningún mal en permitirle que vaya. Cal cuidará tan bien de ella como aquí.

¿Quién era la «ella» de la que estaban hablando? El corazón se me encogió: era yo. Sentí que las acolchadas paredes de una prisión modelo se cerraban sobre mí, y por segunda vez en mi vida pensé en huir. Inmediatamente.

—Atticus, no está mal tener el corazón tierno. Tú eres un hombre sencillo, pero tienes también una hija en quien pensar. Una hija que se hace mayor.

—En eso estoy pensando.

—Y no trates de eludir el problema. Tendrás que afrontarlo tarde o temprano, y lo mismo da que sea esta noche. Ahora no la necesitamos.

Atticus replicó con voz sosegada:

—Alexandra, Calpurnia no saldrá de esta casa hasta que ella quiera. Tú puedes pensar de otro modo, pero yo no hubiera podido desenvolverme sin Calpurnia todos estos años. Es un miembro fiel de esta familia, así que tendrás que aceptar las cosas tal como están. Por lo demás, hermana, no quiero que te estrujes el cerebro por nosotros; no hay necesidad de ello. Seguimos necesitando a Cal, ahora más que antes.

—Pero Atticus...

—Por otra parte, no creo que los niños hayan perdido nada porque los haya criado ella. Si alguna diferencia hay, Calpurnia ha sido más dura con ellos, en algunos aspectos, de lo que habría sido una madre. Jamás les ha dejado pasar nada sin castigo, nunca les ha consentido un mal comportamiento, como suelen hacer la niñeras de color. Ha tratado de educarlos según sus propias luces, y conste que las tiene muy buenas... Y otra cosa: los niños la quieren.

Respiré de nuevo. Ya no hablaban de mí, sino de Calpurnia. Así revivida, entré en la sala. Atticus se había parapetado detrás de su periódico, y la tía Alexandra atormentaba su labor. Punk, punk, punk, su aguja rompía el tenso círculo. Se interrumpió y puso la tela más tirante: punk, punk, punk. Estaba furiosa.

Jem se puso en pie y me indicó en silencio que lo siguiera. Me condujo a su cuarto y cerró la puerta. Tenía cara seria.

—Se han peleado, Scout.

Jem y yo nos peleábamos mucho aquellos días, pero no había visto ni sabido que nadie se pelease con Atticus. No era una noticia reconfortante.

—Scout, procura no hacer enfadar a tiíta, ¿oyes?

Como las observaciones de Atticus me escocían aún, no supe ver el tono de súplica de las palabras de Jem.

—¿Estás tratando de decirme lo que debo hacer? —me envalentoné.

—No, lo que hay... Atticus tiene muchas cosas en la cabeza actualmente, sin necesidad de que nosotros le demos disgustos.

—¿Qué cosas? —Atticus no parecía tener nada especial en la cabeza.

—El caso ese de Tom Robinson le da unas inquietudes de muerte...

Repliqué que Atticus no se inquietaba por nada. Por otra parte, el caso no nos causaba molestias más que una vez por semana, y entonces todavía no duraba mucho.

—Eso es porque no puedes retener nada en tu cabecita, salvo un rato —dijo Jem—. Con la gente mayor es distinto; nosotros...

Aquellos días su enervante superioridad se hacía insoportable. No quería hacer otra cosa que leer y marcharse por ahí solo. Sin embargo, todo lo que leía me lo pasaba, pero con esta diferencia: antes me lo pasaba porque creía que me gustaría; ahora, para que me edificase y me instruyese.

—¡Rayos y centellas, Jem! ¿Quién te figuras ser?

—Ahora lo digo en serio, Scout; si haces enfadar a la tía, te... te zurraré.

Perdí los estribos.

—¡So mamarracho, te mataré!

Jem estaba sentado en la cama y fue fácil cogerle por el pelo y descargarle un puñetazo en la boca. Él me dio un cachete, yo intenté darle con la izquierda, pero un golpe suyo en el estómago me envió al suelo espatarrada. Me dejó casi sin respiración, pero no importaba, porque Jem había respondido a mi ataque. Todavía éramos iguales.

—¡Ahora no te sientes tan alto y poderoso! ¿Verdad que no? —grité volviendo al ataque.

Jem continuaba en la cama, por lo cual no pude apoyarme bien en el suelo. Me arrojé contra él con toda la fuerza que pude, golpeando, tirando, pellizcando, arañando. Lo que había empezado como una pelea terminó en un alboroto. Estábamos todavía enzarzados cuando Atticus nos separó.

—Basta ya —dijo—. Ahora, los dos inmediatamente a la cama.

—¡Hala! —le dije a Jem. Le enviaban a la cama a la misma hora que yo.

—¿Quién ha empezado? —preguntó Atticus.

—Jem. Quería decirme lo que debo hacer. Yo no tengo que obedecerle, ¿verdad que no?

Atticus sonrió.

—Dejémoslo así: tú obedecerás a Jem siempre que él pueda obligarte a obedecerle. ¿Te parece justo?

La tía Alexandra estaba presente, aunque callada, y cuando bajó al vestíbulo con su hermano la oímos decir:

—He aquí precisamente una de las cosas de que te había hablado. —Una frase que volvió a unirnos de nuevo.

Nuestros cuartos se comunicaban; mientras cerraba la puerta entre ambos, Jem dijo:

—Buenas noches, Scout.

—Buenas noches —murmuré cruzando la habitación a tientas para encender la luz.

Al pasar junto a la cama pisé un objeto cálido, elástico y más bien blando. No era exactamente como el caucho duro, y tuve la sensación de que aquello estaba vivo. Además, oí que se movía. Encendí la luz y miré el suelo contiguo a la cama. Fuera lo que fuere, lo que pisé había desaparecido. Llamé a la puerta de Jem.

—¿Qué? —contestó.

—¿Qué tacto tiene una serpiente?

—Áspero. Frío. Polvoriento. ¿Por qué?

—Creo que hay una debajo de mi cama. ¿Puedes venir?

—¿Estás de guasa? —Jem abrió la puerta. Iba con el pantalón del pijama. Yo advertí, no sin satisfacción, que sus labios conservaban la huella de mis nudillos. Cuando vio que hablaba en serio, dijo—: Si crees que voy a poner la cara en el suelo al alcance de una serpiente, puedes esperar sentada. Aguarda un momento. —Y se dirigió a la cocina en busca de una escoba—. Será mejor que te subas a la cama —dijo antes de salir de mi habitación

—¿Supones que se ha marchado de verdad? —pregunté.

Aquello era un acontecimiento. Nuestras casas no tenían bodegas, estaban construidas de sillares de piedra hasta cierta altura sobre el suelo, y la entrada de reptiles no era cosa desconocida, pero tampoco frecuente. La excusa de Rachel Haverford para tomarse un vaso de whisky todas las mañanas consistía en que jamás podría superar el susto de haber encontrado una serpiente de cascabel en el armario de su dormitorio, cuando fue cierto día a colgar su *negligée*.

Jem metió la escoba en un movimiento de tanteo. Yo miré por encima de los pies de la cama para ver si salía alguna serpiente. No salió ninguna. Jem dio un escobazo más al fondo.

—¿Gruñen las serpientes?

—No es una serpiente —dijo Jem—. Es una persona.

De súbito apareció de debajo de la cama un bulto pardo y sucio. Jem le lanzó un escobazo y no acertó a la cabeza de Dill por una pulgada.

—¡Dios todopoderoso! —exclamó mi hermano, asombrado.

Nos quedamos mirando cómo Dill salía del todo. Estaba encogido como si fuese un apretado fardo. Se puso en pie, se estiró y flexionó, agitó los pies enfundados en unos calcetines que le llegaban al tobillo y, restaurada la circulación, dijo:

—Hola.

Jem volvió a dirigirse a Dios. Yo me había quedado sin habla.

—Estoy desfallecido —dijo Dill—. ¿Tenéis algo de comida?

Fui a la cocina como una sonámbula. Le traje leche y un cazo con tortas de maíz que habían sobrado de la cena. Dill las devoró, masticando con los dientes delanteros, como tenía por costumbre. Por fin recobré la voz.

—¿Cómo has llegado hasta aquí?

Por una ruta complicada. Reanimado por el alimento, Dill nos contó lo siguiente: después de haber sido encadenado por su nuevo padre, que le odiaba, y abandonado en el sótano para que muriese (en Meridian había sótanos), y después de salvar la vida gracias a un campesino que al pasar por allí oyó sus gritos de socorro y le llevó, en secreto, judías crudas (el buen hombre metió una medida entera, vaina por vaina, por el respiradero), Dill se liberó arrancando las cadenas de la pared. Todavía con las muñecas esposadas, se alejó sin rumbo dos millas más allá de Meridian, donde descubrió un pequeño circo de animales y fue contratado para lavar el camello. Viajó con el circo por todo el Mississippi, hasta que su infalible sentido de la orientación le indicó que estaba en el condado de Abbott, Alabama, enfrente mismo de Maycomb, pero al otro lado del río. El resto del camino lo recorrió a pie.

—¿Cómo has llegado hasta aquí? —insistió Jem.

Había cogido trece dólares del monedero de su madre, subido al tren de las nueve de Meridian y saltado en el Empalme de Maycomb. Había recorrido diez u once de las millas que le separaban de nuestra ciudad andando por entre matorrales por miedo a que las autoridades estuvieran buscándole, y había salvado el resto del camino colgado de un vagón del algodón. Calculaba que había estado unas dos horas debajo de la cama; nos había oído en el comedor, y el tintineo de platos y tenedores estuvo a punto de volverle loco. Pensaba que Jem y yo no nos acostaríamos nunca. Barajó la idea de presentarse y ayudarme a darle una lección a Jem, pues había crecido bastante, pero comprendió que el señor Finch interrumpiría pronto la pelea, y pensó que sería mejor continuar donde estaba. Se hallaba rendido e indeciblemente sucio, pero en casa.

—No saben que estás aquí —dijo Jem—. Si estuvieran buscándote nos habríamos enterado...

—Supongo que todavía me buscan por los cines de Meridian —sonrió.

—Deberías comunicar a tu padre dónde te encuentras —observó Jem—. Decirle que estás aquí...

Dill lo miró a lo ojos y Jem bajó los suyos al suelo.

Enseguida se levantó y rompió el código inviolado de nuestra infancia. Salió del dormitorio y bajó al vestíbulo.

—Atticus —su voz sonaba distante—, ¿puedes venir un momento?

Debajo de la suciedad surcada por el sudor, la cara de Dill se volvió blanca. Yo di un respingo. Atticus estaba en el umbral. Luego entró hasta el centro de la habitación y se quedó plantado con las manos en los bolsillos, mirando a Dill.

Al final encontré la voz.

—Todo va bien, Dill. Cuando quiere que te enteres de algo, te lo dice. —Dill me miró—. Quiero decir que todo marcha bien —añadí—. Ya sabes que Atticus no te molestará; ya sabe que no le tienes miedo.

—No tengo miedo... —musitó Dill.

—Sólo hambre, apostaría. —La voz de Atticus tenía su agradable tono seco habitual—. Scout, podemos proporcionarle algo mejor que unas tortas frías de maíz, ¿verdad? Ahora le llenáis la barriga a este individuo, y cuando yo vuelva veremos qué se puede hacer.

—¡Señor Finch, no avise a la tía Rachel, no me haga regresar allá, se lo ruego, señor! ¡Me escaparía otra vez...!

—Bah, hijo —respondió Atticus—. Nadie te obligará a ir a ninguna parte más que a la cama, y temprano. Voy a decirle a la señorita Rachel que estás aquí y a preguntarle si puedes pasar la noche con nosotros... porque a ti te gustaría, ¿no? Y por amor de Dios, devuelve al condado la parte de tierra que le pertenece; la erosión ya es bastante considerable sin que la aumentemos nosotros.

Dill se quedó mirando fijamente a mi padre, que se retiraba.

—Procura ser gracioso —le expliqué—. Quiere decir que tomes un baño. ¿Ves? Ya te he dicho que no te molestaría.

Jem estaba de pie en un ángulo del cuarto, con la cara de traidor que le correspondía.

—Tenía que decírselo, Dill —se justificó—. No puedes huir a trescientas millas de distancia sin que tu madre lo sepa.

Lo dejamos sin contestación.

Dill comía, y comía, y comía. No probaba bocado desde la noche anterior. Gastó todo el dinero en el billete, subió al tren como en muchas ocasiones anteriores y charló tranquilamente con el revisor, para quien Dill era un viejo conocido, pero no tuvo la osadía para invocar la norma de los niños cuando hacen un viaje largo: si has perdido tu dinero, el revisor te presta lo necesario para comer, y luego, al final del trayecto, tu padre se lo devuelve.

Dill se había zampado las sobras de la cena y se disponía a acabar con una lata de tocino con habichuelas de la despensa cuando en el vestíbulo resonó el «¡Duulce Jeesús!» de la señorita Rachel. Dill se estremeció como un conejo.

Luego soportó con fortaleza sus «Espera a que te tenga en casa», «Tu familia está loca de inquietud», «Has heredado lo peor de los Harris», sonrió ante el «Bien, supongo que puedes quedarte por esta noche», y devolvió el abrazo que al final le concedieron.

Atticus se subió las gafas y se frotó el rostro.

—Vuestro padre está cansado —dijo la tía Alexandra; sus primeras palabras durante horas, parecía. Había estado presente pero muda de sorpresa, me figuro, la mayor parte del tiempo—. Ahora, niños, debéis iros a la cama.

Los dejamos en el comedor, Atticus todavía restregándose la cara.

—Pasamos de violencias a alborotos y fugas —le oímos exclamar riendo—. Veremos qué nos deparan las dos horas siguientes.

Como parecía que las cosas habían salido bastante bien, Dill y yo decidimos mostrarnos amables con Jem. Además, Dill dormiría con él.

Me puse el pijama, leí un rato y de pronto los ojos se me cerraban. Dill y Jem estaban callados, y cuando apagué la lámpara no vi la raya de luz debajo de la puerta de mi hermano.

Debí de dormir mucho rato porque, cuando me despertaron con una ligera sacudida, en el cuarto había la tenue claridad de la luna al ponerse.

—Deja sitio, Scout.

—Él consideró su deber contárselo a papá —murmuré—. No le guardes rencor.

Dill se metió en la cama, a mi lado.

—No se lo guardo —dijo—. Sólo quería dormir contigo. ¿Estás despierta?

En aquel momento lo estaba, aunque perezosamente.

—¿Por qué lo hiciste?

No hubo respuesta.

—He preguntado por qué te fugaste. ¿Aquel hombre era de verdad tan aborrecible como cuentas?

—No...

—¿No construisteis el bote que mencionabas en tu carta?

—Él dijo que lo construiríamos, pero al final no fue así.

Me incorporé sobre el codo, contemplando la silueta de Dill.

—Eso no es motivo para huir. Los mayores no hacen lo que han prometido ni la mitad de las veces...

—No era eso; él... ellos no se interesaban por mí.

Aquél era el motivo más extravagante para fugarse que hubiese escuchado en mi vida.

—¿Cómo ocurrió?

—Estaban ausentes continuamente, y hasta cuando se encontraban en casa se encerraban en un cuarto.

—¿Qué hacían allí dentro?

—Nada, estar sentados y leer... pero no me querían con ellos.

Me deslicé hacia la cabecera y me senté.

—¿Sabes una cosa? Yo estaba dispuesta a huir esta noche porque estaban todos aquí. No es bueno tenerlos siempre a tu alrededor, Dill... —Él respiró con aquella suave respiración suya, que era casi un suspiro—. Atticus está fuera todo el día y a veces la mitad de la noche, y se va a la legislatura y no sé adónde más. Si estuviesen a tu alrededor todo el tiempo, Dill, no podrías hacer nada.

—No es eso.

A medida que Dill se explicó, me sorprendí, preguntándome qué sería la vida si Jem fuese diferente, incluso de como era ahora; qué haría yo si Atticus no sintiese la necesidad de mi presencia, ayuda y consejo. Diantre, no podría pasar ni un día sin mí. Ni la misma Calpurnia sabría desenvolverse si yo no estuviera. Me necesitaban.

—Dill, no me lo explicas bien. Tus familiares no podrían pasar sin ti. Serán mezquinos contigo, vale, pero nada más. Te diré lo que debes hacer respecto a ello...

La voz de Dill prosiguió en la oscuridad:

—La cuestión es... lo que trato de decirte es... que se lo pasan mucho mejor sin mí; no puedo ayudarles en nada. No son mezquinos. Me compran todo lo que quiero, pero es aquello de «ahora que tienes lo que pedías vete a jugar con ello»; «tienes un cuarto lleno de cosas»; «como te he comprado ese libro ve a leerlo». —Trató de dar profundidad a su voz—: «Tú no eres un muchacho. Los muchachos salen, juegan al béisbol con sus amigos, no se quedan en casa fastidiando a sus padres.» —Recuperó su tono normal—. Oh, no son mezquindades. Te besan y te abrazan al darte las buenas noches y los buenos días y al despedirte, y te dicen que te quieren... Scout, ¿quieres que compremos un niño?

—¿Dónde?

Dill había oído decir que un hombre que tenía un bote de remos iba a una isla de niebla donde estaban los niños pequeños; se podía pedir uno...

—Eso es una mentira. Tiíta dice que Dios los baja por la chimenea. Al menos eso es lo que creo que dijo. —Por una vez la pronunciación de tiíta no había sido demasiado clara.

—Bah, no es así. La gente saca niños el uno del otro. Pero hay ese hombre, además... ese hombre que tiene muchos niños esperando que les despierten; él les da vida con un soplo...

Dill estaba desvariando otra vez. Por su cabeza soñadora flotaban cosas hermosas. Podía leer dos libros mientras yo leía uno, pero prefería la magia de sus propias invenciones. Sabía sumar y restar más deprisa que el rayo, pero prefería su mundo imaginario, un mundo donde los niños dormían, esperando que fueran a buscarlos como lirios matutinos. Hablando, hablando se dormía, y me arrastraba a mí con él, pero en la quietud de su isla de niebla se levantó la imagen confusa de una casa gris con unas puertas tristes.

—¿Dill?

—¿Mmmm?

—¿Por qué no se ha fugado nunca Boo Radley? ¿Qué crees?

Dill exhaló un largo suspiro y me volvió la espalda.

—Quizá no tenga adónde huir...

15

Después de muchas llamadas telefónicas, de mucho argüir en favor del acusado y de una larga carta de su madre perdonándolo, se decidió que Dill podía quedarse unos días. Vivimos juntos una semana de paz. Poca más quedaba, por lo visto. Sobre nosotros se cernía una pesadilla.

Empezó una noche después de cenar. Dill había terminado; la tía Alexandra estaba en su sillón y Atticus en el suyo; Jem y yo, sentados en el suelo, leíamos. Había sido una semana plácida: yo había obedecido a tiíta; Jem, a pesar de haber crecido en exceso para la cabaña del árbol, nos había ayudado a construir una nueva escalera de cuerda para subir a ella; Dill había dado con un plan a prueba de fracasos para hacer salir a Boo Radley sin que nosotros arriesgásemos nada (formaríamos una senda de trocitos de limón desde la puerta trasera hasta el porche, y él los seguiría, igual que una hormiga). Oímos unos golpecitos en la puerta; Jem abrió y anunció que era Heck Tate.

—Bien, dile que entre —contestó Atticus.

—Se lo he dicho ya. Hay unos hombres fuera, en el patio; quieren que salgas.

En Maycomb, los hombres adultos sólo se quedaban en el patio por dos motivos: defunciones y política. Me pregunté quién habría muerto. Jem y yo salimos al porche, pero Atticus nos ordenó que volviésemos a entrar.

Jem apagó las luces de la sala de estar y pegó la nariz a la persiana de una ventana. La tía Alexandra protestó.

—Sólo será un momento, tiíta, queremos ver quiénes son —dijo él.

Dill y yo fuimos a otra ventana. Un grupo de hombres estaba rodeando a Atticus. Parecía que todos hablaban a la vez.

—... trasladarle mañana al calabozo del condado —decía el señor Tate—. Yo no busco alborotos, pero no puedo garantizar que no los haya...

—No sea tonto, Heck —replicó Atticus—. Estamos en Maycomb.

—... dije que sólo estaba intranquilo.

—Heck, hemos conseguido un aplazamiento del caso únicamente para asegurarnos de que no haya motivo de inquietud —dijo Atticus—. Hoy es sábado. El juicio se celebrará probablemente el lunes. Puede tenerlo un par de noches más, ¿verdad? No creo que nadie de Maycomb quiera crear problemas, con lo difíciles que están los tiempos.

Hubo un murmullo de regocijo que se apagó súbitamente cuando Link Deas dijo:

—Nadie de por aquí trama nada, es la turba de Old Sarum lo que me preocupa... ¿No podríais conseguir... cómo se llama, Heck?

—Un cambio de sede del jurado —contestó el señor Tate—. No serviría de mucho, ¿no?

Atticus pronunció unas palabras inaudibles. Yo me volví hacia Jem, que me hizo callar con un ademán.

—... además —decía Atticus—, usted no le tiene miedo a esa turba, ¿verdad?

—... Sé cómo se comportan cuando están hasta las cejas de licor.

—Habitualmente, en domingo no beben; pasan la mayor parte del día en la iglesia... —dijo Atticus.

—De todos modos, ésta es una ocasión especial —señaló uno.

El murmullo de la conversación continuó hasta que

tiíta dijo que si Jem no encendía las luces de la sala deshonraría a la familia. Jem no le hizo caso.

—... así que no comprendo cómo se metió en esto desde un principio —estaba diciendo Link Deas—. En este caso puede perderlo todo, Atticus. Todo, se lo digo yo.

—¿Lo cree así de veras?

Aquélla era una pregunta peligrosa en boca de Atticus.

«¿Crees de veras que quieres mover esa pieza ahí?» Bam, bam, bam, y el tablero quedaba limpio de fichas mías. «¿Lo crees así de veras, hijo? Entonces lee esto.» Y Jem luchaba el resto de la velada con los discursos de Henry W. Grady.

—Link, es posible que ese muchacho vaya a la silla eléctrica, pero no irá hasta que se haya dilucidado la verdad. —Atticus parecía tranquilo—. Y usted sabe cuál es la verdad.

Del grupo se levantó un murmullo que se hizo más ominoso cuando Atticus retrocedió hacia los escalones del porche y los hombres se le acercaron.

De repente Jem gritó:

—¡Atticus, el teléfono está sonando!

Los hombres titubearon, sorprendidos. Era gente a la cual veíamos todos los días: comerciantes, granjeros que vivían en la ciudad; estaba allí el doctor Reynolds, y también el señor Avery.

—Bien, contesta tú, hijo —replicó Atticus.

Los hombres se dispersaron riendo. Cuando Atticus encendió la luz de la sala encontró a Jem junto a la ventana, muy pálido, excepto por la huella encarnada que la persiana había dejado en su nariz.

—¿Por qué demonios estáis todos sentados a oscuras? —preguntó.

Jem le siguió con la mirada mientras él iba a su sillón y cogía el periódico de la noche. A veces pienso que Atticus sometía todas las crisis de su vida a una tranquila evaluación detrás del *Mobile Register*, el *Birmingham News* y el *Montgomery Advertiser*.

Jem se le acercó.

—Venían por ti, ¿verdad? Querían hacerte daño, ¿no es así?

Atticus bajó el periódico y miró a su hijo.

—¿Qué has estado leyendo? —repuso. Y añadió dulcemente—: No, hijo, ésos eran nuestros amigos.

—¿No era una... banda? —Jem entornó los ojos.

Atticus trató de sofocar una sonrisa, pero no lo consiguió.

—No, en Maycomb no tenemos bandas ni tonterías de esa clase. Jamás he oído hablar de nada de eso en Maycomb.

—El Ku Klux Klan persiguió a algunos católicos, tiempo atrás.

—Tampoco he oído hablar de católicos en Maycomb. Te estás confundiendo. Tiempo atrás, hacia 1920, había un Klan, pero era una organización política. Por lo demás, apenas encontraban a quien asustar. Una noche desfilaron por delante de la casa de Sam Levy, pero éste se limitó a plantarse en su porche y reírseles en la cara, pues él mismo les había vendido las sábanas con que se cubrían. Sam los avergonzó hasta tal punto que se marcharon.

La familia Levy cumplía todos los requisitos para ser gente excelente: obraban lo mejor que sabían según su criterio, y habían vivido en el mismo trozo de tierra durante cinco generaciones.

—El Ku Klux ha desaparecido —añadió Atticus—. No revivirá nunca.

Acompañé a Dill a su casa y regresé a tiempo para oír que Atticus decía:

—... en favor de las mujeres del Sur como el primero, pero no para sostener una comedia política a costa de vidas humanas.

Esa declaración me hizo sospechar que habían vuelto a pelearse.

Busqué a Jem y lo encontré en su cuarto, tendido en la cama y sumido en profundas reflexiones.

—¿Han vuelto a las andadas? —le pregunté.

—Algo por el estilo. Ella no quiere dejarle en paz con respecto a Tom Robinson. Casi ha dicho que Atticus deshonraba a la familia, Scout... Estoy asustado.

—¿Asustado de qué?

—Por Atticus. Alguien podría hacerle algo malo. —Y se encerró en el mutismo; todo lo que contestó a mis preguntas fue que me marchase y lo dejara tranquilo.

El día siguiente era domingo. En el intervalo entre la escuela dominical y la función religiosa, durante el cual la congregación estiraba las piernas, vi a Atticus en el patio con varios hombres. Como el señor Tate estaba presente, me pregunté si se habría convertido, pues nunca iba a la iglesia. Hasta el señor Underwood estaba allí. A éste no le interesaba ninguna organización que no fuera el *Maycomb Tribune*, periódico del cual era propietario, director e impresor. Se pasaba los días delante de la linotipia, donde se refrescaba de vez en cuando bebiendo sorbos de una jarra de aguardiente que nunca faltaba. Raras veces se preocupaba de salir en busca de las noticias: la gente se las llevaba allí. Se decía que realizaba por sí mismo todas las ediciones del *Maycomb Tribune* y las escribía en la linotipia. Algo importante debía ocurrir para que saliera a la calle el señor Underwood.

Alcancé a Atticus en la puerta, al entrar, y me dijo que habían trasladado a Tom Robinson a la cárcel de Maycomb. Dijo también, más para sí que para mí, que si le hubiesen tenido allí desde el principio no se habría producido ningún revuelo. Le vi sentarse en su asiento de la tercera fila y le oí cantar en voz baja y profunda *Más cerca de Ti, Señor*, un poco rezagado con respecto al resto de nosotros. Nunca se sentaba con la tía Alexandra, Jem y yo. En la iglesia le gustaba estar solo.

La presencia de la tía Alexandra hacía más irritante la paz ficticia que reinaba los domingos. Inmediatamente después de comer, Atticus solía escapar a su oficina, donde le encontrábamos, si alguna vez íbamos a verle, arrellanado en su sillón giratorio, leyendo. La tía Alexandra se preparaba para una siesta de un par de horas y nos advertía severamente que no osáramos hacer el menor ruido en el patio, pues los vecinos estaban descansando. Llegado ya a la ancianidad, Jem se había habituado a retirarse a su cuarto con un montón de revistas deportivas. Con todo ello, Dill y yo pasábamos los domingos paseando por el prado.

Como en domingo estaba prohibido disparar, Dill y yo nos entreteníamos chutando la pelota de fútbol de Jem, lo cual no era nada divertido. Dill me propuso que tratásemos de echar una ojeada a Boo Radley. Le contesté que no creía que estuviese bien ir a molestarle, y me pasé el resto de la tarde informándolo de los acontecimientos del invierno anterior. Le impresionaron bastante.

Nos separamos a la hora de cenar. Después de la misma, Jem y yo estábamos sentados pasando la velada de la manera habitual, cuando Atticus hizo algo que nos llamó la atención: entró en la sala con un largo cordón eléctrico preparado para empalmarlo. En el extremo del cordón había una lámpara.

—Salgo un rato —dijo—. Cuando regrese ya estaréis en la cama, de modo que os doy las buenas noches ahora.

Dicho esto, se puso el sombrero y salió por la puerta trasera.

—Coge el coche —anunció Jem.

Nuestro padre tenía algunas peculiaridades: una era que nunca comía postres; otra, que le gustaba andar. Desde que tengo memoria, en la cochera siempre hubo un Chevrolet en excelente estado, y Atticus hizo muchas millas en viajes profesionales, pero en Maycomb iba y venía a pie de la oficina cuatro veces al día, cubriendo unas dos millas. Decía que el único ejercicio que hacía era andar. En Maycomb, si salías a dar un paseo sin un objetivo concreto, era acertado creer que tu mente era incapaz de fijar un objetivo concreto.

Un rato después, tras dar las buenas noches a mi tía y mi hermano, estaba ensimismada en la lectura de un libro cuando oí a Jem trajinar en su habitación. Los ruidos que hacía al acostarse me eran tan familiares que llamé a la puerta.

—¿Por qué no te vas a la cama?

—Me voy un rato al centro de la ciudad. —Se estaba cambiando los pantalones.

—¿Cómo? ¡Si son casi las diez, Jem!

Ya lo sabía, pero a pesar de todo se marchaba.

—Entonces voy contigo. Si dices que no, iré igual, ¿me oyes?

Jem vio que tendría que pelearse conmigo para hacerme quedar en casa, de modo que cedió con poca galantería.

Me vestí rápidamente. Esperamos hasta que la luz de nuestra tía se apagó, y bajamos sigilosamente las escaleras traseras. Aquella noche no había luna.

—Dill querrá venir con nosotros —susurré.

—Claro que querrá —dijo Jem.

Saltamos el muro, cruzamos el patio lateral de la señorita Rachel y fuimos a la ventana de Dill. Jem imitó el canto de la perdiz. La faz de Dill apareció en la persiana, desapareció, y cinco minutos después abría y se deslizaba al exterior. Viejo combatiente, no dijo nada hasta que estuvimos en la acera.

—¿Qué pasa?

—A Jem le ha dado por ir a echar vistazos por ahí.

—Una dolencia que Calpurnia decía que, a su edad, cogían todos los muchachos.

—He sentido un impulso —explicó el aludido—. Sencillamente un impulso.

Pasamos por la casa de la señorita Dubose, desierta y derruida, con las camelias creciendo entre las malas hierbas. Hasta la esquina de la oficina de Correos había otras ocho casas.

El lado sur de la plaza estaba desierto. En cada esquina erizaban sus púas grandes arbustos de araucaria, y entre ellos, a la luz de las farolas, brillaba un travesaño de hierro para atar los animales. En el cuarto de aseo del juzgado se veía una luz; por todo lo demás, aquella fachada del edificio estaba oscura. Varias tiendas rodeaban la plaza del juzgado, y en el interior había unas luces tenues.

Cuando empezó a ejercer su profesión, Atticus tenía su despacho en el edificio del juzgado, pero después de varios años se trasladó a un lugar más tranquilo, en el edificio del Banco de Maycomb. Al doblar la esquina de la plaza, vimos el coche aparcado delante del banco.

—Está allá —dijo Jem.

Pero no estaba. A su despacho se llegaba por un largo pasillo. Mirando hacia el fondo del mismo deberíamos haber visto el pequeño rótulo de «Atticus Finch, abogado» destacado contra la luz del interior del despacho. Estaba oscuro.

Jem examinó la puerta del banco para asegurarse y accionó el picaporte. Estaba cerrada.

—Subamos calle arriba. Quizás esté visitando al señor Underwood.

Underwood no sólo dirigía la oficina del *Maycomb Tribune*, sino que vivía en ella. Es decir, sobre ella. Las noticias del juzgado y la cárcel las obtenía simplemente mirando por la ventana del piso. El edificio del periódico se encontraba en el ángulo noroeste de la plaza; para llegar allí teníamos que pasar por delante de la cárcel.

La cárcel de Maycomb era el edificio más venerable y aborrecible del condado. Atticus decía que era tal como el primo Joshua St. Clair habría podido diseñarla. Ciertamente, aquello había salido de la fantasía de alguien. Incongruente en una población de tiendas de fachadas cuadradas y de casas de tejados inclinados, la cárcel de Maycomb era una humorada gótica en miniatura, de una celda de ancho y dos de alto, completada por unos diminutos sótanos y unos contrafuertes salientes. Realzaban la fantasía su fachada de ladrillo rojo y los gruesos barrotes de hierro de sus ventanas monacales. No se levantaba sobre ningún monte solitario, sino que estaba enclavada entre la ferretería de Tyndal y la oficina del *Maycomb Tribune*. La cárcel era el principal motivo de conversación de Maycomb: sus detractores decían que tenía el aspecto de un retrete victoriano; sus defensores afirmaban que daba a la ciudad un aspecto sólido, respetable, interesante, y que ningún forastero sospecharía nunca que estaba llena de negros.

Mientras subíamos por la acera, a distancia vimos una solitaria luz encendida.

—Es chocante que la cárcel no tenga ninguna luz exterior —dijo Jem

—Mirad —dijo Dill.

Un largo cordón eléctrico descendía entre los barrotes de una ventana del primer piso hasta la entrada del edificio. A la luz de la lámpara sin pantalla, Atticus estaba sentado, recostado contra la puerta de la cárcel. Leía sin prestar atención a los insectos nocturnos que danzaban sobre su cabeza.

Yo quise echar a correr, pero Jem me retuvo.

—No vayas —me dijo—; es probable que no le gustase. Está bien y no le pasa nada. Volvamos a casa. Sólo quería saber dónde se encontraba.

Nos disponíamos a regresar cuando aparecieron cuatro coches polvorientos procedentes de la carretera de

Meridian, avanzando lentamente en hilera. Rodearon la plaza, dejaron atrás el edificio del banco y se pararon delante de la cárcel.

No bajó nadie. Nosotros vimos que Atticus miraba por encima del periódico. Lo cerró, lo dobló pausadamente, lo dejó caer en su regazo y se echó el sombrero atrás. Parecía que les estaba esperando.

—Venid —susurró Jem. Volvimos a cruzar rápida y sigilosamente la plaza y la calle hasta encontrarnos en el hueco de la puerta del Jitney Jungle, la tienda de artículos baratos. Jem miró acera arriba—. Podemos acercarnos más —dijo. Corrimos hasta la puerta de la ferretería Tyndal, suficientemente próxima y al mismo tiempo discreta.

Varios hombres se apearon de los coches. Las sombras tomaban cuerpo a medida que la luz ponía de relieve corpulentas figuras avanzando hacia la puerta de la cárcel. Atticus continuó donde estaba. Los hombres lo ocultaban a nuestra vista.

—¿Está ahí dentro, Finch? —dijo uno.

—Sí está —oímos contestar a Atticus—, y duerme. No le despertéis.

Se produjo entonces lo que más tarde comprendí que era un aspecto tristemente cómico de una situación nada divertida: aquellos hombres empezaron a hablar casi en susurros.

—Ya sabe lo que queremos —dijo otro—. Apártese de la puerta, señor Finch.

—Puede dar media vuelta y regresar a casa, Walter —dijo Atticus con aire campechano—. Heck Tate anda por aquí.

—¡Y un cuerno! —exclamó otro—. La patrulla de Heck se ha internado tanto en los bosques que no volverá hasta mañana.

—¿De veras? ¿Y por qué?

—Los invitaron a cazar agachadizas —fue la lacónica respuesta—. ¿No se le había ocurrido pensar en eso, señor Finch?

—Sí lo había pensado, pero no lo creía. Bien, pues —la voz de mi padre continuó inalterada—, esto cambia la situación, ¿verdad?

—Sí, la cambia —dijo otra voz.

—¿Lo cree así de veras?

Era la segunda vez en dos días que oía la misma frase en labios de Atticus, y ello significaba que alguno perdería una pieza del tablero. Aquello era demasiado bueno para no verlo de cerca. Apartándome de Jem corrí tan deprisa como pude hacia Atticus.

Jem soltó un chillido e intentó atraparme, pero yo les llevaba delantera a él y a Dill. Me abrí paso entre oscuros y malolientes cuerpos y salí de repente al círculo de luz.

—¡Hola, Atticus!

Me figuraba que le daría una excelente sorpresa, pero su cara apagó mi alegría. Un destello de miedo inconfundible cruzó su gesto, y se repitió cuando Jem y Dill aparecieron detrás de mí.

Se notaba en el aire un olor a whisky barato y pocilga, y cuando eché una mirada alrededor vi que aquellos hombres eran extraños. No eran los que había visto la noche anterior. Una súbita turbación me invadió: había saltado con aire triunfal en un corro de desconocidos.

Atticus se levantó de la silla con movimientos lentos, como un anciano. Dejó el periódico con cuidado, arreglando sus pliegues con dedos perezosos. Unos dedos que temblaban un poco.

—Vete a casa, Jem —dijo—. Y llévate a Scout y a Dill.

Estábamos acostumbrados a cumplir, si bien no siempre gustosamente, sus órdenes, pero por la actitud de Jem se veía que no pensaba moverse.

—Vete a casa, he dicho.

Jem negó con la cabeza. Cuando Atticus puso los brazos en jarras, Jem lo imitó, y mientras padre e hijo se enfrentaban vi que se parecían muy poco: el suave cabello castaño de Jem, y sus ojos también castaños, su cara ovalada y sus bien proporcionadas orejas eran de nuestra madre, y ofrecían un raro contraste con el pelo canoso de Atticus y sus rasgos angulosos; aunque en cierto sentido eran iguales. El mutuo desafío los asemejaba.

—Hijo, he dicho que te vayas a casa.

Jem volvió a menear la cabeza.

—Yo le enviaré allá —terció un hombre corpulento, y cogió brutalmente a Jem por el cuello de la camisa, casi levantándolo del suelo de un tirón.

—¡No lo toque! —Y con tremenda presteza le solté una patada al hombretón. Como iba descalza, me sorprendió verlo retroceder con gesto de dolor auténtico. Me había propuesto darle en la espinilla, pero apunté demasiado alto.

—Basta ya, Scout. —Atticus me puso la mano en el hombro—. No des patadas a la gente. No... —insistió mientras yo quería justificarme.

—Nadie atropellará a Jem de ese modo —protesté.

—Está bien, señor Finch, sáquelos de aquí —refunfuñó uno—. Tiene quince segundos.

De pie en medio de aquella extraña reunión, Atticus intentaba conseguir que Jem obedeciese.

—No me iré —fue la firme respuesta de Jem a las amenazas, los requerimientos y, por último, al ruego de Atticus.

Yo me cansaba ya un poco de todo aquello, pero supuse que Jem tendría sólidos motivos para obstinarse, en vista de lo que le aguardaba en cuanto Atticus le tuviera en casa. Paseé la mirada por aquellos hombres. Era una noche de verano, a pesar de lo cual la mayoría vestía mono y camisas azules abrochadas hasta el cuello. Me figuré que tendrían un temperamento frío, pues no llevaban las camisas arremangadas, sino abrochadas en la muñeca. Algunos llevaban sombrero calado hasta las orejas. Eran gente de aire huraño y ojos soñolientos; parecían poco habituados a trasnochar. De nuevo busqué una cara familiar, y en el centro del semicírculo encontré una.

—Hola, señor Cunningham.

Por lo visto, él no me oyó.

—Hola, señor Cunningham. ¿Cómo marcha su amortización?

Estaba bien enterada de los asuntos legales de Cunningham; una vez, Atticus me los había explicado al detalle. El hombre, muy alto, enganchó los pulgares en los tirantes de su mono, se aclaró la garganta y apartó la mirada. Parecía incómodo. No llevaba sombrero pero tenía la parte superior de la frente muy blanca, en contraste con la cara bronceada por el sol, lo cual me hizo pensar que la mayoría de los días sí lo llevaba. Entonces movió los pies, calzados en gruesos zapatos de trabajo.

—¿No me recuerda, señor Cunningham? Soy Jean Louise Finch. Una vez usted nos trajo castañas de Indias, ¿se acuerda? —Yo empezaba a experimentar la sensación de ridículo que le invade a uno cuando un conocido se niega a reconocerle—. Voy a la escuela con Walter —insistí—. Es hijo de usted, ¿verdad? ¿Verdad que lo es, señor?

Él se dignó a hacer un leve asentimiento con la cabeza. Bien, me reconocía.

—Está en mi clase y se porta muy bien. Es un buen muchacho —añadí—, un muchacho bueno de verdad. Una vez lo llevamos a comer en casa. Quizá le haya hablado de mí; una vez le pegué, pero él no me guardó rencor y se portó muy bien. Salúdelo de mi parte, ¿querrá hacerlo?

Atticus decía que para ser cortés hay que hablar a las personas de lo que les interesa, no de lo que pueda interesarnos a nosotros. Cunningham no manifestó el menor interés por su hijo; por tanto, abordé el tema de sus gravámenes, esforzándome por hacerlo sentir cómodo.

—Los gravámenes son malos —le estaba aconsejando, cuando empecé a darme cuenta de que me dirigía a toda la reunión. Todos aquellos hombres me miraban; algunos boquiabiertos. Atticus había dejado de importunar a Jem y ambos estaban de pie al lado de Dill. De tan atentos, parecían fascinados. Hasta el mismo Atticus tenía la boca entreabierta, actitud que en cierta ocasión nos dijo era grosera. Nuestras miradas se encontraron, y la cerró—. Mira, Atticus, estaba diciendo al señor Cunningham que los gravámenes son malos y todo eso, pero que tú dijiste que no se apurase, que a veces se necesita mucho dinero... Que entre los dos recorreríais el camino preciso... —Me estaba quedando sin palabras, preguntándome qué idiotez había cometido. Los gravámenes parecían un tema bueno únicamente para conversaciones de sala de estar.

Empecé a sentir que el sudor me perlaba la frente; era capaz de resistirlo todo menos un grupo de gente con la mirada fija en mí. Todos estaban inmóviles.

—¿Qué pasa? —pregunté.

Atticus no dijo nada. Miré alrededor y levanté la vista hacia el señor Cunningham, cuyo rostro estaba igualmente impasible. Entonces hizo una cosa curiosa: se puso en cuclillas y me cogió por los hombros.

—Le diré que le envías recuerdos, damita —prometió.

Luego se levantó de nuevo y agitó su enorme zapa.

—¡Vámonos! —ordenó—. En marcha, muchachos.

Lo mismo que habían venido, de uno en uno y de dos en dos, los hombres retrocedieron con paso tardo hacia sus desvencijados coches. Las puertas se cerraron, los motores arrancaron, y unos segundos después habían desaparecido.

Yo me volví hacia Atticus, pero había retrocedido

hasta la cárcel y apoyaba la frente contra la pared. Me acerqué a él y tiré de su manga.

—¿Podemos irnos a casa ahora?

Atticus movió la cabeza asintiendo, sacó el pañuelo, se lo pasó por la cara y se sonó con estrépito.

—¿Señor Finch? —Una voz baja y ronca sonó en la oscuridad—. ¿Se han marchado?

Atticus retrocedió unos pasos y levantó la vista.

—Se han marchado —contestó—. Duerme un poco, Tom. Ya no te molestarán más.

Desde otra dirección, una voz rasgó vivamente la noche.

—Ya puedes decir que no. Te he cubierto todo el rato, Atticus.

El señor Underwood y una escopeta de dos cañones asomaban por la ventana encima de la oficina del *Maycomb Tribune*.

Había pasado hacía mucho la hora de acostarme y me sentía muy cansada; parecía que Atticus y el señor Underwood seguirían hablando el resto de la noche, Underwood desde su ventana y papá con la cabeza levantada hacia él. Por fin Atticus regresó, desconectó la luz de encima de la puerta de la cárcel y recogió la silla.

—¿Puedo llevársela, señor Finch? —se ofreció Dill. No había pronunciado ni una sola palabra en todo el rato.

—Naturalmente, gracias, hijo.

Andando hacia el despacho, Dill y yo nos encontramos caminando al mismo paso detrás de Atticus y Jem. Con la silla, Dill andaba más despacio. Atticus y Jem iban un buen trecho por delante, y yo supuse que Atticus regañaba a Jem por no haberse marchado a casa, pero me equivoqué. Cuando pasaban por debajo de una farola, Atticus levantó la mano y la pasó, como dando masaje, por la cabeza de Jem; único gesto de afecto que solía permitirse.

16

Jem me oyó y asomó la cabeza por la puerta que comunicaba ambos cuartos. Mientras se acercaba a mi cama, la luz de Atticus se encendió. Permanecimos inmóviles hasta que se apagó; le oímos revolverse, y esperamos hasta que se quedó quieto de nuevo.

Jem me llevó a su cuarto y me dijo que me acostara a su lado.

—Intenta dormirte —dijo—. Es posible que mañana termine todo.

Habíamos entrado en casa silenciosamente, para no despertar a tía Alexandra. Atticus había apagado el motor al enfilar el sendero y la inercia nos llevó hasta la cochera; habíamos entrado por la puerta posterior y subido a nuestros cuartos sin decir una palabra. Yo estaba muy cansada y me sumía ya en el sueño cuando el recuerdo de Atticus doblando calmosamente el periódico y echándose el sombrero atrás se convirtió en Atticus de pie en medio de una calle desierta y peligrosa, subiéndose las gafas a la frente. Mi mente comprendió entonces el significado pleno de los acontecimientos de aquella noche y rompí a sollozar. Jem se portó estupendamente bien conmigo: por una vez no me recordó que las niñas que van a cumplir nueve años no hacen esas cosas.

Por la mañana todo el mundo tenía escaso apetito, excepto Jem, que se zampó tres huevos. Atticus le miraba con franca admiración; la tía Alexandra bebía el café a sorbitos, emitiendo oleadas de reproche. Los niños que de noche se marchaban en secreto eran una desgracia para la familia. Atticus replicó que se alegraba de que sus desgracias hubiesen aparecido ante la cárcel, pero tiíta repuso:

—Tonterías, el señor Underwood estuvo vigilando todo el rato.

—Pues eso fue raro en Braxton —dijo Atticus—. Desprecia a los negros; no quiere ver a ninguno cerca.

Según la opinión corriente, el señor Underwood era un hombrecito vehemente y mal hablado, a quien su padre, en un arranque de humorismo, puso el nombre de Braxton Bragg; y Braxton se había esforzado siempre en hacer honor a tal nombre. Atticus decía que dar nombres de generales confederados a los hombres acababa convirtiendo a éstos en bebedores empedernidos.

Calpurnia estaba sirviendo más café a la tía Alexandra, y contestó meneando la cabeza a una suplicante mirada mía.

—Eres demasiado joven todavía —me dijo—. Cuando ya no lo seas, te avisaré. —Yo repliqué que le sentaría bien a mi estómago—. De acuerdo —contestó, cogiendo una taza del aparador. Después de verter un chorrito de café, la llenó hasta el borde de leche. Yo le di las gracias sacando la lengua despectivamente al recibir y mirar la taza, y levanté los ojos a tiempo para advertir el ceño de reproche de tiíta. Pero su ceño iba dirigido a Atticus.

La tía Alexandra aguardó a que Calpurnia estuviera en la cocina, y entonces dijo:

—No hables de ese modo delante de ellos.

—¿De qué modo y delante de quién? —preguntó él.

—De ese modo delante de Calpurnia. Has dicho en su presencia que Braxton Underwood desprecia a los negros.

—Bah, ¿crees que Calpurnia no lo sabía? Todo Maycomb lo sabe.

Por aquellos días empezaba a notar un cambio sutil en mi padre, cambio que se manifestaba cuando hablaba con su hermana. Lo hacía con un tono levemente zahiriente, nunca con franca irritación. En su voz hubo una ligera rigidez al añadir:

—Todo lo que puede decirse en esta mesa puede decirse delante de Calpurnia. Ella sabe lo que representa para esta familia.

—No creo que sea una buena costumbre, Atticus. Les da ánimo. Todo lo que sucede en esta ciudad se sabe en el barrio de los negros antes de la puesta de sol.

Mi padre dejó el cuchillo.

—No conozco ninguna ley que diga que no pueden hablar. Pero si nosotros no les diésemos tanto de qué hablar quizá estarían callados. ¿Por qué no te bebes el café, Scout?

Yo estaba jugueteando con la cucharilla.

—Pensaba que el señor Cunningham era amigo nuestro. Hace mucho tiempo tú me dijiste que lo era.

—Y lo sigue siendo.

—Pero anoche quería hacerte daño.

Atticus dejó el tenedor al lado del cuchillo y apartó el plato.

—Básicamente, el señor Cunningham es un buen hombre —dijo—; sólo tiene sus pequeños defectos, como todos.

Jem tomó la palabra.

—No dirás que eso es un pequeño defecto. Anoche habría sido capaz de matarte.

—Es posible que me hubiese causado alguna lesión leve —convino Atticus—, pero, hijo, cuando seas mayor entenderás un poco mejor a las personas. Una turba, cualquiera que sea, siempre está compuesta por personas. Anoche Cunningham formaba parte de una turba, pero, aun así, seguía siendo un hombre. Todas las turbas de todas las ciudades pequeñas del Sur están compuestas siempre por personas a quienes uno conoce... Aunque esto no hable mucho en favor de ellas, ¿verdad?

—Yo diría que no —contestó Jem.

—Y resulta que se precisó una niña de ocho años para hacerles recobrar el buen sentido, ¿no es así? —añadió Atticus—. Eso demuestra una cosa: que es posible pararle los pies a una turba, simplemente porque continúan siendo seres humanos. Ummm, quizá necesitemos una fuerza de policía formada por niños... Anoche vosotros, chiquillos, conseguisteis que Walter Cunningham se pusiera en mi pellejo por un minuto. Con esto bastó.

Quizá Jem, cuando fuese mayor, entendería un poco mejor a las personas; pero yo no las entendería nunca.

—El primer día que Walter Cunningham vuelva a la escuela será también el último —afirmé.

—No lo tocarás —dijo Atticus tranquilamente—. No quiero que ninguno de vosotros guarde el menor resentimiento por lo de anoche, pase lo que pase.

—Ya ves, ¿verdad? —intervino la tía Alexandra—, lo que resulta de cosas así. No digas que no te lo había advertido.

Atticus contestó que no pensaba decirlo, apartó la silla y se levantó.

—Nos espera un día de trabajo; por lo tanto, dispensadme. Jem, no quiero que ni tú ni Scout vayáis al centro de la ciudad durante el día de hoy, os lo ruego.

Cuando Atticus hubo salido, Dill apareció en el comedor.

—La noticia ha corrido por toda la ciudad —anunció—. Todos hablan de cómo pusimos en fuga a un centenar de hombretones sólo con nuestras manos desnudas...

La tía Alexandra le impuso silencio con la mirada.

—No era un centenar de hombres —dijo—, ni nadie puso en fuga a nadie. Eran simplemente un puñado de esos Cunningham, borrachos y alborotados.

—Bah, tiíta, es sólo la manera de hablar de Dill —terció Jem, al tiempo que nos indicaba que le siguiéramos.

—Hoy quedaos todos en el patio —ordenó la tía Alexandra mientras nos encaminábamos hacia el porche.

El día parecía sábado. La gente del extremo sur del condado pasaba por delante de nuestra casa en una riada pausada pero continua.

Dolphus Raymond pasó dando bandazos sobre su purasangre.

—¿No veis que apenas se sostiene sobre la silla? —murmuró Jem—. ¿Cómo es posible que aguante una borrachera desde las ocho de la mañana?

Por delante de nosotros pasó traqueteando una carreta cargada de señoras. Llevaban bonetes de algodón para protegerse del sol y vestidos de manga larga. Guiaba la carreta un hombre con sombrero de lana.

—Allá van unos menonitas —le dijo Jem a Dill, refiriéndose a los de esa secta protestante—. No usan botones. —Vivían en el interior de los bosques, realizaban la mayoría de sus transacciones en la otra orilla del río, y raras veces venían a Maycomb—. Todos tienen los ojos azules —explicaba Jem—, y en cuanto se han casado ya no se afeitan más. A sus esposas les gusta que les hagan cosquillas con la barba.

El señor X Billups pasó en una mula.

—Es un hombre chocante —dijo Jem—. X no es una inicial, es todo su nombre. Una vez estuvo en el juzgado y le preguntaron cómo se llamaba. Contestó: «X Billups.» El escribiente le pidió que lo deletreara y él contestó X. Le preguntó de nuevo y él volvió a contestar X. Continuaron así hasta que escribió una X en una hoja de papel y la sostuvo en la mano para que todos lo vieran. Entonces le preguntaron de dónde había sacado ese nombre y él dijo que sus padres lo habían inscrito de este modo cuando nació.

Mientras el condado desfilaba por allí, Jem le contaba a Dill sobre los personajes más destacados: Tensaw Jones votaba la candidatura de los prohibicionistas absolutos; en privado, la señorita Emily Davis tomaba rapé; Byron Waller sabía tocar el violín; a Jake Slade le salían ahora dientes por tercera vez.

Entonces apareció un carromato lleno de personas inusitadamente serias. Cuando señalaban el patio de Maudie Atkinson, encendido en una llamarada de flores de verano, la señorita Maudie en persona salió al porche. Maudie tenía un detalle curioso: su porche estaba demasiado lejos de nosotros para que distinguiésemos claramente su fisonomía, pero siempre adivinábamos su estado de humor por la postura que adoptaba. Ahora estaba con los brazos en jarras, los hombros ligeramente caídos y la cabeza ladeada; sus gafas centelleaban a la luz del sol. Comprendimos que sonreía con absoluta malevolencia.

El que conducía el carromato aminoró el paso de las mulas, y una mujer de voz estridente gritó:

—«¡El que vino en vanidad partió en tinieblas!»

—«¡Un corazón contento proporciona un semblante alegre!» —contestó la señorita Maudie.

Mientras el carretero apresuraba a sus mulas, yo supuse que ellos pensarían que el diablo citaba las Escrituras para sus propios fines. Por qué no les gustaba el patio de la señorita Maudie era un misterio: un misterio más impenetrable para mí por el hecho de que, para ser una persona que pasaba todo el día fuera de casa, la señorita Maudie demostraba un dominio asombroso de las Escrituras.

—¿Irá al juzgado esta mañana? —preguntó Jem. Nos habíamos acercado a ella.

—No —respondió—. Esta mañana no tengo nada que hacer en el juzgado.

—¿No irá a ver qué pasa? —inquirió Dill.

—No. Ir a ver a un pobre diablo cuya vida pende de un hilo es morboso. Fijaos en toda esa gente; parece un carnaval romano.

—Tienen que juzgarle públicamente, señorita Maudie —dije—. De lo contrario no sería un juicio justo.

—Me doy perfecta cuenta. Pero no porque el juicio sea público estoy obligada a ir, ¿verdad?

Stephanie Crawford pasaba por allí en ese momento. Llevaba sombrero y guantes.

—Ummm, ummm, ummm —dijo—. Mira cuánta gente... Una pensaría que va a hablar William Jennings Bryan.

—¿Y tú adónde vas, Stephanie? —inquirió la señorita Maudie.

—Al Jitney Jungle.

La señorita Maudie dijo que nunca la había visto ir al Jitney Jungle con sombrero.

—Bueno —contestó la señorita Stephanie—, he pensado que tanto da que asome la cabeza en el juzgado, para ver qué se propone Atticus.

—Vale la pena que te asegures de que no te cita al estrado.

Nosotros le preguntamos qué quería significar con eso, y ella respondió que la señorita Stephanie parecía tan enterada del caso que no estaría de más que la llamasen a declarar.

Continuaron rondando por allí hasta el mediodía, cuando Atticus vino a comer y dijo que había pasado la mañana seleccionando el jurado. Después de comer nos detuvimos a recoger a Dill y fuimos al centro.

Parecía una fiesta mayor. En el poste de amarre no había sitio para atar un animal más; debajo de todos los árboles había mulas y carros aparcados. La plaza estaba llena de gente sentada sobre periódicos, tomando leche y bollos con almíbar. Algunos mordisqueaban trozos de pollo y cerdo fríos. Los más pudientes regaban el alimento con Coca-Cola de la tienda. Unos niños de cara churreteada correteaban entre la multitud, y los bebés almorzaban en los pechos de sus madres.

Los negros estaban sentados en silencio en un rincón apartado de la plaza, tomando sardinas con galletas saladas y ese refresco de aroma penetrante, el Nehi-Cola. Dolphus Raymond estaba con ellos.

Dill dijo:

—Mira, Jem, bebe de una bolsa.

Parecía, en efecto, que lo hacía así: dos pajitas amarillas descendían de su boca hasta las profundidades de una bolsa de papel marrón.

—Nunca se lo había visto hacer a nadie —murmuró Dill—. ¿Cómo logra que no se le vierta lo que haya allí dentro?

Jem soltó una risita.

—Allí dentro tiene una botella de Coca-Cola llena de whisky. Lo hace así para no alarmar a las señoras. Le verás chupando toda la tarde; luego se marchará para llenarla otra vez.

—¿Por qué está sentado con la gente de color?

—Siempre lo hace así. Los quiere más que a nosotros, supongo. Vive solo cerca del límite del condado. Tiene una mujer negra y un montón de hijos mestizos. Te los enseñaré, si los vemos.

—No tiene aire de chusma —aseguró Dill.

—No lo es; posee toda una ribera del río, y, además, procede de una familia antigua de verdad.

—Entonces, ¿por qué obra de este modo?

—Es su estilo, sencillamente —contestó Jem—. Dicen que no supo sobreponerse a lo de la boda. Tenía que casarse con una de... de las señoritas Spender, creo. Iban a celebrar una boda estupenda, pero no pudo ser... Después del ensayo, la novia subió a su cuarto y se voló la cabeza con una escopeta. Apretó el gatillo con los dedos del pie.

—¿Llegó a saberse el motivo?

—No, nadie se enteró bien, excepto el señor Dolphus. Dicen que fue porque supo lo de la mujer negra; él pensó que podía casarse y continuar con la negra. Desde entonces siempre ha estado más o menos borracho. No obstante, siempre ha sido muy bueno con sus pequeños mestizos...

—Jem —pregunté—, ¿qué es un niño mestizo?

—Mitad blanco y mitad negro. Tú lo has visto, Scout. Aquel chico de cabello rojo y ensortijado que reparte para la droguería, ¿recuerdas? Es mitad blanco. Son algo triste de veras.

—¿Triste? ¿Por qué?

—No pertenecen a ninguna parte. Los negros no los quieren porque son mitad blancos, y los blancos no los quieren porque son mitad negros. Son una cosa intermedia, ni blancos ni negros. Por eso Dolphus ha enviado dos al Norte, donde eso no les importa. Mira, allí hay uno.

Un niño pequeño, cogido de la mano de una negra, venía hacia nosotros. A mis ojos era perfectamente negro: tenía un hermoso color chocolate con una nariz ancha y unos dientes preciosos. A veces se ponía a saltar gozosamente, y la mujer le tiraba de la mano para que se estuviese quieto.

Jem esperó hasta que hubieron pasado para decir:

—Ése es uno de los pequeños que os decía.

—¿Cómo lo sabes? —preguntó Dill—. A mí me ha parecido un negro normal.

—A veces sólo se intuye, a menos que uno lo sepa de antemano. Pero es mitad Raymond, no cabe duda.

—¿Cómo puedes adivinarlo? —pregunté.

—Ya te lo he dicho, Scout, es preciso saber quiénes son.

—Vaya, y ¿cómo sabes que nosotros no somos negros?

—El tío Jack dice que en realidad no lo sabemos. Dice que por lo que ha podido seguir de la línea de antepasados Finch, nosotros no lo somos; pero que también sería posible que hubiésemos salido de Etiopía en los tiempos del Antiguo Testamento.

—Bien, si salimos durante el Antiguo Testamento hace muchísimo tiempo que ya no importa.

—Ya —contestó Jem—, pero en estas tierras en cuanto tienes una gota de sangre negra, te tratan como a un negro. Eh, mirad...

Algo había motivado que los que comían en la plaza se levantasen, dejando el suelo perdido de papeles, envoltorios y envases. Los hijos corrían hacia sus madres, los de pecho eran colocados sobre las caderas y los hombres, con los sombreros manchados de sudor, reunían a sus familias y las hacían trasponer las puertas del juzgado. En el rincón más apartado de la plaza, los negros y Dolphus Raymond se pusieron en pie y se limpiaron el polvo de los pantalones. Entre ellos había pocas mujeres y pocos niños, lo cual parecía disipar el aire dominguero. Los negros aguardaron pacientemente en las puertas, detrás de las familias blancas.

—Vamos —dijo Dill.

—No, será mejor que esperemos a que entre la gente. A Atticus quizá no le guste vernos —repuso Jem.

El juzgado de Maycomb recordaba un poco a Arlington: las columnas de cemento que sostenían el alero eran demasiado recias para su leve carga. Las columnas eran todo lo que había quedado en pie cuando el edificio original ardió en 1856. Alrededor de ellas construyeron un edificio nuevo; mejor dicho, lo construyeron a pesar de ellas. Exceptuando el porche de la fachada sur, el edificio era de estilo victoriano primitivo, y visto desde el norte presentaba un aspecto inofensivo. No obstante, desde el otro lado, las columnas estilo renacimiento griego contrastaban con la torre, del siglo XIX, que albergaba un reloj herrumbroso y poco fiable; parecía que se había querido conservar todo resto de material del pasado.

Para llegar a la sala de los juicios, en el primer piso, había que pasar por delante de varios despachos privados de sol: el del asesor de impuestos, el del recaudador, el del notario del condado, el del fiscal de distrito; el juez vivía en unas habitaciones frescas y oscuras que olían a libros de registro en descomposición mezclados con humedad y orines rancios. Durante el día era preciso encender las luces; en los ásperos tablones del suelo había siempre una capa de polvo. Los habitantes de aquellas oficinas eran criaturas adaptadas a su medio ambiente: hombrecillos de cara gris que parecían desconocer el aire y el sol.

Sabíamos que habría bastante gente, pero no la multitud que llenaba el pasillo de la planta baja. Me vi separada de Jem y Dill, pero me abrí paso hasta el pie de la escalera, sabiendo que antes o después, Jem bajaría a buscarme. De pronto me hallé en medio del Club de los Ociosos y procuré pasar lo más inadvertida posible. El Club de los Ociosos era un grupo de ancianos de camisa blanca, pantalones caqui y tirantes, que se habían pasado la vida sin hacer nada y dejaban transcurrir ahora sus días crepusculares dedicados a la misma ocupación en los bancos de pino debajo de las encinas de la plaza. Eran críticos implacables de los asuntos del juzgado. Atticus decía que, tras tantos años de observación, sabían tantas leyes como un juez decano. Normalmente eran los únicos espectadores de las audiencias, y hoy parecían quejosos de que se hubiera alterado su confortable rutina. Cuando hablaron, sus voces me sonaron graves y serias. La conversación tenía por tema a mi padre.

—Se figura que sabe lo que hace —dijo uno.

—Oh, yo no diría eso —replicó otro—. Atticus Finch es un hombre muy instruido, un hombre que estudia la ley a fondo.

—Sí, estudia mucho, es lo único que hace. —El Club soltó una risita.

—Deja que te recuerde una cosa, Billy —intervino un tercero—. Tú sabes que el tribunal le encargó la defensa de ese negro.

—Sí, pero Atticus no se negó. Eso es lo que no me gusta.

Vaya, aquello arrojaba una luz distinta sobre las cosas: Atticus tenía que defender al negro, tanto si le gustaba como si no. Me pareció raro que no nos lo hubiese dicho; nos habría servido muchas veces para defenderle y defendernos. «Está obligado, por eso lo hace», habría significado menos peleas y menos alboroto. Pero ¿explicaba eso la actitud de la ciudad? El tribunal designó a Atticus para defender al negro. Y Atticus se proponía defenderle. He ahí lo que no les gustaba. Realmente, te quedabas confundida.

Los negros, después de esperar que subiesen los blancos, empezaron a entrar.

—Eh, un momento —dijo un miembro del Club, levantando su bastón—. No empiecen a subir las escaleras hasta que subamos nosotros.

El Club inició su apiñada ascensión y se topó con Jem y Dill, que bajaban a buscarme. Los dos muchachos se escurrieron entre los viejos, y Jem me gritó:

—¡Vamos, Scout, no queda ni un asiento libre! Tendremos que estar de pie. ¡Vaya por Dios! —exclamó irritado cuando los negros se lanzaron escaleras arriba. Los viejos que les precedían ocuparían la mayor parte del espacio para estar de pie. No teníamos suerte, y todo era por culpa mía, me informó Jem.

Nos quedamos de pie malhumorados junto a la pared.

—¿No podéis entrar? —El reverendo Sykes nos estaba mirando, con el negro sombrero en la mano.

—Hola, reverendo —respondió Jem—. No, Scout nos lo ha desbaratado todo.

—Bien, veamos qué podemos hacer. —Y se abrió camino escaleras arriba. Unos momentos después estaba de regreso—. Abajo no queda ningún asiento. ¿Tendríais inconveniente en venir a la galería conmigo?

—No, diantres —exclamó Jem.

Subimos con presteza delante del reverendo hacia el piso de la sala de audiencias. Allí trepamos por una escalera cubierta y esperamos en la puerta. El reverendo Sykes llegó resollando detrás de nosotros y nos condujo suavemente entre los negros de la galería. Cuatro hombres se levantaron y nos cedieron sus asientos de la primera fila.

La galería de la gente de color ocupaba tres paredes de la sala del juzgado, como una especie de balcón de teatro, y desde ahí podíamos verlo todo.

El jurado estaba sentado a la izquierda, bajo unas altas ventanas. Sus miembros, bronceados por el sol y flacos, parecían todos campesinos, aunque esto era normal: los hombres de la ciudad raras veces se sentaban en los bancos del jurado; o los recusaban o se excusaban. Un par tenían un lejano aire de Cunningham bien vestidos; estaban sentados muy erguidos y atentos.

El fiscal del distrito, Atticus, Tom Robinson y otro hombre estaban sentados a unas mesas, de espaldas al público. En la mesa del fiscal había un libro marrón y varias tablillas amarillas. Atticus tenía la cabeza descubierta.

Detrás de la balaustrada que separaba a los espectadores del tribunal, los testigos estaban sentados en sillas con asientos de cuero. También ellos nos daban la espalda.

El juez Taylor estaba en su estrado, con aire de tiburón viejo y soñoliento, mientras el secretario escribía rápidamente más abajo y delante de él. El juez Taylor tenía el aspecto de la mayoría de los jueces que he visto: afable, de pelo blanco, la cara ligeramente rubicunda; era un hombre que dominaba su tribunal con abierta campechanía; a veces apoyaba los pies en su mesa y a menudo se limpiaba las uñas con un cortaplumas. Durante las largas declaraciones de los juicios por faltas, especialmente después de comer, daba la impresión de estar dormitando, una impresión que se desvaneció súbitamente en una ocasión en que un abogado empujó una pila de libros intencionadamente, haciéndolos caer al suelo, en un desesperado intento por despertarle. Sin abrir los ojos, el juez Taylor murmuró:

—Señor Whitley, vuelva a hacerlo y le costará cien dólares.

Era un profundo conocedor de la ley, y aunque parecía tomarse su trabajo con indiferencia, en realidad instruía con mano firme todos los casos que se le presentaban. Sólo una vez se vio al juez Taylor abstenerse, y fue por causa de los Cunningham. Old Sarum, el reducido terreno en que vivían, estaba poblado por dos familias, separadas y distintas al principio, pero que por desgracia llevaban el mismo apellido. Los Cunningham se casaron con los Coningham con tal frecuencia que la ortografía del apellido llegó a ser una cuestión académica... académica hasta que un Cunningham disputó a un Coningham unos títulos de propiedad y acudió al juzgado. Durante una controversia sobre la cuestión, Jeems Cunningham declaró que su madre escribía Cunningham en documentos y papeles, pero que en realidad era una Coningham, pues escribía mal, leía muy poco y por las tardes, cuando se sentaba en la galería de su casa, solía quedar con la mirada perdida en la lejanía. Después de nueve horas de escuchar las excentricidades de los habitantes de Old Sarum, el juez Taylor los echó del juzgado sin resolver nada. Cuando le preguntaron con qué fundamento, el magistrado contestó: «Connivencia entre las partes», y declaró que rogaba a Dios que los litigantes se sintieran satisfechos con haber podido decir en público cada cual lo que tenía que decir. No habían pretendido otra cosa desde el primer momento.

El juez Taylor tenía una costumbre curiosa: permitía que se fumase en su sala, aunque él no fumaba; a veces, si uno era afortunado, disfrutaba del privilegio de verle mascar perezosamente un cigarro largo y reseco. Trocito a trozo, el apagado cigarro desaparecía, para reaparecer unas horas más tarde en forma de una masa cuya esencia había ido a mezclarse con los jugos digestivos del juez Taylor. Una vez le pregunté a Atticus cómo podía aguantar la señora Taylor besar a su marido, y Atticus contestó que no se besaban mucho.

El estrado de los testigos se hallaba a la derecha del juez. Cuando llegamos a nuestros asientos, lo ocupaba ya Heck Tate.

17

—Jem —pregunté—, ¿están los Ewell sentados ahí abajo?

—Cállate. El señor Tate está prestando declaración.

Heck Tate se había vestido para la ocasión. Llevaba un traje corriente, que en cierto modo le hacía parecerse a los demás hombres. Sus botas altas, su chaqueta de cuero y su cinturón de balas habían desaparecido. Desde aquel momento dejó de causarme espanto. Sentado en la silla de los testigos con el cuerpo inclinado hacia delante, tenía las manos apretadas entre las rodillas y escuchaba atentamente al fiscal del distrito.

Al fiscal, un tal señor Gilmer, no le conocíamos bien. Era de Abbottsville; le veíamos únicamente cuando se convocaba el tribunal, y no en todas las ocasiones, porque a Jem y a mí los asuntos del juzgado nos interesaban poco. Calvo y de cara lisa, su edad podía oscilar entre los cuarenta y los sesenta años. Aunque se encontraba de espaldas a nosotros, sabíamos que tenía un ojo ligeramente desviado, defecto del que sacaba ventaja: parecía estar mirando a una persona, cuando en realidad no era así, y de este modo atormentaba a los miembros del jurado y a los testigos: el jurado, creyéndose observado, se centraba con atención, y lo mismo hacía el testigo.

—... Con sus propias palabras, señor Tate —estaba diciendo Gilmer.

—Pues bien —contestó Tate, manoseando sus gafas y como si hablara a sus rodillas—, me llamaron...

—¿Podría explicárselo al jurado, señor Tate? Gracias. ¿Quién le llamó?

—Vino a buscarme Bob... Bob Ewell, el de allí, una noche...

—¿Qué noche?

—La noche del veintiuno de noviembre. Salía en aquel momento de la oficina cuando Bo... el señor Ewell llegó muy excitado y me dijo que fuese a su casa enseguida, que un negro había violado a su hija.

—¿Acudió usted?

—En efecto. Subí al coche y fui allá todo lo deprisa que pude.

—¿Y qué encontró?

—Encontré a la muchacha tendida en el suelo del cuarto del frente, el que hay entrando a la derecha. La habían zurrado de lo lindo, pero yo la puse en pie; ella se lavó la cara en una jofaina de un rincón y dijo que se encontraba bien. Le pregunté quién la había atacado y me dijo que Tom Robinson...

El juez Taylor, que parecía absorto en sus uñas, levantó la vista como si esperase una objeción; pero Atticus no abrió la boca.

—Le pregunté si la había golpeado de aquel modo, y ella respondió que sí. Así que fui a casa de Robinson y me lo llevé allá. Ella le identificó como el agresor, y yo entonces le detuve. Eso es todo.

—Gracias —dijo Gilmer.

—¿Alguna pregunta, Atticus? —inquirió el juez.

—Sí —respondió mi padre. Estaba sentado a su mesa con la silla desviada hacia un lado, las piernas cruzadas y un brazo descansando sobre el respaldo—. ¿Llamó a un médico, *sheriff*? ¿Llamó alguien a un médico? —preguntó.

—No, señor —repitió Tate.

—¿Nadie llamó a un médico?

—No, señor.

—¿Por qué no? —La voz de Atticus sonó cortante.

—Le diré por qué. No era necesario, señor Finch. A la muchacha la habían aporreado de un modo terrible. Algo había pasado, era obvio.

—¿Pero no llamó a un médico? Mientras usted estuvo allí, ¿llamó alguien a alguno, fue a buscarlo, o le llevó la muchacha?

—No, señor...

El juez Taylor intervino:

—Ha contestado la pregunta tres veces, Atticus. No llamó a un médico.

—Quería asegurarme bien, señoría —dijo Atticus, y el juez sonrió.

La mano de Jem, que reposaba sobre la barandilla de la galería, se crispó. Mi hermano contuvo repentinamente la respiración. Al mirar abajo y no ver nada raro, me pregunté si Jem quería impostar afectación. Dill miraba sosegadamente, y lo mismo el reverendo Sykes, sentado a su lado.

—¿De qué se trata? —inquirí, sin obtener más que un seco:

—Ssshh.

—*Sheriff* —estaba diciendo Atticus—, usted afirma que fue aporreada de un modo terrible. ¿De qué manera?

—Pues...

—Describa sus lesiones, nada más, Heck.

—Pues le habían golpeado en la cabeza... por todas partes. En sus brazos aparecían ya unos morados; aquello había tenido lugar un media hora antes...

—¿Cómo lo sabe?

Tate sonrió.

—Es lo que ellos me dijeron. Sea como fuere, cuando llegué la chica estaba llena de magulladuras, y un ojo se le ponía morado.

—¿Qué ojo?

Tate se mesó el cabello.

—Veamos —dijo, y miró a Atticus como si considerase pueril aquella pregunta.

—¿No puede recordarlo? —insistió Atticus.

Tate señaló a una persona invisible, a unos cinco centímetros delante de él, y dijo:

—El izquierdo.

—Bien, *sheriff* —dijo Atticus—. ¿El izquierdo mirando de cara a usted, o el izquierdo mirando en la misma dirección que usted miraba?

—Pues resulta que era el ojo derecho de la chica. Sí, era el derecho, señor Finch. Ahora lo recuerdo; tenía todo ese lado de la cara hinchado... —Tate parpadeó otra vez, como si acabaran de hacerle comprender alguna cosa. Luego miró a Tom Robinson. Como por instinto, éste levantó la cabeza.

También Atticus había visto algo con claridad, y ello fue causa de que se pusiera en pie.

—*Sheriff*, repita, por favor, lo que ha dicho.

—He dicho que era su ojo derecho.

—No... —Atticus se acercó a la mesa del secretario del juzgado y se inclinó sobre la mano que escribía con furia. Ésta se paró, echó atrás el cuaderno de taquígrafo, y él leyó:

—«Ahora lo recuerdo; tenía hinchado todo ese lado de la cara.»

Atticus levantó la vista hacia Tate.

—¿Qué lado, una vez más, Heck?

—El lado derecho, señor Finch, pero tenía otras magulladuras... ¿Quiere que le hable de ellas?

Atticus parecía a punto de hacer otra pregunta, pero lo pensó mejor y dijo:

—Sí, ¿cuáles eran las otras lesiones?

Mientras Tate contestaba, Atticus se volvió y miró a Tom Robinson como para decirle que aquello era algo que no le había dicho.

—Tenía los brazos llenos de cardenales, y me enseñó el cuello. En la garganta se le veían huellas digitales bien claras...

—¿Todo alrededor? ¿Incluso en la nuca?

—Yo diría que todo alrededor, señor Finch.

—¿De veras?

—Sí, señor, la muchacha tiene un cuello delgado, cualquiera habría podido rodearlo con...

—Por favor, *sheriff*, limítese a contestar sí o no —dijo Atticus secamente. Y Tate se quedó callado.

Atticus se sentó e hizo un gesto con la cabeza al fiscal, que sacudió la suya mirando al juez, que a su vez dirigió una inclinación de la suya al señor Tate. Éste se levantó muy tieso y bajó del estrado de los testigos.

Abajo, las cabezas se volvieron, los pies restregaron el suelo, los niños pequeños fueron subidos a los hombros y unos cuantos chiquillos salieron en estampida de la sala. Detrás, los negros susurraban entre ellos. Dill preguntó al reverendo Sykes a qué venía todo aquello, pero el reverendo contestó que no lo sabía. Hasta el momento todo discurría de un modo bastante soso: nadie había pegado gritos y no había discusiones entre fiscal y abogado, y por tanto no había tensión; todos los presentes parecían decepcionados. Atticus procedía con aire amistoso, como si estuviera diligenciando una disputa por unas gallinas. Con su infinita habilidad en calmar mares turbulentos, era capaz de conseguir que un caso de violación resultase tan árido como un sermón. En mi mente ya no tenía miedo al whisky barato y los olores de establo, a los hombres ceñudos de ojos soñolientos, a la voz ronca preguntando en la noche: «¿Señor Finch? ¿Se han marchado?» Con la luz del día se había disipado nuestra pesadilla; todo saldría bien.

Todos los espectadores estaban tan sosegados como el juez Taylor, excepto Jem. Mi hermano esbozaba una media sonrisa cargada de intención, los ojos vivaces, y dijo algo acerca de corroborar las pruebas que me confirmó que estaba presumiendo.

—¡Robert E. Lee Ewell!

Respondiendo a la voz estentórea del secretario, un hombrecillo jactancioso como un gallo de pelea se levantó y avanzó muy ufano hacia el estrado. Cuando se volvió para prestar juramento, vimos que tenía la cara enrojecida. Vimos, además, que no tenía ninguna semejanza con su tocayo, el general confederado. De su frente se levantaba una greña de cabello hirsuto, recién lavado; tenía una nariz estrecha, puntiaguda y brillante; y su barbilla parecía formar parte de su cuello.

—... y que Dios me ayude —cacareó.

En todas las ciudades de la categoría de Maycomb había familias como los Ewell. Ninguna fluctuación económica cambiaba su nivel de vida; gente como los Ewell vivía en calidad de huéspedes del condado tanto en la prosperidad como en la depresión. Ningún conserje era capaz de sujetar a su numerosa prole en la escuela; ningún sanitario podía librarla de sus defectos congénitos, parásitos diversos y enfermedades endémicas propias de los ambientes insalubres.

Los Ewell de Maycomb vivían detrás del vertedero de la ciudad, en lo que otrora había sido una cabaña de negros. Las paredes de tablas habían sido suplidas con planchas de hierro acanalado; el tejado, recubierto con botes de hojalata aplanados a martillazos; era cuadrada con cuatro pequeños cuartos que daban a un vestíbulo alargado, y descansaba sobre cuatro elevaciones de piedra caliza. Las ventanas eran meros huecos en las paredes, y en verano las cubrían con grasientos trozos de tela, a fin de obstaculizar el paso a los bichos que se nutrían de los desechos de Maycomb.

Pero los bichos no disfrutaban de grandes banquetes, pues los Ewell hacían una incursión diaria por el vertedero. Los frutos de esas incursiones (los que no servían como comida) hacían que el terreno que rodeaba la cabaña pareciese la habitación de los juguetes de un niño desquiciado. La valla estaba hecha con trozos de ramas, escobas y mangos de aperos, todo coronado con herrumbrosas herramientas de labranza sujetadas con trozos de alambre de espino. Encerrado dentro de aquella barricada había un patio sucio que contenía los restos de un Ford Modelo-T (a trozos), un sillón desechado de dentista, una nevera antigua, además de variopintos objetos menores: zapatos viejos, destrozadas radios, marcos de cuadro y jarros, entre los cuales unas gallinas flacas picoteaban confiadamente.

Sin embargo, un rincón de ese patio maravillaba a todo Maycomb. En fila, junto a la valla, había seis orinales desconchados que contenían unos geranios de color rojo vivo, cuidados con la misma ternura que si hubiesen pertenecido a la señorita Maudie Atkinson, suponiendo que ésta se hubiese dignado a admitir un geranio en sus dominios. La gente decía que pertenecían a Mayella Ewell.

Nadie sabía con seguridad cuántos niños había en la casa. Unos decían seis, otros nueve; cuando pasabas por allí, en las ventanas, siempre había varios pequeñajos de cara sucia. Pero nadie tenía ocasión de pasar, excepto por Navidad, cuando las iglesias repartían cestos de provisiones, y el alcalde nos rogaba que ayudásemos al barrendero yendo a arrojar al vertedero los árboles navideños y la basura de nuestras casas.

La Navidad anterior, al cumplir con lo que el alcalde había pedido, Atticus nos había llevado consigo. De la carretera partía hacia el vertedero un estrecho camino de tierra que terminaba en una pequeña colonia de negros, unos quinientos metros más allá de la cabaña de los Ewell. Era preciso retroceder hacia la carretera marcha atrás, o continuar hasta el final del camino y dar la vuelta; la mayoría de las personas solía elegir esta opción. En el atardecer helado de principios de año, las cabañas de los negros se veían limpias y cuidadas, con pálidas columnas de humo saliendo por las chimeneas, y los umbrales de un ámbar luminoso a causa del fuego que ardía en el interior.

Allí se percibían aromas deliciosos: pollo y tocino friéndose, tersos como el aire del atardecer; Jem y yo olimos que guisaban ardilla, pero se necesitaba un antiguo campesino como Atticus para identificar la zarigüeya y el conejo; aromas todos que se desvanecieron cuando pasamos por delante de la residencia de los Ewell.

Lo único que poseía el hombrecillo sentado en el estrado de los testigos, capaz de darle alguna ventaja sobre sus vecinos, era que si lo restregaban con detergente y agua muy caliente, le saldría la piel blanca.

—¿Señor Robert Ewell? —preguntó el fiscal Gilmer.

—Ése es mi nombre, capitán —contestó él con un acento horroroso.

La espalda de Gilmer se puso un tanto rígida y yo lo compadecí. Quizá convendría aclarar un detalle. He oído decir que los hijos de los abogados, al ver a sus padres en el fragor de una discusión en un juicio, se forman una idea equivocada: creen que el abogado de la parte contraria es un enemigo personal de su padre, sufren vivo tormento y se llevan una sorpresa tremenda al ver, a menudo, a sus padres saliendo muy sonrientes con sus atormentadores en cuanto llega el primer receso. En el caso de Jem y mío, esto no era así. No recibíamos herida alguna viendo que nuestro padre ganaba o perdía. Lamento no poder ofrecer una versión melodramática en lo tocante a este punto; si lo hiciera, faltaría a la verdad. No obstante, en las ocasiones en que el debate tomaba un cariz más agrio que profesional, sabíamos notarlo, pero esto ocurría cuando observábamos a otros abogados. En toda mi vida no había oído a Atticus levantar la voz, excepto si interrogaba a un testigo medio sordo. Gilmer hacía su trabajo, lo mismo que Atticus el suyo. Además, Ewell era el testigo del fiscal, y éste no tenía por qué mostrarse grosero con nadie, y menos con él.

—¿Es usted el padre de Mayella Ewell? —le preguntó a continuación.

—Vaya, si no lo soy, ya no podré tomar medidas al respecto: su madre ha muerto.

El juez Taylor se removió en su sillón giratorio. Se volvió lentamente y dirigió una mirada benigna al testigo.

—¿Es usted el padre de Mayella Ewell? —preguntó de un modo que hizo que en la sala las risitas parasen súbitamente.

—Sí, señor —dijo Ewell mansamente.

El juez prosiguió con su acento benevolente:

—¿Es la primera vez que comparece ante un tribunal? No recuerdo haberle visto por aquí. —Y ante el cabezazo afirmativo del testigo, continuó—: Bien, dejaremos una cosa bien sentada: mientras yo presida este tribunal, no habrá en esta sala ninguna nueva especulación obscena sobre ningún tema. ¿Queda entendido?

Ewell asintió con la cabeza, pero no creo que lo entendiese. El magistrado añadió con un suspiro:

—¿Quiere seguir, señor Gilmer?

—Gracias, señoría. Señor Ewell, ¿querría contarnos con sus propias palabras qué pasó la tarde del veintiuno de noviembre?

Jem sonrió y se echó el cabello atrás. «Con sus propias palabras» era la marca de fábrica de Gilmer. A menudo nos preguntábamos de quién temía que fuesen las palabras que el testigo podía emplear.

—Pues, la tarde del veintiuno de noviembre yo venía del bosque con una carga de leña y, apenas había llegado a la valla, oí a Mayella chillando dentro de casa como un cerdo apaleado...

El juez Taylor miró vivamente al testigo y al parecer decidió que sus palabras carecían de mala intención, porque se apaciguó y volvió a adoptar un aire soñoliento.

—¿Qué hora era, señor Ewell?

—Momentos antes de ponerse el sol. Bien, iba diciendo que Mayella chillaba como para sacar a Jesús de... —Otra mirada fulminante del magistrado lo hizo callar en seco.

—¿Sí? ¿Gritaba? —preguntó Gilmer.

Ewell miró confuso al juez.

—Sí, y como Mayella armaba aquel condenado alboroto, yo dejé caer la carga y corrí cuanto pude, pero me enredé en la valla y, cuando pude soltarme, corrí hacia la ventana y vi... —La cara de Ewell se puso escarlata. Levantando el índice, señaló a Tom Robinson—. ¡Vi a ese negro de allá maltratando a mi Mayella!

Las audiencias que presidía Taylor eran tan tranquilas que en pocas ocasiones tenía que utilizar el mazo, pero ahora estuvo golpeando un minuto largo. Atticus se acercó al estrado para decirle algo; Heck Tate, en su calidad de primer alguacil del condado, se plantó en medio del pasillo para apaciguar a la atestada sala. Detrás de nosotros, la gente de color emitió un sofocado gruñido de enojo.

El reverendo Sykes se inclinó por encima de mí y de Dill para tocarle el codo a Jem.

—Señorito Jem —dijo—, será mejor que lleve a la señorita Jean Louise a casa. ¿Me oye, señorito Jem?

Jem volvió la cabeza.

—Scout, vete a casa. Dill, tú y Scout marchaos a casa.

—Primero tendrás que obligarme —contesté, recordando la bendita sentencia de Atticus.

Jem me miró con ceño y le dijo a Sykes:

—Creo que es igual, reverendo; Scout no entiende nada de lo que se dice aquí.

Me sentí moralmente ofendida.

—Sí que lo entiendo, y muy bien; entiendo todo lo que entiendes tú.

—Bah, cállate. No lo entiende, reverendo; todavía no tiene nueve años.

Los negros ojos de Sykes manifestaban ansiedad.

—¿Sabe el señor Finch que estáis aquí? Esto no es adecuado para la señorita Jean Louise, ni para vosotros, muchachos.

Jem meneó la cabeza.

—Aquí tan lejos no puede vernos. No se preocupe, reverendo.

Comprendí que nada le convencería de marcharse. Dill y yo estábamos a salvo, por un rato... Desde donde se hallaba, Atticus podía vernos si miraba hacia aquí.

Mientras el juez seguía dando mazazos, Ewell observaba su obra, cómodamente instalado en el estrado de los testigos. Con una sola frase había provocado una especie de tumulto entre el público, que sin embargo fue cediendo poco a poco, como hipnotizado por los golpes del mazo, que perdían intensidad, hasta que el único sonido que se oyó en la sala fue un débil pinc-pinc-pinc. Lo mismo que si el juez golpease la mesa con un lápiz.

Reinstaurado el orden, el juez se reclinó en su sillón. De pronto parecía cansado; su edad le pasaba factura, y yo me acordé de lo que había dicho Atticus: él y la señora Taylor no se besaban mucho; debía de acercarse a los setenta años.

—Se ha presentado la petición de que la vista se celebre a puertas cerradas —dijo entonces—, o al menos que la sala se desaloje de mujeres y niños, una petición que de momento se deniega. Por lo general, la gente ve lo que desea ver y oye lo que desea escuchar, y tiene el derecho de someter a sus hijos a ello; pero puedo asegurarles una cosa: o reciben ustedes lo que vean y oigan en silencio, o abandonarán la sala; aunque no la abandonarán sin una acusación de desacato en toda regla... Señor Ewell, usted ceñirá su declaración a los límites del lenguaje cristiano, si es posible. Continúe, señor Gilmer.

Ewell me hacía pensar en un sordomudo. Estaba segura de que nunca había oído las palabras que el juez Taylor le dirigió —su boca intentaba reproducirlas trabajosamente en silencio—, pero su cara revelaba que las consideraba importantes. Su complacencia se trocó en una terca seriedad que no engañó al juez: todo el rato que Ewell continuó en el estrado, el magistrado tuvo los ojos fijos en él, como si le desafiara a dar un paso en falso.

Gilmer y Atticus se miraron. Papá se había sentado de nuevo, la mejilla apoyada en un puño; no podíamos verle la cara. Gilmer tenía una expresión más bien desesperada. Una pregunta del juez le sosegó.

—Señor Ewell, ¿vio usted al acusado manteniendo una relación sexual con su hija?

—Sí, señor, lo vi.

El público guardó silencio, pero el acusado dijo unas palabras. Atticus le susurró algo y Tom Robinson se calló.

—¿Dice usted que estaba junto a la ventana? —preguntó el fiscal.

—Sí, señor.

—¿A qué distancia queda del suelo?

—A un metro.

—¿Veía bien todo el cuarto?

—Sí, señor.

—¿Qué aspecto presentaba?

—Estaba todo revuelto, como si hubiera tenido lugar una pelea.

—¿Qué hizo usted cuando vio al acusado?

—Rodeé la casa corriendo para entrar, pero él huyó corriendo unos momentos antes de que yo llegase a la puerta. Vi quién era perfectamente. Yo estaba demasiado alarmado, pensando en Mayella, para perseguirle. Entré en la casa y la encontré tendida en el suelo, gimiendo, y corrí hacia ella...

—Entonces, ¿qué hizo usted?

—Fui a buscar a Tate corriendo. Sabía quién era, vivía allá abajo en ese avispero de negros, y todos los días pasaba por delante de casa. Juez, desde hace quince años pido al condado que limpie esa madriguera; son un peligro para el que vive cerca, además de que contribuyen a desvalorizar mi propiedad...

—Gracias, señor Ewell —se apresuró a interrumpirlo el fiscal.

El testigo descendió a toda prisa del estrado y se topó con Atticus, que se había levantado para interrogarle. El juez Taylor permitió que la sala soltase la carcajada.

—Sólo será un momento, señor —dijo Atticus de buen talante—. ¿Puedo hacerle un par de preguntas?

Ewell volvió al estrado de los testigos, se sentó y dirigió a Atticus una mirada de vivo recelo; expresión corriente entre los testigos del condado de Maycomb cuando se enfrentaban con el abogado de la parte contraria.

—Señor Ewell —empezó papá—, la gente corrió mucho aquella noche. Veamos, usted corrió hacia la casa, corrió hacia la ventana, entró en la casa corriendo, corrió hasta Mayella y corrió a buscar al señor Tate. Durante todas esas carreras, ¿no corrió a buscar a un médico?

—No había necesidad. Yo había visto lo ocurrido.

—Pues hay una cosa que no entiendo —repuso Atticus—. ¿No le preocupaba a usted el estado de Mayella?

—Mucho me preocupaba. Había visto al autor del mal.

—No, me refiero a su estado físico. ¿No pensó que sus lesiones requerían cuidados médicos *ipso facto*?

—¿Qué?

—¿No consideró que debía ir a buscar un médico inmediatamente?

El testigo contestó que no lo había pensado; nunca había ido a buscar un médico para ninguno de los suyos, y si lo hubiese llamado le habría costado cinco dólares.

—¿Eso es todo? —terminó preguntando.

—Todavía no —contestó Atticus con naturalidad—. Señor Ewell, usted ha oído la declaración del *sheriff*, ¿verdad?

—¿A qué viene eso?

—Usted estaba en la sala cuando el señor Heck Tate ocupaba el estrado, ¿no es así? Usted ha oído todo lo que él declaró, ¿verdad?

Ewell consideró la cuestión con sumo cuidado y pareció decidir que la pregunta no encerraba peligro.

—Sí —contestó.

—¿Está de acuerdo con la descripción que hizo de las lesiones de Mayella?

—¿Qué significa eso?

Atticus miró alrededor y Gilmer sonrió.

—El señor Tate ha declarado que la hija de usted tenía el ojo derecho morado, que la habían golpeado en...

—Ah, sí —asintió el testigo—. Estoy de acuerdo con todo lo que ha dicho Tate.

—¿De verdad? —repuso Atticus afablemente—. Sólo quiero estar bien seguro. —Entonces se acercó y le dijo algo al taquígrafo, que acto seguido nos entretuvo unos minutos leyendo la declaración de Tate como si se tratara de datos de la Bolsa:

—«... un ojo amoratado, era el izquierdo, ah, sí, con esto resulta que era el ojo derecho de la chica, sí, era su ojo derecho, señor Finch; ahora lo recuerdo, tenía aquel lado —volvió la página— de la cara hinchado. *Sheriff*, repita, por favor, lo que ha dicho. He dicho que era su ojo derecho...

—Gracias, Bert —dijo Atticus—. La ha oído una vez más, señor Ewell. ¿Tiene algo que añadir? ¿Está de acuerdo con el *sheriff*?

—De acuerdo, sí. Tenía el ojo morado y la habían zurrado de lo lindo.

El hombrecillo parecía haber olvidado la amonestación del magistrado. Empezaba a notarse que consideraba a Atticus un adversario fácil. Hinchaba el pecho y se convertía una vez más en un gallito de pelea de rojas plumas. Pensé que reventaría la camisa ante la pregunta siguiente de Atticus.

—Señor Ewell, ¿usted sabe leer y escribir?

—Protesto —saltó Gilmer—. No sé qué relación tiene con el caso la educación del testigo; es irrelevante.

El juez Taylor fue a decir algo, pero Atticus se le adelantó:

—Señor juez, si autoriza la pregunta y otra más, pronto lo verá.

—Está bien, veamos. Pero asegúrese de que lo veamos, Atticus. Protesta denegada.

El fiscal parecía tan intrigado como todos los demás por ver qué relación tenían los conocimientos de Ewell con el caso.

—Repetiré la pregunta —dijo mi padre—. ¿Sabe usted leer y escribir?

—Muy cierto que sí.

—¿Quiere escribir su nombre y enseñárnoslo?

—Muy cierto que sí. ¿Cómo se figura que firmo los cheques de la beneficencia?

Ewell buscaba la simpatía de sus conciudadanos. Los susurros y risitas que se oían en la sala confirmaban lo raro que era aquel hombre.

Me puse un poco nerviosa. Atticus parecía saber lo que estaba haciendo, pero se me antojó que iba a tientas. Nunca jamás en un interrogatorio hagas una pregunta a un testigo sin conocer de antemano la respuesta; he ahí un axioma que yo había asimilado junto con los alimentos de mi niñez. Si la haces, a menudo obtendrás una respuesta que no esperas, una respuesta que puede echar a perder tu argumentación.

Atticus metió la mano en el bolsillo interior y sacó un sobre. Luego, de otro bolsillo de la chaqueta, sacó la estilográfica. Se movía con desenvoltura y se había situado de modo que el jurado le viese bien. Desenroscó el capuchón de la pluma y lo dejó suavemente sobre la mesa. Sacudió un poco la pluma y la entregó, junto con el sobre, al testigo.

—¿Quiere escribirnos su nombre, por favor? —pidió—. Con calma, para que el jurado pueda ver cómo lo hace.

Ewell escribió en el reverso del sobre y levantó los ojos complacido para ver que el juez lo estaba mirando fijamente, cual si observase una gardenia aromática en plena floración, y para ver al señor Gilmer en su mesa, expectante. También el jurado lo observaba; uno de sus miembros se inclinaba hacia delante con las manos sobre la balaustrada.

—¿Tan interesante ha sido? —preguntó.

—Usted es zurdo, señor Ewell —dijo el juez Taylor.

Ewell dijo que no veía qué tenía que ver el ser zurdo con lo que se discutía, que él era un hombre temeroso de Dios y que Atticus Finch intentaba confundirlo con sus tretas. Los abogados marrulleros como Atticus Finch le engañaban continuamente con sus artimañas de leguleyo. Él había explicado lo que ocurrió, lo diría una y mil veces... y lo dijo. Nada de lo que le preguntó Atticus después alteró su versión: que él había mirado por la ventana, que el negro había huido corriendo, que él había corrido en busca del *sheriff*. Al final Atticus no hizo más preguntas.

Gilmer le hizo una pregunta más.

—Respecto a lo de escribir con la mano izquierda, señor Ewell, ¿es usted ambidextro?

—Sé usar una mano tan bien como la otra. Tan bien con una como la otra —insistió, mirando con ceño hacia la mesa de la defensa.

Jem estaba golpeando blandamente la barandilla de la galería, y en determinado momento, murmuró:

—Lo hemos cazado.

Yo no lo creía así; Atticus estaba tratando de demostrar, se me antojaba, que quien había dado la paliza a Mayella pudo haber sido el propio Ewell. Hasta aquí lo comprendía bien. Si ella tenía morado el ojo derecho y le habían pegado principalmente en la mitad derecha de la cara, ello sugería que quien le pegó era zurdo. Sherlock Holmes y Jem Finch estarían de acuerdo. Pero era muy difícil que Tom Robinson también fuese zurdo. Lo mismo que Heck Tate, me imaginé a una persona situada frente a mí, hice una rápida pantomima en mi mente, y concluí que era posible que el negro hubiese sujetado a Mayella con la mano derecha, pegándole al mismo tiempo con la izquierda. Bajé la vista hacia Tom. Estaba de espaldas a nosotros, pero pude notar sus anchos hombros y su cuello, recio como el de un toro. Podía haberlo hecho perfectamente. Y me dije que Jem estaba echando las cuentas de la lechera.

18

Estaban llamando a alguien.

—¡Mayella Violet Ewell!

Una muchacha joven se encaminó hacia el estrado de los testigos. Mientras levantaba la mano y juraba decir la verdad, toda la verdad y nada más que la verdad, y que Dios la ayudase, su aspecto parecía un tanto frágil, pero cuando se sentó en el estrado de los testigos se convirtió en lo que era: una muchacha de cuerpo macizo, acostumbrada a los trabajos penosos.

En el condado de Maycomb era fácil distinguir a los que se bañaban con frecuencia de los que se lavaban una vez al año: el señor Ewell tenía un aspecto escaldado, como si un lavado intempestivo le hubiese despojado de las capas protectoras de suciedad, y su cutis parecía muy sensible a los elementos. Mayella, en cambio, tenía el aire de esforzarse en conservarse limpia, y yo me acordé de la hilera de geranios del patio de los Ewell.

El fiscal Gilmer le pidió que contase al jurado, con sus propias palabras, lo que había ocurrido al atardecer del veintiuno de noviembre del año anterior; con sus propias palabras, reiteró.

Mayella continuó sentada en silencio.

—¿Dónde estaba usted al atardecer de aquel día? —empezó el señor Gilmer con paciencia.

—En el porche.

—¿En qué porche?

—No tenemos más que uno, el del frente.

—¿Qué hacía usted allí?

—Nada.

El juez Taylor intervino:

—Explíquenos lo que ocurrió, simplemente. Puede hacerlo, ¿verdad que sí?

Mayella lo miró con los ojos muy abiertos y prorrumpió en llanto. Se cubrió la cara con las manos y se puso a sollozar. El juez la dejó desahogarse y luego le dijo:

—No tema a ninguno de los presentes, con tal que diga la verdad. Todo esto a usted le resulta extraño, lo sé, pero no tiene que avergonzarse de nada ni temer nada. ¿Qué es lo que la asusta?

Mayella dijo algo detrás de las manos.

—¿Qué? —preguntó el juez.

—Él —sollozó la muchacha, señalando a Atticus.

—¿El señor Finch?

Mayella asintió con la cabeza vigorosamente, y dijo:

—No quiero que haga conmigo lo que hizo con papá, hacerle escribir porque es zurdo...

El juez se rascó el blanco y espeso cabello. Era obvio que nunca se había encontrado con un problema de aquella índole.

—¿Cuántos años tiene usted? —preguntó.

—Diecinueve y medio —dijo Mayella.

Taylor carraspeó para aclararse la voz y trató, aunque sin éxito, de hablar con tono apaciguador.

—El señor Finch no tiene el propósito de asustarla —dijo—, y si lo tuviera, aquí estoy yo para impedírselo. Para esto y para otras cosas me siento aquí. Ahora usted ya es una chica mayor, enderece pues el cuerpo y cuéntenos la... cuéntenos lo que le pasó. Puede contarlo, ¿verdad?

Yo le susurré a Jem:

—¿Tiene sentido común esa chica?

Jem miraba oblicuamente hacia el estrado de los testigos.

—Aún no lo sé —contestó—. Al menos tiene el suficiente para conseguir que el juez la compadezca, pero sólo podría ser... Oh, no sé, no sé.

Apaciguada, Mayella dirigió una última mirada temerosa a Atticus y dijo a Gilmer:

—Pues verá usted, señor, yo estaba en el porche y... y llegó él y, verá usted, había en el patio un armario viejo que papá había traído para convertirlo en leña... Papá me había dicho que lo partiese yo mientras él estaba en el bosque, pero yo no me sentía con fuerzas, y en esto él pasó por allí...

—¿Quién es «él»?

Mayella señaló a Tom Robinson.

—Habré de pedirle que sea más explícita, por favor —dijo Gilmer—. El secretario no puede anotar los gestos suficientemente bien.

—Aquel de allá —dijo la muchacha—. Robinson.

—¿Qué pasó entonces?

—Yo dije: «Ven acá, negro, hazme pedazos ese armario, tengo una moneda para ti.» Él podía hacerlo fácilmente, de verdad que podía. Él entró en el patio, y yo entré en casa para ir a buscar los cinco centavos, pero volví la cabeza y antes de que me diera cuenta él se me había echado encima. Había subido corriendo tras de mí. Me cogió por el cuello, maldiciéndome y diciendo palabras feas... Yo me revolví y grité, pero él me tenía por el cuello. Me golpeó una y otra vez...

El fiscal aguardó a que Mayella recobrase la compostura. La muchacha había retorcido su pañuelo hasta convertirlo en una soga empapada de sudor; cuando lo desplegó para secarse la cara era una viva arruga producida por sus manos calientes. Mayella esperó que Gilmer le hiciese otra pregunta, pero al ver que no era así, dijo:

—... me tiró al suelo, me tapó la boca y se aprovechó de mí.

—¿Usted gritaba? —preguntó Gilmer—. ¿Gritaba y se resistía?

—Ya lo creo que gritaba; todo lo que podía, daba patadas y gritaba con toda mi fuerza.

—¿Qué sucedió entonces?

—No lo recuerdo demasiado bien, pero de lo primero que luego me di cuenta fue de que papá estaba en el cuarto preguntando a voces quién lo había hecho, quién había sido. Entonces casi me desmayé y después vi que el señor Tate me levantaba del suelo y me acompañaba hasta la jofaina.

Al parecer, la narración había dado confianza a Mayella, aunque no una confianza desvergonzada como la de su padre. Mayella tenía una audacia furtiva, era como un gato con la mirada fija y la cola enroscada.

—Dice usted que se debatió contra él con todas sus fuerzas. ¿Lo hizo con uñas y dientes? —preguntó Gilmer.

—Sí —contestó Mayella.

—¿Está segura de que él se aprovechó de usted hasta el mayor extremo?

La faz de la muchacha se contrajo y temí que se pusiera a llorar de nuevo. Pero en cambio respondió:

—Consiguió lo que se había propuesto conseguir.

Gilmer rindió tributo al calor del día secándose la cabeza con la mano.

—Basta por el momento —dijo placenteramente—, pero quédese ahí. Supongo que ese gran malvado del señor Finch querrá hacerle algunas preguntas.

—El estado no ha de predisponer a la testigo contra el defensor del acusado —murmuró, estricto, el juez Taylor—; al menos, no en este momento.

Atticus se puso en pie sonriendo, pero en lugar de acercarse a la testigo, se desabrochó la chaqueta y hundió los pulgares en el chaleco; luego cruzó la sala caminando despacio hasta las ventanas. Miró al exterior, sin que pareciese interesarle especialmente lo que veía; enseguida retrocedió y se encaminó hacia el estrado de los testigos. Conociéndolo, deduje que trataba de llegar a una decisión sobre algún punto determinado.

—Señorita Mayella —dijo sonriendo—, durante un rato no trataré de asustarla; todavía no. Conozcámonos un poco, nada más. ¿Cuántos años tiene?

—He dicho que tenía diecinueve; se lo he dicho al señor juez. —Y señaló a Taylor con un gesto de la cabeza.

—Sí lo ha dicho, sí lo ha dicho, señorita. Tendrá que ser paciente conmigo, señorita Mayella; voy entrando en años y no tengo tan buena memoria como solía. Es posible que le pregunte algunas cosas que ha dicho ya, pero usted me responderá, ¿de acuerdo? Bien.

Yo no veía nada en la expresión de la muchacha que justificase la presunción de Atticus de que se había conquistado su franca y entusiasta colaboración. Mayella lo miraba con ceño.

—No contestaré a una sola pregunta suya mientras usted siga burlándose de mí —replicó.

—¿Perdón? —inquirió Atticus, pasmado.

—Mientras usted siga haciendo burla de mí.

El juez intervino:

—El abogado Finch no se burla de usted. ¿Qué le pasa?

Mayella miró a Atticus con los ojos entornados, pero contestó al juez:

—Me llama señorita y señorita Mayella. No admito este descaro, y no estoy aquí para soportarlo.

Atticus reanudó el paseo hacia la ventana y el juez Taylor se encargó de resolver el incidente. Taylor no tenía una figura que moviese a compasión, a pesar de lo cual sentí pena por él, mientras trataba de explicar:

—Ése es el estilo del señor Finch, sencillamente. Hace muchos años que trabajamos juntos en este juzgado, y siempre se muestra cortés con todo el mundo. No trata de burlarse de usted, sino de ser cortés. Es su manera de proceder. —Y se reclinó en el sillón—. Adelante, Atticus, y que conste en acta que nadie ha tratado con descaro a la testigo.

Yo me pregunté si alguien la había llamado «señorita» o «señorita Mayella» en toda su vida; probablemente no, pues a ella la ofendía la cortesía normal. ¿Qué clase de vida llevaba? Pronto lo averigüé.

—Usted dice que tiene diecinueve años —continuó Atticus—. ¿Cuántos hermanos y hermanas tiene? —preguntó al mismo tiempo que se apartaba de las ventanas.

—Siete —contestó ella. Y yo me pregunté si todos eran igual que el ejemplar que había visto en la escuela.

—¿Es usted la mayor? ¿La de más edad?

—Sí.

—¿Cuánto tiempo hace que ha muerto su madre?

—No lo sé, mucho tiempo.

—¿Ha ido alguna vez a la escuela?

—Leo y escribo tan bien como papá.

—¿Cuánto tiempo fue a la escuela?

—Dos años... tres años... No lo sé.

Lenta pero claramente, empecé a ver la trama del interrogatorio. Con unas preguntas que Gilmer consideraba bastante intrascendentes o insustanciales para no protestar, Atticus estaba levantando sosegadamente ante el jurado el cuadro de la vida familiar de los Ewell. El jurado se enteró de lo siguiente: el cheque de la beneficencia que recibían los Ewell distaba mucho de bastar para alimentar a la familia, existiendo, además, la fundada sospecha de que, de todos modos, papá los gastaba en bebida; a veces pasaba fuera de casa días enteros, remojándose el gaznate, y volvía enfermo; el tiempo raramente estaba lo bastante frío para requerir zapatos, pero cuando lo estaba uno podía hacérselos muy elegantes con pedazos de neumáticos viejos; la familia traía el agua en cubos de un manantial que nacía en un extremo del ver-

—No recuerdo si me pegó. Quiero decir que sí lo re-do; me pegó.

—¿Su respuesta es la última frase?

—¿Eh? Sí, me pegó... No, no lo recuerdo... ¡Todo urrió tan deprisa!

El juez Taylor miró severamente a Mayella.

—No llore, joven —empezó.

Pero Atticus dijo:

—Déjela llorar si le gusta, señor juez. Tenemos todo el tiempo que se necesite.

Mayella dio un bufido airado y miró a Atticus.

—Contestaré todas las preguntas que tenga que ha-cerme...

—Eso está muy bien —dijo Atticus—. Quedan sólo unas pocas. Para no ser aburrido, señorita Mayella, usted ha declarado que el acusado le pegó, la cogió por el cue-llo, la asfixiaba y se aprovechó de usted. Quiero que esté segura de si acusa al verdadero culpable. ¿Quiere identi-ficar al hombre que la violó?

—Sí, quiero, es aquel de allá.

Atticus se volvió hacia el acusado.

—Póngase en pie, Tom. Deje que la señorita Maye-lla le mire larga y detenidamente. ¿Es éste el hombre, se-ñorita Mayella?

Los anchos hombros de Tom Robinson se marcaban debajo de la delgada camisa. El negro se puso en pie y permaneció con la mano derecha apoyada en el respaldo de la silla. Parecía sufrir una extraña falta de equilibrio, aunque no por la manera de estar en pie. El brazo iz-quierdo le colgaba inerte sobre el costado, y lo tenía unos buenos diez centímetros más corto que el derecho, ter-minado en una mano pequeña, encogida, y hasta desde un punto tan distante como la galería pude ver que no podía utilizarla.

—Scout —dijo Jem—. ¡Mira! ¡Reverendo, es manco!

El reverendo Sykes se inclinó y le susurró a Jem:

tedero (los alrededores del manantial los limpiaban de basura), y en lo tocante a la limpieza, cada uno cuidaba de sí mismo: el que quería lavarse tenía que ir por agua; los niños menores estaban resfriados continuamente y sufrían picores crónicos; había una señora que iba allí al-guna que otra vez y preguntaba a Mayella por qué no asistían a la escuela; y ellos contestaban que con dos miembros de la familia que sabían leer y escribir ya bas-taba; papá los necesitaba en casa.

—Señorita Mayella —dijo Atticus, a despecho de sí mismo—, siendo una muchacha de diecinueve años, debe de tener amigos. ¿Quiénes son sus amigos?

—¿Amigos?

—Sí. ¿No conoce a nadie de su edad, o mayor, o más joven? Amigos normales y corrientes.

La hostilidad de Mayella, que había descendido has-ta una neutralidad refunfuñante, se inflamó de nuevo.

—¿Otra vez mofándose de mí, señor Finch?

Atticus dejó que la pregunta de la chica sirviera de respuesta a la suya.

—¿Quiere usted a su padre, señorita Mayella? —in-quirió luego.

—Quererle... ¿Qué quiere decir?

—Quiero decir si se porta bien con usted, si es un hombre con quien se convive sin dificultad.

—Se porta tolerablemente bien, excepto cuando...

—¿Excepto cuándo?

Mayella miró a su padre, sentado en una silla que in-clinaba hacia la balaustrada. Él irguió el cuerpo y esperó la respuesta.

—Excepto nada —respondió ella—. He dicho que se porta tolerablemente bien.

El señor Ewell se reclinó otra vez en la silla.

—¿Excepto cuando bebe? —preguntó Atticus con tanta dulzura que Mayella movió la cabeza asintiendo.

—¿Se mete alguna vez con usted?

—¿Qué quiere decir?

—Cuando está... irritado, ¿le ha pegado alguna vez?

Mayella miró alrededor, bajó la vista hacia el taquígrafo y la levantó hacia el juez.

—Responda a la pregunta, señorita Mayella —ordenó éste.

—Mi padre no me ha tocado un pelo en toda mi vida —declaró ella con firmeza—. Nunca me ha tocado.

A Atticus se le habían deslizado un poco las gafas, y volvió a subírselas.

—Hemos tenido una conversación interesante para conocernos un poco, señorita Mayella; ahora será mejor centrarnos en el caso que nos ocupa. Usted ha dicho que pidió a Tom Robinson que entrara a despedazarle un... ¿qué era aquello?

—Un armario ropero, un armario viejo con un costado lleno de cajones.

—¿Usted conocía bien a Tom Robinson?

—¿Qué quiere decir?

—Quiero decir si usted sabía quién era, dónde vivía.

Mayella asintió.

—Sabía quién era; pasaba por delante de nuestra casa todos los días.

—¿Era aquella la primera vez que usted le pedía que entrase?

La pregunta hizo dar un leve respingo a Mayella. Atticus estaba realizando su lenta peregrinación hacia las ventanas, como la había realizado todo el rato: hacía una pregunta y luego miraba fuera, esperando la respuesta. No vio el respingo de la muchacha, pero me pareció que supo que se había movido. Entonces se volvió y enarcó las cejas.

—¿Era...? —empezó de nuevo.

—Sí, lo era.

—¿No le había pedido nunca, anteriormente, que entrase en el patio?

Ahora ella estaba preparada.

—No, ciertamente que no.

—Con un no es suficiente —le dijo se[...]ticus—. ¿Nunca le había pedido anteriorme[...]ciese algún trabajo especial?

—Es posible que sí —concedió Mayell[...]por allí varios negros.

—¿Puede recordar alguna ocasión?

—No.

—Muy bien; pasemos ahora a lo que ocurrió. [...]ha dicho que Tom Robinson estaba a su espalda cu[...]usted se volvió, ¿correcto?

—Sí.

—Usted ha dicho que la cogió por el cuello mal[...]ciendo y pronunciando palabras feas, ¿correcto?

—Sí.

La memoria de Atticus se había vuelto muy fidedigna.

—Usted ha dicho: «Me tiró al suelo, me tapó la boca, se aprovechó de mí», ¿correcto?

—Eso he dicho.

—¿Recuerda si le pegó en la cara?

La testigo vaciló.

—Usted parece muy segura de que él le apretaba el cuello. Todo aquel tiempo usted se resistía luchando, recuérdelo. Usted «daba patadas, gritaba tan fuerte como podía». ¿Recuerda si le pegaba en la cara?

Mayella parecía estar tratando de aclararse algo para sí misma. Por un momento pensé que estaba empleando la estratagema de Heck Tate y mía de imaginar que teníamos una persona delante. Dirigió una mirada al señor Gilmer.

—Es una pregunta sencilla, señorita Mayella, de modo que lo intentaré otra vez. ¿Recuerda si le pegó en la cara? —La voz de Atticus había perdido su acento agradable; ahora hablaba con tono profesional, árido e indiferente—. ¿Recuerda si le pegó en la cara?

—Se la cogió en la desmotadora de algodón del señor Dolphus Raymond cuando era muchacho... Parecía que iba a morir desangrado... la máquina desprendió todos los músculos de los huesos...

Atticus preguntó:

—¿Es ése el hombre que la violó?

—Ciertamente lo es.

La pregunta siguiente de Atticus constó de una sola palabra:

—¿Cómo?

Mayella hizo un gesto de enfado.

—No sé cómo lo hizo, pero lo hizo... He dicho que todo ocurrió tan deprisa que yo...

—Considerémoslo con calma... —empezó Atticus. Pero Gilmer lo interrumpió con una protesta: Atticus estaba intimidando con la mirada a la testigo.

El juez Taylor rió.

—Venga, siéntese, Horace; Atticus no hace nada de eso. En todo caso, es la testigo la que está intimidando con la mirada a Atticus.

El juez fue la única persona de la sala que rió.

—Veamos —dijo Atticus—, usted, señorita Mayella, ha declarado que el acusado la asfixiaba y le pegaba; no ha dicho que se hubiese deslizado detrás de usted y la hubiese dejado sin sentido de un golpe, sino que usted se volvió y allí estaba él... —Atticus se encontraba detrás de su mesa y acentuó sus palabras pegando con los nudillos sobre la madera—. ¿Desea reconsiderar algún punto de sus declaraciones?

—¿Quiere que diga algo que no ocurrió?

—No, señorita, quiero que diga algo que sí ocurrió. Cuéntenos una vez más, por favor, qué sucedió.

—Ya lo he contado.

—Usted ha declarado que se volvió y allí estaba él. ¿Entonces la cogió por el cuello?

—Sí.

—¿Luego le soltó el cuello y la golpeó?

—Ya he dicho que sí.

—¿Le puso morado el ojo izquierdo con un golpe del puño derecho?

—Yo me agaché y... y el puño vino como una exhalación, eso es lo que pasó. Me agaché, y vino otra vez.

—Por fin Mayella había visto la luz.

—Ahora, de pronto, usted se expresa de un modo muy claro y concreto sobre este punto. Hace un rato no lo recordaba demasiado bien, ¿verdad?

—Dije que me había golpeado.

—De acuerdo. Él la cogió por el cuello, la golpeó y luego la violó. ¿Es así?

—Es así, muy ciertamente.

—Usted es una muchacha fuerte. ¿Qué hizo, estar allí sin más?

—Le he dicho que grité y luché.

Atticus se quitó las gafas, volvió el ojo bueno, el derecho, hacia la testigo y la sometió a un diluvio de preguntas. El juez Taylor intervino:

—Una pregunta cada vez, Atticus. Dé ocasión a la testigo de contestar.

—Muy bien, ¿por qué no echó a correr?

—Lo intenté...

—¿Lo intentó? ¿Quién se lo impidió?

—Yo... él me arrojó al suelo. Eso hizo, me arrojó al suelo y se echó sobre mí.

—¿Usted estaba chillando continuamente?

—Ciertamente.

—Entonces ¿cómo no la oyeron los otros hijos? ¿Dónde estaban? ¿En el vertedero?

No hubo respuesta.

—¿Dónde estaban...? ¿Cómo no los hicieron acudir a toda prisa sus gritos? El vertedero está más cerca que el bosque, ¿verdad?

Silencio.

—¿O no chilló usted hasta que vio a su padre en la ventana? Hasta entonces no se acordó de chillar, ¿verdad?

Silencio.

—¿Quién le dio la paliza? ¿Tom Robinson o su padre de usted?

Silencio.

—¿Qué vio su padre en la ventana, un delito de violación o la mejor defensa para el mismo? ¿Por qué no dice la verdad? ¿No fue Bob Ewell quien le pegó?

Cuando Atticus se alejó de Mayella tenía un aspecto como si le doliera el estómago, pero la cara de la testigo era una mezcla de miedo y de furia. Atticus se sentó con aire fatigado.

De súbito Mayella recobró el habla.

—Tengo que decir una cosa —dijo.

Atticus insinuó:

—¿Quiere explicarnos lo que ocurrió?

Pero ella no oyó el tono de compasión de sus palabras.

—Tengo que decir una cosa, y luego no diré nada más. Aquel negro de ahí se aprovechó de mí, y si ustedes, distinguidos caballeros, no piensan hacer nada por remediarlo, es que son un puñado de cobardes apestosos; cobardes apestosos todos ustedes. Sus elegantes modales no significan nada; sus «señorita» y «señorita Mayella» no significan nada, señor Finch...

Entonces estalló en lágrimas de verdad. Sus hombros se sacudían por enojados sollozos. E hizo honor a su palabra. No contestó a ninguna otra pregunta, ni cuando Gilmer intentó ponerla de nuevo en vereda. Me figuro que si no hubiera sido tan pobre e ignorante, el juez Taylor la habría mandado al calabozo por el desprecio con que había tratado a toda la sala. De todos modos, Atticus la había herido de una determinada forma que yo no comprendía claramente; pero lo hizo sin sentir el menor placer. Se quedó sentado con la cabeza inclinada; y jamás he visto a nadie fijar una mirada de odio tan profundo como la que le dirigió Mayella cuando bajó del estrado.

Cuando Gilmer pidió al juez un receso, Taylor contestó:

—Ya es hora de tomarnos un respiro. Nos concederemos diez minutos.

Atticus y Gilmer se encontraron delante de la presidencia, se dijeron algo en voz baja y salieron de la sala por la puerta que había detrás del estrado de los testigos, lo cual fue una señal para que todos nos pusiésemos en movimiento. Yo descubrí que había estado sentada en el borde del largo banco y tenía las piernas un poco dormidas. Jem se puso en pie y estiró los brazos, Dill siguió su ejemplo, y el reverendo Sykes se secó la cara en el sombrero. La temperatura era de unos treinta y dos grados, nos dijo.

Braxton Underwood, que había estado todo el rato callado en una silla reservada para la prensa, absorbiendo declaraciones con la esponja de su cerebro, permitió que sus ojos cáusticos rondaran un momento por la galería de los negros, y nos vio. Dio un bufido y desvió la mirada.

—Jem —dije—, el señor Underwood nos ha visto.

—Es igual. No se lo dirá a Atticus, sólo lo pondrá en las notas de sociedad del *Tribune*.

Luego se volvió hacia Dill, explicándole, supongo, los puntos más delicados del juicio; pero yo no fui capaz más que de preguntarme cuáles serían. No había habido largas discusiones entre Atticus y el señor Gilmer sobre ningún punto; el fiscal parecía llevar la acusación casi con renuencia; a los testigos los había conducido de la rienda como a borregos, con pocas protestas. Pero Atticus nos había dicho en cierta ocasión que en la sala del juez Taylor el abogado que se limitara a fundar su defensa estrictamente sobre las declaraciones acababa recibiendo amonestaciones del magistrado. Y me explicó que esto significaba que por más que Taylor diese la sensación de perezoso y de adormilarse, raras veces se dejaba sorprender. Atticus decía que Taylor era un buen juez.

Poco después éste regresó y se acomodó en su sillón giratorio. Enseguida sacó un cigarro del bolsillo de la chaqueta y lo examinó minuciosamente.

—Ahora tiene tarea para el resto de la tarde —dije—. Fíjate. —Sin advertir que le observaban desde arriba, el juez Taylor cortó la punta del puro, la cogió con movimiento experto entre los labios y la acertó tan bien en una escupidera que oímos el chapoteo del agua.

—Apuesto a que escupiendo bolitas de papel mascado era imbatible —murmuró Dill.

Por lo general, un receso significaba un éxodo general; en cambio aquel día la gente no se movía. Hasta los Ociosos, que no habían conseguido que hombres más jóvenes les cedieran los asientos por cortesía, se habían quedado de pie, arrimados a las paredes. Me figuro que el señor Heck había reservado el aseo para los empleados del juzgado.

Atticus y Gilmer volvieron también, y el juez Taylor miró su reloj de bolsillo.

—Pronto darán las cuatro —dijo. Afirmación intrigante, porque el reloj del edificio tenía que haber dado las campanadas de la hora al menos dos veces. Yo no las había oído, ni había percibido sus vibraciones—. ¿Podremos dejarlo resuelto esta tarde? ¿Qué le parece, Atticus?

—Creo que sí —contestó mi padre.

—¿Cuántos testigos tiene?

—Uno.

—Pues llámelo.

19

Thomas Robinson cruzó la mano derecha debajo del brazo izquierdo y lo levantó. Guió el brazo hacia la Biblia, y la mano izquierda, que era como de goma, buscó el contacto de la oscura encuadernación. Mientras levantaba la derecha, la mano inútil se deslizó fuera de la Biblia y fue a golpear la mesa del secretario. Estaba intentándolo de nuevo cuando el juez Taylor murmuró:

—Ya basta, Tom.

Tom pronunció el juramento y fue a sentarse en la silla de los testigos. Con rapidez, Atticus le llevó a decirnos que tenía veinticinco años de edad, estaba casado y tenía tres hijos, y en una ocasión se había visto en apuros con la justicia: treinta días de calabozo por conducta desordenada.

—Muy desordenada hubo de ser —dijo Atticus—. ¿En qué consistió el desorden?

—Me peleé con un hombre que quería darme una cuchillada.

—¿Lo consiguió?

—Sí, señor, pero no lo bastante para hacerme daño —contestó Tom con su inglés dialectal de negro—. Ya ve usted, yo... —Movió el hombro izquierdo.

—Ya. ¿Les condenaron a los dos?

—Sí, señor. Yo tuve que ir al calabozo porque no pude pagar la multa. El otro pudo pagar la que le impusieron.

Dill se inclinó por delante de mí y preguntó a Jem

qué pretendía Atticus. Jem contestó que demostrar al jurado que Tom no tenía nada que ocultar.

—¿Conocía usted a Mayella Violet Ewell? —preguntó Atticus.

—Sí, señor, pasaba por delante de su casa todos los días yendo y viniendo del campo.

—¿Del campo de quién?

—Recojo algodón para el señor Link Deas.

—¿Estaba cosechando algodón en noviembre?

—No, señor, en otoño e invierno trabajo en su patio. Trabajo fijo para él todo el año; tiene muchos nogales y otras cosas.

—Dice usted que pasaba por delante de la casa de los Ewell al ir y al volver del trabajo. ¿No se puede ir por otro camino?

—No, señor; que yo sepa.

—Tom, ¿le hablaba alguna vez la muchacha?

—Pues sí, señor, al pasar yo me quitaba el sombrero, y un día me pidió que entrase en su patio y despedazase un armario.

—¿Cuándo le pidió que despedazase el armario?

—Fue la primavera pasada, señor Finch. Lo recuerdo porque era la época de partir leña, y yo llevaba una azada. Yo le dije que sólo tenía aquella azada, y me contestó que ella tenía un hacha. Me la dio y yo hice pedazos el armario. Entonces me dijo: «Me figuro que debo darle una moneda de cinco centavos, ¿verdad?» Y yo le dije: «No, señorita, no le cobro nada.» Entonces me fui a casa. Señor Finch, esto ocurría la primavera del año pasado, hace más de un año.

—¿Entró en la finca otras veces?

—Sí, señor.

—¿Cuándo?

—Pues muchas veces.

El juez Taylor cogió instintivamente el mazo, pero dejó caer la mano. El murmullo levantado en la sala murió sin que tuviese que intervenir.

—¿En qué circunstancias?

—¿Qué quiere decir, señor?

—¿Por qué entró en el patio muchas veces?

La frente de Tom Robinson se serenó.

—Ella me lo pedía, señor. Por lo visto, siempre que yo pasaba por allí tenía algún pequeño trabajo que encargarme: partir leña, traerle agua... Ella regaba todos los días aquellas flores rojas...

—¿Le pagaba sus servicios?

—No, señor; sólo me ofreció una moneda el primer día. Yo lo hacía muy contento; parecía que el señor Ewell no la ayudaba en nada, como tampoco los pequeños, y yo sabía que no podía ahorrar dinero.

—¿Dónde estaban los niños?

—Siempre estaban por los alrededores, por la finca. Algunos me miraban trabajar; otros se asomaban a la ventana.

—¿Solía hablar con usted la señorita Mayella?

—Sí, señor, hablaba conmigo.

Mientras Tom Robinson prestaba declaración se me ocurrió que Mayella Ewell debía de ser la persona más solitaria del mundo. Incluso más que Boo Radley, que no había salido de su casa en veinticinco años. Cuando Atticus le había preguntado si tenía amigos, pareció que ella no entendía lo que quería decir, y luego pensó que se burlaba. Era un ser tan triste como lo que Jem llamaba un niño mestizo: los blancos no querían contacto con ella porque vivía entre negros; los negros no querían contacto con ella porque era blanca. No podía vivir como Dolphus Raymond, que prefería la compañía de los negros, porque no poseía toda una orilla del río ni pertenecía a una familia antigua y distinguida. De los Ewell nadie decía: «Es su estilo, simplemente.» Maycomb les regalaba cestas de Navidad, dinero de la beneficencia... y el dorso de la mano. Tom Robinson era, probablemente, la única persona que la había tratado jamás con afecto. No obstante, ella dijo que la había violado, y cuando él se puso en pie le miró como si fuese polvo que pisaban sus zapatos.

Atticus interrumpió mis meditaciones.

—¿Entró alguna vez en la propiedad de los Ewell, puso el pie en la finca de los Ewell sin una invitación expresa de uno de ellos?

—No, señor Finch, nunca lo hice.

Atticus decía a veces que la manera de adivinar si un testigo mentía consistía en escuchar, más que en mirar. Lo puse en práctica: Tom negó tres veces de un sólo tirón, pero sosegadamente, sin asomo de gimoteo en su voz; y yo me sorprendí creyéndole, a pesar de que hubiese negado demasiado. Parecía un negro respetable, y un negro respetable jamás entraría en el patio de nadie por propia iniciativa.

—Tom, ¿qué le sucedió la tarde del veintiuno de noviembre del año pasado?

Abajo, los espectadores inspiraron hondo, todos a una, e inclinaron el cuerpo hacia delante. Detrás de nosotros, los negros hicieron lo mismo.

Tom tenía el color del terciopelo negro opaco. El brillante blanco de los ojos en medio de la cara, y al hablar veíamos destellos de sus dientes. Si no hubiese estado mutilado, habría sido un hermoso ejemplar de hombre.

—Señor Finch —dijo—, aquella tarde volvía a casa como de costumbre, y cuando pasé por delante de la de los Ewell, la señorita Mayella estaba en el porche, como ella misma ha dicho. Había un gran silencio, pero yo no sabía muy bien por qué. Mientras caminaba iba pensando en eso, cuando ella me dijo que entrase y la ayudase un momento. Bien, entré en el patio y me puse a mirar si había leña que partir, pero no vi ninguna, y ella me dijo: «Tengo un poco de trabajo para ti dentro de casa. La vieja puerta se ha salido de los goznes, el otoño se nos echa encima.» Yo le dije: «¿Tiene usted un destornillador, señorita Mayella?» Ella contestó que sí tenía uno. Bien, subí las escaleras y ella me indicó con un ademán que entrase; yo entré en el cuarto del frente y examiné la puerta. Dije: «Señorita Mayella, esta puerta está perfectamente bien.» La moví adelante y atrás, y los goznes estaban bien. Entonces ella cerró la puerta ante mis propias narices. Señor Finch, en ese momento comprendí por qué había tanto silencio, era porque no había ningún niño en la casa; no había ni uno, y le pregunté a la señorita Mayella: «¿Dónde están los niños?»

La piel de Tom había empezado a brillar y él se pasó la mano por la cara.

—Dije: «Dónde están los niños?» —continuó—, y ella me dijo (estaba sonriendo, o eso parecía), ella me dijo que se habían ido a la ciudad a comprar mantecados. Me dijo: «Me ha costado un año bisiesto reunir las monedas suficientes, pero lo he conseguido. Están todos en la ciudad.»

La incomodidad de Tom no venía del sudor.

—¿Qué dijo usted entonces, Tom? —preguntó Atticus.

—Dije algo como: «Caramba, ha hecho usted muy bien, señorita Mayella.» Y ella dijo: «¿Lo crees así?» No creo que entendiese lo que yo estaba pensando; yo quería decir que había hecho bien ahorrando de aquel modo para darles un gusto a los niños.

—Le comprendo, Tom. Siga —pidió Atticus.

—Bien, yo dije que sería mejor que continuase mi camino, que no podía serle útil, pero ella dijo que sí; yo le pregunté en qué, y ella dijo que subiese a una silla y le alcanzase una caja que había encima del armario.

—¿No era el mismo armario que usted despedazó? —preguntó Atticus.

El testigo sonrió.

—No, señor, era otro. Casi tan alto como el techo. Así pues, hice lo que me pedía, y estaba levantando el brazo para alcanzar la caja cuando ella se... se abrazó a mis piernas. Me asustó tanto que bajé de un salto y tumbé la silla; aquélla fue la única cosa, el único mueble que quedó fuera de sitio en el cuarto cuando me marché, señor Finch. Lo juro ante Dios.

—¿Qué pasó luego que usted hubo volcado la silla?

Tom Robinson había llegado a un punto muerto. Miró a Atticus, luego al jurado, luego al señor Underwood, sentado al otro lado de la sala.

—Tom, usted ha jurado sobre la Biblia decir toda la verdad. ¿Quiere decirla?

Él se pasó la mano por la boca con gesto nervioso.

—¿Qué ocurrió después de aquello? —insistió Atticus.

—Conteste la pregunta —lo apremió el juez. Un tercio de su cigarro había desaparecido.

—Señor Finch, al saltar de la silla me volví y ella se me echó encima.

—¿Se le echó encima? ¿Violentamente?

—No, señor, me... me abrazó. Me abrazó por la cintura.

Esta vez el mazo del juez se abatió con estrépito, al mismo tiempo que se encendían las luces de la sala. La oscuridad no había llegado todavía, pero el sol se había apartado de las ventanas. Taylor restableció rápidamente el orden.

—¿Qué hizo luego la muchacha?

El testigo estiró el cuello con dificultad.

—Se puso de puntillas y me besó en un lado de la cara. Dijo que nunca había besado a un hombre adulto y que lo mismo daba que besase a un negro. Dijo que lo que le hiciese su padre no importaba. Dijo: «Devuélveme el beso, negro.» Yo dije: «Señorita Mayella, déjeme salir de aquí», e intenté echar a correr, pero ella se apoyó de espaldas contra la puerta. No tenía intención de empujarla a una lado, señor Finch, así que le pedí que me dejase pasar, pero en el momento en que se lo decía, el señor Ewell se puso a gritar por la ventana.

—¿Qué decía?

Tom Robinson cerró los ojos, apretando los párpados.

—Decía: «¡So puta maldita, te mataré!»

—¿Qué pasó entonces?

—Yo corrí tan deprisa que no sé lo que pasó.

—Tom, ¿usted no violó a Mayella Ewell?

—No, señor.

—¿No le hizo ningún daño en ningún sentido?

—No, señor.

—¿Se resistió a sus requerimientos?

—Lo intenté, señor Finch. Intenté resistir sin portarme mal con ella, no quería empujarla ni hacerle ningún daño.

A mí se me antojó que, a su manera, Tom tenía tan buenos modales como Atticus. Hasta que mi padre me lo explicó más tarde, no comprendí lo delicado del caso en que se encontraba Tom: bajo ninguna circunstancia habría osado pegar a una mujer blanca, pues si lo hacía no viviría mucho tiempo; por ello aprovechó la primera oportunidad para huir corriendo: signo seguro de culpabilidad.

—Tom, retroceda una vez más al señor Ewell —pidió Atticus—. ¿Le dijo algo a usted?

—Nada en absoluto, señor. Es posible que luego dijera algo, pero yo no estaba allí...

—Está bien —dijo Atticus—. ¿Qué oyó usted? ¿A quién le hablaba él?

—Señor Finch, él le hablaba y miraba a la señorita Mayella.

—¿Entonces usted echó a correr?

—Eso hice, señor.

—¿Por qué?

—Tenía miedo, señor.

—¿Por qué?

—Señor Finch, si usted fuese negro como yo, no me haría esa pregunta.

Atticus se sentó. Gilmer se encaminaba hacia el estrado de los testigos, pero antes de que llegase allí, Link Deas se levantó entre el público y anunció:

—Sólo quiero que todos ustedes sepan una cosa desde este mismo momento. Ese muchacho ha trabajado ocho años para mí y no me ha dado ni el más pequeño disgusto. Nada.

—¡Cállese, señor Deas! —rugió el juez Taylor, que estaba perfectamente despierto. Por milagro, el cigarro no le suponía el menor estorbo para hablar—. ¡Link Deas —gritó—, si tiene usted algo que decir puede decirlo bajo juramento y en el momento adecuado, pero hasta entonces salga de esta sala! ¿Me oye? Salga de esta sala ahora mismo. ¡Que me cuelguen si tengo que volver a ocuparme de un caso como éste!

Los ojos del juez lanzaban puñales contra Atticus, como retándole a que dijera algo, pero Atticus había bajado la cabeza y sonreía mirándose el regazo. Yo recordé un comentario que había hecho acerca de que las observaciones del juez Taylor se salían a veces de sus competencias, pero que pocos abogados protestaban de ellas. Miré a Jem, que meneó la cabeza.

—No es lo mismo que si un miembro del jurado tomase la palabra —me explicó—. Entonces sería diferente. El señor Link no ha hecho otra cosa que alterar el orden, o algo por el estilo.

El juez Taylor ordenó al secretario que suprimiera todo lo que hubiese escrito, si había escrito algo, después de «Señor Finch, si usted fuese negro como yo, no me haría esa pregunta», y dijo al jurado que pasara por alto la interrupción. Fijó la mirada con recelo en el fondo del pasillo central y esperó, supongo, que Link Deas se marchase definitivamente. Luego dijo:

—Prosiga, señor Gilmer.

—¿Le impusieron treinta días por conducta desordenada, Robinson? —preguntó el fiscal.

—Sí, señor.

—¿Qué aspecto tenía el otro hombre cuando usted lo dejó?

—Fue él quien me pegó, señor Gilmer.

—Pero a usted lo condenaron, ¿verdad?

Atticus levantó la cabeza.

—Fue una falta de mala conducta y figura en los archivos, señoría. —Me pareció que su voz denotaba cansancio.

—El testigo debe responder, a pesar de todo —replicó el juez con idéntica fatiga.

—Sí, señor, me impusieron treinta días.

Comprendí que Gilmer quería hacer notar al jurado que toda persona que fuera condenada por conducta desordenada era muy fácil que hubiese albergado el propósito de violar a Mayella Ewell, que era el único argumento que le interesaba. Argumentos de tal especie siempre producían impresión.

—Robinson, usted se desenvuelve muy bien para desmenuzar armarios y partir leña, ¿verdad?

—Sí, señor, eso creo.

—¿Es bastante fuerte para cortarle la respiración a una mujer y arrojarla al suelo?

—Eso no lo he hecho nunca, señor.

—¿Pero es bastante fuerte para hacerlo?

—Creo que sí, señor.

—Hacía mucho tiempo que tenía el ojo puesto en esa joven, ¿verdad, muchacho?

—No, señor, nunca la había mirado.

—Pero se mostraba usted extremadamente cortés al partir tantas cosas y transportar tantos pesos por ella, ¿no es así?

—Sólo trataba de ayudarla, señor.

—Pero después de su jornada usted tenía cosas que hacer en casa, ¿verdad?

—Sí, señor.

—¿Por qué no las hacía, en lugar de preocuparse de las de la señorita Ewell?

—Hacía las unas y las otras, señor.

—¿Por qué?

—¿Qué quiere decir, señor?

—¿Por qué tenía tanto afán por hacerle las tareas a aquella mujer?

Tom titubeó buscando una respuesta.

—Como he dicho, parecía que no había nadie que la ayudase...

—¿Con el señor Ewell y siete niños en la casa, muchacho?

—Bien, yo he dicho que me lo parecía...

—Muchacho, ¿se ponía a partir leña y hacer todos aquellos trabajos por pura bondad?

—Procuraba ayudarla, como he dicho.

Gilmer sonrió al jurado.

—Por lo visto es usted un hombre muy bondadoso. ¿Hacía todo aquello sin pensar en cobrar ni un penique?

—Sí, señor. Ella me daba mucha pena, parecía poner más empeño que todos los demás...

—¿A usted le daba pena ella, eso ha dicho? —Gilmer parecía no dar crédito a sus oídos.

Tom comprendió su error y se revolvió en la silla. Pero el mal estaba hecho. En la sala, esas palabras del acusado no gustaron a nadie. Gilmer hizo una larga pausa para dejar que fuesen bien asimiladas.

—Así pues, usted pasó por delante de la casa, como de costumbre, el veintiuno de noviembre pasado —dijo luego—, y ella le pidió que entrase y le hiciese pedazos un armario.

—No, señor.

—¿Niega haber pasado por delante de la casa?

—No, señor; ella dijo que tenía que hacerle algo dentro de la casa...

—Ella dice que le pidió que le despedazase un armario, ¿no es eso?

—No, señor, no lo es.

—Entonces, ¿usted dice que ella miente, muchacho?

Atticus se había puesto en pie, pero Tom Robinson no le necesitó.

—Yo no digo que mienta, señor Gilmer, digo que está en una confusión.

—¿El señor Ewell no lo hizo huir corriendo de la casa, muchacho?

—No, señor, no lo creo.

—No lo creo... ¿Qué quiere decir?

—Quiero decir que no me quedé lo suficiente para que me hiciera huir corriendo.

—Es muy franco sobre este punto. ¿Por qué huyó tan deprisa?

—He dicho que tenía miedo, señor.

—Si tenía la conciencia limpia, ¿por qué tenía miedo?

—Como he dicho antes, no era conveniente para un negro encontrarse en una... situación como aquélla.

—Pero usted no había hecho nada; usted ha declarado que sólo se resistió a las insinuaciones de la señorita Ewell. ¿Tenía tanto miedo de que ella le hiciese algún daño que corrió, siendo un hombre fornido como es?

—No, señor, tenía miedo de verme en el juzgado, como me veo ahora.

—¿Miedo de que le detuvieran? ¿Miedo de tener que enfrentarse con lo que hizo?

—No, señor, miedo de tener que enfrentarme con lo que no hice.

—¿Se muestra insolente conmigo, muchacho?

—No, señor, de ninguna manera.

Esto fue todo lo que oí del interrogatorio, porque Jem me obligó a sacar fuera a Dill. Por algún motivo, Dill se había puesto a llorar y no podía parar; calladamente al principio, pero luego varias personas de la galería oyeron sus sollozos. Jem dijo que si no me iba con él, me obligaría, y como el reverendo Sykes también insistió en que saliera, así lo hice.

—¿Te encuentras bien? —le pregunté después.

Dill procuró dominarse mientras bajábamos deprisa las escaleras. Al pie de la misma estaba Link Deas.

—¿Ocurre algo Scout? —preguntó cuando pasamos por su lado.

—No, señor —contesté volviendo la cabeza—. Dill está enfermo... Vamos allá, debajo de los árboles —le dije a Dill—. El calor se te ha puesto en el cuerpo, me figuro.

Escogimos una encina y nos sentamos debajo.

—Es que no aguantaba a ese hombre —explicó Dill.

—¿A quién, a Tom?

—Al viejo, al señor Gilmer, que le trataba de ese modo y le hablaba de esa manera tan odiosa...

—Es su trabajo, Dill. Mira, si no tuviésemos fiscales... Bueno, no podríamos tener abogados defensores, ¿no?

Dill suspiró.

—Ya lo sé, Scout. Pero su manera de hablar me ha dado náuseas; me ha puesto enfermo de veras.

—Tiene que obrar así, Dill, sólo estaba inten...

—No obra así cuando...

—Dill, los otros eran sus testigos.

—Tu padre no se portó igual con Mayella y el viejo Ewell cuando los interrogó. El tono con que ese Gilmer lo llamaba «muchacho» y se mofaba de él, y volvía la mirada hacia el jurado cada vez que Tom contestaba...

—Vale, Dill, al fin y al cabo no es más que un negro.

—Me importa un comino. No es justo... no es justo tratarlos de ese modo.

—Es el estilo del señor Gilmer, Dill; a todos los trata así. Tú nunca le has visto ensañarse de veras con alguien. Vaya, cuando... mira, a mí se me antoja que hoy el señor

Gilmer no se ha esforzado demasiado. A todos los tratan de ese modo; la mayoría de los abogados, quiero decir.

—Tu padre no lo hace.

—Atticus no sigue la regla general, Dill, él es... —Rebusqué en la memoria una frase aguda de Maudie Atkinson—: Atticus es el mismo en la sala del juzgado que en la vía pública.

—No me refiero a eso —objetó Dill.

—Sé lo que quieres decir, muchacho —exclamó una voz detrás de nosotros. Pensamos que había salido del tronco de la encina, pero pertenecía a Dolphus Raymond—. No es que seas demasiado fino, es sencillamente que te da asco, ¿verdad?

20

—Da la vuelta y ven aquí, hijo, tengo algo que te arreglará el estómago.

Como Dolphus Raymond era un hombre malo, seguí a Dill con renuencia. No sé por qué, pero no creía que a Atticus le gustase que nos hiciésemos amigos del señor Raymond, y sabía perfectamente que a la tía Alexandra no le gustaría.

—Toma —dijo, ofreciendo a Dill su bolsa de papel con las dos pajitas—. Bebe un buen sorbo; esto te calmará.

Dill dio un sorbido, sonrió, y luego sorbió un poco más.

—¡Eh, eh! —exclamó el señor Raymond, visiblemente complacido de corromper a un chiquillo.

—Dill, ten cuidado —le advertí.

Él sonrió.

—Scout, sólo es Coca-Cola.

El señor Raymond se apoyó contra el tronco. Hasta entonces había estado tendido en la hierba.

—No me delataréis ahora, ¿verdad? Si lo hicieseis arruinaríais mi reputación.

—¿Quiere decir que todo lo que bebe de esa bolsa es Coca-Cola? ¿Coca-Cola y nada más?

—Sí, señorita —asintió él. Me gustaba el olor que despedía: a cuero, caballos y semillas de algodón. Llevaba las únicas botas inglesas de montar que había visto en mi vida—. Es lo único que bebo la mayor parte del tiempo.

—¿Entonces únicamente finge que está medio...? Perdón, señor. —Me contuve a tiempo—. No pretendía ser... —Él soltó una risita, sin mostrarse nada ofendido, y yo intenté reformular la pregunta—: ¿Por qué obra de ese modo?

—Bah... oh, sí, ¿queréis decir por qué finjo? Es muy sencillo —contestó—. A ciertas personas no les gusta mi manera de vivir. Bien, yo podría mandarlas al infierno, si no les gusta no me importa. Pero no las mando al infierno, ¿comprendéis?...

Dill y yo contestamos al unísono:

—No, señor.

—Procuro proporcionarles una explicación, ya lo veis. La gente se siente satisfecha si puede encontrar una explicación. Si cuando vengo a la ciudad, cosa que hago muy de tarde en tarde, me bamboleo un poco y bebo de esta bolsa, la gente puede decir que Dolphus Raymond es un esclavo del whisky y por eso no enmienda su conducta. No es dueño de sí mismo y por eso vive como vive.

—Pero no está bien, señor Raymond, que se finja más malo de lo que ya es.

—No está bien, pero a la gente le resulta muy útil. Entre nosotros, señorita Finch, yo no soy un gran bebedor, pero los demás nunca comprenderían que vivo como vivo porque así quiero vivir.

Yo tenía la intuición de que no debía estar allí escuchando a aquel hombre pecaminoso que tenía hijos mestizos y no le importaba que la gente lo supiera, pero lo encontraba fascinante. Jamás había topado con alguien que deliberadamente quisiera desacreditarse. Pero ¿por qué nos confiaba su gran secreto? Se lo pregunté.

—Porque vosotros sois niños y podéis comprenderlo —dijo—, y porque he oído a éste... —Y con un ademán de la cabeza indicó a Dill—. Las cosas del mundo aún no lo han corrompido del todo. Deja que se haga un poco mayor y ya no sentirá asco ni llorará. Quizá crea que las cosas no están... digamos, del todo bien, pero no llorará; cuando tenga unos años más, ya no.

—¿Llorar por qué, señor Raymond? —El orgullo de Dill asomó la cabeza.

—Llorar por el infierno puro y duro en que unas personas hunden a otras... sin detenerse a pensarlo siquiera. Llorar por el infierno en que los hombres blancos hunden a los de color, sin pensar que también son personas.

—Atticus dice que estafar a un hombre de color es diez veces peor que estafar a un blanco —murmuré—. Dice que es lo peor que se puede hacer.

—No creo que lo sea —replicó el señor Raymond—. Señorita Jean Louise, tú aún no sabes que tu padre no es un hombre corriente: tardarás unos años en comprender ese hecho; todavía no has visto bastante mundo. Ni siquiera has visto esta ciudad, pero en el juzgado aprenderás muchas cosas.

Lo cual me recordó que nos estábamos perdiendo casi todo el interrogatorio del acusado por parte del señor Gilmer. Levanté los ojos hacia el sol y vi que se hundía rápidamente detrás de las tiendas de la plaza. Entre dos fuegos, no sabía sobre cuál saltar: si el señor Raymond o el Tribunal del Quinto Distrito Judicial.

—Vamos, Dill —dije al final—. ¿Te sientes bien ahora?

—Sí. Encantado de haberlo conocido, señor Raymond, y gracias por la bebida; ha sido un remedio reconfortante.

Volvimos a toda prisa al juzgado, subimos las escaleras corriendo y nos abrimos paso hasta la barandilla de la galería. El reverendo Sykes nos había guardado los asientos.

La sala estaba en silencio; me pregunté dónde estarían los niños. El cigarro del juez Taylor era una mancha parda en el centro de su boca; el señor Gilmer estaba escribiendo en su mesa, tratando de aventajar al taquígrafo del juzgado, cuya mano se movía rápidamente.

—Rayos —murmuré—, nos lo hemos perdido.

Atticus estaba en pleno alegato. Encima de su mesa había unos papeles y Tom Robinson estaba jugueteando con ellos.

—... y aun en ausencia de toda prueba fehaciente, este hombre ha sido acusado de un delito capital por el que en estos momentos se le juzga, y del fallo depende su vida...

Di un codazo a Jem.

—¿Cuánto rato lleva hablando?

—Ha hecho un repaso de las pruebas, nada más —susurró Jem—. Seguro que ganaremos. No veo ninguna posibilidad de que gane Gilmer. Lleva cinco minutos hablando. Lo ha presentado todo tan claro y sencillo como... como si yo te lo hubiese explicado a ti. Hasta tú lo habrías entendido.

—¿Gilmer ha...?

—Ssshh. Nada nuevo. Y ahora cállate.

Miramos abajo. Atticus hablaba con soltura, con la misma naturalidad indiferente que cuando dictaba una carta. Se paseaba arriba y abajo, despacio, delante del jurado, cuyos miembros parecían atentos: tenían las cabezas levantadas y seguían a Atticus con una expresión que parecía de aprecio. Me figuro que se debía a que papá no hablaba con voz tonante.

Se interrumpió y de pronto hizo algo que no solía hacer: se quitó el reloj y la cadena y los dejó encima de la mesa, diciendo:

—Con el permiso de la sala...

El juez asintió con la cabeza, y entonces Atticus hizo algo que no le he visto hacer nunca antes ni después, ni en público ni en privado: se desabrochó el chaleco y el cuello de la camisa, se aflojó la corbata y se quitó la chaqueta. Jamás se aflojaba ni una prenda hasta que se acostaba, y para nosotros aquello era como si estuviera desnudo delante de todo el mundo. Mi hermano y yo nos miramos horrorizados.

Atticus metió las manos en los bolsillos, y mientras se acercaba de nuevo al jurado vi el botón de oro del cuello de su camisa y las puntas de su lápiz y su pluma destellando a la luz.

—Caballeros... —dijo, y nosotros volvimos a mirarnos: Atticus podría haber dicho del mismo modo «Scout». Su voz había perdido la aridez, el tono indiferente, y hablaba con el jurado como si fuese un grupo de hombres reunidos en la esquina de la oficina de Correos—. Caballeros —repitió—, seré breve, pero querría emplear el tiempo que me queda para recordarles que este caso no ofrece dificultad, no requiere un examen minucioso de hechos complejos, pero sí exige que ustedes estén seguros, más allá de toda duda razonable, de la culpabilidad del acusado. Para empezar, diré que este caso no debía haberse ventilado ante un tribunal. Es un caso tan simple como lo blanco y lo negro.

»La acusación no ha presentado la menor prueba médica de que el delito que se atribuye a Tom Robinson tuviera lugar jamás. En su lugar, se ha apoyado en las declaraciones de dos testigos cuyo testimonio no sólo ha quedado en grave entredicho al interrogarles la defensa, sino que ha sido absolutamente rechazado por el acusado. El acusado no es culpable, pero hay alguien en esta sala que sí lo es.

»No tengo en el corazón otra cosa que pena por la testigo principal de la acusación, pero mi piedad no llega hasta el punto de admitir que ponga en juego la vida de un hombre, cosa que ella ha hecho en un esfuerzo por librarse de su propia culpa.

»He dicho culpa, caballeros, porque la culpa fue lo que la impulsó. La testigo no ha cometido ningún delito; simplemente, ha quebrantado una norma de nuestra sociedad, rígida y consolidada por el tiempo, una norma tan severa que todo el que la infringe es expulsado de la sociedad como inaceptable para vivir entre nosotros. La testigo es víctima de una pobreza y una ignorancia crueles, pero no puedo compadecerla: es blanca. Ella conocía bien la enormidad de su falta, pero como sus deseos eran más fuertes que la norma que estaba saltándose, persistió en saltársela. Persistió, y su reacción subsiguiente pertenece a una especie que todos hemos visto en una u otra ocasión. Hizo una cosa que todos los niños han hecho: trató de apartar de sí la prueba de su falta.

»Pero en este caso no se trata de un niño escondiendo un objeto robado, sino que la señortia Mayella ha querido dañar a su víctima. Sintió la necesidad de apartarlo de sí, de quitarlo de su presencia, de sacarlo de este mundo. Ella buscaba destruir la prueba de su falta. ¿Cuál es dicha prueba?: Tom Robinson, un hombre. Tom Robinson le recordaría todos los días lo que había hecho. Pero ¿qué hizo? Tentar a un negro. Ella es blanca y tentó a un negro. Hizo una cosa que en nuestra sociedad no tiene justificación: besó a un hombre negro. No a un anciano, sino a un negro joven y vigoroso. No tuvo en cuenta ninguna norma antes de quebrantarlas, pero luego cayeron sobre ella con fuerza.

»Su padre lo vio, y el acusado ha dicho cuáles fueron sus palabras. ¿Qué hizo su padre? No lo sabemos, pero hay pruebas circunstanciales que indican que Mayella Ewell fue golpeada brutalmente por alguien que pegaba casi sólo con la izquierda. Sabemos en parte lo que hizo el señor Ewell: hizo lo que todo hombre blanco respetable, perseverante y temeroso de Dios habría hecho en aquellas circunstancias: presentó una denuncia, sin duda con la mano izquierda, y aquí está Tom Robinson, sentado ante ustedes, habiendo prestado juramento con la única mano buena que posee, la derecha.

»Y un negro tan callado, humilde, respetable, que

cometió la inexcusable temeridad de sentir pena por una mujer blanca, ha tenido que poner su palabra contra la de dos personas blancas. No necesito recordarles a ustedes el modo cómo éstas se han presentado y conducido en el estrado; lo han visto por sí mismos. Los testigos de la acusación, exceptuando al *sheriff* del condado de Maycomb, se han presentado ante ustedes, caballeros, ante este tribunal, con la cínica confianza de que nadie dudaría de su testimonio, confiados en que ustedes compartirían con ellos la presunción (la malvada presunción) de que todos los negros mienten, de que todos los negros son criaturas inmorales, de que no se puede dejar a ningún negro cerca de nuestras mujeres...

»Lo cual, caballeros, sabemos que es una mentira tan negra como la piel de Tom Robinson, una mentira que no tengo que explicar ante ustedes. Ustedes saben la verdad, y la verdad es que algunos negros mienten, algunos negros son inmorales, algunos negros no merecen la confianza de estar cerca de las mujeres... blancas o negras. Pero ésta es una verdad que se aplica a toda la especie humana y no a una raza particular de hombres. No hay en esta sala una sola persona que nunca haya dicho una mentira, que nunca haya cometido una acción inmoral, y no hay un hombre vivo que nunca haya mirado a una mujer con deseo.

Atticus hizo una pausa y sacó el pañuelo. Se quitó las gafas y las limpió. Nosotros vimos otra cosa nueva: nunca le habíamos visto sudar; era uno de esos hombres cuyo rostro jamás transpira, y en cambio ahora tenía la cara humedecida.

—Una cosa más, caballeros, antes de que termine. Thomas Jefferson dijo una vez que todos los hombres son creados iguales, una frase que a los yanquis les gusta recordarnos. En este año de gracia de 1935 ciertas personas tienden a utilizar esa frase en un sentido literal, aplicándola a todas las situaciones. El ejemplo más ridículo que se me ocurre es que las personas que rigen la educación pública favorecen a los vagos y tontos a la par que a los laboriosos; como todos los hombres son creados iguales, les dirán los educadores, los niños que se retrasan sufren terribles sentimientos de inferioridad. Sabemos que no todos los hombres son creados iguales en el sentido que algunas personas querrían hacernos creer; unos son más listos que otros, unos tienen mayores oportunidades porque les vienen de nacimiento, unos hombres ganan más dinero que otros, unas mujeres guisan mejor que otras, algunas personas nacen mejor dotadas que el término medio de los seres humanos.

»Pero hay una cosa en este país ante la cual todos los hombres son iguales; hay una institución humana que hace a un pobre el igual de un Rockefeller, a un estúpido el igual de un Einstein, y a un ignorante el igual de un director de colegio. Esta institución, caballeros, es un tribunal. Puede ser el Tribunal Supremo de Estados Unidos, o el juzgado más humilde del país, o este honorable tribunal que ustedes componen. Nuestros tribunales tienen sus defectos, como los tienen todas las instituciones humanas, pero en este país nuestros tribunales son los grandes niveladores, y para nuestros tribunales todos los hombres han nacido iguales.

»No soy un idealista que crea firmemente en la integridad de nuestros tribunales ni del sistema de jurado; esto no es para mí una cosa ideal, es una realidad práctica. Caballeros, un tribunal no es mejor que cada uno de ustedes, los jurados que están sentados delante de mí. La rectitud de un tribunal llega únicamente hasta donde llega la rectitud de su jurado, y la rectitud de un jurado llega sólo hasta donde llega la de los hombres que lo componen. Confío en que ustedes, caballeros, repasarán con objetividad las declaraciones que han escuchado, tomarán una decisión y devolverán este hombre a su familia. En nombre de Dios, cumplan con su deber.

La voz de Atticus había descendido, y mientras se volvía de espaldas al jurado dijo algo que no entendí, más para sí que para el tribunal.

—¿Qué ha dicho? —le pregunté a Jem, dándole un codazo.

—«En nombre de Dios, creedle», eso ha dicho.

Dill levantó el brazo súbitamente por delante de mí y dio un tirón a Jem.

—¡Mirad allá!

Seguimos la dirección de su índice y el corazón nos dio un vuelco: Calpurnia avanzaba por el pasillo central directamente hacia Atticus.

21

Se detuvo ante la balaustrada y esperó a que el juez Taylor se fijase en ella. Llevaba un delantal nuevo y un sobre en la mano.

El juez la vio y dijo:

—Eres Calpurnia, ¿verdad?

—Sí, señor —respondió ella—. ¿Tendría la bondad de dejarme entregar este sobre al señor Finch? No tiene nada que ver con... con el juicio.

El magistrado asintió con la cabeza y Atticus cogió el sobre. Lo abrió, leyó su contenido y dijo:

—Señoría, yo... Esta nota es de mi hermana. Dice que mis hijos faltan de casa, han desaparecido al mediodía... Yo... ¿podría usted...?

—Sé dónde están, Atticus. —Era el señor Underwood—. Están en la galería de los negros; han estado allí desde la una y dieciocho minutos del mediodía.

Nuestro padre se volvió y levantó la mirada.

—¡Jem, baja de ahí! —ordenó.

Luego dijo algo al juez que no oímos. Pasamos al otro lado del reverendo Sykes y nos dirigimos hacia la escalera.

Abajo, Atticus y Calpurnia se reunieron con nosotros. Calpurnia parecía irritada; en cambio, Atticus parecía agotado. Jem saltaba de entusiasmo.

—Hemos ganado, ¿verdad, padre?

—No lo sé —contestó lacónicamente—. ¿Habéis estado aquí toda la tarde? Marchaos a casa con Calpurnia, cenad... y quedaos allí.

—Oh, Atticus, déjanos volver —suplicó Jem—. Déjanos oír el veredicto, por favor...

—El jurado puede tardar cinco minutos u horas, eso nunca se sabe... —Pero todos adivinamos que estaba cediendo—. Bien, habéis oído todo lo que se ha dicho, tanto da que oigáis el resto. Os diré lo que haremos: cuando hayáis cenado podéis regresar (comed despacio, eh, no os perderéis nada importante), y si el jurado todavía está deliberando, podréis esperar con nosotros. Pero confío en que antes de que regreséis habrá terminado todo.

—¿Crees que le absolverán tan deprisa? —preguntó Jem.

Atticus fue a contestar, pero se abstuvo y se alejó.

Yo rogué a Dios que el reverendo Sykes nos guardase los asientos, pero dejé de hacerlo cuando recordé que mientras el jurado deliberaba la gente salía a riadas a estirar las piernas; hoy invadirían los bares, el café O.K. y el hotel; a menos que también se hubiesen traído la cena.

Calpurnia no estaba para bromas.

—Os despellejaré a los dos. ¡Pensar, Dios mío, que vosotros, unos niños, habéis escuchado todas esas cosas! Señorito Jem, ¿no sabe llevar a su hermana a un sitio mejor que a un juicio? ¡Cuando lo sepa, la señorita Alexandra tendrá una apoplejía! No está bien que los niños oigan... —Las farolas de la calle estaban encendidas y cuando pasábamos cerca de ellas veíamos por un momento el indignado perfil de Calpurnia—. Señorito Jem, yo pensaba que ya tenía la cabeza encima de los hombros... ¡Menuda idea, Señor; es su hermanita! Debería estar avergonzado de sí mismo... ¿Es que no tiene ni pizca de buen sentido?

Yo rebosaba de gozo. En tan poco rato habían pasado tantas cosas que comprendía que necesitaría años para clasificarlas, y ahora ahí estaba Calpurnia dándole un buen repaso a su adorado Jem... ¿Qué nuevas maravillas me depararía el día?

Mi hermano se reía.

—¿No quieres que te lo contemos, Cal?

—¡Cierre la boca, señorito! Cuando debería bajar la cabeza avergonzado, continúa riendo... —Calpurnia sacó a relucir una serie de amenazas enmohecidas que suscitaron pocos remordimientos en Jem, y subió a toda prisa los escalones del porche con su clásico—: ¡Si el señor Finch no le muele a golpes, lo haré yo! ¡Entre en casa, señorito!

Jem entró sonriendo, y Calpurnia consintió, con un gesto, que Dill se quedase a cenar.

—Id todos a ver a la señorita Rachel, y tú le dices dónde has estado —ordenó—. Anda desesperada, buscándoos por todas partes; tendrás suerte si mañana por la mañana no te envía de regreso a Meridian.

La tía Alexandra salió a nuestro encuentro y por poco se desmaya cuando Calpurnia le dijo dónde estábamos. Me figuro que se dio por ofendida cuando le explicamos que Atticus había dicho que podíamos volver allá, pues durante toda la cena no pronunció palabra. Se limitó a reordenar el contenido de su plato, mirándolo tristemente mientras Calpurnia nos servía a Jem, a Dill y a mí con actitud airada. Mientras llenaba las tazas de leche y traía ensalada de patatas con jamón, repetía con diversos grados de represión:

—Deberíais avergonzaros de vosotros mismos. —Su admonición final fue—: Y ahora comed despacio.

El reverendo Sykes nos había guardado el sitio. Nos sorprendió comprobar que habíamos estado ausentes cerca de una hora, y también encontrar la sala exactamente como la habíamos dejado, con sólo algunos cambios: el recinto del jurado estaba vacío; el acusado estaba fuera; también el juez Taylor había salido, pero volvió cuando nos sentábamos.

—Apenas se ha movido nadie de su asiento —dijo Jem.

—La gente se ha agitado un poco cuando se marchó el jurado —explicó el reverendo—. Los de ahí abajo han traído la cena a sus mujeres, y ellas han alimentado a los pequeños.

—¿Cuánto rato hace que están fuera? —preguntó Jem.

—Unos treinta minutos. El señor Finch y el señor Gilmer han dicho algunas cosas, y el juez Taylor ha dirigido la palabra al jurado.

—¿Cómo ha estado el juez? —inquirió Jem.

—¿Qué ha dicho? Pues lo ha hecho muy bien. No me quejo de nada; ha demostrado gran sentido de la equidad. Ha dicho, más o menos: si creéis esto habéis de volver con un veredicto, pero si creéis lo otro, habéis de volver con otro. Yo creo que se inclinaba un poco de nuestra parte... —Sykes se rascó la cabeza.

Jem sonrió.

—Él no tiene que inclinarse hacia ninguna parte, reverendo, pero no se inquiete: hemos ganado —dijo con aire de enteradillo—. No veo que ningún jurado pueda condenar sobre la base de lo que hemos oído...

—No esté tan confiado, señorito Jem, nunca he visto a ningún jurado decidirse en favor de un negro en contra de un blanco...

Pero Jem replicó al reverendo Sykes, y nos sometió a un extenso repaso de las pruebas, mezcladas con sus ideas acerca de la ley sobre la violación: no era violación si ella consentía, aunque debía tener dieciocho años —en Alabama, al menos—. Mayella tenía diecinueve. Al parecer, una tenía que dar patadas y gritar, tenía que ser sometida por la fuerza bruta y amarrada para que se considerase violación, y era mejor incluso que la dejasen sin sentido de un golpe. Si una tenía menos de dieciocho años, no había que pasar por todo eso.

—Señorito Jem —protestó el reverendo—, no es de buena crianza que las señoritas jóvenes escuchen estas cosas...

—Bah, Scout no sabe de lo que estamos hablando —dijo Jem—. Scout, esto es demasiado de persona mayor para ti, ¿verdad?

—Pues eso te lo crees tú; entiendo perfectamente todas las palabras que dices. —Quizá soné demasiado convincente, porque Jem cambió de tema.

—¿Qué hora es, reverendo? —preguntó.

—Casi las ocho.

Miré abajo y vi a Atticus deambulando por allí con las manos en los bolsillos. Después de pasearse por delante de las ventanas siguió a lo largo de la balaustrada hasta la tarima del jurado. Miró los asientos vacíos, luego observó al juez Taylor en su trono, y regresó al punto de partida. Yo capté su mirada y le saludé con la mano. Él me correspondió con un movimiento de la cabeza, y reanudó el paseo.

El fiscal Gilmer estaba de pie junto a las ventanas, hablando con el señor Underwood. Bert, el secretario y taquígrafo del juzgado, estaba fumando un cigarrillo, arrellanado en la silla y con los pies apoyados en la mesa.

Atticus, Gilmer, el juez Taylor, profundamente dormido, y Bert eran las únicas personas que aparentaban comportarse de un modo normal. No he visto jamás una sala de tribunal tan atestada y al mismo tiempo tan inmóvil y expectante. Algún pequeñuelo berreaba a veces, y algún chiquillo se escabullía al exterior, pero los mayores se comportaban como si estuvieran en la iglesia. En la galería, los negros permanecían sentados o de pie a nuestro alrededor con una paciencia bíblica.

El reloj del edificio emitió sus chirridos habituales y luego y dio la hora, ocho campanadas que nos estremecieron.

Cuando dio once campanadas, yo no sentía nada; cansada de tanto resistir el sueño, me había concedido descabezarlo recostada en el cómodo apoyo del brazo y el hombro del reverendo Sykes. Me desperté de una sacudida e hice un esfuerzo para continuar despierta, bajando la vista y concentrando la atención en las cabezas de abajo: había dieciséis calvas, catorce que podían pasar por pelirrojas, cuarenta que oscilaban entre el castaño y el negro, y... entonces recordé una cosa que Jem me había explicado en cierta ocasión, durante un breve período en que se aficionó a los estudios psíquicos: que si un número bastante elevado de personas —un estadio entero o algo así— concentrase la voluntad en una cosa, por ejemplo, en pegar fuego a un bosque, los árboles se encenderían espontáneamente. Yo acaricié la idea de pedir a todos los de abajo que concentrasen la voluntad en absolver a Tom Robinson, pero pensé que si estaban tan cansados como yo, no saldría bien.

Dill estaba profundamente dormido, la cabeza apoyada en el hombro de Jem, y éste permanecía inmóvil.

—¿No ha pasado mucho tiempo? —le pregunté.

—Ya lo creo —dijo.

—Vaya, según lo pintabas tú, con cinco minutos bastaría.

Jem arqueó las cejas.

—Hay cosas que tú no entiendes —replicó.

Yo estaba demasiado fatigada para discutir. Pero debía de estar razonablemente despierta, porque empecé a tener una extraña impresión. No era muy distinta de una que había tenido el invierno anterior, y, a pesar de que la noche era cálida, sentí un escalofrío. La sensación fue en aumento hasta que la atmósfera de la sala fue exactamente la misma que en una fría mañana de febrero, cuando los ruiseñores callaban y los carpinteros dejaban de dar martillazos en la casa nueva de la señorita Maudie, y todas las puertas de la ciudad estaban tan cerradas como las de la Mansión Radley. La calle desierta, vacía y aguardando, y la sala del tribunal atestada de gente. Una noche sofocante de verano no difería de una mañana de invierno. Heck Tate, que había entrado en la sala y estaba hablando con Atticus, habría podido llevar sus botas altas y su chaqueta de cuero. Atticus había interrumpido sus paseos y apoyaba el pie en el travesaño de una silla; y mientras escuchaba al señor Tate se frotaba lentamente el muslo. Yo esperaba que Tate diría en cualquier momento: «Lléveselo, señor Finch.»

Pero lo que dijo fue:

—El tribunal se constituye de nuevo. —Su voz denotaba autoridad y, abajo, las cabezas se levantaron con una sacudida.

Luego salió de la sala y al poco regresó con Tom Robinson. Le condujo hasta su sitio al lado de Atticus, y se quedó plantado allí. Ahora el juez Taylor estaba despierto y alerta, sentado muy erguido y mirando el recinto vacío del jurado.

Lo que ocurrió después me pareció una especie de sueño: vi regresar a los jurados moviéndose como nadadores bajo el agua, y la voz del juez Taylor llegaba de muy lejos y muy tenue. Entonces vi una cosa que sólo podría esperarse que viese la hija de un abogado: vi a Atticus saliendo a la calle, apoyando la culata del rifle en el hombro y apretando el gatillo, pero sabiendo todo el rato que el rifle estaba descargado...

Un jurado nunca mira al acusado al que acaba de condenar, y ninguno de aquellos hombres miró a Tom Robinson. El presidente entregó una hoja al señor Tate, quien la pasó al secretario, que a su vez se la tendió al juez...

Yo cerré los ojos. El juez Taylor estaba leyendo el veredicto del jurado:

—Culpable... culpable... culpable... culpable... —Pellizqué a Jem; mi hermano tenía las manos blancas de tanto oprimir el larguero de la barandilla, y sus hombros sufrían espasmos como si cada «culpable» fuese una puñalada entre los omóplatos.

El juez estaba diciendo algo. Empuñaba el mazo pero

no lo empleaba. Vi confusamente que Atticus recogía papeles de la mesa y los metía en su cartera. La cerró de golpe, se acercó al secretario del juzgado y le dijo algo, saludó al señor Gilmer con una inclinación de la cabeza y luego fue donde Tom Robinson y le susurró unas palabras. Mientras lo hacía le puso la mano en el hombro. Después cogió la chaqueta del respaldo de la silla y se la echó sobre el hombro. A continuación abandonó la sala, pero no por su salida habitual. Sin duda quería marcharse por el camino más corto, porque enfiló con paso vivo el pasillo central. Mientras avanzaba hacia la salida, yo seguía el movimiento de su cabeza. Él no levantó los ojos.

—¡Señorita Jean Louise!

Miré alrededor. Todos estaban de pie. Alrededor y en la galería de la pared de enfrente, los negros se ponían en pie. La voz del reverendo Sykes sonaba tan distante como la del juez Taylor.

—Señorita Jean Louise, póngase en pie. Pasa su padre.

22

Ahora le tocó a Jem el turno de llorar. Mientras nos abríamos paso entre la alegre multitud, lágrimas de cólera surcaban su cara.

—Esto no es justo —murmuró todo el camino hasta la esquina de la plaza, donde encontramos a Atticus esperando.

Estaba de pie debajo de una farola, con el mismo aspecto que si no hubiese ocurrido nada: llevaba el chaleco abrochado, el cuello y la corbata pulcramente en su sitio, la cadena del reloj lanzaba destellos; volvía a tener su aire impasible de siempre.

—Esto no es justo, Atticus —dijo Jem.

—No, hijo, no es justo.

Nos fuimos a casa.

La tía Alexandra nos esperaba levantada. Llevaba la bata, y yo habría jurado que debajo de la misma tenía ceñido el corsé.

—Lo siento, hermano —murmuró.

Como hasta entonces nunca la había oído llamarlo «hermano», dirigí una mirada furtiva a Jem, pero éste no estaba escuchando. Levantaba la vista hacia Atticus y después la fijaba en el suelo. Me pregunté si en cierto modo consideraba responsable a nuestro padre de que hubieran condenado a Tom Robinson.

—¿Se encuentra bien? —preguntó la tía Alexandra, indicando a Jem.

—Se recuperará dentro de poco —respondió Atticus—. Ha sido demasiado fuerte para él. —Suspiró—. Me voy a la cama. Si por la mañana no me despierto, no me llaméis.

—Desde el primer momento no consideré prudente permitirles...

—Éste es su país, hermana —respondió Atticus—. Se lo hemos forjado de este modo, y vale la pena que aprendan a aceptarlo tal como es.

—Pero no hay necesidad de que vayan al juzgado a enterarse de esas cosas...

—Unas cosas que representan al condado de Maycomb tanto como las reuniones de las damas.

—Atticus... —Los ojos de la tía Alexandra reflejaban ansiedad—. Tú eres la última persona que hubiera pensado que podía dejarse amargar por este incidente.

—No estoy amargado, solamente cansado. Me voy a la cama.

—Atticus... —dijo Jem con tono abatido.

Él, que ya estaba en el umbral, se volvió de cara a nosotros.

—¿Qué, hijo?

—¿Cómo han podido hacerlo, cómo han podido?

—No lo sé, pero lo han hecho. Lo habían hecho en ocasiones anteriores, lo han hecho esta noche y lo harán de nuevo, y cuando lo hacen... parece que sólo lloran los niños. Buenas noches.

Por la mañana todo se presenta siempre mejor. Atticus se levantó a la impía hora de costumbre y estaba en la sala leyendo el *Mobile Register* cuando nosotros entramos. La cara de Jem formulaba la pregunta que sus labios ansiaban expresar en palabras.

—Todavía no es hora de inquietarse —le tranquilizó Atticus cuando pasamos al comedor—. Todavía no hemos terminado. Habrá apelación, no lo dudes. Santo Dios, Calpurnia, ¿qué es todo esto? —Atticus tenía la mirada fija en su plato de desayuno.

—El padre de Tom Robinson le ha enviado un pollo esta mañana. Yo lo he guisado.

—Dile que me siento honrado; apuesto a que en la Casa Blanca no desayunan con pollo. ¿Y esto qué es?

—Bollos —contestó Calpurnia—. Los ha enviado Estelle, la del hotel. —Atticus la miró y ella dijo—: Vale más que se asome a la cocina y vea lo que hay allí.

Nosotros fuimos detrás de Atticus. La mesa de la cocina estaba cubierta de comida suficiente para un batallón: grandes trozos de tocino salado, tomates, habichuelas y hasta racimos de uvas. Atticus sonrió al encontrar un tarro de pies de cerdo en salsa.

—¿Os parece que tiíta me las dejará probar en el comedor?

Calpurnia dijo:

—Todo esto estaba en los escalones de la cocina cuando llegué aquí esta mañana. Ellos... ellos aprecian lo que usted ha hecho, señor Finch. Son muestras de agradecimiento por su labor, señor.

Los ojos de Atticus se humedecieron y por un momento guardó silencio.

—Diles que me siento honrado —dijo al cabo—. Pero también diles que... que no sigan trayendo cosas. Corren tiempos difíciles...

Atticus volvió al comedor, se excusó con la tía Alexandra, se puso el sombrero y marchó al centro.

Al oír los pasos de Dill en el porche, Calpurnia dejó el desayuno de Atticus, que continuaba intacto, sobre la mesa. Mientras comía con su mordisco de conejo, Dill nos explicó el comentario de la señorita Rachel a lo ocurrido la noche anterior, que se resumía así: si un hombre como Atticus Finch quiere dar cabezazos contra una pared, suya es la cabeza.

—Yo se lo hubiera contado todo —gruñó Dill, mordisqueando una pata de pollo—, pero ella no tenía aspecto de estar para historias esta mañana. Ha dicho que estuvo despierta la mitad de la noche preguntándose dónde estaría yo; y que hubiera pedido al *sheriff* que me buscase, pero el *sheriff* se encontraba en el juicio.

—Dill, debes acabar con eso de marcharte sin decirle dónde te vas —dijo Jem—. Sólo sirve para ponerla peor.

Dill suspiró con paciencia.

—¡Si le expliqué hasta el cansancio adónde iba! Lo que pasa es que ve fantasmas por todas partes. Se bebe una cerveza todas las mañanas, dos vasos llenos. La he visto.

—No hables de ese modo, Dill —dijo la tía Alexandra—. No está bien para un niño. Es... demasiado cínico.

—No es cínico, señorita Alexandra. Decir la verdad no es cínico, ¿a que no?

—Del modo que tú la dices, sí lo es.

Jem la miró lanzando destellos, pero dijo a Dill:

—Vámonos.

Cuando salimos al porche, Stephanie Crawford estaba contando los detalles del juicio a Maudie Atkinson y al señor Avery. Los tres nos echaron un vistazo y continuaron hablando. Jem gruñó y yo deseé tener un arma.

—Me molesta que la gente mayor le mire a uno —dijo Dill—. Te hace sentir como si hubieses hecho algo malo.

La señorita Maudie llamó a Jem.

Mi hermano se levantó refunfuñando de la mecedora.

—Iremos contigo —dijo Dill.

La nariz de la señorita Stephanie se estremecía de curiosidad. Quería saber quién nos había dado permiso para ir al juzgado; ella no nos vio, pero esta mañana corría por toda la ciudad que estábamos en la galería de los negros. ¿Acaso Atticus nos había puesto allí arriba como una especie de...? ¿No se estaba muy encerrado allí con todos aquellos...? ¿Entendió Scout todas las...? ¿No nos entristeció ver derrotado a nuestro padre?

—Cállate, Stephanie —la conminó la señorita Maudie—. No tengo toda la mañana para pasarla en el porche. Jem Finch, te he llamado para saber si tú y tus colegas queréis comer pastel. Me he levantado a las cinco para hacerlo, de manera que más vale que digáis que sí. Excúsanos, Stephanie. Buenos días, señor Avery.

En la mesa de la cocina de la señorita Maudie había un pastel grande y dos pequeños. Debería haber habido tres pequeños. No era propio de ella olvidarse de Dill, y sin duda nosotros lo reflejamos en nuestras caras. Pero ella cortó una rebanada del pastel grande y se la ofreció a Jem.

Mientras comíamos, nos dimos cuenta de que aquélla era la manera que tenía la señorita Maudie de decirnos que por lo que a ella se refería no había cambiado nada. Estaba sentada calladamente en una silla de la cocina, mirándonos. De pronto dijo:

—No te inquietes, Jem. Las cosas nunca salen tan mal como aparentan.

Dentro de casa, cuando la señorita Maudie quería explicar alguna cosa extensa, solía extender los dedos sobre las rodillas y acomodarse la dentadura postiza. Ahora lo hizo, y nosotros aguardamos.

—Quiero deciros solamente que en este mundo hay hombres que nacen para evitarnos los trabajos desagradables. Vuestro padre es uno de esos hombres.

—Ah, muy bien —dijo Jem.

—No me vengas con ésas, señoritingo —replicó ella—; aún no eres bastante mayor para valorar lo que he dicho.

Jem tenía la mirada fija en su porción de pastel, a medio comer.

—Es como ser una oruga dentro del capullo —dijo—. Es como una cosa dormida, abrigada en un sitio caliente. Yo siempre había pensado que la gente de Maycomb era la mejor del mundo; al menos parecía serlo.

—Somos la gente de más confianza de este mundo —afirmó la señorita Maudie—. Pocas veces nos llama la vocación para ser verdaderos cristianos, pero cuando nos llama, tenemos hombres como Atticus que nos representan.

Jem sonrió tristemente.

—¡Ojalá el resto del condado creyese eso!

—Te sorprendería saber cuántas personas lo creemos.

—¿Quién? —repuso Jem—. En esta ciudad, ¿quién hizo algo por ayudar a Tom Robinson? ¿Quién?

—Sus amigos negros, por una parte, y personas como nosotros. Personas como el juez Taylor y personas como Heck Tate. Deja de comer y empieza a pensar, Jem. ¿No se te ha ocurrido que el juez Taylor no designó por casualidad a Atticus para defender a ese muchacho? ¿Que el juez Taylor quizá tuviera sus razones para nombrarle?

Aquél era un gran pensamiento. Cuando el mismo juzgado había de nombrar defensor, solían confiar los casos a Maxwell Green, el abogado de Maycomb más joven y necesitado de experiencia. El caso de Tom Robinson correspondía a Maxwell Green.

—Piénsalo bien —añadió la señorita Maudie—. No fue azar. Anoche yo estaba sentada en el porche, esperando. Esperé y volví a esperar hasta que os vi llegar a todos por la acera, y mientras esperaba pensé: «Atticus Finch no ganará, no puede ganar, pero es el único hombre de estas comarcas capaz de tener ocupado tanto rato a un jurado por un caso como éste.» Y me dije: «Bien, estamos dando un paso adelante; no es más que un paso de niño, pero es un paso.»

—Hablar así está muy bien... pero los jueces y los abogados cristianos no pueden reparar el daño de los jurados paganos —musitó Jem—. En cuanto yo sea mayor...

—Eso debes decírselo a tu padre —le interrumpió la señorita Maudie.

Descendimos los frescos escalones nuevos de la señorita Maudie y encontramos a Stephanie Crawford y al señor Avery todavía hablando. Habían caminado un poco por la acera y estaban de pie delante de la casa de la señorita Stephanie. La señorita Rachel se acercaba a ellos.

—Cuando sea mayor creo que seré payaso —dijo Dill.

Jem y yo nos paramos en seco.

—Sí señor, payaso —repitió—. Con respecto a la gente, no hay otra cosa que pueda hacer que reírme; por lo tanto, ingresaré en el circo y me reiré hasta volverme loco.

—No sabes nada, Dill —dijo Jem—. Los payasos son hombres tristes; es la gente la que se ríe de ellos.

—Bien, yo seré un payaso de una especie nueva. Me plantaré en mitad de la pista y me reiré de la gente. Mirad eso —dijo señalando—. Todos deberían ir montados en escobas de bruja. La tía Rachel ya tiene una.

Stephanie y Rachel nos hacían señas agitando la mano, de un modo que no desmentía la observación de Dill.

—Oh, cielos —suspiró Jem—. Me figuro que sería una grosería fingir que no las vemos.

Pasaba algo anormal. El señor Avery tenía la cara enrojecida a causa de un acceso de estornudos. Stephanie temblaba de excitación, y Rachel cogió a Dill por el hombro.

—Vete al patio trasero y quédate allí —le dijo—. Se acerca un peligro.

—¿Qué pasa? —pregunté.

—¿No lo has oído todavía? Corre por toda la ciudad...

En aquel momento la tía Alexandra se asomó a la

puerta y nos llamó, pero demasiado tarde. La señorita Stephanie se dio el gusto de contárnoslo: aquella mañana Bob Ewell había parado a Atticus en la esquina de la oficina de Correos, le había escupido en la cara y le había dicho que se las pagaría aunque ello le costara todo lo que le quedaba de vida.

23

—Ojalá Bob Ewell no mascara tabaco —fue todo el comentario de Atticus sobre el incidente.

Sin embargo, según Stephanie Crawford, Atticus salía de la oficina de Correos cuando el señor Ewell se acercó, lo maldijo, lo escupió y lo amenazó con matarle. La señorita Stephanie (que, después de haberlo contado dos veces, resultó que había estado allí y lo vio todo, pues venía del Jitney Jungle) dijo que Atticus ni siquiera había movido un párpado: se limitó a sacar el pañuelo y limpiarse la cara, y se quedó plantado permitiendo que el señor Ewell le dirigiera insultos que ni los perros soportarían que ella repitiese. Ewell era veterano de alguna guerra, lo cual, sumado a la pacífica reacción de Atticus, le impulsó a inquirir: «¿Eres demasiado orgulloso para luchar, bastardo amante de los negros?» A lo que, al parecer, Atticus respondió: «No, demasiado viejo», y metió las manos en los bolsillos y siguió andando. La señorita Stephanie decía que había que reconocerle una cosa a Atticus Finch: a veces sabía ser perfectamente seco y lacónico.

A Jem y a mí aquello no nos pareció divertido.

—No obstante —dije—, en otro tiempo fue el mejor tirador del condado. Podría...

—Ya sabes que ni siquiera tiene un arma, Scout —objetó Jem—. No tiene... Ya sabes que ni aquella noche, delante de la cárcel, llevaba una. A mí me dijo que tener un arma equivale a invitar al otro a que te dispare.

—Esto es diferente —dije—. Podemos suplicarle que pida prestada una.

Se lo dijimos, y él contestó:

—Tonterías.

Dill opinó que quizá diera resultado apelar a los buenos sentimientos de Atticus; al fin y al cabo, si Ewell le mataba nosotros moriríamos de hambre, aparte de que nos educaría la tía Alexandra, que lo primero que haría, incluso antes de que Atticus recibiese sepultura, sería despedir a Calpurnia. Jem dijo que acaso diera resultado que yo llorase y simulara un ataque, puesto que era una niña pequeña. Pero tampoco esto salió bien.

Sin embargo, cuando advirtió que andábamos sin rumbo por el vecindario, no comíamos y poníamos escaso interés en nuestras actividades habituales, Atticus descubrió cuán amedrentados estábamos. Quiso tentar a Jem una noche con una revista de deportes nueva; y al ver que Jem la hojeaba rápidamente y la arrojaba a un lado, preguntó:

—¿Qué te preocupa, hijo?

Jem fue al grano.

—El señor Ewell.

—¿Qué ha pasado?

—No ha pasado nada. Tenemos miedo por ti, y creemos que deberías tomar alguna medida en relación con ese hombre.

Atticus sonrió torcidamente.

—¿Qué medida? ¿Hacerle encerrar por amenazas?

—Cuando un hombre asegura que matará a otro, parece que ha de decirlo en serio.

—Cuando lo dijo lo decía en serio —adujo Atticus—. Jem, a ver si sabes ponerte en la piel de Bob Ewell por un momento. En el juicio yo destruí el último vestigio de crédito que merecía su palabra, si es que antes merecía alguno. Él tenía que tomarse algún desquite; los de su especie siempre se lo toman. De modo que si la razón de escupirme en la cara era ésa, acepto gustoso tal afrenta. Con alguien tenía que desahogarse, y prefiero que lo haya hecho conmigo antes que con el montón de chiquillos que tiene en su casa. ¿Comprendes?

Jem asintió con la cabeza.

La tía Alexandra entró en el cuarto mientras Atticus estaba diciendo:

—No tenemos nada que temer de Bob Ewell; esta mañana ha sacado toda la rabia que almacenaba.

—Yo no estaría tan segura, Atticus —terció ella—. Los de su calaña son capaces de todo para devolver un agravio. Ya sabes cómo es esa gente.

—¿Qué demonios puede hacerme Ewell, hermana?

—Te atacará a traición. Puedes darlo por hecho.

—En Maycomb nadie tiene muchas posibilidades de hacer algo y pasar inadvertido.

Después de aquello ya no tuvimos miedo. El verano se disipaba poco a poco, y nosotros lo aprovechamos al máximo. Atticus nos aseguraba que a Tom Robinson no le pasaría nada hasta que el tribunal de apelaciones revisara su caso, y que tenía muchas posibilidades de salir absuelto, o al menos de que se le juzgase de nuevo. Estaba en la granja-prisión de Enfield, a setenta millas de distancia, en el condado de Chester. Yo le pregunté si a su esposa e hijos les permitían visitarlo, pero contestó que no.

—Si pierde la apelación, ¿qué le sucederá? —pregunté una tarde.

—Irá a la silla eléctrica —respondió Atticus—, a menos que el gobernador le conmute la sentencia. No es tiempo de inquietarse todavía, Scout. Tenemos muchas probabilidades.

Jem se había tendido en el sofá con la revista *Mecánica Popular*.

—Esto no es justo —dijo levantando los ojos—. Aun suponiendo que fuese culpable, no mató a nadie. No quitó la vida a nadie.

—Ya sabes que en Alabama la violación es un delito capital —explicó Atticus.

—Sí, señor, pero el jurado no estaba obligado a condenarlo a muerte; habrían podido ponerle veinte años de prisión y ya está.

—Imponerle —corrigió Atticus—. Tom Robinson es negro, Jem. En esta parte del mundo ningún jurado diría: «Creemos que usted es culpable, pero no mucho», tratándose de una acusación como ésta. O se obtenía una absolución total, o nada.

Jem meneó la cabeza.

—Sé que no es justo, pero no logro entender dónde falla. Quizá la violación no debería ser un delito capital...

Atticus dejó caer el periódico al lado de su silla y dijo que no se quejaba en modo alguno de las leyes acerca de la violación, pero que le asaltaban grandes dudas cuando el fiscal solicitaba, y el jurado concedía, la pena de muerte basándose en pruebas meramente circunstanciales. Me miró, vio que yo estaba escuchando y lo expresó de un modo más claro:

—Quiero decir que antes de condenar a un hombre por asesinato, digamos, debería haber uno o dos testigos presenciales. Debería haber una persona en condiciones de decir: «Sí, yo estaba allí, le vi apretar el gatillo.»

—Sin embargo, muchas personas han sido colgadas basándose en pruebas circunstanciales —dijo Jem.

—Lo sé, y es probable que muchos lo mereciesen; pero en ausencia de testigos oculares siempre queda una duda, a veces sólo la sombra de una duda. Siempre existe la posibilidad, por improbable que sea, de que el acusado sea inocente.

—Entonces el quid del problema está en el jurado. Deberíamos suprimir los jurados. —Jem se mostraba inflexible.

Atticus se esforzó en no sonreír, pero no pudo evitarlo.

—Eres muy severo, hijo. Yo creo que habría un recurso mejor: cambiar la ley. Cambiarla de modo que sólo los jueces tuvieran potestad para fijar el castigo en los delitos capitales.

—Entonces, vete a Montgomery y cambia la ley.

—Te sorprendería ver lo difícil que es eso. Yo no viviré lo suficiente para verla cambiada, y si tú llegas a verlo, serás ya un anciano.

A Jem esto no lo convenció.

—No, señor, deberían suprimir los jurados. En primer lugar, Tom no era culpable, y ellos dijeron que sí lo era.

—Si tú hubieses formado parte de aquel jurado, hijo, y contigo otros once muchachos como tú, Tom sería un hombre libre. Hasta el momento, no ha habido nada en tu vida que interfiera en tu proceso de razonamiento. Aquellos hombres, los del jurado, eran doce personas razonables en su vida cotidiana, pero ya viste que algo se interponía entre ellos y la razón. Viste lo mismo aquella noche delante de la cárcel. Cuando el grupo se marchó, no se fueron como hombres razonables, se fueron porque nosotros estábamos allí. Hay algo en nuestro mundo que hace que los hombres pierdan la cabeza; no lograrían comportarse como personas asistidas de raciocinio ni que lo intentaran. En nuestros tribunales, cuando la palabra de un negro se enfrenta a la de un blanco, siempre gana el blanco. Son desagradables, pero son las realidades de la vida.

—Lo cual no las hace justas —dijo Jem con terquedad, mientras se daba puñetazos en la rodilla—. No se puede condenar a un hombre con unas pruebas tan débiles, no se puede.

—No se puede; pero ellos podían, y lo hicieron. Cuanto más crezcas, más a menudo lo verás. El sitio donde un hombre debería ser tratado con mayor equidad es una sala de justicia, cualquiera que fuese su color; pero la gente no es capaz de dejar fuera del recinto del jurado sus resentimientos y prejuicios. A medida que crezcas, verás a los blancos estafando a los negros, todos los días de tu vida, pero te diré una cosa, y no la olvides: siempre que un hombre blanco abusa de un negro, no importa quién sea, ni cuán rico sea, ni cuán distinguida haya sido la familia de que procede, ese hombre blanco es basura. —Atticus estaba hablando tan sosegadamente que la última palabra fue como un estallido en nuestros oídos. Su cara tenía una expresión vehemente—. A mí nada me da más asco que un blanco de baja estofa aprovechándose de la ignorancia de un negro. Pero todo se suma a la cuenta, y el día menos pensado la pagaremos. Espero que no sea durante vuestras vidas.

Jem se rascaba la cabeza. De súbito abrió los ojos con desmesura.

—Atticus —dijo—, ¿por qué no formamos los jurados personas como nosotros y la señorita Maudie? Nunca se ve a nadie de Maycomb en un jurado; todos vienen de los campos.

Atticus se reclinó en su mecedora. Por algún motivo parecía satisfecho de Jem.

—Me estaba preguntando cuándo se te ocurriría —dijo—. Hay un sinfín de razones. En primer lugar, la señorita Maudie no puede ser jurado porque es mujer...

—¿Quieres decir que en Alabama las mujeres no pueden...? —me indigné.

—En efecto. Me figuro que se busca proteger a nuestras delicadas damas de casos sórdidos como el de Tom. Además —añadió sonriendo—, dudo que se llegara a juzgar por completo un caso; las damas interrumpirían continuamente con interminables preguntas.

Jem y yo nos echamos a reír. La señorita Maudie en un jurado causaría una impresión tremenda. Pensé en la anciana señora Dubose sentada en una silla de ruedas: «Deja de golpear ese mazo, John Taylor, quiero preguntar una cosa a este hombre.» Quizá nuestros antepasados fueron sensatos.

Atticus iba diciendo:

—Con gente como nosotros... ésta es la parte de la cuenta que nos corresponde. Generalmente, tenemos los jurados que merecemos. Primero, a los ciudadanos de Maycomb no les interesa. Segundo, tienen miedo. Tercero, son...

—¿Miedo de qué? —preguntó Jem.

—Mira, ¿qué pasaría si, digamos, Link Deas tuviese que decidir el importe de los daños que satisfacer a la señorita Maudie cuando la señorita Rachel la atropellase con un coche? A Link no le gustaría perder a ninguna de ambas damas como clienta, ¿verdad? Suele decirle al juez Taylor que no puede formar parte del jurado porque no tiene quien se encargue de su tienda en su ausencia. Y el juez Taylor lo dispensa, a veces con rabia.

—¿Qué le haría pensar que una de las dos dejaría de comprar en su tienda? —pregunté.

Jem dijo:

—La señorita Rachel sí dejaría; la señorita Maudie no. Pero el voto de un jurado es secreto, Atticus.

Nuestro padre rió.

—Tienes que hacer mucho camino todavía, hijo. Se da por supuesto que el voto de un jurado debe ser secreto. Pero el formar parte de un jurado obliga a un hombre a tomar una decisión y pronunciarse sobre algo. Y a los hombres eso no les gusta. A veces es muy desagradable.

—El jurado de Tom habrá tomado su decisión a toda prisa —musitó Jem.

Los dedos de Atticus se introdujeron en el bolsillo del reloj.

—No, no sucedió así —dijo, más para sí que para nosotros—. Eso fue lo que me hizo pensar que aquello podía ser la sombra de un comienzo. El jurado tardó varias horas. El veredicto era inevitable, quizá, pero generalmente lo despachan en unos minutos. Sin embargo, esta vez... —Se interrumpió y nos miró—. Acaso os guste saber que hubo alguien al que les costó mucho convencer; al principio se pronunciaba resueltamente por una absolución pura y simple.

—¿Quién? —Jem se quedó atónito.

Atticus guiñó los ojos.

—No puedo revelarlo, pero os diré una cosa: era uno de vuestros amigos de Old Sarum...

—¿Un Cunningham? —esclamó Jem—. Uno de... pues yo no reconocí a ninguno... Estás de broma, ¿verdad? —Y miró a Atticus con el rabillo del ojo.

—Uno de sus parientes. Por una corazonada, no le recusé. Sólo por una corazonada. Podía haberlo recusado, pero no lo hice.

—¡Cielos! —esclamó Jem—. En un momento dado tratan de matarlo y al siguiente tratan de dejarlo en libertad... Nunca lo entenderé.

Atticus respondió que lo único que se necesitaba era conocerlos. Dijo que los Cunningham no habían quitado nada a nadie ni aceptado nada de nadie desde que inmigraron al Nuevo Mundo. Añadió que otra característica suya era que una vez que uno conquistaba su respeto, éste era inquebrantable. Y dijo que tenía la impresión de que aquella noche se habían alejado de la cárcel sintiendo un considerable respeto por los Finch. Por lo demás, añadió, para que un Cunningham cambiase de opinión se necesitaba que un rayo le cayese encima de la cabeza, y quizá ni aun así.

—Si en el jurado hubiésemos tenido a dos de ese clan habríamos conseguido dos votos en desacuerdo.

Jem repuso muy despacio:

—¿Quieres decir que aceptaste en el jurado a un hombre que la noche anterior quería matarte? ¿Cómo osaste correr ese riesgo, Atticus, cómo?

—Si lo analizas, el riesgo era poco. No hay diferencia entre un hombre dispuesto a condenar y otro dispuesto a lo mismo. En cambio, hay una ligera diferencia entre un hombre dispuesto a condenar y otro en cuya mente ha penetrado la duda. Era la única incógnita de toda la lista.

—¿Qué parentesco tenía aquel hombre con Walter Cunningham? —pregunté.

Atticus se levantó, se desperezó y bostezó. Aún no era la hora de acostarnos, pero sabíamos cuándo quería tener un rato para leer el periódico. Lo cogió, lo dobló y me dio un golpecito en la cabeza.

—Veamos —dijo con voz grave, como reflexionando a fondo—. Ya lo tengo. Primo hermano doble.

—¿Qué significa eso?

—Dos hermanas se casaron con dos hermanos. Y no os diré más; el resto razonadlo.

Me estrujé el cerebro y concluí que si me casara con Jem, y Dill tuviera una hermana y se casase con ella, nuestros respectivos hijos serían primos hermanos dobles.

—Caramba, Jem —dije cuando Atticus hubo salido—, qué gente más curiosa. ¿Lo ha oído, tiíta?

La tía Alexandra estaba remendando una alfombra y no nos miraba, pero nos escuchaba. Estaba sentada en su silla con la canastilla de labor al lado y la alfombra extendida sobre el regazo. El hecho de que en las noches agitadas las damas remendasen alfombras de lana nunca acabé de entenderlo.

—Lo he oído —contestó.

Entonces recordé la lejana y calamitosa ocasión en que salí en defensa de Walter Cunningham. Ahora me alegraba de haberlo hecho.

—Tan pronto empiece la escuela invitaré a Walter a comer en casa —dije, habiendo olvidado la resolución particular de darle una paliza la primera vez que le viese—. Además, de vez en cuando puede quedarse también después de las clases. Atticus podría llevarlo en el coche a Old Sarum. Quizás algún día podría quedarse a dormir con nosotros. ¿De acuerdo, Jem?

—Veremos —dijo la tía Alexandra. Una declaración que en sus labios era una amenaza, nunca una promesa. Sorprendida, me volví hacia ella.

—¿Por qué no, tiíta? Son buena gente.

Ella me miró por encima de sus gafas de costura.

—Jean Louise, no abrigo la menor duda de que sean buena gente. Pero no son de nuestra clase.

—Quiere decir que son chusma —explicó Jem.

—¿Qué significa?

—Gentuza. Les gusta la juerga, y cosas así.

—Pues a mí también...

—No seas necia, Jean Louise —dijo la tía Alexandra—. Puedes restregar con jabón a Walter Cunningham hasta que brille, ponerle zapatos de charol y un traje nuevo, pero nunca será como Jem. Por otra parte, en esa familia existe una tendencia a la bebida que se ve desde cien leguas de distancia. Las mujeres de los Finch no se interesan por esa clase de gente.

—Ti-í-ta —le recordó Jem—, Scout no ha cumplido los nueve años todavía.

—Pues mejor que se entere desde ya.

La tía Alexandra había pronunciado su sentencia. Me acordé de la última vez que plantó su «por ahí no paso». Nunca supe por qué. Fue cuando quería visitar la casa de Calpurnia; yo sentía curiosidad, me interesaba; quería ser su «invitada», ver cómo vivía, qué amigos tenía. Lo mismo habría dado que hubiese querido ver la otra cara de la luna. Esta vez la táctica fue distinta, pero el objetivo de la tía Alexandra era el mismo. Quizá para eso había venido a vivir con nosotros: para seleccionar nuestros amigos. Yo la mantendría en jaque todo el tiempo que pudiese.

—Si son buena gente, ¿por qué no podemos mostrarnos agradables con Walter?

—Yo no he dicho que no os mostréis agradables. Lo trataréis amistosamente y con cortesía, y seréis magnánimos con todo el mundo, querida. Pero no debéis invitarle a vuestra casa.

—¿Y si fuese pariente nuestro, tiíta?

—Lo cierto es que no lo es, pero si lo fuese, mi respuesta sería la misma.

—Tiíta —dijo Jem—, Atticus dice que uno puede escoger sus amigos pero no así su familia, y que tus parientes siguen siendo parientes tuyos tanto si quieres reconocerlos como si no, y que el no querer reconocerlos te hace parecer completamente necio.

—Ésa es otra de las teorías que retratan a tu padre de pies a cabeza, pero yo continúo asegurando que Jean Louise no invitará a Walter Cunningham a esta casa. Si fuese primo hermano suyo por partida doble, tampoco sería recibido en esta casa a menos que viniera a ver a Atticus por asuntos profesionales. Y no hay más que hablar.

La tía Alexandra había pronunciado su «sanseacabó», pero esta vez diría los motivos.

—Pero yo quiero jugar con Walter; tiíta, ¿por qué no puedo?

Ella se quitó las gafas y me miró fijamente.

—Te diré por qué. Porque Walter es basura; he ahí el motivo de que no puedas jugar con él. No quiero verle rondando cerca de ti para que tú adquieras sus hábitos y aprendas Dios sabe qué. Ya eres bastante problema para tu padre tal como estás.

No sé lo que habría hecho, pero Jem me contuvo. Me cogió por los hombros, me rodeó con su brazo y me llevó, mientras yo sollozaba con furia, hasta su cuarto. Atticus nos oyó y asomó la cabeza por la puerta.

—Nada grave, señor —dijo Jem—. No es nada.

Atticus se fue.

—Ten, masca un rato, Scout. —Jem rebuscó en el

bolsillo y sacó un chicle. Me costó unos minutos convertirlo en una confortable almohadilla pegada al paladar.

Jem reordenó los objetos de su cómoda. El cabello le crecía hirsuto por atrás y caído hacia la frente; yo me preguntaba si llegaría a tenerlo algún día como el de un hombre; quizá si se lo afeitaba le crecería debidamente. Sus cejas se habían engrosado, y advertí en su cuerpo una esbeltez nueva. Ganaba estatura.

Cuando me miró, sin duda creyó que me pondría a llorar otra vez, porque dijo:

—Te enseñaré una cosa si no se lo dices a nadie.

Pregunté qué era. Él se desabrochó la camisa, sonriendo tímidamente.

—¿Qué?

—¿No lo ves?

—No.

—Es pelo.

—¿Dónde?

—Aquí. Aquí mismo.

Jem intentaba consolarme, y yo le correspondí diciéndole que era muy bonito, pero no vi nada.

—Te queda muy bonito, Jem, de verdad.

—En las axilas también tengo. El año que viene entraré en el equipo de fútbol. Scout, no permitas que la tía Alexandra te amargue. —Me pareció ayer cuando me decía que yo no la amargase a ella—. Ya sabes que no está acostumbrada a tratar con chicas —añadió—, por lo menos con chicas como tú. Sólo intenta convertirte en una dama. ¿No podrías aficionarte a la costura o algo así?

—No, diablos. No me quiere, ésa es la cuestión, pero a mí no me importa. Lo que me sacó de quicio fue que dijese que Walter Cunningham es basura, no lo que dijo sobre que yo soy un problema para Atticus. Eso lo puse en claro con él una vez; le pregunté si yo le representaba un problema, y él me dijo que no muy grande, cuanto mucho, un problema que él podía manejar, y que no me preocupase en absoluto pensando que yo lo molestaba. No; fue por Walter... ese chico no es basura, Jem. No es como los Ewell.

Jem se libró de los zapatos con un par de sacudidas y subió los pies a la cama. Se recostó en un almohadón y encendió la lámpara para leer.

—¿Sabes una cosa, Scout? Ahora ya lo tengo resuelto. Últimamente he pensado mucho en ello y lo tengo resuelto. Hay cuatro clases de personas en el mundo. Existen las personas corrientes como nosotros y nuestros vecinos; las personas de la especie Cunningham, que viven allá en el campo; la especie parecida a los Ewell, del vertedero; y los negros.

—¿Qué me dices de los chinos y los cajunes del condado de Baldwin?

—Me refiero al condado de Maycomb. Y lo que ocurre aquí es que nosotros no apreciamos a los Cunningham, los Cunningham no aprecian a los Ewell, y los Ewell desprecian a los negros.

Le contesté que si era así, ¿cómo se explicaba que el jurado de Tom, compuesto de gente como los Cunningham, no le hubiese absuelto a fin de fastidiar a los Ewell?

Jem rechazó mi réplica con un gesto, tachándola de infantil.

—Ya sabes —dijo—, he visto a Atticus zapatear el suelo cuando en la radio ponen música alegre, y le gusta divertirse más que a ningún hombre que haya conocido...

—Entonces esto nos hace parecidos a los Cunningham —dije—. No comprendo cómo tiíta...

—Déjame terminar; nos hace parecidos, en efecto, pero en cierto modo somos diferentes. En una ocasión Atticus dijo que la tía Alexandra hace tanto hincapié en la familia porque todo lo que tenemos es abolengo, pero ni un céntimo a nuestro nombre.

—No sé... Atticus me dijo una vez que en buena parte ese cuento de la «familia antigua» es una tontería, porque la familia de cualquiera es tan antigua como la de cualquier otro. Le pregunté si en esto entraban la gente de color y los ingleses, y él dijo que sí.

—Abolengo no significa «familia antigua» —puntualizó Jem—. Imagino que se trata del tiempo que hace que la familia de uno sabe leer y escribir. He estudiado este asunto, y es la única explicación que se me ocurre. En algún lugar, cuando los Finch estaban en Egipto, uno de ellos debió de aprender un jeroglífico o dos, y luego enseñó a su hijo. —Soltó una risita—. Imagínate a tiíta enorgulleciéndose de que su bisabuelo supiera leer y escribir... Las señoras suelen fijarse en detalles curiosos para sentirse orgullosas.

—Bien, me alegro de que supiera; de lo contrario, ¿quién habría enseñado a Atticus y los demás? Y si Atticus no supiera leer, tú y yo nos encontraríamos en una mala situación. No creo que esto sea abolengo, Jem.

—Entonces ¿cómo explicas que los Cunningham sean diferentes? El señor Walter apenas sabe firmar; yo lo he visto. Simplemente, nosotros leemos y escribimos desde más antiguo que ellos.

—No, todo el mundo tiene que aprender, nadie nace sabiendo. Walter es tan listo como le permiten sus circunstancias; a veces se retrasa porque tiene que quedarse en casa a ayudar a su padre. No tiene ningún defecto. No, Jem, yo creo que sólo hay una clase de personas. Personas.

Jem se volvió de mal humor. Cuando se sosegó tenía el semblante nublado. Se estaba hundiendo en una de sus depresiones, y yo me puse recelosa. Sus cejas se juntaron; su boca se convirtió en una línea estrecha. Durante un rato estuvo callado.

—Eso pensaba yo también —dijo por fin— cuando tenía tu edad. Si sólo hay una clase de personas, ¿por qué no pueden tolerarse unas a otras? Si todos son semejantes, ¿cómo se salen del camino para despreciarse unos a otros? Scout, creo que empiezo a comprender una cosa. Creo que empiezo a comprender por qué Boo Radley ha estado encerrado en su casa todo este tiempo... Ha sido porque quiere estar allí dentro.

24

Calpurnia llevaba su delantal más almidonado. Transportaba con elegancia una bandeja de mermelada de manzanas con tostadas. Se puso de espaldas a la puerta y empujó suavemente. Yo admiraba la soltura y la gracia con que llevaba pesadas cargas de cosas delicadas. Me figuro que también tiíta la admiraba, porque ese día permitía que sirviese Calpurnia.

Estábamos a finales de agosto. Dill se marcharía mañana a Meridian; hoy estaba con Jem en el río. Jem había descubierto que nadie había enseñado a nadar a Dill, y él lo consideraba tan necesario como saber andar. Ya llevaban dos tardes dándose chapuzones, pero como se metían en el agua desnudos yo no podía ir; por tanto, repartía mis horas solitarias entre Calpurnia y la señorita Maudie.

Hoy, tía Alexandra y su círculo misionero estaban librando la batalla del Bien por toda la casa. Desde la cocina, oía a la señora Grace Merriweather dando un informe en la sala sobre la mísera vida de los mrunas, me parece que decía. Cuando a sus mujeres les llegaba la hora (sea esto lo que fuere) las encerraban en chozas; no tenían sentido alguno de familia —yo sabía que esto apenaba mucho a tía Alexandra—; cuando los niños cumplían trece años los sometían a unas pruebas terribles. Los parásitos los asolaban; mascaban y escupían la corteza de un árbol dentro de un recipiente común y luego se emborrachaban con aquella sustancia asquerosa...

Poco después las damas aplazaron la sesión para merendar.

Yo no sabía si entrar en el comedor. La tía Alexandra me dijo que fuese para los refrigerios, que no era necesario que asistiese a la sesión de trabajo, pues me aburriría. Yo llevaba mi vestido rosa de los domingos y unas enaguas, y medité en que si derramaba algo, Calpurnia tendría que volver a lavar el vestido para mañana. Y precisamente había tenido un día de mucho ajetreo. Decidí permanecer fuera.

—¿Puedo ayudarte, Cal? —ofrecí, deseando ser de alguna utilidad.

Calpurnia se paró en el umbral.

—Quédate quieta como un ratoncito en ese rincón y me ayudarás a llenar las bandejas cuando vuelva.

El rumor de las voces de las damas cobró intensidad cuando se abrió la puerta.

—Vaya, Alexandra, nunca había probado una mermelada así... Deliciosa... Jamás he conseguido que me quede en este punto... ¡Qué buena idea estos pastelillos de zarzamora!... ¿Los hizo Calpurnia? Quién lo habría dicho... Cualquiera que dijese que la esposa del pastor... Nooo... bueno, sí, lo está, y el otro que todavía no camina...

De pronto guardaron silencio, con lo cual comprendí que las habían servido a todas. Calpurnia regresó y puso la jarra de plata de mi madre en una bandeja.

—Esta jarra de café es una reliquia —murmuró—; ahora ya no las hacen.

—¿Puedo llevarla yo?

—Si tienes mucho cuidado y no la dejas caer... Ponla en el extremo de la mesa, al lado de tía Alexandra, junto con las tazas y lo demás. Ella lo servirá.

Traté de empujar la puerta con la espalda como había hecho Calpurnia, pero no se movió. Ella me la abrió sonriendo.

—Cuidado ahora, que pesa. No la mires y el café no se derramará.

Mi travesía terminó con éxito; la tía Alexandra me dirigió una sonrisa luminosa.

—Quédate con nosotras, Jean Louise —me dijo. Aquello formaba parte de su campaña para convertirme en una dama.

Era costumbre que toda anfitriona invitase a merendar a sus vecinas, fuesen bautistas o presbiterianas, lo cual explicaba la presencia de la señorita Rachel (seria como un juez), la señorita Maudie y la señorita Stephanie. Un poco nerviosa, me senté al lado de la señorita Maudie y me pregunté por qué las señoras se ponían sombrero sólo para cruzar la calle. Las señoras, vistas en grupo, siempre me provocaban una vaga aprensión y un firme deseo de estar en otra parte, pero este sentimiento era lo que tía Alexandra llamaba ser «malcriada».

Las damas iban ataviadas con ligeros vestidos estampados; la mayoría llevaba una buena capa de maquillaje, pero nada de carmín; el único pintalabios que se veía era Tangee Natural. El Cutex Natural centelleaba en las uñas, pero las señoras más jóvenes usaban Rose. Despedían un aroma celestial.

Yo no me movía, había dominado las manos cogiéndome a los brazos de la silla, y esperaba que alguna me dirigiese la palabra.

El puente de la dentadura de la señorita Maudie destelló.

—Hoy vas muy vestida, Jean Louise —me dijo—. ¿Dónde llevas los pantalones?

—Debajo del vestido. —No pretendía ser graciosa, pero las señoras rieron. Las mejillas se me encendieron.

La señorita Maudie me miró gravemente. Nunca se reía, a menos que yo hubiera querido ser graciosa. En el súbito silencio que siguió, la señorita Stephanie me llamó desde el otro lado de la mesa.

—¿Qué piensas ser de mayor, Jean Louise? ¿Abogada?

—Aún no lo he pensado... —contesté, agradecida de que Stephanie hubiese tenido la bondad de cambiar de tema. Y me apresuré a elegir profesión. ¿Enfermera? ¿Aviadora?—. Pues...

—Vamos, dilo; yo pensaba que querrías ser abogada; has empezado ya a asistir a la sala del juzgado.

Las señoras volvieron a reír.

—Esta Stephanie no tiene pelos en la lengua —comentó una.

La señorita Stephanie se sintió animada para insistir:

—¿No tienes prisa por crecer para ser abogada?

La mano de la señorita Maudie tocó la mía, y yo contesté con dulzura:

—No, sólo quiero ser una dama, nada más.

La señorita Stephanie me miró con ceño, pero decidió que yo no había pretendido ser impertinente y se contentó con decir:

—Vaya, no llegarás muy lejos si no empiezas a llevar vestidos femeninos a menudo.

La mano de la señorita Maudie se había cerrado con fuerza alrededor de la mía, y yo no dije nada. El calor de aquella mano fue suficiente.

La señora Grace Merriweather se sentaba a mi izquierda, y se me antojó que sería cortés hablar con ella. Al parecer, su marido, el señor Merriweather, metodista militante, no hacía alusión alguna a su esposa al cantar: «*Gracia maravillosa, cuán dulce el fondeadero que salvó a un náufrago como yo.*» Sin embargo, en Maycomb era opinión general que su esposa lo había puesto en vereda y convertido en un ciudadano pasablemente útil. Porque, en verdad, Grace Merriweather era la señora más devota de Maycomb. Busqué, pues, un tema que le interesase.

—¿Qué han estudiado ustedes esta tarde? —pregunté.

—Oh, niña, hemos hablado de los pobres mrunas —dijo. Pocas preguntas más serían necesarias ya. Los grandes ojos castaños de la señora Merriweather se humedecían invariablemente cuando pensaba en los desfavorecidos—. ¡Mira que vivir en aquella selva sin nadie que les ayude aparte de J. Grimes Everett! —exclamó—. Ninguna persona blanca quiere acercarse a ellos más que ese santo de Everett. —Manejaba su voz como un órgano: cada palabra obtenía todo el arropamiento necesario—: La pobreza... la oscuridad... la inmoralidad... nadie más que J. Grimes Everett lo ha visto con sus propios ojos. Ya sabéis, cuando la Iglesia me concedió aquel viaje a las tierras de los mrunas, Everett me advirtió...

—¿Él estaba allí, señora? Yo pensaba...

—Estaba en casa, de vacaciones. J. Grimes Everett me dijo: «Señora Merriweather, no tiene idea, ni la menor idea, de la lucha que sostenemos allí.» Esto es lo que me dijo.

—Sí, señora.

—Yo le dije: «Señor Everett, las señoras de la Iglesia Metodista Episcopal de Maycomb, Alabama, están con usted en un ciento por ciento.» Esto es lo que le dije. Y ya sabes, en aquel momento y lugar hice una promesa en mi corazón. Me dije: «Cuando vaya a casa daré un curso sobre los mrunas, llevaré a Maycomb el mensaje de J. Grimes Everett», y esto es precisamente lo que estoy haciendo.

—Sí, señora.

Cuando la señora Merriweather sacudía la cabeza, sus negros rizos oscilaban.

—Jean Louise —dijo luego—, tú eres una chica afortunada. Vives en un hogar cristiano, con personas cristianas, en una ciudad cristiana. Allá en el país de J. Grimes Everett no hay otra cosa que pecado y miseria.

—Sí, señora.

—Pecado y miseria... ¿Qué decías, Gertrude? —La

señora Merriweather echó mano de su tono cantarín para la señora que se sentaba a su lado—. Ah, sí. Bien, yo siempre digo olvida y perdona, olvida y perdona. Lo que la Iglesia debería hacer es ayudarla a proporcionar una vida cristiana a sus hijos desde hoy en adelante. Tendrían que ir allá unos hombres y decirle a su pastor que la estimule.

—Perdone, señora Merriweather —la interrumpí—, ¿se refiere a Mayella Ewell?

—¿A May...? No, niña. A la esposa del negro. A la mujer de Tom, de Tom...

—Robinson, señora.

La señora Merriweather se dirigió de nuevo a su vecina.

—Sinceramente creo, Gertrude —dijo—, aunque algunas personas no lo vean así, que si les hiciéramos saber que les perdonamos, que lo hemos olvidado, todo esto se disiparía.

—Oh... señora Merriweather —la interrumpí una vez más—, ¿qué es lo que se disiparía?

Ella era una de esas personas mayores sin hijos que consideran necesario cambiar de voz cuando hablan con niños.

—Nada, querida Jean Louise —contestó con un tono majestuoso—. Las cocineras y los peones de labranza están descontentos, pero ya empiezan a tranquilizarse... El día siguiente al del juicio se lo pasaron murmurando.
—Y volvió con la señora Farrow—. Te lo digo, Gertrude, no hay nada más penoso que un negro preocupado. La boca les baja hasta aquí. Te amarga el día tener a uno en la cocina. ¿Sabes lo que le dije a mi Sophy, Gertrude? Le dije: «Sophy, hoy no te comportas como una cristiana. Jesucristo nunca anduvo por ahí refunfuñando, quejándose»; y, ¿sabes?, dio resultado. Apartó los ojos del suelo y contestó: «No, zeñora Merriweather, Jezuz nunca anduvo refunfuñando.» Te lo digo, Gertrude, una no debe

dejar pasar ningunna oportunidad de dar testimonio del Señor.

Me acordé del órgano, pequeño y antiguo, de Finch's Landing. Cuando era muy pequeñita, si me portaba bien durante el día, Atticus me dejaba pulsar los bajos mientras él interpretaba una tonada con un dedo. La última nota perduraba tanto rato como quedaba aire para sostenerla. Y ahora juzgué que la señora Merriweather había agotado su provisión de aire y la estaba renovando, mientras la señora Farrow se disponía a tomar la palabra.

Ésta era una mujer espléndidamente formada, de ojos pálidos y pies esbeltos. Llevaba una permanente recién hecha y su cabello era una masa de ricitos grises. En todo Maycomb, sólo otra dama la aventajaba en devoción. Tenía la curiosa costumbre de prologar todo lo que decía con un sonido suavemente sibilante.

—Ssss, Grace —dijo—, es precisamente como le dije al hermano Hutson el otro día: «Ssss, hermano Hutson parece como si libráramos una batalla perdida, una batalla perdida.» Le dije: «Sssh, a ellos no les importa un comino. Por más que los eduquemos hasta la extenuación, por más que intentemos, hasta caer rendidos, hacerlos buenos cristianos, por las noches ninguna señora está segura en su cama.» Él me dijo: «Señora Farrow, no sé adónde iremos a parar.» Ssss, yo le dije que era una realidad muy triste.

La señora Merriweather asintió sabiamente con la cabeza. Su voz se remontó por encima del tintineo de las tazas de café y los suaves sonidos bovinos de las damas deglutiendo pastelillos.

—Gertrude —dijo—, te aseguro que en esta ciudad hay algunas personas buenas pero mal encaminadas. Quiero decir, personas convencidas de que obran bien. Dios me libre de decir quiénes, pero hace poco tiempo algunas personas de esta ciudad consideraron obrar de acuerdo con su deber, pero todo lo que hicieron fue soliviantar a los negros. Eso es lo único que lograron. Quizás en aquel momento parecía que debía obrarse así, no lo sé, pero... Te aseguro que si mi Sophy hubiese continuado ofuscada un día más, la habría despedido. Con esa cabeza hueca que tiene no entiende que el único motivo de que yo la conserve es porque la Depresión continúa y la pobrecilla necesita ganar su dólar y cuarto semanal.

—Su plato de comida no sigue menguando, ¿verdad que no? —dijo la señorita Maudie torciendo el gesto. Hasta entonces había estado sentada en silencio a mi lado, con la taza de café en equilibrio sobre una rodilla.

Yo había perdido el hilo de la conversación hacía rato, y me contentaba pensando en Finch's Landing y el río. A la tía Alexandra le había salido la cosa al revés: la parte de trabajo de la reunión resultó espinosa; la hora de sociedad, monótona.

—Maudie, no sé qué quieres decir —repuso la señora Merriweather.

—Pues yo creo que sí lo sabes —contestó la otra secamente.

Y no dijo más. Cuando la señorita Maudie se enfadaba, su laconismo era glacial. Algo la había enojado mucho, y sus ojos grises estaban tan fríos como su voz. La señora Merriweather se ruborizó levemente, me miró y apartó los ojos. A la señora Farrow no pude verla.

La tía Alexandra se levantó de la mesa y se dio prisa en servir más dulces, enredando a la señora Merriweather y a la señora Gates en animada conversación. Cuando las tuvo bien encaminadas, junto con la señora Perkins, volvió a su sitio y dirigió a la señorita Maudie una mirada de gratitud. Me admiré del mundo de las mujeres. La señorita Maudie y la tía Alexandra no eran muy íntimas, pero ahí estaba tiíta dándole las gracias calladamente por algo. Qué era ese algo, no lo sabía. Me contenté con aprender que era posible herir lo suficiente a la tía Alexandra para que sintiera gratitud por la ayuda que le prestasen. No cabía duda, pronto entraría yo en aquel mundo, en cuya superficie unas perfumadas damas se mecían lentamente, se abanicaban despacio y bebían agua fresca.

Pero me encontraba más cómoda en el mundo de mi padre. Personas como Heck Tate no te tendían la trampa con preguntas inocentes para burlarse de ti; ni el mismo Jem exageraba sus censuras a menos que una dijese una estupidez. Las señoras parecían vivir con un ligero horror a los hombres, mal dispuestas a darles su aprobación. Pero a mí me gustaban. Había algo en ellos, por más que maldijesen, bebiesen, jugasen y mascasen tabaco, por muy poco exquisitos que fuesen, había algo en ellos que me gustaba instintivamente... No eran...

—Hipócritas, señora Perkins, hipócritas natos —estaba diciendo la señora Merriweather—. Al menos aquí en el Sur no cargamos con ese pecado sobre nuestros hombros. En el Norte les dan más libertad, pero no les ves sentados a la mesa con ellos. Al menos nosotros no incurrimos en el engaño de decirles: «Sí, valéis tanto como nosotros, pero no os acerquéis.» Aquí nos limitamos a decir: «Vosotros vivid vuestra vida, nosotros viviremos la nuestra.» Yo creo que esa mujer, la señora Roosevelt, ha perdido el juicio. Desde luego, mira que ir a Birmingham y querer sentarse con ellos. Si yo hubiese sido alcalde de Birmingham...

Bien, ninguna de nosotras era alcalde de Birmingham, pero yo deseé ser gobernador de Alabama por un día: soltaría a Tom Robinson tan deprisa que la Sociedad Misionera se quedaría con un palmo de narices. El otro día Calpurnia le contaba a la cocinera de la señorita Rachel lo mal que Tom lo había encajado, y cuando entré en la cocina no dejó de hablar. Calpurnia decía que Atticus no podía hacer nada para mitigar su encierro, y que lo último que Tom dijo a Atticus antes de que lo llevaran a la prisión fue: «Adiós, señor Finch: ahora no podrá hacer nada por mí, de modo que no vale la pena que lo intente.» Decía Calpurnia que Atticus le explicó que el día que le encerraron en la cárcel, Tom perdió toda esperanza. Decía que Atticus había intentado animarlo, recomendándole que se esforzase en no perder las esperanzas porque él haría cuanto pudiese para conseguir su libertad. La cocinera de la señorita Rachel le preguntó a Calpurnia por qué Atticus no decía llanamente: «No te preocupes, al final saldrás libre», sin otras explicaciones, pues parecía que esto habría dado mucho ánimo a Tom. Calpurnia respondió: «Tú no estás familiarizada con la ley. Lo primero que aprendes si estás en una familia de gente de leyes es que no existe una respuesta concreta para nada. El señor Finch no podía decir: Esto será así, no sabiendo con seguridad que sería así.»

La puerta de la calle se abrió y se cerró con un golpe, y oí los pasos de Atticus en el vestíbulo. Eso me extrañó. No era, ni de cerca, la hora de que volviera a casa, aparte de que los días de reunión de la Sociedad Misionera solía quedarse en el centro hasta la noche.

Atticus se paró en la puerta. Tenía el sombrero en la mano y la cara pálida.

—Dispensen, señoras —dijo—. Sigan con su reunión; no quisiera molestarlas. Alexandra, ¿puedes venir un momento a la cocina? Necesitaré a Calpurnia por un rato.

No cruzó el comedor, sino que se fue por el pasillo y entró en la cocina por la puerta trasera. Tía Alexandra y yo nos reunimos con él. Al poco la señorita Maudie se sumó a nosotros. Calpurnia se había levantado de su silla.

—Cal —dijo Atticus—, quiero que vengas conmigo a casa de Helen Robinson...

—¿Qué pasa? —preguntó la tía Alexandra, alarmada por la expresión de mi padre.

—Tom ha muerto.

La tía Alexandra se cubrió la boca con las manos.

—Lo mataron a tiros —explicó Atticus—. Intentaba escaparse. Ocurrió durante un recreo. Dicen que echó a correr ciegamente hacia la valla y empezó a trepar por ella.

—¿No intentaron detenerle? ¿No le avisaron primero? —La voz de tiíta temblaba.

—Sí, los guardias le gritaron que se detuviese. Primero dispararon al aire; después a matar. Le acertaron cuando iba a saltar al otro lado. Dijeron que si hubiese tenido los dos brazos buenos lo habría conseguido; tal era la rapidez con que se movía. Contaron diecisiete orificios de bala en su cuerpo. No era preciso que lo acribillasen. Cal, vendrás conmigo y me ayudarás a dar la noticia a Helen.

—Sí, señor —murmuró ella quitándose el delantal.

La señorita Maudie la ayudó.

—Esta barbaridad supera todo lo imaginable, Atticus —dijo tía Alexandra.

—Depende de cómo lo mires —contestó él—. ¿Qué significa un negro más o menos entre dos centenares? Para ellos no era Tom, era un prisionero que huía. —Se apoyó contra la nevera, se levantó las gafas y se frotó los ojos—. ¡Teníamos muchas posibilidades de conseguirlo! Yo le dije que así lo creía, pero que no podía asegurárselo. Supongo que Tom estaba cansado de las posibilidades del hombre blanco y prefirió intentar la suya. ¿Lista, Cal?

—Sí, señor Finch.

—Entonces vámonos.

La tía Alexandra se sentó en la silla de Calpurnia y ocultó la cara entre las manos. Permanecía inmóvil, tan inmóvil que temí que se desmayase. Oí la respiración de la señorita Maudie como si acabase de subir unas escaleras. En el comedor las damas charlaban animadamente.

Pensaba que la tía Alexandra estaba llorando, pero cuando apartó las manos de la cara, vi que no. Parecía cansada. Habló y su voz sonaba abatida.

—No puedo decir que apruebe todo lo que hace, Maudie, pero es mi hermano, y sólo quisiera saber cuándo terminará todo esto. —Hizo una pausa—. Lo destroza. Él no lo manifiesta mucho, pero está destrozado. Yo le he visto cuando... ¿Qué más quieren de él, Maudie, qué más?

—¿Qué es ese más y quiénes son los que lo quieren, Alexandra? —preguntó la señorita Maudie.

—Esta ciudad, quiero decir. Están muy satisfechos de que Atticus haga lo que ellos tendrían miedo de hacer... Se expondrían a perder una monedita. Están muy satisfechos de que arruine su salud haciendo lo que ellos temerían hacer. Están...

—Cállate, pueden oírte —dijo la señorita Maudie—. Míralo de este modo, Alexandra: tanto si Maycomb se da cuenta como si no, estamos rindiendo a Atticus el tributo más grande que podemos rendir a un hombre. Depositamos en él la confianza de que obrará rectamente.

—¿Quiénes?

—Las personas de esta ciudad que consideran que obrar con equidad no es un atributo exclusivo de los blancos; las personas que creen que todo el mundo, y no sólo nosotros, tiene derecho a ser juzgado imparcialmente; las personas con suficiente humildad para pensar, cuando miran a un negro: «De no ser por la bondad de Dios, ése sería yo.» —Maudie volvía a recobrar su habitual tono tajante—. Es decir, las personas de esta ciudad que tienen abolengo.

Si yo hubiese estado atenta, habría perfeccionado la definición de Jem sobre el abolengo, pero me sorprendí sollozando estremecida, sin poder contenerme. Una vez había visto la granja-prisión de Enfield y Atticus me había señalado el patio de recreo. Tenía las dimensiones de un campo de fútbol.

—Basta de lloros —ordenó la señorita Maudie, y me callé—. Levántate, Alexandra; las hemos dejado solas bastante rato.

La tía Alexandra obedeció y se acomodó el corsé que le comprimía las caderas. Luego se sacó el pañuelo del cinturón y se sonó la nariz. Arreglándose el cabello con unos toquecitos, preguntó:

—¿Se me nota?

—En absoluto —contestó la señorita Maudie—. ¿Preparada, Jean Louise?

—Sí, señora.

—Entonces vayamos a reunirnos con las damas —dijo ceñudamente.

Las voces de éstas sonaron más fuertes cuando la señorita Maudie abrió la puerta del comedor. La tía Alexandra iba delante de mí, y observé que al cruzar la puerta erguía la cabeza.

—¡Oh, señora Perkins —exclamó—, veo que le falta café! Permita que le sirva otro.

—Calpurnia ha tenido que salir por unos minutos a cumplir un encargo —anunció la señorita Maudie—. Permitan que les sirva más pastelillos de zarzamora. ¿No se han enterado de lo que hizo el otro día un primo mío, aquel al que le gusta ir a pescar...?

Y así continuaron, recorriendo la hilera de señoras risueñas, y dieron la vuelta al comedor, llenando otra vez las tazas de café y sirviendo pastitas, como si el único pesar que las afligiera fuese el no contar por un rato con Calpurnia.

El suave murmullo empezó de nuevo:

—Sí, señora Perkins, ese J. Grimes Everett es un santo mártir... Nada más casarse corrieron a... En el salón de belleza todos los sábados por la tarde... En cuanto se pone el sol, él se acuesta con las gallinas, imagínese, en una jaula. Fred dice que todo empezó por ahí. Y también dice...

La tía Alexandra me miró desde el otro extremo de la sala y me sonrió. Enseguida volvió los ojos hacia una bandeja de pastelillos y me la indicó con un movimiento de la cabeza. Yo la cogí con cuidado y me acerqué a la señora Merriweather. Con mis mejores maneras de señora de la casa, le pregunté si le apetecía uno. Al fin y al cabo, si tiíta sabía comportarse como una dama en una ocasión como aquélla, yo no iba a desmerecer.

25

—No hagas eso, Scout. Sácala al patio.

—Jem, ¿estás loco...?

—He dicho que la saques al patio.

Suspirando, recogí el animalito, lo llevé al último escalón y volví a mi catre. Septiembre había llegado, pero sin un atisbo de tiempo fresco, y todavía dormíamos en el porche trasero, cerrado con cristales. Las luciérnagas continuaban dando fe de vida, los gusanos nocturnos y los insectos que golpeteaban los cristales todo el verano aún no se habían marchado allá donde se marchen cuando llega el otoño.

Una cochinilla había conseguido colarse en el porche, seguramente por debajo de la puerta mosquitera. Estaba dejando el libro en el suelo, al lado del catre, cuando la vi. Estos bichitos no tienen más de un centímetro de largo, y cuando uno los toca se arrollan formando una apretada bolita gris. Me tendí de bruces, alargué el brazo y la empujé. La cochinilla se arrolló. Luego, creyéndose a salvo, se desenrolló lentamente. Cuando hubo avanzado unos centímetros, volví a tocarla. Se arrolló de nuevo.

Como tenía sueño, decidí terminar el asunto. Mi mano descendía hacia el bichito cuando Jem me detuvo; tenía el entrecejo fruncido. Esto formaba parte, probablemente, de la etapa que estaba atravesando, y yo deseé que se diera prisa y acabara de atravesarla pronto. Ciertamente, jamás fue cruel con los animales, pero no imaginaba que su caridad llegase incluso al mundo de los insectos.

—¿Por qué no puedo aplastarla? —pregunté.

—Porque no te hace daño —respondió en la oscuridad, pues había apagado la lamparita de noche.

—Veo que estás en la etapa en que uno no mata moscas ni mosquitos —le dije—. Cuando la superes, avísame. Sin embargo, has de saber que no voy a estarme quietecita sin quitarme los insectos.

—Bah, cierra el pico —me dijo con voz de sueño.

Era Jem el que cada día se volvía más quisquilloso, no yo. Me tendí de espaldas y esperé que llegase el sueño, y entonces pensé en Dill. Se había marchado el primer día del mes, asegurándonos que regresaría el mismo día en que terminasen las clases; se figuraba que sus familiares habían aceptado de muy buen grado que pasase los veranos en Maycomb. La señorita Rachel nos llevó con ellos en el taxi hasta el apeadero de Maycomb, y Dill nos hizo adiós con la mano desde la ventanilla del tren hasta que se perdió de vista. Pero no se perdió en el recuerdo: le echaba de menos. Los dos últimos días que pasó con nosotros, Jem se lo había llevado para enseñarle a nadar...

Me despejé por completo, rememorando lo que Dill me había contado.

El remanso al que iban se hallaba al final de un camino que partía de la carretera de Meridian, a cosa de una milla de la ciudad. Es fácil conseguir que un carro de algodón o un motorista que pasa le lleve a uno, y el corto paseo hasta el río no se hace cansado, pero la perspectiva de andar a pie todo el trayecto de regreso, al atardecer, cuando el tráfico es escaso, no apetece mucho, y los bañistas ponen buen cuidado de no quedarse hasta muy tarde.

Según Dill, él y Jem habían llegado apenas a la carretera cuando vieron a Atticus acercándose en su coche.

Como parecía que no les había visto, ambos le llamaron con un ademán. Atticus disminuyó la marcha por fin, pero cuando le alcanzaron les dijo:

—Será mejor que veáis si os lleva alguien. Yo tardaré bastante en regresar. —Calpurnia iba en el asiento trasero. Jem protestó y suplicó, y Atticus dijo—: Muy bien, podéis venir, a condición de que os quedéis en el coche.

Dirigiéndose a casa de Tom Robinson, Atticus les explicó lo ocurrido.

Salieron de la carretera, avanzaron despacio por la orilla del vertedero, dejando atrás la casa de los Ewell, y bajaron por el estrecho camino hasta las cabañas de los negros. Dill dijo que una turba de chiquillos negros jugaba a las canicas delante del patio de Tom. Atticus aparcó el coche y se apeó. Calpurnia lo siguió.

Dill oyó a Atticus preguntar a uno de los niños:

—¿Dónde está tu madre, Sam?

—En casa de la hermana Stevens, señor Finch —respondió aquel bribonzuelo—. ¿La llamo?

Dill dijo que Atticus vaciló, hasta que respondió que sí. Sam marchó al momento.

—Seguid jugando, chicos —dijo Atticus a los demás niños.

Una niña pequeña salió a la puerta de la cabaña y se quedó mirando a mi padre. Según Dill, su cabello era una almohadilla de trencitas tiesas, cada una rematada en un brillante lazo. La niña sonrió de oreja a oreja y quiso ir hacia mi padre, pero era demasiado pequeña para salvar los escalones del porche. Entonces Atticus fue hasta ella, se quitó el sombrero y le ofreció un dedo. La niña lo cogió y él la ayudó a bajar. Luego la entregó a Calpurnia.

Sam trotaba detrás de su madre. Helen dijo:

—Buenas tardes, señor Finch. ¿No quiere sentarse? —Y guardó silencio.

Atticus tampoco dijo nada.

—Scout —me dijo Dill—, la pobre mujer se desplomó sobre el suelo. Se desplomó como si un gigante con un pie enorme la hubiese aplastado. Así. —Dill golpeó el suelo con su ancho pie—. Como una hormiga pisoteada.

Y añadió que Calpurnia y Atticus levantaron a Helen y la llevaron a la cabaña. Estuvieron dentro largo rato, y al final Atticus salió solo. Cuando pasaron, de regreso por el vertedero, algunos Ewell les gritaron, pero Dill no entendió lo que decían.

A Maycomb la noticia de la muerte de Tom le interesó durante dos días, los suficientes para que la información se extendiese por todo el condado.

—¿No te lo han dicho?... ¿No? Pues dicen que corría como un gamo...

Para Maycomb, la muerte de Tom era típica. Era típico de un negro huir de pronto a todo correr. Típico de la mentalidad de un negro no tener plan, no haber trazado un proyecto para el futuro, sino correr ciegamente a la primera oportunidad. «Es ridículo, Atticus Finch quizá le hubiese conseguido la libertad en poco tiempo. Pero ¿esperar, un negro? No, caramba. Ya sabes cómo son. Vienen fácilmente y fácilmente se van. Esto demuestra una cosa: ese Robinson estaba casado legalmente, dicen que era honrado, iba a la iglesia y todo eso, pero ante una circunstancia crucial resulta que esa capa exterior es más delgada que el papel. En ellos siempre aflora el salvaje que llevan dentro...»

Unos detalles más, poniendo en antecedentes al oyente para repetir a su vez su propia versión, y luego nada de qué hablar hasta que el jueves siguiente apareció el *Maycomb Tribune*. Traía un breve obituario en la sección «Noticias de la gente de color», pero además un editorial.

B. B. Underwood exhibía su ironía más cáustica, y mostraba desdén por los que, a causa de ese editorial, cancelaran anuncios y suscripciones a su periódico. (Aunque Maycomb nunca reaccionaba de este modo: Underwood podía gritar hasta sudar y escribir todo lo que quisiera, que aun así seguiría contando con sus suscriptores y anunciantes. Si quería ponerse en ridículo en su propio periódico, era muy dueño de hacerlo.) Underwood no hablaba de mala administración de la justicia, escribía de modo que hasta los niños lo entendieran. Argumentaba sencillamente que era pecado matar a personas mutiladas, estuvieran de pie, sentadas o huyendo. Comparaba la muerte de Tom con los cazadores y los niños que mataban ruiseñores necia y gratuitamente; pero Maycomb sólo consideró que se trataba de un editorial lo bastante poético como para que lo reprodujese el *Montgomery Advertiser*.

Mientras leía el artículo del señor Underwood, me pregunté si era posible que fuese así. Matar sin objetivo: Tom había estado sujeto al proceso legal hasta el día de su muerte; doce hombres buenos e íntegros le habían juzgado y sentenciado; mi padre había luchado en su favor en todo momento. Entonces comprendí lo que quería decir el señor Underwood: Atticus había empleado todas las armas de que disponía un hombre libre para salvar a Tom Robinson, pero en los tribunales secretos de los corazones de los hombres, Atticus no tenía ninguna posibilidad. Tom era hombre muerto desde el momento en que Mayella Ewell lo había señalado con el dedo.

El nombre de Ewell me provocó náuseas. Maycomb se había apresurado a conocer su opinión sobre la muerte de Tom y a pasarla al otro lado de aquel canal de la Mancha de las habladurías que era Stephanie Crawford. Ésta explicó a la tía Alexandra, en presencia de Jem («¡Qué caramba, es bastante mayor para oírlo!»), que Ewell dijo que aquello sólo significaba tener a uno enterrado y a dos más que habían de seguir el mismo camino. Jem me dijo que no tuviese miedo: Ewell tenía más de charlatán necio que de otra cosa. Y me advirtió que no mencionase nada de esto en presencia de Atticus.

26

Las clases empezaron, y con ellas nuestros trayectos diarios por delante de la Mansión Radley. Jem estaba en séptimo curso y asistía al instituto, detrás del edificio de enseñanza primaria; yo estaba ahora en tercer curso, y nuestras rutinas eran tan diferentes que sólo veía a Jem al ir a la escuela por las mañanas, y a las horas de comer. Él entró en el equipo de fútbol, pero era demasiado delgado y demasiado joven para hacer otra cosa que llevar cubos de agua a los demás. Una misión que cumplía con entusiasmo: la mayoría de las tardes, raras veces llegaba a casa antes de anochecer.

La Mansión Radley había dejado de asustarme, pero no era menos lúgubre, menos fría debajo de los grandes robles, ni menos repulsiva. En los días serenos continuábamos viendo a Nathan Radley yendo y viniendo del centro; sabíamos que Boo continuaba en casa, por la misma razón de siempre: nadie lo había visto todavía salir. A veces sentía una punzada de remordimiento al pasar por delante de la vieja mansión, por haber tomado parte alguna vez en cosas que hubieron de significar un vivo tormento para Arthur Radley... ¿Qué recluso razonable quiere que unos niños le espíen por la ventana, le envíen notitas de saludo con una caña de pescar y ronden por su huerto de noche?

Sin embargo, también recordaba: dos monedas con cabezas de indios, goma de mascar, muñecos de jabón, una medalla oxidada, un reloj de cadena estropeado. Jem debía de guardarlo en algún sitio. Una tarde me detuve y miré el árbol: el tronco crecía alrededor del remiendo de cemento. El cemento ya amarilleaba.

Un par de veces casi le vimos; promedio más que satisfactorio para cualquiera.

Con todo, cada vez que pasaba seguía mirando por si le veía. Quizás algún día le veríamos. Me imaginaba cómo ocurriría: al pasar yo él estaría sentado en la mecedora. «¿Cómo está, señor Arthur?», diría yo, como si lo hubiese dicho todas las tardes de mi vida. «Buenas noches —diría él, como si lo hubiese dicho todas las tardes de su vida—; tenemos un tiempo hermoso de veras, ¿no crees?» «Sí, muy hermoso», afirmaría yo, y seguiría mi camino.

Era sólo una fantasía. Nunca le veríamos. Boo salía probablemente cuando la luna se escondía, para espiar a Stephanie Crawford. Yo habría escogido a cualquier otra persona para espiar; pero allá él con sus gustos. A nosotros nunca nos espiaría.

—No pensaréis empezar de nuevo con eso, ¿verdad? —dijo Atticus una noche, cuando yo expresé mi deseo de poder ver una vez al menos a Boo Radley antes del fin de mis días—. Si pensáis volver a lo de antes, os lo digo desde ya: olvidadlo. Soy demasiado viejo para ir a sacaros de la finca de los Radley. Por otra parte, es peligroso. Os exponéis a que os disparen. Ya sabéis que el señor Nathan dispara contra cualquier sombra que vea, hasta contra las huellas que dejan unos pequeños pies descalzos. En aquella ocasión tuvisteis suerte de salvar el pellejo.

Me callé. Al mismo tiempo me sorprendí. Era la primera vez que Atticus nos daba a entender que sabía mucho más de lo que nos figurábamos acerca de un suceso concreto. Y había ocurrido años atrás. No, el verano pasado... No, el anterior al pasado, cuando... El tiempo me estaba jugando una treta. Tenía que acordarme de preguntárselo a Jem.

Nos habían ocurrido tantas cosas que Boo Radley

era el menor de nuestros miedos. Atticus aseguraba que no veía que pudiese ocurrir nada más, que las cosas tenían la virtud de reencauzarse por sí mismas, y que cuando hubiera pasado el tiempo suficiente la gente olvidaría que un día habían dedicado su atención a Tom Robinson.

Quizás Atticus tenía razón, pero los acontecimientos del verano continuaban suspendidos sobre nosotros como el humo en un cuarto cerrado. Los adultos de Maycomb nunca hablaban del caso con Jem ni conmigo; parece que lo comentaban con sus hijos, y su actitud debía de ser la de que ni mi hermano ni yo podíamos cambiar el que Atticus fuese nuestro padre, de modo que sus hijos debían portarse bien con nosotros a pesar de él. Los hijos no habrían llegado jamás por sí mismos a esta conclusión; si a nuestros condiscípulos les hubiesen dejado obrar según sus propias iniciativas, Jem y yo habríamos disputado unos cuantos combates rápidos y satisfactorios con los puños y ajustado cuentas para mucho tiempo. Dadas las circunstancias, ahora nos veíamos obligados a mantener la cabeza alta y ser, respectivamente, un caballero y una dama. En cierto modo, era lo mismo que en la época de Lafayette Dubose, aunque sin sus gritos. No obstante, pasaba una cosa rara que nunca comprendí: a pesar de las deficiencias de Atticus como padre, aquel año la gente tuvo a bien reelegirle para la legislatura del estado, como de costumbre sin oposición.

Llegué a la conclusión de que la gente era muy rara, así que me aparté de ella y no pensaba en sus cosas más que cuando era forzoso.

Un día, en la escuela, me vi obligada. Una vez por semana teníamos una clase de Noticias de Actualidad. Cada niño tenía que recordar una noticia de un periódico, comprenderla bien y explicarla a la clase. Se suponía que esta práctica eliminaba una infinidad de males: el ponerse delante de sus compañeros favorecía la buena postura y daba aplomo al niño; el pronunciar una pequeña charla le obligaba a sopesar el valor de las palabras; el aprenderse la noticia fortalecía su memoria; el verse separado del grupo le hacía desear volver a fundirse en el mismo.

La intención era buena, pero, como de costumbre, en Maycomb no daba mucho resultado. En primer lugar, pocos chiquillos del campo tenían acceso a los periódicos, de modo que el peso de las noticias lo llevaban los de la población, haciendo creer a los que venían de fuera que, sea como fuere, los niños de la ciudad eran favorecidos por los maestros. Los chicos campesinos que podían, traían recortes del *Grit Paper*, una publicación espuria, al menos a los ojos de la señorita Gates, nuestra maestra. Nunca he sabido por qué fruncía el entrecejo cuando un chiquillo recitaba algo del *Grit Paper*, pero en cierto modo ello iba asociado con la afición a la juerga, el comer tortitas con almíbar para desayunar, el ser un poco hereje, el entonar *Dulcemente canta el asno*, pronunciando mal la palabra asno, para eliminar todo lo cual pagaba el estado a los maestros.

Aun así, pocos niños sabían lo que era una noticia de actualidad. Little Chuck Little, que respecto a las vacas y sus costumbres tenía un siglo de experiencia, iba por la mitad de su disertación cuando la señorita Gates lo interrumpió:

—Charles, eso no es una noticia de actualidad. Eso es un anuncio.

Sin embargo, Cecil Jacobs sabía distinguir una noticia. Cuando le tocó el turno, se situó delante de la clase y empezó:

—El viejo Hitler...

—Adolf Hitler, Cecil —corrigió la maestra—. Nunca se empieza diciendo: «El viejo Fulano, Mengano.»

—Sí, señorita —asintió el chico—. El viejo Adolfo Hitler ha estado prosiguiendo...

—Persiguiendo, Cecil...

—No, señorita Gates, aquí dice... Bien, como sea, el viejo Hitler la ha emprendido con los judíos y los mete en la trena, les quita sus cosas y no deja que ninguno salga de su país, y también limpia a todos los tarados y...

—¿Limpia a los tarados, Cecil?

—Sí, señorita Gates; me imagino que no tienen suficiente inteligencia para limpiarse solos. Un idiota no sabría conservarse limpio, ¿verdad? Bien, Hitler también ha puesto en marcha un programa para reunir a todos los medio judíos, y quiere hacer una lista con sus nombres para que no intenten jugársela. Yo creo que esto es una cosa mala, y ésta ha sido mi noticia de actualidad.

—Muy bien, Cecil —dijo la señorita Gates.

Resollando, Cecil volvió a su asiento.

En el fondo del aula se levantó una mano.

—¿Cómo puede hacer eso?

—¿Quién y qué? —preguntó la maestra con paciencia.

—Quiero decir: ¿cómo puede ese Hitler poner a un montón de gente en un corral y ya está? Me parece que el gobierno debería impedirlo —dijo el propietario de la mano.

—Hitler es el gobierno —explicó la señorita Gates. Y aprovechó la oportunidad para instruirnos un poco: fue a la pizarra y escribió «Democracia» con letras grandes—. Democracia —leyó—. ¿Alguien sabe su definición?

—Nosotros —dijo alguien.

Yo levanté la mano, recordando un antiguo latiguillo electoral que me había explicado Atticus.

—Adelante, Jean Louise.

—Derechos iguales para todos; privilegios especiales para ninguno —cité.

—Muy bien, Jean Louise, muy bien. —La señorita Gates sonrió. Delante de «Democracia» escribió entonces «Nosotros somos una...»—. Y ahora, chicos, decidlo todos a coro: «Nosotros somos una democracia.»

Lo dijimos. Luego ella dijo:

—Ésta es la diferencia entre Estados Unidos y Alemania. Nosotros somos una democracia y Alemania es una dictadura. Dic-ta-du-ra —repitió silabeando—. Aquí, en nuestro país, no creemos que se deba perseguir a nadie. La persecución es propia de personas que tienen prejuicios. Pre-jui-cios. No hay en el mundo personas mejores que los judíos, y el motivo de que Hitler no lo crea así es para mí un misterio.

En el centro del aula un espíritu curioso preguntó:

—Según usted, ¿por qué no quiere a los judíos, señorita Gates?

—No lo sé, Henry. Los judíos ayudan con su aportación a todas las sociedades en que viven, y, sobre todo, son un pueblo profundamente religioso. Hitler está tratando de eliminar la religión, de manera que quizás ahí radique la causa.

Cecil tomó la palabra:

—No sé si es cierto, claro —dijo—, pero se dice que cambian o manipulan dinero, o algo así, aunque eso no es motivo para perseguirlos, ¿no? Los judíos son blancos, ¿verdad?

—Cuando estés en el instituto, Cecil —respondió la señorita Gates—, aprenderás que los judíos han sido perseguidos desde el comienzo de la Historia, incluso expulsados de su propio país. Es uno de los episodios más terribles de la Historia. Bien, niños, ha llegado la hora de la aritmética.

Como yo detestaba la aritmética, pasé aquella hora mirando por la ventana. La única ocasión en que veía ponerse ceñudo a Atticus era cuando Elmer Davis nos comunicaba las últimas hazañas de Hitler. Atticus daba toda la potencia a la radio y decía:

—¡Ummm!

Una vez le pregunté por qué se enfadaba tanto con Hitler, y me contestó:

—Porque es un maníaco.

Mal asunto, pensé, mientras la clase se ensimismaba en las sumas. Un maníaco y millones de alemanes. Lo lógico era que lo encerrasen a él, en vez de permitirle que él encerrase a los demás. Pero había algo que no me quedaba claro; se lo preguntaría a mi padre.

Se lo pregunté, y él me dijo que no podía responderme, porque no sabía la respuesta.

—¿Pero está bien odiar a Hitler?

—No —dijo—. No está bien odiar a nadie.

—Atticus, hay una cosa que no entiendo. La señorita Gates decía que lo que Hitler hace es horroroso; hablando de ello se puso como una amapola...

—Lo supongo, sin duda.

—Pero...

—¿Qué?

—Nada, señor. —Y me marché, pues no estaba segura de saber explicar lo que tenía en mente, no estaba segura de poder clarificar lo que no era más que una impresión. Quizá Jem pudiera darme la respuesta. Las cosas de la escuela las entendía mejor Jem que Atticus.

Mi hermano estaba agotado tras una jornada de acarrear agua. En el suelo, al lado de la cama, había al menos doce pieles de plátano, rodeando una botella de leche vacía.

—¿Cómo te das un atracón así? —pregunté.

—El entrenador dice que si para el año que seguirá al que viene he ganado quince kilos, podré jugar. Y ésta es la manera más rápida.

—Si no lo vomitas todo. Jem, quiero preguntarte una cosa.

—Dispara. —Dejó el libro y estiró las piernas.

—La señorita Gates es una una mujer buena, ¿verdad?

—Sin duda —contestó Jem—. Cuando estaba en su clase, la apreciaba mucho.

—Pues ella odia a Hitler con todas sus fuerzas...

—¿Y eso qué tiene de malo?

—Hoy nos ha soltado un discurso sobre lo mal que está que trate a los judíos de ese modo. Jem, no está bien perseguir a nadie, ¿verdad que no? Quiero decir, ni siquiera tener pensamientos mezquinos respecto a nadie, ¿verdad?

—No, claro que no. ¿Qué te pasa, Scout?

—Pues mira, aquella noche al salir del juzgado, cuando bajábamos las escaleras, la señorita Gates iba delante de nosotros; es posible que no la vieses, estaba hablando con Stephanie Crawford. Pero yo la oí decir que era hora de que alguien les diera una lección, que se estaban desmadrando y que a continuación se figurarían que podían casarse con ellas. Jem, ¿cómo es posible que uno odie tanto a Hitler y luego sea tan injusto con personas de nuestro propio país?

Jem se enfureció súbitamente. Saltó de la cama, me cogió por el cuello del vestido y me zarandeó.

—¡No quiero que vuelvas a hablarme del juzgado nunca más, nunca más! ¿Me oyes? No me digas jamás una sola palabra sobre aquello, ¿me oyes? ¡Y ahora lárgate!

Me quedé demasiado sorprendida para llorar. Salí con paso receloso del cuarto de Jem y cerré la puerta suavemente, por miedo a que un ruido indebido le provocase otro arranque. Repentinamente cansada, sentí necesidad de Atticus. Mi padre estaba en la sala; fui hasta él y traté de sentarme en su regazo. Atticus sonrió.

—Últimamente creces tanto que dentro de poco sólo podré sostener una parte de ti. —Y me estrechó contra su pecho—. Scout —dijo dulcemente—, no te desilusiones respecto a Jem. Está pasando unos días duros. He oído lo que decíais.

Atticus me explicó que Jem ponía todo su empeño en olvidar algo, pero que lo que hacía en realidad era aparcarlo mientras transcurriese el tiempo suficiente. Entonces estaría en condiciones de meditarlo e interpretar los hechos. Cuando pudiera pensar con serenidad, Jem volvería a ser el mismo de siempre.

27

Las cosas volvieron a su cauce hasta cierto punto, tal como Atticus había vaticinado. A mediados de octubre sólo dos pequeños acontecimientos inusuales afectaron a los ciudadanos de Maycomb. No, fueron tres acontecimientos, pero no nos afectaban a los Finch, aunque en cierto modo sí.

El primero fue que Bob Ewell consiguió y perdió, en cosa de pocos días, un empleo, convirtiéndose en un caso único en los anales de los años treinta de nuestro siglo: ser el único hombre del cual se tuviese noticia que hubieran despedido del WPA por holgazán. Supongo que su breve período de ascensión a la fama le produjo un estallido de amor al trabajo, pero el empleo le duró únicamente lo que su notoriedad: Ewell se vio pronto tan relegado al olvido como Tom Robinson. En lo sucesivo reanudó su hábito de presentarse todas las semanas a la oficina de beneficencia a recoger su cheque, y lo recibía sin agradecimiento, en medio de confusos murmullos, protestando de que los canallas que creían regir aquella ciudad no le permitiesen a un hombre honrado ganarse la vida. Ruth Jones, la encargada de la beneficencia, decía que Ewell acusaba abiertamente a Atticus de haberle quitado el empleo, y se sintió lo bastante impresionada como para acudir a la oficina de mi padre a contárselo. Atticus le dijo que no se inquietara, que si Bob Ewell quería discutir ese asunto con él, sabía dónde estaba su oficina.

El segundo acontecimiento afectó al juez Taylor. Éste no solía asistir a la igleisa los domingos por la noche; su esposa sí. El juez disfrutaba del domingo por la noche quedándose solo en su espaciosa casa, y mientras la señora estaba en la iglesia él se encerraba en su estudio para leer los escritos de Bob Taylor (que no era pariente suyo, aunque al juez le habría enorgullecido poder sostener lo contrario). Una noche de domingo, un ruido molesto, irritante, de alguien que arañaba una ventana distrajo al juez Taylor de su lectura, plena de jugosas metáforas y floridas elocuciones.

—Quieta —le dijo a *Ann Taylor*, su gorda y extravagante perra. Pero entonces reparó en que estaba hablando a una habitación vacía; el ruido procedía de la parte trasera de la casa.

El juez anduvo pesadamente hasta el porche trasero con la idea de dejar salir a *Ann*, pero encontró la puerta vidriera abierta. Una sombra en la esquina de la casa atrajo su mirada, y aquello fue todo lo que vio de su visitante. Al llegar a casa la señora Taylor, de regreso de la iglesia, encontró a su marido, como siempre, sentado en su sillón y abstraído en los escritos de Bob Taylor, pero con una escopeta sobre las rodillas.

El tercer acontecimiento le pasó a Helen Robinson, la viuda de Tom. Si Ewell había quedado tan olvidado como Tom, éste lo había quedado tanto como Boo Radley. Una persona, empero, no había olvidado a Tom: su patrono, Link Deas. El señor Deas dio un empleo a Helen. En realidad no la necesitaba, pero decía que estaba muy disgustado por el curso que habían seguido las cosas. Nunca he sabido quién cuidaba de sus hijos mientras Helen estaba fuera de casa. Calpurnia decía que Helen sufría mucho, porque tenía que dar un rodeo de casi una milla para evitar a los Ewell, los cuales, según Helen, «habían embestido contra ella» la primera vez que trató de utilizar el camino público. Con el tiempo, Link Deas se fijó en que Helen llegaba al trabajo todas las mañanas por la dirección contraria a su casa y le preguntó el motivo.

—Déjelo estar, señor, se lo ruego —suplicó ella.

—Por el diablo que lo dejaré —repuso Link. Y le ordenó que aquella tarde, al marcharse, pasara por su tienda.

Helen obedeció. Link cerró la tienda, se caló bien el sombrero y acompañó a Helen a su casa por el camino más corto, por delante de la cabaña de los Ewell. De regreso, Link se paró en la desvencijada puerta.

—¡Ewell! —llamó—. ¡Ewell, he dicho!

Las ventanas, habitualmente llenas de críos, estaban desiertas.

—¡Ya sé que estáis todos ahí dentro! ¡Ahora escúchame, Bob Ewell: si me llega el rumor de que mi criada Helen no puede pasar por este camino, antes de la puesta del sol te habré hecho encerrar en el calabozo!

Link escupió en el suelo y se marchó a su casa.

A la mañana siguiente, Helen fue al trabajo utilizando el camino público. Nadie la molestó, pero más allá de la casa de los Ewell volvió la cabeza y vio que Ewell la seguía. Ella continuó andando, y Ewell también, siempre a la misma distancia, hasta que ella llegó a casa del señor Deas. Todo el trayecto —dijo Helen— oyó detrás una voz baja murmurando palabras injuriosas. Muy asustada, telefoneó a su patrón a la tienda, que no estaba lejos de la casa. Deas salió de la tienda y vio a Ewell apoyado en la valla. Éste le dijo:

—No me mire como si yo fuese una alimaña. No he molestado a su...

—Lo primero que puede hacer, Ewell, es apartar su sucia persona de mi propiedad. Se está apoyando en ella, y yo no puedo permitirme pintarla de nuevo. Lo segundo que puede hacer es mantenerse apartado de mi cocinera, o de lo contrario le detendré por asalto...

—¡Yo no la he tocado, Deas, ni pienso arrimarme a ninguna negra!

—¡No es preciso que la toque, basta con que la asuste, y si con una denuncia por asalto no es suficiente para tenerle encerrado una temporada, echaré mano de leyes más duras; de modo que apártese de mi vista! ¡Si cree que no hablo en serio, vuelva a molestar a esa muchacha!

Ewell pensó, evidentemente, que lo decía en serio, porque Helen no se quejó de nuevos contratiempos.

—No me gusta, Atticus, no me gusta nada —fue la conclusión de la tía Alexandra ante aquellos acontecimientos—. Ese hombre parece alimentar un odio permanente contra todos los relacionados con estos sucesos. Sé cómo suele saldar sus resentimientos la gente de su calaña, pero no comprendo por qué los tiene precisamente él; en el juicio se salió con la suya, ¿verdad?

—Yo creo comprenderlo —dijo Atticus—. Puede ser que en el fondo de su corazón sepa que muy pocas personas de Maycomb creyeron de verdad las historias que contaron él y Mayella. Pensó que sería un héroe, y el único premio que obtuvo por sus esfuerzos fue un: «Muy bien, nosotros condenaremos a este negro, pero tú regresa a tu vertedero.» Ahora se ha desahogado ya con todo el mundo; de modo que debería estar satisfecho. Se calmará cuando cambie el tiempo.

—Pero ¿para qué quería asaltar la vivienda de John Taylor? Evidentemente, no sabía que John estuviera en casa, de lo contrario no lo habría intentado. Las únicas luces que se ven en casa de John los domingos son las del porche y la parte trasera...

—No se sabe si Bob Ewell forzó la puerta vidriera, no sabemos quién lo hizo —dijo Atticus—. Pero me lo imagino. Yo demostré que era un embustero, pero John le puso en ridículo. Todo el rato que Ewell ocupó el estrado, no pude mirar a John y conservar el semblante serio. John le miraba como si fuese una gallina con tres patas o un huevo cuadrado. No me digas que los jueces a veces no procuran predisponer al jurado —concluyó Atticus, riendo.

A finales de octubre nuestras vidas habían entrado en la rutina familiar de escuela, juego y estudio. Jem parecía haber desterrado de su mente lo que fuese que quería olvidar, y nuestros respectivos compañeros de clase tuvieron la misericordia de darnos una tregua con las excentricidades de nuestro padre. En una ocasión Cecil Jacobs me preguntó si Atticus era un radical. Cuando se lo pregunté, a Atticus le divirtió tanto que casi me enfadé, aunque él me dijo que no se reía de mí.

—Dile a Cecil que soy tan radical, aproximadamente, como Cotton Tom Heflin.

La tía Alexandra estaba medrando. La señorita Maudie había acallado, por lo visto, a toda la Sociedad Misionera, porque la tía Alexandra volvía a gobernar aquel gallinero con mano firme. Las meriendas que organizaba eran todavía más deliciosas que antes. Escuchando a la señora Merriweather, me documenté algo más sobre la vida de los pobres mrunas: tenían tan poco sentido de la familia que la tribu entera era una gran familia. Un niño tenía tantos padres como hombres había en la comunidad, y tantas madres como mujeres. J. Grimes Everett hacía más de lo humanamente posible para cambiar aquel estado de cosas, pero necesitaba con desesperación nuestras oraciones.

Maycomb volvía a ser el de antes. El mismo exactamente del año anterior, y del otro, con sólo dos cambios de poca monta. El primero consistía en que la gente había quitado de los escaparates de sus tiendas y los cristales de los automóviles los carteles de «NRA - Nosotros hacemos lo que nos corresponde». Pregunté la causa a Atticus, y él me dijo que era porque la National Recovery Act, la ley de recuperación nacional, había muerto. Yo le pregunté quién la había matado, y él me respondió que fueron nueve ancianos.

El segundo cambio sufrido por Maycomb desde el año anterior no era de sentido nacional. Hasta entonces, la víspera de Todos los Santos era en Maycomb una fiesta perfectamente desorganizada. Cada chiquillo hacía lo que se le antojaba, con la asistencia de sus compañeros si había que trasladar algo, por ejemplo, subir un calesín ligero al tejado del establo de caballos de alquiler. Pero los padres opinaron que el año anterior las cosas habían llegado demasiado lejos, cuando se alteró la paz de las señoritas Tutti y Frutti.

Las señoritas Tutti y Frutti Barber eran dos hermanas solteras algo mayores, las cuales vivían en la única residencia de Maycomb que se enorgullecía de tener una bodega. Se rumoreaba que estas damas eran republicanas, habiendo inmigrado de Clanton, Alabama, en 1911. Su manera de vivir era distinta de la nuestra, y nadie sabía para qué querían una bodega; pero la querían y la hicieron construir, y se pasaron el resto de su vida expulsando de ella a los chiquillos.

Las señoritas Tutti y Frutti (sus verdaderos nombres eran Sarah y Frances), además de tener costumbres yanquis, eran sordas. Tutti lo negaba y vivía en un mundo de silencio, pero Frutti, poco dispuesta a perderse nada, utilizaba una trompa para el oído, y tan enorme que Jem decía que era el altavoz de una de esas gramolas del perro.

Así las cosas, la víspera de Todos los Santos, unos bribonzuelos habían esperado a que las señoritas Barber estuvieran dormidas, se habían deslizado en su sala de estar (excepto los Radley, nadie cerraba por la noche), se llevaron a hurtadillas hasta el último mueble que había allí y los escondieron en la bodega. Niego haber tomado parte en esa acción.

—¡Yo los oí! —fue el grito que despertó, al alba de la mañana siguiente, a los vecinos de las señoritas Barber—. ¡Los oí cuando paraban un camión junto a la puerta! ¡Ahora estarán en Nueva Orleans!

La señorita Tutti estaba segura de que los vendedores de pieles que habían pasado por la ciudad dos días atrás le habían robado los muebles.

—Eran morenos —decía—. Sirios.

Llamaron a Heck Tate. El *sheriff* inspeccionó el terreno y dijo que aquello era obra de alguien de la localidad. La señorita Frutti replicó que habría reconocido una voz de Maycomb en cualquier parte, y no había habido voces de Maycomb en su salita la noche anterior... porque, sí, los ladrones habían gritado bastante, de verdad. Para localizar su mobiliario había que echar mano de perros sabuesos, exigió la señorita Tutti. Así pues, el señor Tate se vio obligado a caminar diez millas para reunir todos los sabuesos del condado, y luego ponerlos sobre la pista.

El *sheriff* los soltó en los escalones del porche de las señoritas Barber, pero todo lo que los animales hicieron fue rodear la casa y ponerse a ladrar ante la puerta de la bodega. Cuando Tate los vio repetir lo mismo tres veces, lo comprendió. Aquel día, a eso de las doce, no se veía un chiquillo descalzo en todo Maycomb; y nadie se quitó los zapatos hasta que hubieron devuelto los perros a sus dueños.

Así pues, las damas de Maycomb decían que este año las cosas marcharían de otro modo. Abrirían la sala de actos del instituto y habría un espectáculo para las personas mayores: pesca de manzanas, caza de bombones y otras diversiones para los niños. Habría también un premio de veinticinco centavos al mejor disfraz.

Tanto Jem como yo refunfuñamos. No es que nunca hubiésemos hecho nada; era por una cuestión de principios en relación con el caso. Al fin y al cabo, Jem se consideraba demasiado mayor para tomar parte en las travesuras propias del día; pero aseguró que no le pescarían por los alrededores de la escuela para una cosa semejante. «Vale —pensé—, Atticus me llevará.»

Sin embargo, pronto me enteré de que aquella noche se precisarían mis servicios en el escenario. Grace Merriweather había pergeñado una función titulada «Condado de Maycomb: *Ad astra per aspera*», y yo haría de jamón. La autora consideraba que sería adorable que algunos niños llevasen trajes representando los productos agrícolas del condado: a Cecil Jacobs la vestirían de vaca; Agnes Boone sería una encantadora habichuela, otro niño haría el papel de cacahuete, y así continuaba el programa hasta que la imaginación de la señora Merriweather y la provisión de niños se agotaron.

Nuestros únicos deberes, por lo que pude colegir de nuestros dos ensayos, se limitaban a entrar en el escenario por la izquierda cuando la señora Merriweather (no solamente autora, sino también narradora) nos mencionara. Cuando ella dijese «cerdo» aquello significaría que me llamaba a mí. Luego, como apoteosis final, toda el mundo cantaría: «Condado de Maycomb, condado de Maycomb, te seremos fieles de todo corazón», y la señora Merriweather subiría al escenario con la bandera del estado.

Mi traje no significó un gran problema. La señora Crenshaw, la costurera local, tenía tanta imaginación como la señora Merriweather. Cogió tela metálica de gallinero y la dobló dándole forma de jamón, la recubrió de tela parda y la pintó adecuadamente. Alguien tenía que colocarme el artefacto por la cabeza. Casi me llegaba a las rodillas. La señora Crenshaw tuvo el buen criterio de dejar dos agujeros para los ojos. Hizo un buen trabajo; Jem decía que parecía exactamente un jamón con piernas. Sin embargo, aquello tenía sus desventajas: padecía calor, me encontraba muy encerrada; si me picaba la nariz no podía rascarme, y una vez metida dentro, si no me ayudaban, no podía salir.

Cuando llegó la víspera de Todos los Santos, presumí que toda la familia acudiría para contemplar mi actuación, pero quedé defraudada. Atticus dijo, con todo el tacto de que fue capaz, que no creía que aquella noche pudiera resistir una función teatral; se encontraba cansadísimo. Había pasado una semana en Montgomery y llegó a casa bien entrada la tarde. Se figuraba que Jem podría acompañarme.

La tía Alexandra dijo que se iría a la cama temprano: había decorado el escenario toda la tarde y estaba exhausta... y se detuvo en mitad de la frase. Cerró la boca y al punto la abrió de nuevo como para decir algo, pero no lo hizo.

—¿Qué pasa, tiíta? —pregunté.

—Oh, nada, nada —contestó—, se me ha ido de la cabeza.

Desechó lo que fuese que le había causado un respingo de aprensión, y me pidió que hiciese una representación previa para la familia en la sala. Así pues, Jem me embutió dentro de mi disfraz, se plantó en la puerta de la sala, gritó «¡Ceeer... do!» tal como la señora Merriweather, y yo entré en escena. Atticus y la tía Alexandra se rieron bastante.

Repetí mi papel en la cocina para Calpurnia, la cual dijo que estaba maravillosa. Yo quería cruzar la calle para que me viese la señorita Maudie, pero Jem dijo que probablemente asistiría a la función.

Después de aquello, ya no importó si los demás venían o no; Jem dijo que me acompañaría. Así empezó el viaje más largo que hicimos juntos.

28

El último día de octubre, el tiempo estaba inusitadamente caluroso. Ni siquiera necesitamos chaquetas. El
viento arreciaba y Jem dijo que era posible que lloviese
antes de que llegáramos a casa. No había luna.

La farola de la esquina proyectaba unas sombras
bien definidas sobre la casa de los Radley. Mi hermano
rió por lo bajo.

—Apuesto a que esta noche no nos molesta nadie
—dijo.

Jem llevaba mi traje de jamón, con cierta torpeza,
pues resultaba difícil cogerlo bien. Yo le consideré muy
galante por ello.

—De todos modos, es una casa que da miedo, ¿verdad? —dije—. Boo no quiere hacer ningún daño a nadie,
pero me tranquiliza que me acompañes.

—Ya sabes que Atticus no te habría dejado ir sola al
edificio de la escuela —dijo.

—No sé por qué; está al doblar la esquina, y entonces sólo hay que cruzar el patio.

—Aquel patio es muy largo para que las niñas pequeñas lo crucen solas de noche —me zahirió Jem—. ¿No
temes a los fantasmas?

Nos echamos a reír. Fantasmas, fuegos fatuos, en-
cantamientos, signos secretos, todo se había desvanecido
con el paso de los años lo mismo que la bruma al remon-
tarse el sol.

—¿Cómo era aquello que decíamos? —preguntó

Jem—. Ángel del destino, vida para el muerto, sal de mi camino, no me sorbas el aliento.

—Deja eso ahora. —Estábamos enfrente de la Mansión Radley.

—Boo no debe de estar en casa. Escucha.

Encima de nosotros, muy arriba en la oscuridad, un ruiseñor desgranaba su repertorio.

Doblamos la esquina y yo tropecé con una raíz del camino. Jem trató de ayudarme, pero todo lo que hizo fue dejar caer mi traje en el polvo. Sin embargo, no me caí, y pronto volvimos a emprender la marcha.

Salimos del camino y penetramos en el patio de la escuela. La noche estaba negra como boca de lobo.

—¿Cómo sabes dónde estamos? —pregunté cuando hubimos caminado unos cuantos metros.

—Adivino que estamos debajo del roble grande porque es un sitio fresco. Ten cuidado, y no vuelvas a caerte.

Habíamos aminorado el paso, avanzando con cautela, y tentábamos la oscuridad con la mano para no chocar con el tronco. Era un roble viejo y solitario; dos muchachos no habrían podido abrazarlo tocándose las manos. Estaba lejos de los maestros y de vecinos curiosos: estaba cerca de la finca de los Radley, pero éstos no eran curiosos. Debajo de sus ramas había un trozo de suelo apisonado por una infinidad de encuentros y juegos de azar clandestinos.

Las luces de la sala de actos destellaban a distancia, pero si para algo servían era para cegarnos.

—No mires al frente, Scout. Mira al suelo y no te caerás.

—Tenías que haber traído la linterna, Jem.

—No sabía que estuviese tan oscuro. A primeras horas de la noche no lo parecía. Se ha nublado, he ahí la causa. De todos modos, tarde o temprano despejará.

Alguien saltó hacia nosotros.

—¡Dios mío! —exclamó Jem.

Un haz iluminó nuestros rostros y detrás del mismo estaba Cebil Jacobs.

—¡Os he pillado! —se regocijó—. ¡Me he figurado que vendríais por esta parte!

—¿Qué haces aquí, tan lejos, chico? ¿No tienes miedo de Boo Radley?

Cecil había ido en coche con sus padres, y como no nos había visto en la sala de actos se había aventurado hasta allí porque sabía que tomaríamos ese atajo. De todos modos, se figuraba que nuestro padre nos acompañaría.

—¡Venga ya, si esto está muy cerca de casa! —dijo Jem.

No obstante, admitimos que Cecil era un chico listo. Nos había dado un susto de muerte, y ahora podría contarlo por toda la escuela; nadie le arrebataría esa satisfacción.

—Oye —dije—, ¿no eres una vaca esta noche? ¿Dónde tienes tu disfraz?

—Arriba, detrás del escenario —contestó—. La señora Merriweather dice que la función no empezará hasta dentro de un rato. Puedes dejar tu disfraz junto al mío, Scout, y nos reuniremos con los demás.

Jem lo consideró una buena idea. Consideró también muy satisfactorio que Cecil y yo fuésemos juntos. De este modo él quedaba en libertad de reunirse con chicos de su misma edad.

Cuando llegamos a la sala de actos, la ciudad entera estaba allí, excepto Atticus y las damas agotadas tras decorar el escenario, además de los solitarios y los misántropos de costumbre. Al parecer había acudido la mayor parte del condado; la sala hormigueaba de campesinos endomingados. En la planta baja, el colegio tenía un amplio vestíbulo y la gente se arremolinaba alrededor de unos puestos que habían instalado a lo largo de sus paredes.

—Oh, Jem, he olvidado mi dinero —suspiré al verlos.

—Atticus no —respondió mi hermano—. Aquí tienes treinta centavos; puedes elegir seis cosas. Os veré más tarde.

—De acuerdo —dije, contenta con mis treinta centavos y con Cecil.

Bajamos hasta el frente de la sala de actos, cruzamos una puerta lateral y fuimos detrás del escenario. Me libré de mi traje de jamón y marché a toda prisa, porque la señora Merriweather estaba de pie ante el atril, delante de la primera fila de asientos, procediendo a unos retoques de última hora.

—¿Cuánto dinero tienes? —pregunté a Cecil.

También tenía treinta centavos. Derrochamos las primeras monedas en la Casa de los Horrores, que no nos amedrentó en absoluto; entramos en el cuarto oscuro del séptimo curso, por el que nos acompañó el vampiro de turno y nos hizo tocar varias cosas que supuestamente eran partes de un hombre descuartizado.

—Aquí los ojos —nos dijeron cuando tocamos dos granos de uva puestos en un platillo—. Eso es el corazón. —Tenía el tacto del hígado crudo—. Y aquí los intestinos. —Y nos metieron las manos en una fuente de espaguetis fríos.

Cecil y yo visitamos varios puestos. Ambos compramos un cucurucho de golosinas hechas en casa por la esposa del juez Taylor. Yo quería pescar manzanas, pero Cecil dijo que no era salubre. Su madre decía que podía contagiarse cualquier cosa, puesto que todo el mundo metía la cabeza en la misma jofaina.

—Ahora no hay nada que contagiarse —protesté.

Pero Cecil insistió en que era antihigiénico. Más tarde se lo consulté a la tía Alexandra, y me dijo que, por lo general, las personas que sustentaban tales teorías eran arribistas que querían situarse en sociedad.

Estábamos a punto de comprar unos bombones cuando los ayudantes de la señora Merriweather aparecieron y nos dijeron que fuéramos tras bambalinas, pues era hora de prepararse. La sala se llenaba de gente; la banda del colegio superior de Maycomb estaba ante el escenario; las candilejas se encendieron, y las cortinas de terciopelo encarnado se mecían y ondulaban con el ir y venir a toda prisa de los que estaban detrás.

En el escenario, Cecil y yo nos ubicamos en el estrecho pasillo junto al resto: adultos con sombreros de tres picos confeccionados en casa, gorros de confederados, sombreros de la guerra contra España y cascos de la guerra mundial. Junto a la única y pequeña ventana había unos niños vestidos de diversos productos agrícolas.

—Me han aplastado el traje —gemí descorazonada.

La señora Merriweather acudió presurosa, volvió a dar la forma conveniente al alambre y me lo embutió.

—¿Estás bien ahí dentro, Scout? —preguntó Cecil—. Tienes una voz distante, como si te encontraras al otro lado del río.

—Tampoco a ti se te oye cerca —dije.

La banda atacó el himno nacional y oímos que el público se ponía en pie. Entonces sonó el redoble de un tambor. La señora Merriweather, detrás de su atril, al lado de la banda, dijo:

—¡Condado de Maycomb: *Ad astra per aspera*! —El tambor volvió a redoblar—. Esto significa —explicó para el público rústico—: Desde el barro hacia las estrellas. —Y añadió, innecesariamente a mi criterio—: Función teatral.

—Si no lo hubiera explicado, la gente no se habría enterado de nada —murmuró Cecil, a quien impusieron silencio con un siseo.

—La ciudad entera ya sabe lo que es —suspiré.

—Pero han venido también los campesinos.

—Silencio ahí detrás —ordenó una voz de hombre, y nos callamos.

El tambor subrayaba cada una de las frases que la señora Merriweather iba pronunciando. Salmodiaba con voz emocionada que el condado de Maycomb era más antiguo que el propio estado, que había formado parte de los territorios del Mississippi y de Alabama, que el primer hombre blanco que puso el pie en los bosques vírgenes fue el bisabuelo del juez comarcal cinco veces trasladado, de quien no se tenían noticias posteriores. Luego vino el temerario coronel Maycomb, del cual había recibido nombre el condado...

Andrew Jackson le dio un cargo de autoridad, pero la injustificada confianza en sí mismo y el deficiente sentido de orientación del coronel Maycomb llevó al desastre a todos los que tomaron parte con él en las guerras contra los creeks. Las órdenes que recibió, y que había llevado un guía indio, eran de que marchase hacia el sur. Después de consultar un árbol para deducir de sus líquenes cuál era la dirección sur, y negándose a prestar oídos a los subordinados que trataron de corregirle, el coronel Maycomb emprendió una obstinada travesía para aplastar al enemigo e internó a sus tropas por el bosque profundo, tan lejos en dirección noroeste que con el tiempo hubieron de ser rescatados por los colonos que avanzaban tierra adentro.

La señora Merriweather dedicó treinta minutos a reseñar las hazañas del coronel Maycomb. Yo descubrí que si doblaba las rodillas podía meterlas dentro del traje y sentarme más o menos cómodamente. Lo hice, escuchando el monótono discurso de la señora Merriweather y los zambombazos del tambor, y pronto me quedé roque.

Más tarde me contaron que la señora Merriweather, que puso toda su alma en un rimbombante final, había canturreado «Ceer... do», confiada en que yo entraría enseguida. Esperó unos momentos y luego llamó: «¿Ceer... do?» Y al ver que nadie aparecía gritó a viva voz: «¡Cerdo!»

Debí de oírla en sueños, o fue quizá la banda, que estaba tocando dixie, lo que me despertó, el caso es que en el momento en que la señora Merriweather subía triunfante al escenario con la bandera del estado fue el que elegí para salir a escena. Decir que lo elegí es incorrecto: se me ocurrió que sería mejor que me reuniese con los demás.

Más tarde me explicaron que el juez Taylor tuvo que salir de la sala porque le vino un ataque de risa, y su esposa le llevó un vaso de agua y le hizo tomar una píldora.

Al parecer, la señora Merriweather obtuvo un triunfo completo, pues todo el mundo se deshacía en «bravos» y aplausos, pero aun así me pilló detrás del escenario y me dijo que había arruinado su función. Me avergoncé, pero cuando Jem vino a buscarme se mostró comprensivo. Dijo que desde donde estaba sentado no podía ver muy bien mi disfraz, pero que lo había hecho muy bien, que sólo entré un poquitín tarde y nada más. Jem estaba adquiriendo casi tanta habilidad como Atticus en hacer que uno se sintiera bien cuando las cosas iban mal. Casi; no del todo... Ni siquiera Jem pudo convencerme de que cruzase por el medio de la multitud, y consintió en aguardar detrás del escenario hasta que el público se hubo marchado.

—¿Quieres que te lo quite, Scout? —me preguntó.

—No, lo llevaré puesto —respondí. Debajo del traje podía esconder mejor mi mortificación.

—¿Queréis que os lleve a casa? —preguntó alguien.

—No, señor, gracias —contestó Jem—. Vivimos muy cerca de aquí.

—Cuidado con los aparecidos —dijo la voz—. O mejor, di a los aparecidos que tengan cuidado con Scout.

—Ahora ya quedan pocas personas —me dijo Jem poco después—. Vámonos.

Cruzamos la sala hasta el pasillo y luego bajamos las escaleras. La oscuridad seguía reinando.. Los coches que quedaban estaban aparcados al otro lado del edificio; sus faros no nos servían de mucho.

—Si marcharan algunos en nuestra misma dirección veríamos mejor —dijo Jem—. Ven, Scout, deja que te guíe. Podrías perder el equilibrio.

—Veo perfectamente.

—Sí, pero podrías perder el equilibrio.

Sentí un ligero peso en la cabeza y supuse que Jem había cogido el extremo del jamón.

—¿Me tienes?

—¿Eh? Sí, sí.

Empezamos a cruzar el oscuro patio, forzando los ojos por vernos los pies.

—Jem —dije—, he olvidado los zapatos; quedaron detrás del escenario.

—Bien, vayamos a buscarlos. —Pero cuando dábamos media vuelta, las luces de la sala se apagaron—. Vale, los recogerás mañana.

—Mañana es domingo —protesté mientras me hacía virar de nuevo en dirección a casa.

—Pedirás al conserje que te deje entrar... ¡Scout!

—¿Qué ocurre?

—Nada.

Me pregunté qué estaría pensando. Cuando él quisiera me lo diría; probablemente cuando llegásemos a casa. Sentí que sus dedos oprimían la cima del jamón con demasiada fuerza. Moví la cabeza.

—Jem, no me...

—Cállate un momento —dijo él, dándome un golpecito.

Anduvimos en silencio.

—Ha pasado el momento —dije—. ¿Qué pasa?

Me volví para mirarle, pero su silueta apenas era visible.

—Creí haber oído algo. Detente un momento.

Nos paramos.

—¿Oyes algo? —preguntó.

—No.

No habíamos dado cinco pasos cuando me hizo parar de nuevo.

—Jem, ¿tratas de asustarme? Ya sabes que no soy una niña pequeña...

—Calla —me dijo. Y yo comprendí que no era broma.

Hacía una noche serena. Oía a mi lado la sosegada respiración de Jem. De vez en cuando se levantaba de súbito la brisa, azotando mis pantorrillas desnudas; aquello era todo lo que quedaba de una noche que prometía mucho viento. Reinaba la calma que precede a la tormenta. Nos pusimos a escuchar.

—Lo que has oído antes sería un perro —dije.

—No era eso. Lo oigo cuando caminamos, pero cuando nos paramos no.

—Oyes el crujido de mi traje. Bah, se te ha metido en el cuerpo la Noche de las Brujas... —Lo dije más para convencerme a mí misma que a Jem, porque en cuanto empezamos a andar de nuevo, oí lo que él me decía. No era mi traje.

—Será Cecil —afirmó Jem al poco rato—. Ahora no nos sorprenderá. No le demos motivos para creer que apresuramos el paso.

Aminoramos la marcha. Pregunté cómo era posible que Cecil nos siguiese en medio de tanta oscuridad; se me antojaba que chocaría con nosotros.

—Yo te veo, Scout —afirmó Jem.

—¿Cómo? Yo no te veo a ti.

—Tus rayas de tocino destacan más. —La costurera las había pintado con una pintura brillante para que reflejaran la luz de las candilejas—. Te veo muy nítida, y confío en que Cecil también para conservar la distancia.

Yo le demostraría a Cecil que sabíamos que nos seguía y estábamos preparados para recibirle.

—¡Cecil Jacobs es una gallina gorda y moja... a... da! —grité de súbito, volviéndome hacia atrás.

Nos paramos. Nadie contestó, excepto el «a...da» reverberando en las paredes distantes de la escuela.

—Yo le haré responder —dijo Jem—. ¡Eeee... eeh!

«Eeee... eeh», contestó el eco.

No era creíble que Cecil resistiera tanto rato; cuando se le ocurría una broma la repetía una y otra vez. Ya debería haber aparecido. Jem me indicó que me parase de nuevo y me dijo en voz baja:

—Scout, ¿puedes quitarte eso?

—Creo que sí, pero no llevo mucha ropa debajo.

—Aquí traigo tu vestido.

—A oscuras no sé ponérmelo.

—Está bien, no importa.

—Jem, ¿tienes miedo?

—No. Calculo que hemos llegado casi al roble. Unos cuantos metros más y saldremos fuera. Entonces veremos la luz de la calle.

Jem hablaba con una voz apresurada, llana, sin entonación. Yo me pregunté cuánto rato insistiría en el mito de Cecil.

—¿Crees que deberíamos cantar, Jem?

—No. Párate otra vez, Scout.

No habíamos acelerado el paso. Jem sabía tan bien como yo que era difícil andar deprisa sin darse un golpe en el pie, tropezar con piedras y otros inconvenientes, y además yo iba descalza. Quizá fuese el viento susurrando en los árboles. Pero no soplaba nada de viento, ni había árboles, sólo el enorme roble.

Nuestro perseguidor deslizaba y arrastraba los pies, como si llevara unos zapatos muy pesados. Quienquiera que fuese, llevaba pantalones de tela recia: lo que yo había tomado por murmullo de árboles era el roce suave, sibilante, de la tela, un *suiss suisss* a cada paso.

Sentí que el suelo se volvía más fresco bajo mis pies,

y supe que estábamos cerca del roble. Jem me detuvo. Nos paramos y escuchamos.

Esta vez el otro no se detuvo. El suave *suiss suiss* siguió. Luego cesó. Ahora corría, corría hacia nosotros, y no con pasos de niño.

—¡Corre, Scout! ¡Corre! —ordenó Jem.

Di un largo paso y noté que me tambaleaba; sin poder mover los brazos, en la oscuridad no sabía mantener el equilibrio.

—¡Jem, ayúdame! ¡Jem!

Algo aplastó el alambre de gallinero que me rodeaba. El metal desgarraba la tela, y yo caí al suelo y rodé lo más lejos que pude, revolviéndome para librarme de mi prisión de alambre. Cerca de mí oía ruidos de pies restregando el suelo, de patadas, de zapatos y cosas arrastradas sobre el polvo y las raíces. Alguien chocó rodando contra mí y noté que era Jem. Mi hermano se levantó rápidamente y me arrastró consigo, pero aunque tenía la cabeza y los hombros libres, continuaba tan enredada en mi traje que no fuimos muy lejos.

Estábamos cerca del camino cuando sentí que la mano de Jem me abandonaba y noté que sufría una sacudida y caía de espaldas. Más ruido de pasos precipitados; luego el sonido apagado de algo que se rompía, y Jem lanzó un alarido.

Corrí hacia el lugar del grito de Jem y reboté contra un fláccido estómago de varón. Su propietario exclamó «¡Uff!» y quiso cogerme los brazos, pero yo los tenía estrechamente aprisionados. El estómago de aquel hombre era blando, mas los brazos los tenía de acero. Poco a poco me dejaba sin respiración. No podía moverme. De súbito le echaron atrás de un tirón y le arrojaron al suelo, casi arrastrándome con él. «Jem se ha levantado», pensé.

En ocasiones, la mente de uno trabaja muy despacio. Me quedé de pie allí, sorprendida y atontada. El roce de los pies sobre el suelo se apagaba; oí unos jadeos y luego la noche quedó silenciosa otra vez.

Silenciosa, excepto por la respiración fatigada, entrecortada, de un hombre. Me pareció que se acercaba al árbol y se apoyaba contra el tronco. Tosió violentamente, con una tos de sollozo.

—¡Jem!

No hubo otra respuesta que la misma respiración fatigada.

—¡Jem!

Nada.

El hombre empezó a moverse por allí, como si buscara algo. Lo oí gemir y arrastrar un objeto pesado. Fui percibiendo lentamente que ahora había cuatro personas bajo el árbol.

—¡Atticus...!

El hombre andaba con paso pesado e inseguro en dirección al camino. Fui a donde calculé que había estado y tenté frenéticamente el suelo con los pies. Un momento después toqué a una persona.

—¡Jem!

Con los dedos de los pies toqué unos pantalones, una hebilla de cinturón, una cosa que no supe identificar, un cuello de camisa, y un rostro. Una áspera barba me indicó que no era mi hermano. Percibí olor a whisky barato.

Eché a andar en la dirección que creí me llevaría al camino, aunque no estaba segura, porque había dado demasiadas vueltas. Pero lo encontré y miré abajo, hacia la luz de la calle. Un hombre pasaba debajo de la farola. Andaba con el paso de quien transporta un peso demasiado grande. Estaba doblando la esquina. Transportaba a Jem, cuyo brazo colgaba oscilando de un modo absurdo delante de él.

Cuando llegué a la esquina, el hombre cruzaba el patio delantero de nuestra casa. La lámpara del porche iluminó por un momento la silueta de Atticus, que bajó los escalones presuroso y luego, junto con el hombre, entraron a Jem en casa.

Llegué al porche cuando ellos cruzaban el vestíbulo. La tía Alexandra corría a mi encuentro.

—¡Llama al doctor Reynolds! —exclamó Atticus, asomándose a la puerta de Jem—. ¿Dónde está Scout?

—Aquí —contestó la tía Alexandra, llevándome hacia el teléfono y palpándome con ansiedad.

—Estoy bien, tiíta —le dije—. Será mejor que telefonees.

Ella levantó el auricular del soporte y dijo:

—¡Eula May, haga el favor de llamar al doctor Reynolds! ¡Es una emergencia! —Y un momento después—: Agnes, ¿está tu padre en casa? ¡Oh, Dios mío! ¿Dónde? Dile que venga aquí en cuanto llegue. ¡Por favor, es urgente!

No había necesidad de que la tía Alexandra se identificase; la gente de Maycomb se conocía por la voz.

Atticus salió del cuarto de Jem. Apenas la tía Alexandra colgó, Atticus cogió el teléfono. Dio unos golpecitos al soporte y luego dijo:

—Eula May, póngame con el *sheriff* ahora mismo... ¿Heck? Soy Atticus. Alguien ha atacado a mis hijos. Jem está herido... Entre mi casa y la escuela... No puedo dejar a mi hijo. Vaya allí por mí, se lo ruego, y vea si el agresor sigue por los alrededores. Dudo que lo encuentre ahora, pero si le encuentra avíseme. Debo colgar. Gracias, Heck.

—Atticus, ¿Jem ha muerto?

—No, Scout. Cuida de ella, hermana —dijo mi padre mientras cruzaba el vestíbulo.

Desenredando la tela y el alambre aplastados a mi alrededor, los dedos de la tía Alexandra temblaban.

—¿Te encuentras bien, cariño? —no se cansaba de preguntarme mientras me libraba de mi armadura.

Fue un alivio quedar libre. Los brazos empezaban a

cosquillearme; los tenía enrojecidos y con pequeñas marcas exagonales. Me los froté y los sentí mejor.

—Tiíta, ¿está muerto Jem?

—No... no, cariño, está inconsciente. No sabremos el daño que ha recibido hasta que llegue el doctor Reynolds. ¿Qué ha ocurrido, Jean Louise?

—No lo sé.

Ella no insistió. Me trajo ropa que ponerme, y si yo hubiese prestado entonces atención a ello, no le habría permitido luego que lo olvidase jamás: en su distracción, tiíta me trajo el mono.

—Póntelo, cariño —me dijo, entregándome la prenda que tanto desprecio le inspiraba.

Enseguida se precipitó hacia el cuarto de Jem; volvió a reunirse conmigo en el vestíbulo, y otra vez se fue al cuarto de Jem.

Un coche aparcó delante de la casa. Yo conocía el andar del doctor Reynolds casi tan bien como el de mi padre. Reynolds nos había traído al mundo a Jem y a mí, nos había asistido en todas las enfermedades de la infancia, incluyendo la ocasión en que Jem se cayó de la cabaña del árbol, y jamás había perdido nuestra amistad.

Al aparecer en la puerta exclamó:

—¡Dios misericordioso! —Vino hacia mí y dijo—: Tú aún estás en pie. —Y cambió de rumbo. Conocía todas las habitaciones de la casa. Sabía también que si yo me encontraba en mal estado, a Jem le pasaría lo mismo.

Después de diez eternidades, el doctor Reynolds apareció de nuevo.

—¿Ha muerto Jem? —le pregunté.

—Ni mucho menos —respondió, poniéndose en cuclillas delante de mí—. Tiene un chichón en la cabeza exactamente igual que el tuyo, y un brazo roto. Mira hacia allá, Scout... No, no vuelvas la cabeza, vuelve solamente los ojos. Ahora mira hacia el otro lado. Tiene una fractura seria en el codo. Como si alguien hubiera querido arrancarle el brazo retorciéndoselo... Ahora mírame a mí.

—Entonces ¿no está muerto?

—No, no. —El doctor se puso en pie—. Esta noche no podemos hacer mucho, como no sea ayudarle a pasarlo lo mejor posible. Tendremos que hacerle una radiografía del brazo; me parece que lo llevará enyesado una temporada. Pero no te acongojes, quedará como nuevo. Los muchachos de su edad siempre se recuperan. —Mientras hablaba, Reynolds me examinaba atentamente, tentando con dedos suaves el chichón que me crecía en la frente—. No sientes ninguna parte destrozada, ¿verdad?

La broma me hizo sonreír.

—¿De modo que usted no cree que esté muerto?

El médico se puso el sombrero.

—Claro que podría equivocarme, naturalmente, pero yo creo que está muy vivo. Manifiesta todos los síntomas de estarlo. Ve a echarle un vistazo, y cuando yo regrese nos reuniremos los dos y decidiremos.

El doctor Reynolds tenía un andar joven y resuelto. El del señor Tate no era así. Sus pesadas botas resonaron en el porche y abrió la puerta con gesto torpe, pero soltó la misma exclamación que había proferido Reynolds al llegar.

—¿Estás bien, Scout? —añadió.

—Sí, señor. Voy a ver a Jem. Atticus y los otros están allí dentro.

—Iré contigo —dijo Tate.

La tía Alexandra había cubierto la lámpara de lectura de Jem con una toalla, y el cuarto estaba sumido en una claridad apagada, confusa. Jem yacía de espaldas. A lo largo de todo el perfil de la cara tenía una marca fea. Tenía el brazo izquierdo apartado del cuerpo y con el codo en una postura extraña, y arrugaba el ceño.

—¡Jem...!

—No puede oírte, Scout, está apagado como una lámpara —me dijo Atticus—. Pronto volverá en sí, pero el doctor ha querido sedarlo.

Retrocedí. La habitación de Jem era grande y cuadrada. La tía Alexandra estaba sentada en una mecedora, junto a la chimenea. El hombre que había traído a Jem estaba de pie en un rincón, recostado contra la pared. Era algún campesino al que no conocía. Probablemente había asistido a la función y se encontraba cerca cuando ocurrió todo. Oyó sin duda nuestros gritos y acudió corriendo.

Atticus estaba junto a la cama de Jem.

El *sheriff* Tate, de uniforme, se había quedado en el umbral con el sombrero en la mano. En el bolsillo de los pantalones se le notaba el bulto de una linterna.

—Entre, Heck —dijo Atticus—. ¿Ha encontrado algo? No logro concebir que exista un ser lo bastante perverso para cometer una acción semejante, pero confío en que le habrá descubierto.

Tate se puso rígido. Miró al hombre que había en el rincón, le saludó inclinando la cabeza y luego paseó la mirada por el cuarto, fijándola en Jem, la tía Alexandra y, finalmente, en Atticus.

—Siéntese, señor Finch —dijo.

—Sentémonos todos —propuso Atticus—. Coja esa silla, Heck. Yo traeré una de la sala.

El *sheriff* se sentó en la silla de la mesa de Jem y aguardó a que Atticus regresara y estuviese sentado a su vez. Me pregunté por qué no había traído Atticus una silla para el hombre del rincón, pero mi padre conocía las costumbres de la gente del campo mejor que yo. Algunos de sus clientes labriegos solían atar sus caballos de largas orejas debajo de los cinamomos del patio trasero, y Atticus despachaba a menudo sus consultas en los escalones del porche posterior. Era probable que aquel hombre se sintiera más a gusto tal como estaba.

—Señor Finch —empezó Tate—, le diré lo que he

encontrado. He encontrado el vestido de una niña; lo tengo ahí fuera en el coche. ¿Es tuyo, Scout?

—Sí, señor, si es de color rosa.

Tate se comportaba como si se hallase en el estrado de los testigos. Le gustaba decir las cosas a su modo, sin ser importunado ni por el fiscal ni por la defensa, y a veces le costaba un buen rato explicar algo.

—También he encontrado unos curiosos trozos de una tela color ocre...

—Son de mi disfraz, señor Tate.

El *sheriff* deslizó las manos por los muslos, se frotó el brazo izquierdo y observó el conducto de la chimenea. Luego pareció interesado en el hogar de la lumbre. Sus dedos subieron en busca de su larga nariz.

—¿Qué ocurre, Heck? —preguntó Atticus.

Tate se masajeó la nuca.

—Bob Ewell yace en el suelo, debajo de ese roble, con un cuchillo de cocina hundido en el pecho. Muerto, señor Finch.

29

La tía Alexandra se puso en pie y su mano buscó la chimenea para apoyarse. El señor Tate se levantó, pero ella rehusó su asistencia. Por una vez en su vida, la cortesía instintiva de Atticus falló: mi padre continuó sentado.

Sea por lo que fuere, yo no pude pensar en otra cosa que en el señor Ewell diciendo que se vengaría de Atticus aunque tuviera que invertir en ello el resto de su vida. Ewell había estado a punto de cumplir su amenaza, y era lo último que había hecho.

—¿Está seguro? —preguntó Atticus con fría calma.

—Está muerto, sin duda alguna —respondió el *sheriff*—. Muerto y bien muerto. Ya no volverá a hacer ningún daño a estos niños.

—No quería decir eso. —Atticus parecía hablar dormido.

Empezó a notársele la edad, signo seguro de que sufría una tormenta interior: la enérgica línea de su mandíbula se aflojaba un poco, debajo de las orejas se le formaban arrugas delatoras y en su pelo azabache destacaban las zonas grises alrededor de las sienes.

—¿No sería mejor que fuésemos a la sala de estar? —dijo por fin la tía Alexandra.

—Si no le importa —objetó Tate—, preferiría que nos quedásemos aquí, salvo que no sea conveniente para Jem. Quiero echar un vistazo a sus heridas mientras Scout... nos cuenta todo lo que ha pasado.

—Excusadme —dijo tiíta—. Aquí estoy de más. Si

me necesitas, estaré en mi cuarto, Atticus. —Fue hacia la puerta, pero se detuvo y se volvió—. Atticus, esta noche he tenido el presentimiento de que sucedería algo terrible... Yo... esto es culpa mía. Debí...

El señor Tate levantó la mano.

—Descuide, señorita Alexandra; sabemos que esto la ha impresionado terriblemente. Y no se atormente por nada... ¡Caramba! Si siempre hiciéramos caso de los presentimientos seríamos como gatos cazándose la cola. Scout, intenta contarnos lo ocurrido mientras lo tienes fresco en la memoria. ¿Podrás? ¿Viste al hombre que os seguía?

Me acerqué a mi padre y sentí que sus brazos me rodeaban. Apoyé la cara en su pecho.

—Emprendimos el regreso a casa. Entonces me di cuenta de que me había olvidado los zapatos. Retrocedimos para ir a buscarlos pero en ese momento se apagaron las luces. Jem dijo que mañana podría ir por ellos...

—Incorpórate, Scout, para que el señor Tate pueda oírte bien —dijo Atticus.

Me acomodé en su regazo.

—Luego, Jem me dijo que me callase un momento. Yo creí que estaba pensando (siempre me hace callar para poder pensar mejor); luego dijo que había oído algo. Supusimos que era Cecil.

—¿Cecil?

—Cecil Jacobs. Ya nos había dado un buen un susto, y pensamos que podía ser él de nuevo. Llevaba una sábana. Premiaban con un cuarto de dólar el mejor disfraz; no sé quién lo habrá ganado...

—¿Dónde estabais cuando pensasteis que era Cecil?

—A poca distancia de la escuela. Yo le grité algo...

—¿Qué gritaste?

—«Cecil Jacobs es una gallina gorda, mojada», creo. No hubo respuesta... y entonces Jem gritó «Hola», o algo parecido, con todas sus fuerzas...

—Un momento, Scout —dijo Tate—. ¿Lo oyó usted, señor Finch?

Atticus respondió que no. Tenía la radio puesta. Y la tía Alexandra tenía puesta la suya en su dormitorio. Lo recordaba porque tiíta le había pedido que bajase un poco el volumen para que ella pudiera oír la suya. Atticus sonrió y dijo:

—Siempre pongo la radio demasiado fuerte.

—Me gustaría saber si los vecinos han oído algo... —dijo el *sheriff*.

—Lo dudo, Heck. La mayoría escuchan la radio, o se van a la cama temprano. Maudie Atkinson quizás estaba levantada, pero lo dudo.

—Continúa, Scout —indicó el señor Tate.

—Bien, después de haber gritado Jem seguimos andando. *Sheriff*, yo estaba encerrada dentro de mi disfraz, pero entonces los oí. Los pasos, quiero decir. Se oían cuando nosotros caminábamos, y se paraban cuando nos parábamos. Jem me veía porque la señora Crenshaw pintó unas rayas brilantes en mi disfraz. Yo era un jamón.

—¿Un jamón? —repitió Tate, atónito.

Atticus le describió mi papel en la obra, así como mi disfraz.

—Debería haberla visto cuando llegó —añadió—. Lo llevaba aplastado y hecho pedazos.

El *sheriff* se frotó la barbilla.

—Ahora me explico las marcas que presenta el cadáver. Sus mangas están perforadas por pequeños agujeros. Y en los brazos tiene pinchazos que coinciden con los agujeros. Déjeme ver esa cosa, señor.

Atticus fue a buscar los restos de mi disfraz. Tate lo estudió y luego lo manipuló para hacerse idea de su forma original.

—Este objeto probablemente te ha salvado la vida —afirmó—. Miren. —Y señaló con el dedo. En el color apagado del alambre destacaba una línea brillante—. Bob Ewell se proponía hacer un trabajo completo —murmuró.

—Había perdido el juicio —dijo Atticus.

—No me gusta contradecirle, señor Finch, pero no, no estaba loco, sino que era ruin como el demonio. Una alimaña, con bastante licor en el cuerpo para reunir la bravura suficiente para arremeter contra unos niños. Nunca se habría enfrentado con usted cara a cara.

Atticus meneó la cabeza.

—Jamás habría creído que un hombre fuese capaz de...

—Señor Finch, hay una clase de hombres a los que conviene pegarles un tiro antes de darles los buenos días. Y aun así no valen el precio de la bala. Ewell era uno de ellos.

—Yo pensaba que había sacado toda su rabia el día que me amenazó. Y de no ser así, pensaba que vendría por mí.

—No tuvo reparos en molestar a una pobre negra y en fastidiar al juez Taylor cuando creía que la casa estaba desierta, ¿y usted se figuraba que los tendría con su familia? —Tate suspiró—. Continuemos, Scout; le oíste detrás de vosotros...

—Sí, señor. Cuando llegamos bajo el árbol...

—¿Cómo sabíais que estabais debajo del roble? La oscuridad era absoluta.

—Yo iba descalza, y Jem dice que bajo un árbol el suelo siempre está más fresco.

—Tendremos que nombrarle ayudante del *sheriff*; sigue adelante.

—Entonces, de repente, alguien me agarró y aplastó mi disfraz... Creo que me caí al suelo... Oí un fragor bajo el árbol, como si... lucharan alrededor del tronco, según parecía por los ruidos. Entonces Jem me encontró y echamos a andar hacia el camino. Alguien... el señor

Ewell, supongo, derribó a Jem. Forcejearon un poco más y entonces se oyó un sonido extraño... Jem soltó un alarido... —Me interrumpí. El sonido lo había producido el brazo de Jem—. Y un momento después... el señor Ewell trataba de matarme asfixiándome, creo... Entonces alguien lo tumbó en el suelo. Jem debió de levantarse, supongo. Eso es todo lo que sé...

—¿Y después? —Tate me miraba con viva atención.

—Alguien se tambaleaba y jadeaba... tosía como si fuera a morirse. Al principio creí que era Jem, pero él no tose así, por lo cual me puse a buscarlo por el suelo. Pensé que Atticus había venido a ayudarnos y se había fatigado en extremo...

—¿Quién era?

—Ése, señor Tate, él puede decirle cómo se llama. —Levanté la mano para señalar al hombre del rincón, pero bajé el brazo rápidamente temerosa de que Atticus me reprendiera. Señalar era un gesto de mala educación.

El hombre seguía recostado contra la pared, con los brazos cruzados. Al señalarle yo, bajó los brazos y apretó las palmas contra la pared. Eran unas manos blancas, de una palidez enfermiza, que nunca habían visto el sol; tan blancas que a la escasa luz del cuarto destacaban contra el tono crema de la pared.

De las manos pasé a los pantalones caqui manchados de arena; mis ojos subieron por su delgado cuerpo hasta la camisa azul. La cara era tan blanca como las manos, excepto una sombra en su saliente barbilla. Tenía las mejillas delgadas, chupadas; la boca grande; en las sienes se veían unas leves mellas, y los ojos eran de un gris tan claro que pensé que era ciego. Tenía el cabello reseco y fino, y en la cima de la cabeza casi plumoso.

Cuando le señalé, sus manos se deslizaron ligeramente, dejando un grasiento trazo de sudor en la pared, y hundió los pulgares en el cinturón. Un ligero y extraño espasmo le agitó, como si oyera uñas arañando la pizarra, pero cuando vio que yo le miraba con admiración la tensión desapareció lentamente de su rostro. Sus labios se entreabrieron en una tímida sonrisa; pero mis repentinas lágrimas difuminaron la imagen de nuestro vecino.

—¿Eres Boo? —le dije.

30

—Señor Arthur, cariño —me corrigió Atticus con suavidad—. Jean Louise, te presento al señor Arthur Radley. Creo que él ya te conoce.

No me pude creer que Atticus fuese capaz de presentarme formalmente a Boo Radley en un momento como aquél.... bueno, Atticus era así.

Corrí instintivamente hacia la cama de Jem, porque la misma sonrisa tímida de antes cruzó lentamente su rostro.

Sonrojada de turbación, traté de esconderme inclinándome sobre mi hermano.

—Eh, eh, no lo toques —dijo Atticus.

El *sheriff* miraba fijamente a Boo a través de sus gafas.

Iba a decir algo cuando el doctor Reynolds apareció en el vestíbulo.

—Fuera todo el mundo —ordenó deteniéndose en el umbral—. Buenas noches, Arthur; perdona, pero antes no reparé en tu presencia.

La voz del doctor tenía la misma desenvoltura que su andar, lo mismo que si hubiese dicho aquello todas las noches de su vida; unas palabras que me dejaron más atónita que el hecho de encontrarme en un mismo cuarto con Boo Radley. Claro, pensé, hasta Boo Radley se pone enfermo alguna vez.

Aunque no estaba segura.

El doctor Reynolds traía un voluminoso paquete envuelto en papel de periódico. Lo dejó sobre la mesa de Jem y se quitó la chaqueta.

—¿Ya te has convencido de que tu hermano vive? Te diré cómo lo he sabido yo: cuando trataba de examinarle me dio una patada. Tuve que sedarlo para poder auscultarlo. Así pues, aparta, jovencita —me dijo.

—Bien... —dijo Atticus, dirigiendo una mirada a Boo—. Heck, salgamos al porche. Allí hay sillas, y todavía hace bastante calor.

A mí me sorprendió que Atticus nos invitara al porche y no a la sala de estar; luego lo comprendí. Las lámparas de la sala daban una luz excesiva.

Todos desfilamos; el señor Tate en cabeza. Atticus esperó en la puerta para que Boo pasara delante, pero cambió de idea y siguió al *sheriff*.

En las cosas cotidianas, la gente sigue apegada a sus hábitos aun en circunstancias extraordinarias. Yo no era una excepción.

—Venga, señor Arthur —me sorprendí diciendo—, usted no conoce bien la casa. Le acompañaré al porche.

Él me miró y asintió con la cabeza.

Le conduje a través de la sala y el comedor.

—¿No quiere sentarse, señor Arthur? Esta mecedora es bonita y cómoda.

Mi pequeña fantasía se había puesto a funcionar otra vez: él estaría sentado en el porche... «Hace un tiempo hermoso de veras, ¿no es así, señor Arthur?» Sí, hacía un tiempo muy hermoso. Sintiéndome con un pie fuera de la realidad, lo acompañé hasta una silla apartada de Atticus y el señor Tate y situada en la penumbra. Boo se sentiría más a gusto allí.

Atticus se había sentado en la mecedora, y el *sheriff* en una silla próxima.

La luz de las ventanas del comedor los iluminaba de lleno. Yo me senté al lado de Boo.

—Bien, Heck —dijo Atticus—, yo creo que lo que se

debe hacer... Buen Dios, estoy perdiendo la memoria...
—Se subió las gafas y se apretó los ojos con los dedos—.
Jem no ha cumplido los trece todavía... no, sí que los ha
cumplido... De todos modos, los hechos se ventilarán en
el tribunal.

—¿Qué hechos, señor Finch? —Tate descruzó las
piernas y se inclinó hacia delante.

—Naturalmente, es un caso inequívoco de defensa
propia; pero tendré que ir a la oficina y rebuscar...

—Señor Finch, ¿cree usted que Jem ha matado a
Bob Ewell? ¿Lo cree de veras?

—Ya ha oído a Scout; no cabe la menor duda. Jem se
levantó y derribó a Ewell... Probablemente había encontrado, en la oscuridad, el cuchillo de Ewell... Mañana lo
sabremos.

—Un momento, señor Finch —repuso el *sheriff*—.
Jem no ha acuchillado a Bob Ewell.

Atticus lo miró como si le agradeciese esas palabras.
Pero negó con la cabeza.

—Heck, se comporta usted de un modo muy magnánimo, y sé que lo hace impulsado por su buen corazón;
pero no me venga con esas cosas.

Tate se levantó y fue hasta la balaustrada. Escupió
hacia los arbustos; luego se puso las manos en los bolsillos y se volvió hacia Atticus.

—¿Qué cosas? —preguntó.

—Lamento haber hablado con demasiada viveza,
Heck —dijo Atticus—, pero nadie ocultará lo ocurrido.
Yo no soy así...

—Nadie ocultará nada, señor Finch.

Tate hablaba con voz serena, pero estaba plantado
firmemente en el entarimado del porche. Entre mi padre
y el *sheriff* tenía lugar una curiosa contienda cuya naturaleza escapaba a mi comprensión.

Ahora le tocó a Atticus levantarse e ir hasta la balaustrada.

—Humm —murmuró, y escupió, sin saliva, al patio. Se puso las manos en los bolsillos y se volvió hacia Tate—. Heck, aunque usted no lo diga, sé lo que piensa. Y se lo agradezco de verdad. Jean Louise... —se volvió hacia mí—, ¿has dicho que Jem tiró del señor Ewell para apartarlo de ti?

—Sí, señor, eso me pareció... Yo...

—¿Lo ve, Heck? Mis más sinceras gracias, pero no quiero que mi hijo inicie su vida con una cosa así sobre sus hombros. El mejor modo de aclararlo todo consiste en examinar los hechos públicamente. Dejemos que el condado intervenga y traiga sándwiches. No quiero que mi hijo crezca rodeado de murmuraciones, no quiero que nadie diga: «¿Jem Frinch? Sí, su padre pagó un montón de dinero para sacarle del apuro.» Cuanto antes hayamos resuelto el caso, mejor.

—Señor Finch —replicó el *sheriff*, imperturbable—, Bob Ewell cayó sobre su cuchillo. Se mató él mismo.

Atticus fue hasta la esquina del porche y fijó la vista en la enredadera. Yo pensé que, a su manera, cada uno era tan terco como el otro. Y me pregunté quién cedería primero. Atticus tenía una terquedad callada, que pocas veces se ponía en evidencia, pero en ciertos aspectos era tan obstinado como los Cunningham. Tate carecía de instrucción y se ponía más en evidencia, pero era un digno contrincante de mi padre.

—Heck —insistió Atticus, de espaldas—. Si silenciamos esto, destruiremos todo lo que he hecho para educar a Jem a mi manera. A veces pienso que como padre he fracasado, pero soy el único que tienen. Antes que a nadie, Jem dirige su mirada hacia mí, y yo he procurado vivir de forma que siempre pueda sostenérsela sin desviar los ojos... Si consintiera en una cosa como ésta, ya no podría sostenerle la mirada, y sé que ese día lo perdería para siempre. Y no quiero perder ni a Jem ni a Scout; son todo lo que tengo.

El señor Tate continuaba firmemente plantado.

—Bob Ewell cayó sobre su cuchillo. Puedo demostrarlo.

Atticus giró sobre los talones. Sus manos hurgaron los bolsillos.

—Heck, ¿puede hacer que lo vea con mis ojos? Usted también tiene hijos, pero yo le aventajo en edad. Cuando los míos sean mayores seré ya viejo, si es que sigo en este mundo, pero ahora soy... En fin, si no se fían de mí no podrán fiarse de nadie. Jem y Scout saben lo que ha pasado. Si me oyen comentar por la ciudad algo distinto... Heck, ya no podré contar con ellos nunca más. No puedo tener una vida pública y otra privada.

Tate se meció sobre los talones y dijo con paciencia:

—El difunto derribó a Jem, tropezó con una raíz del roble y... Mire, se lo puedo enseñar. —Se metió la mano en el bolsillo y sacó una larga navaja. En ese momento apareció el doctor. Tate le dijo—: Ese hijo de... el difunto está debajo del roble que hay apenas al entrar en el patio del colegio. ¿Tiene una linterna? Tenga, coja ésta.

—Puedo dar la vuelta con el coche y dejar los faros encendidos —propuso Reynolds, pero aceptó la linterna del *sheriff*—. Jem está bien. Probablemente esta noche no despertará y el reposo le ayudará a recuperarse. ¿Ése es el cuchillo que mató a Ewell, Heck?

—No, doctor; continúa clavado en el cadáver. Por el mango se diría que es un cuchillo de cocina. Ken debería estar ya allí con el coche fúnebre. —A continuación abrió la hoja de la navaja—. Ha sido de este modo —dijo. Con el cuchillo en la mano, fingió tropezar y al inclinarse mostró cómo el brazo izquierdo había dirigido la hoja hacia el cuerpo—. ¿Lo ve? Se lo ha clavado más abajo de las costillas. El peso del cuerpo cayendo provocó que la hoja se hundiese. —Cerró la navaja y se la guardó en el bolsillo—. Scout sólo tiene ocho años —añadió—. Estaba demasiado asustada para comprender lo que ocurría.

—Le sorprendería... —dijo Atticus tristemente.

—No digo que se lo haya inventado; digo que estaba demasiado nerviosa para saber exactamente qué pasaba. Allí la oscuridad es absoluta. Se precisaría una persona muy habituada a la oscuridad para considerarla un testigo de crédito...

—No me convence —replicó Atticus suavemente.

—¡Maldita sea, no estoy intentando excusar a Jem!

Un pie de Tate golpeó el suelo con tanta fuerza que enseguida se encendieron las luces del dormitorio de la señorita Maudie, y también las de Stephanie Crawford. Atticus y el *sheriff* volvieron la vista hacia el otro lado de la calle, luego se miraron uno al otro. Y guardaron silencio.

Cuando Tate habló de nuevo, su voz apenas se oía.

—Señor Finch, me molesta discutir con usted cuando adopta esa actitud terca. Esta noche ha pasado por una prueba que ningún hombre debería afrontar nunca. No sé cómo no se ha puesto enfermo, pero sé que por una vez en su vida no ha sido capaz de atar cabos. Y es preciso que dejemos esto resuelto esta misma noche, porque mañana sería demasiado tarde. Bob Ewell tiene un cuchillo de cocina clavado en el pecho. —Y añadió que Atticus no sería capaz de argumentar que un muchacho de la escasa corpulencia de Jem, y encima con un brazo roto, tendría fuerzas para luchar con un hombre adulto y matarle en medio de la oscuridad.

—Heck —repuso Atticus bruscamente—, eso que nos ha enseñado era una navaja. ¿De dónde la ha sacado?

—Se la he quitado a un borracho.

Yo procuraba recordar. Ewell me tenía cogida... luego se cayó... Jem debía de haberse levantado. Al menos yo pensé...

—Venga, Heck.

—He dicho que se la he quitado esta noche a un borracho. El cuchillo de cocina lo traía Ewell, probablemente lo había encontrado en el vertedero. Lo afiló y esperó el momento oportuno... sí, esperó el momento oportuno, ni más ni menos.

Atticus se sentó en la mecedora. Las manos le colgaban inertes entre las rodillas. Tenía la vista fija en el suelo. Se había movido con la misma lentitud que aquella noche delante de la cárcel, cuando pensé que le costaría una eternidad doblar el periódico y dejarlo sobre la silla.

Tate se paseaba con paso pesado pero silencioso por el porche.

—No es usted quien ha de tomar una decisión, señor Finch; soy yo, únicamente yo. Es una decisión y una responsabilidad que pesa sobre mí. Por una vez, si usted no comparte mi punto de vista, poca cosa podrá hacer para imponer el suyo. Si quiere intentarlo, yo le llamaré embustero en sus propias barbas. Su hijo no ha dado ninguna cuchillada a Bob Ewell —añadió despacio—; estuvo muy lejos de ello, y ahora usted lo sabe. Su hijo no pretendía otra cosa que llegar, con su hermana, sanos y salvos a casa. —El señor Tate dejó de andar. Parose delante de Atticus, dándonos la espalda a Boo y a mí. Yo no valgo mucho, pero soy el *sheriff* de Maycomb. He vivido en esta ciudad toda mi vida y voy a cumplir cuarenta y tres años. Sé todo lo que ha pasado aquí desde que nací. Un muchacho negro ha muerto sin merecérselo, y el responsable de ello ha fallecido también. Deje que los muertos entierren a los muertos esta vez, señor Finch. Deje que los muertos entierren a los muertos.

Tate se acercó a la mecedora y recogió el sombrero, que estaba en el suelo, al lado mismo de Atticus. Luego se lo caló y dijo:

—No existe ninguna ley que prohíba a un ciudadano

hacer cuanto pueda por evitar que se cometa un crimen, que es precisamente lo que él hizo; ¿cree usted que tengo el deber de comunicarlo a toda la ciudad en lugar de silenciarlo? ¿Sabe lo que pasaría entonces? Que todas las señoras de Maycomb, incluida mi esposa, correrían a la casa de ese hombre llevándole pasteles y confituras. A mi manera de ver, agarrar al hombre que les ha hecho a usted y a la ciudad un favor tan grande para ponerlo, con su carácter tímido, bajo una luz cegadora... para mí sería un pecado. Es un pecado y no estoy dispuesto a cargarlo sobre mi conciencia. Si se tratase de otro hombre sería distinto. Pero con éste no puede ser, señor Finch.

Tate parecía querer horadar el entarimado con la puntera de una bota.

A continuación se frotó la nariz y se masajeó el brazo izquierdo.

—Es posible que yo valga poco, señor Finch, pero sigo siendo el *sheriff* de Maycomb, y Bob Ewell se ha caído sobre su propio cuchillo. Buenas noches, señor.

Bajó del porche con paso resonante y cruzó el patio. La portezuela de su coche se cerró de golpe y el vehículo partió.

Atticus permaneció sentado largo rato, con la mirada fija en el suelo.

Finalmente dijo:

—Scout, el señor Ewell cayó sobre su propio cuchillo. ¿Te suena verosímil?

Por su aspecto, yo habría dicho que necesitaba que le animasen. Corrí hacia él y le abracé y le besé la mejilla con todas mis fuerzas.

—Sí, señor, muy verosímil —aseguré para tranquilizarle—. El señor Tate tenía razón.

Atticus se libró de mis brazos y me miró.

—¿Qué quieres decir?

—Mira, hubiera sido algo así como matar un ruiseñor.

Atticus apoyó la cara en mi pelo y me lo acarició con las mejillas.

Cuando se levantó y cruzó el porche había recobrado su paso juvenil. Antes de entrar en la casa, se acercó a Boo Radley.

—Gracias por mis hijos, Arthur —le dijo.

31

Cuando Boo Radley se puso en pie con gesto vaci-
lante, la luz de las ventanas de la sala arrancó reflejos de
su frente. Todos sus movimientos eran inciertos, como si
no estuviera seguro de si sus manos establecerían el contacto adecuado con las cosas que tocaba. Le acometió un
acceso de aquella tos estertorosa, con tales convulsiones
que tuvo que sentarse de nuevo. Su mano fue hacia el
bolsillo trasero de los pantalones y sacó un pañuelo. Después de cubrirse la boca para acabar de toser, se secó la
frente.

Me parecía increíble que hubiese estado sentado a
mi lado todo aquel rato, presente y visible. Boo no había
producido el menor sonido.

De nuevo se puso en pie. Se volvió hacia mí, y, con
un movimiento de la cabeza, me indicó la puerta.

—Quiere dar las buenas noches a Jem, ¿verdad, señor Arthur? Venga, entre.

Y le acompañé por el vestíbulo. La tía Alexandra estaba velando a Jem.

—Adelante, Arthur —dijo—. Todavía duerme. El
doctor le ha administrado un sedante potente. Jean Louise, ¿está tu padre en la sala?

—Sí, tiíta, creo que sí.

—Voy a hablar un minuto con él. El doctor ha dicho
que... —Su voz se perdió por el pasillo.

Boo se había colocado en una esquina de la habitación y estaba de pie, con la barbilla levantada, mirando

de lejos a Jem. Yo le cogí de la mano; una mano sorprendentemente cálida a pesar de su palidez. Tiré levemente y me permitió que lo condujese hasta la cama de Jem.

El doctor Reynolds había montado una especie de tienda sobre el brazo de mi hermano, a fin de que no lo rozara la manta, supongo, y Boo se inclinó para mirar por encima de ella. En su cara había una expresión de curiosidad tímida, como si hasta entonces nunca hubiese visto a un muchacho. Con la boca ligeramente abierta, contempló a Jem de la cabeza a los pies. Su mano se levantó, pero enseguida volvió a caer sobre el costado.

—Puede acariciarle, señor Arthur. Está dormido. Si estuviera despierto no podría; él no se lo consentiría... —me sorprendí explicando—. Vamos, anímese.

La mano de Boo se quedó inmóvil por encima de la cabeza de Jem.

—Adelante, señor; él duerme.

La mano bajó hasta posarse levemente sobre el cabello de mi hermano.

Yo empezaba a comprender su lenguaje mudo. Su mano apretó la mía, indicando que quería marcharse.

Lo acompañé hasta el porche, donde sus penosos pasos se detuvieron. Seguía teniendo cogida mi mano y no daba muestras de querer soltarla.

—¿Quieres acompañarme a casa? —dijo casi en un susurro, con la voz de un niño que teme la oscuridad.

Yo llegué al borde del peldaño superior y me paré. Por casa no me importaba conducirle de la mano, pero jamás lo acompañaría a la suya de aquel modo infantil.

—Señor Arthur, flexione el brazo así. Muy bien.

Y deslicé mi brazo por el hueco que formaba el suyo.

Él tuvo que ladearse un poco para acomodarse a mí; pero si la señorita Stephanie estaba espiando desde su ventana, vería a Arthur Radley escoltándome por la acera, como todo un caballero con una dama.

Llegamos a la farola de la esquina y me pregunté

cuántas veces había estado allí Dill, abrazado al poste, espiando, esperando verlo siquiera una vez. Pensé en la infinidad de veces que Jem y yo habíamos recorrido el mismo trayecto... Pero ahora entraba en la finca de los Radley por la puerta del patio delantero por segunda vez en mi vida. Boo y yo subimos los peldaños del porche. Me soltó la mano dulcemente, abrió la puerta, entró y cerró tras de sí. Ya nunca más volví a verle.

Los vecinos traen alimentos cuando hay difuntos, flores cuando hay enfermos y pequeños obsequios de vez en cuando. Boo era nuestro vecino. Nos había regalado dos muñecos de jabón, un reloj de cadena estropeado, un par de monedas de la buena suerte y la vida de Jem y la mía. Y los vecinos solían corresponder las atenciones que reciben. Nosotros nunca habíamos devuelto al tronco del árbol lo sacado de allí; nunca le habíamos regalado nada, y esto me entristecía.

Me volví para regresar a casa. Las farolas parpadeaban calle abajo en dirección al centro de la ciudad. Jamás había contemplado nuestra calle desde el porche de los Radley. Estaba la casa de la señorita Maudie y la de Stephanie Crawford... también la nuestra (veía la mecedora del porche), y la de la señorita Rachel un poco más allá, perfectamente visible. Hasta podía ver la de la señora Dubose.

Miré hacia atrás. Más allá de la puerta de Boo había una larga ventana con persiana. Fui hasta allí, me paré delante y me volví hacia la calle. A la luz del día, pensé, desde aquella ventana se vería la esquina de la oficina de Correos.

A la luz del día... En mi mente la noche se desvaneció. Era de día y los vecinos iban y venían atareados. Stephanie Crawford cruzaba la calle para comunicar los últimos cotilleos a la señorita Rachel. La señorita Maudie se inclinaba sobre sus azaleas. Estábamos en verano, y dos niños corrían acera abajo yendo al encuentro de un hombre que se acercaba. El hombre agitaba la mano, y los niños corrían aún más para ver quién le alcanzaba primero.

Continuábamos en verano. Un muchacho andaba por la acera arrastrando una caña de pescar. Un hombre estaba de pie, esperando con los brazos en jarras. Verano; los dos niños jugaban en el porche con un amigo, representando una extraña y breve pieza de su propia invención.

Llegaba el otoño, y los niños se peleaban en la acera delante de la casa de la señora Dubose. El muchacho ayudaba a su hermana a ponerse en pie y ambos se encaminaban hacia su casa. Otoño, y los niños pasaban de un lado a otro de la esquina, reflejados en el rostro los pesares y las alegrías de la jornada. Se paraban junto a un roble, embelesados, asombrados, aprensivos.

Invierno, y los niños se estremecían de frío en su patio delantero, su silueta recortada contra el fondo de una casa en llamas. Invierno, y un hombre salía a la calle, dejaba caer sus gafas y disparaba contra un perro.

Verano, y a los niños se les partía el corazón. Otoño de nuevo, y los niños necesitaban a Boo...

Atticus tenía razón. Una vez nos dijo que uno no conoce de verdad a un hombre hasta que se pone en su pellejo y se mueve como si fuera él. El estar de pie, simplemente, en el porche de los Radley fue suficiente para mí.

Las farolas de la calle aparecían difuminadas por la fina llovizna que caía. Mientras regresaba a casa, me sentía muy mayor. Iba pensando en la gran noticia que le daría a Jem por la mañana. Se pondría tan furioso por haberse perdido todo aquello que pasaría días y días sin hablarme. También pensé que Jem y yo llegaríamos a mayores, pero que ya no podríamos aprender muchas cosas más, excepto, posiblemente, álgebra.

Subí los escalones corriendo y entré en casa. La tía Alexandra se había ido a la cama, y el cuarto de Atticus estaba a oscuras. Vería si Jem revivía. Mi padre estaba en el cuarto de mi hermano, sentado junto a la cama. Leía un libro.

—¿No se ha despertado todavía? —pregunté.

—Duerme apaciblemente. No despertará hasta la mañana.

—Oh. ¿Cuánto llevas haciéndole compañía?

—Una hora, aproximadamente. Vete a la cama, Scout. Has tenido un día largo y agitado.

—Creo que me quedaré un rato contigo.

—Como quieras —respondió Atticus.

Debía de ser más de medianoche, y su afable aquiescencia me asombró. De todos modos, él era más listo que yo: en el mismo momento que me senté los ojos empezaron a cerrárseme.

—¿Qué estás leyendo? —pregunté.

Atticus volvió el libro del otro lado.

—Es de Jem. Se titula *El Fantasma Gris*.

De pronto me despejé por completo.

—¿Por qué has escogido ése?

—No lo sé, cariño. Lo he cogido al azar.

—Léelo en voz alta, por favor. Da miedo de veras.

—No —dijo él—. Hoy has tenido miedo para una larga temporada. Esto sería demasiado...

—Atticus, yo no he tenido miedo. —Él enarcó las cejas, y yo protesté—: Por lo menos no hasta que tuve que contarle al señor Tate cómo había ocurrido. Jem tampoco tenía miedo. Se lo pregunté y dijo que no. Además, no hay nada que dé miedo de verdad, excepto en los libros.

Atticus fue a replicar, pero se abstuvo. Quitó el pulgar de las páginas, hacia la mitad del libro, y retrocedió al principio. Me acerqué y apoyé la cabeza en su rodilla.

—Ummm —dijo—. *El Fantasma Gris*, por Seckatary Hawkins. Capítulo primero...

Yo me esforcé en continuar despierta, pero la lluvia

era tan suave, el cuarto estaba tan templado, la voz de mi padre era tan profunda y su rodilla tan cómoda, que me dormí.

Poco después, Atticus me ayudó a incorporarme y me llevó a mi cuarto.

—He oído todo lo que has leído —murmuré—. No creas que estaba dormida; la historia habla de un barco y de Fred Tres-Dedos y de Kid Pedradas...

Atticus me desató el mono, me apoyó contra sí y me lo quitó. Luego me sostuvo con una mano, mientras con la otra cogía el pijama.

—Sí, y todos creían que Kid Pedradas ponía patas arriba el local de su club y lo ensuciaba todo y...

Me guió hasta la cama y me hizo sentar en el borde. Me levantó las piernas y las colocó debajo de la sábana.

—Y lo persiguieron, pero no podían atraparlo porque no sabían qué aspecto tenía, y cuando por fin lo encontraron, resultó que no había hecho nada de todo aquello... Atticus, era un chico bueno de veras...

Las manos de mi padre estaban debajo de mi barbilla, subiendo la manta y arropándome bien.

—La mayoría de las personas lo son, Scout, cuando por fin las ves.

Atticus apagó la luz y regresó al cuarto de Jem. Allí estaría toda la noche, y allí seguiría cuando Jem despertase por la mañana.